Heinrich Steinfest
Ein sturer Hund

SERIE PIPER

Zu diesem Buch

Es ist eine ruhige, verregnete Nacht. In der eleganten, kühlen Wohnung des Mordopfers finden sich fast keine Blutspuren, und alle Indizien am Tatort deuten auf eine Täterin mit perfekter, fast ritueller Präzision hin. Der Wiener Detektiv Markus Cheng tippt auf Klosterschwestern. Aber würden die so etwas tun? Den Kopf des ermordeten Mannes im Aquarium deponieren? Und das Opfer vorher noch auf einem Bierdeckel meisterhaft porträtieren? Als Cheng schließlich auch sein eigenes Konterfei auf einem Polaroidfoto wiederfindet, startet ein rasanter Wettlauf gegen die Zeit, und er muß feststellen, daß nicht nur sein Mischlingsrüde Lauscher ein sturer Hund ist … Der zweite Roman um den einzelgängerischen, sympathischen Detektiv Cheng.

Heinrich Steinfest wurde 1961 geboren. Albury, Wien, Stuttgart – das sind die Lebensstationen des erklärten Nesthockers Heinrich Steinfest, welcher den einarmigen Detektiv Cheng erfand (»Cheng«, »Ein sturer Hund«, »Ein dickes Fell«) und zudem die Kriminalromane »Tortengräber«, »Der Mann, der den Flug der Kugel kreuzte«, »Nervöse Fische«, »Der Umfang der Hölle« und zuletzt »Die feine Nase der Lilli Steinbeck« schrieb. Heinrich Steinfest wurde mehrfach mit dem Deutschen Krimi Preis ausgezeichnet.

Heinrich Steinfest
Ein sturer Hund

Chengs zweiter Fall

Piper München Zürich

Von Heinrich Steinfest liegen bei Piper im Taschenbuch vor:
Tortengräber
Cheng. Sein erster Fall
Ein sturer Hund. Chengs zweiter Fall
Nervöse Fische
Der Umfang der Hölle
Ein dickes Fell. Chengs dritter Fall

Dieses Taschenbuch wurde auf FSC-zertifiziertem Papier gedruckt. FSC (Forest Stewardship Council) ist eine nichtstaatliche, gemeinnützige Organisation, die sich für eine ökologische und sozialverantwortliche Nutzung der Wälder unserer Erde einsetzt (vgl. Logo auf der Umschlagrückseite).

Originalausgabe
1. Auflage Dezember 2003
9. Auflage Oktober 2007

Umschlag/Bildredaktion: Büro Hamburg
Isabel Bünermann, Julia Martinez/
Charlotte Wippermann, Kathrin Hilse
Foto Umschlagvorderseite: C. Sagel/ZEFA Visual Media
Satz: EDV-Fotosatz Huber/Verlagsservice Pfeifer, Germering
Papier: Munken Print von Arctic Paper Munkedals AB, Schweden
Druck und Bindung: Clausen & Bosse, Leck
Printed in Germany ISBN 978-3-492-23832-8

www.piper.de

Inhalt

Bruchlandung und andere Niederlagen

Dieser Platz war *sein* Platz.
Natürlich konnte man das so nicht sagen. Zumindest nicht laut. Immerhin befand sich Moritz Mortensen in einer öffentlichen Bücherei, also an einem ausgesprochen demokratischen Ort, an dem eine Sitzplatzreservierung unmöglich war. Was nichts daran änderte, daß gewisse Stammgäste ganz bestimmte Plätze bevorzugten. Weshalb auch die meisten dieser Leser, war ihr durch Jahre und Jahrzehnte territorialisierter Platz einmal besetzt, sich mit einem bösen Blick und einer im Vorbeigehen hingemurmelten Bemerkung begnügten. Nur einige wenige drehten durch, wurden ausfällig oder gar gewalttätig. Bedauernswerte Figuren, für die mit dem Verlust ihres gewohnten Platzes praktisch ein Verlust an Identität und Sicherheit einherging, ja, die in einem solchen Moment meinten, die ganze Welt sei ihnen abhanden gekommen. Kein Wunder also, wenn sie zu toben begannen oder damit drohten, jemandem die Zähne auszuschlagen.

Mortensen gehörte nicht zu jenen nervenschwachen Personen, welche Fäuste oder scharfe Worte bereithielten. Dennoch war seine Wut beträchtlich, als er jetzt in der Ferne erkannte, daß an dem kleinen Tisch am Ende der gläsernen Brüstung jemand saß.

Nach Mortensens Einschätzung war es der entlegenste Ort dieser Bibliothek: geographisch wie thematisch. Einerseits lag er im äußersten Winkel des obersten Stockwerks, andererseits handelte es sich bei den dort untergebrachten Büchern um Schriften zum Leben und Werk der Dichter dieser Welt. Mortensen war dankbar für eine solche Umgebung. Er schätzte das Spröde und Kühle, welches von der Sekundärliteratur ausging.

Seinen Stammplatz empfand Mortensen auch deshalb so ideal, weil er zwar abgeschieden lag, jedoch gleichzeitig die Möglichkeit bot, über die Brüstung auf das darunterliegende Stockwerk zu sehen. Denn Mortensen zählte zu den Menschen, die süchtig danach waren, das Leben und die darin eingesponnenen Personen zu beobachten. Er selbst fühlte sich dabei ausschließlich als Chronist, als leibhaftig gewordener Feldstecher. Und der Tisch in dieser Bücherei war nun mal einer seiner bevorzugten Aussichtsplätze.

Während sich Mortensen über die schmale Längsseite der Galerie bewegte, blickte er schräg hinüber zu dem Mann, der auf seinem Platz saß, vor sich zwei Bücher auf dem Tisch, während er in einem dritten las. Er mochte Mitte Zwanzig sein, wirkte schlank unter dem dunklen Anzug und dem weißen Hemd, hatte schwarzes, glattes Haar, eine schwarze Brille, war durchaus attraktiv zu nennen, ließ aber jegliche Auffälligkeit vermissen. Ein Mann zum Heiraten, wenn man so will. Gepflegt. Aber auch nicht wieder so gepflegt, daß man hätte Angst bekommen müssen. Für Mortensen jedoch war dieser Kerl einfach nur ein »Stuhldieb«.

Im Grunde hätte Mortensen sich damit begnügen können, von einem verdorbenen Nachmittag zu sprechen und an anderer Stelle nach einem freien Platz zu suchen. Oder gleich die Bibliothek zu verlassen. Das wäre – in bezug auf das, was nun kommen sollte – fraglos das beste gewesen. Hinsichtlich der Zukunft ist »Verzicht« ohnehin die einzig vernünftige Medizin.

Mortensen aber bewegte sich trotzig auf die fatale Version seiner Zukunft hin.

Als er sich auf wenige Meter besagtem Stuhldieb genähert hatte, bemerkte er den Buchdeckel des obenauf liegenden Bandes. Freudiger Schrecken ist eine milde Bezeichnung für das Gefühl, das ihn schlagartig in Erregung versetzte. Es handelte sich nicht um irgendein Buch, nicht um irgendeinen Thomas Mann oder irgendeinen Frisch oder Grisham, sondern um *sein*

Buch. Es konnte kein Zweifel bestehen. Es besaß einen zitronengelben Einband, auf dessen Vorderseite eine aufrecht stehende, geöffnete Kokosnuß abgebildet war. Wobei die Öffnung sich aus dem Umstand ergab, daß die obere Polkappe gleich einem Frühstücksei abgetrennt worden war. Auf der Schnittkante waren Buchstaben aufgereiht, welche den Titel dieser zweihundertsechzig Seiten ergaben: *Bruchlandung.*

Bruchlandung war das erste von den drei Büchern, welche Mortensen bei einem kleinen Verlag publiziert hatte. Doch bei aller zitronengelben Heftigkeit war diesem Roman nicht der geringste Erfolg beschieden gewesen. So wenig wie den beiden anderen Bänden, grasgrün und weichselrot. Im Wust der Neuveröffentlichungen besaßen Mortensens Bücher den Charakter von Elementarteilchen, deren Existenz bloß von ein paar schrägen Vögeln behauptet wurde. Nicht eine einzige Rezension war erschienen. Mortensen hielt sich zunächst für einen Boykottierten, mußte aber bald einsehen, daß es noch viel schlechter um ihn bestellt war. Zumindest, wenn man unter einem Boykott eine bewußte Handlung verstand. Denn nichts wies darauf hin, daß Mortensen und sein Werk mit Absicht übersehen wurden. Wenn er bei den Kulturredaktionen anrief, um eine Stellungnahme einzufordern, spürte er geradezu das hilflose Achselzucken. Keine dieser Personen machte ihm die Freude zu erklären, nie und nimmer einen solchen Unfug wie *Bruchlandung* besprechen zu wollen. Nein, es war einfach so, daß absolut niemand seine Bücher je wahrgenommen hatte, niemand sich auch nur an einen einzigen Titel erinnern konnte. Oder auch nur daran, einen dieser von giftiger Farbe bestimmten Einbände in Händen gehalten zu haben.

Auch der Leiter des Kleinverlages, der die drei Bücher herausgegeben hatte, konnte sich das Fehlen jeglicher Reaktion nicht erklären. Andere Werke aus seinem Programm fanden immerhin die Aufmerksamkeit einiger Fachzeitschriften und stießen auf ein kleines, engagiertes Publikum. Mortensens Bücher jedoch gingen nicht bloß auf dem Weg in die Stuben der Kritiker verloren, sondern tauchten in so gut wie keinem Buchladen auf. Es war wie verhext. Und daß der Verleger nicht gleich nach dem Flop von *Bruchlandung* aufgegeben hatte, sondern auch noch *Die Lust, ein Hemd zu bügeln* sowie *Unglück eines Lottospielers* hatte drucken lassen, war einer Dickköpfigkeit zu verdanken, die dem Herausgeber selbst nicht ganz geheuer gewesen war. So, als habe er sich höchstpersönlich mit jenem Fluch anlegen wollen, welcher wie der Geruch alten Bratöls über dem Schriftsteller Moritz Mortensen zu liegen schien.

»So schlecht sind Ihre Bücher doch wirklich nicht«, hatte der Verleger nach dem unbemerkten Erscheinen der weichselroten Biographie eines Lottospielers gesagt. Eine Äußerung, die für Mortensen nicht wirklich ein Trost gewesen war und in der bereits das Ende gesteckt hatte, wie einer von diesen häßlichen Apfelflecken, die ja den meisten noch zu verspeisenden Äpfeln innewohnen. Ein viertes Buch würde es kaum geben. Nicht bei diesem Verleger, der ohnehin über Gebühr das Schicksal herausgefordert hatte. *Unglück eines Lottospielers* war der geeignete Abschluß dieser dreifüßigen Katastrophe gewesen.

Alles ging so überaus schnell. Anstatt seinen Schritt zu verlangsamen, trieb die Aufregung Mortensen gegen seinen Willen an. Es gelang ihm nur schwer, den lesenden Mann näher zu betrachten. Vor allem aber war er nicht in der Lage zu erkennen, in welchem Buch der Stuhldieb gerade las, da er es gegen die Kante des Tisches stützte, so daß bloß das obere Drittel des Umschlags schräg über die Tischfläche stand. Allerdings meinte Mortensen in der minimalen Spiegelung, die sich auf dem Tisch ergab, einen weichselroten Schimmer zu erkennen. Aber ganz sicher konnte er nicht sein. Zudem hielt er es für unwahrscheinlich, daß dieser Mann nicht bloß eines, sondern gleich zwei oder gar alle drei Mortensen-Bücher aus dem Regal gezogen hatte. Warum auch? Bei nur einem Buch, eben jenem zitronengelben, konnte ein Zufall angenommen werden. Schließlich gab es auch Bibliotheksbesucher, die recht planlos in die Bücherreihen griffen. Aber warum sollte jemand gleich alle drei

Erscheinungen dieses einen Autors auswählen? Das wäre dann kaum noch als planlos zu bezeichnen gewesen.

Nachdem Mortensen an ihm vorbeigegangen war, bog er nach rechts ab, vollzog eine Kurve von hundertachtzig Grad und geriet hinter ein im Raum stehendes Regal. Durch den in Kopfhöhe befindlichen Spalt, der sich zwischen einem Fach und der darunter liegenden Buchreihe ergab (Ringelnatz bis Rosegger), konnte Mortensen nun den Stuhldieb beobachten, allerdings nur von schräg hinten. Mit der Seite seines Oberkörpers verdeckte der Mann das Exemplar, in dem er las. Er wirkte steif und verbissen. Und er wirkte leicht verzweifelt. Zumindest kam es Mortensen so vor, obwohl er den Gesichtsausdruck des Mannes gar nicht sehen konnte. Gut zu erkennen war hingegen auch von hier der zitronengelbe Einband von *Bruchlandung*. Und endlich besaß Mortensen die Ruhe, sich auf den darunterliegenden Band zu konzentrieren. Allerdings war dieser so plaziert, daß allein der Block der Seiten zu sehen war, nicht aber der Rücken. Und Mortensen somit nur etwas über die Dicke dieses Buches erfahren konnte. Eine grasgrüne Spiegelung ergab sich nicht.

Während Mortensen mit zusammengekniffenen Augen den Lesenden betrachtete, erinnerte er sich der Anstrengungen, die es gekostet hatte, bis man schließlich bereit gewesen war, seine drei Bücher in den Bestand dieser Bibliothek aufzunehmen. Denn natürlich waren die zuständigen Einkäufer nicht von selbst auf sein Werk gestoßen. Vielmehr war es notwendig gewesen, die Bibliothekare mit Telefonaten und Briefen zu traktieren. Mortensen hatte diese Leute geradezu weichgeklopft. So lange, bis sie wohl keinen anderen Ausweg mehr gesehen hatten, als die drei Bücher anzukaufen und in der Belletristik einzuquartieren. In etwa, wie man faule Früchte unter die frische Ware schmuggelt. Bloß um einen Dämon zu bannen.

Jedenfalls hatte sich endlich einmal Mortensens Aufdringlichkeit in Sachen des eigenes Werks gelohnt. Eine Aufdringlichkeit, die ihm selbst durchaus peinlich gewesen war. Aber er hatte sie als einen Teil seines schriftstellerischen Kampfes akzeptiert. Und ein jedes Mal, wenn er dieses Gebäude betrat, war es ihm eine Genugtuung, sich zumindest an diesem Bücherhort der Gegenwart seiner Romane sicher sein zu können. Wenn schon nicht der eines Lesers. Aber genau das schien sich an diesem Tag zu ändern.

Mortensen ging aus seiner Deckung heraus und den Weg wieder zurück. Als er an dem lesenden Mann vorbeikam, sah er über dessen Schulter in das offene Buch hinein. Die Größe und Art der Buchstaben sowie der schmale Balken zu Beginn einer jeden Seite waren Mortensen vertraut. Nach zwei weiteren Schritten drehte er sich rasch um. Zwischenzeitlich hatte der Stuhldieb das Buch leicht angehoben, so daß Mortensen jetzt deutlich die weichselrote, glänzende Färbung erkennen konnte. Es war fraglos seine zweite Veröffentlichung: *Die Lust, ein Hemd zu bügeln*. Der Roman, in den er seine größten, wildesten Hoffnungen gesetzt hatte.

Er konnte nicht länger den lesenden Mann beäugen, wollte er nicht auffallen. Und das war das letzte, was er vorhatte. Weshalb er seinen Schritt erneut aufnahm und erst in dem Moment einen beobachtenden Blick wagte, als er sich bereits auf der gegenüberliegenden Seite des Raumes befand, zwischen Treppenhaus und Belletristik. Freilich war auf diese Entfernung nicht viel zu erkennen. In einem der umliegenden Regale jedoch – zwischen Morrison und Mulisch – mußte nun eine bedeutende Lücke klaffen, etwa so breit wie eine Doppelliterflasche Wein.

Mortensen sah, daß der Stuhldieb immer noch in seine Lektüre vertieft war, nun jedoch um einiges entspannter wirkte. Aber eine solche Interpretation war natürlich Unsinn. Und das wußte Mortensen. Er hatte sich endlich ein wenig beruhigt und versuchte die ganze Angelegenheit mit der nötigen Sachlichkeit zu betrachten. Wozu auch ein Gefühl des Stolzes gehörte. Stolz ob der simplen Tatsache, daß sich jemand für seine Romane interessierte. Etwas derartiges konnte passieren, sogar *seinen* Büchern. Wahrscheinlich gab es in einer öffentlichen Bibliothek wie dieser kein einziges Buch, welches nicht nach einiger Zeit gelesen, angelesen, zumindest berührt und betrachtet worden wäre.

Mortensen verließ den Raum und stieg die Treppen hinab ins nächste Stockwerk, wo er eine große Runde zog, vorbei an Sachbüchern.

Seine persönliche Einteilung des dreigeschossigen Gebäudes brachte es mit sich, daß er den großen mittleren Bereich als Grabstätte begriff, die das Zentrum der Welt bildete. Darüber lag die Literatur und darunter die Hölle. Mit Hölle war der Eingangsbereich gemeint, jenes mächtige Foyer, das die Tageszeitungen beherbergte. Während in einem Seitentrakt die Kinder- und Jugendbücher untergebracht waren. Nicht nur darum empfand Mortensen diesen Ort als die Hölle, sondern auch wegen der Nähe zum eigentlichen Leben, zur Außenwelt, die wohl am deutlichsten durch die Garderobe zum Ausdruck kam. Zumindest jetzt im Winter, wenn die Mäntel und Jacken wie abgestreifte Schutzanzüge von den Haken baumelten.

In diese ebenerdige Unterwelt tauchte Mortensen nun ein, griff nach einer Zeitung und ließ sich auf einem jener Stühle nieder, welche seitlich einer Längswand aufgereiht standen. Von hier aus hatte er die Treppe im Blick. Jetzt, kurz vor Schließung des Hauses, hatten sich drei Reihen mit Besuchern gebildet. Soweit Mortensen sehen konnte, war der Stuhldieb nicht unter ihnen. Möglich, daß er noch oben saß. Vielleicht aber hatte er längst das Gebäude verlassen. Wie auch immer, es brauchte Mortensen nicht zu kümmern. Weshalb er sich entspannte, die Zeitung auseinanderfaltete, Politik und Kultur nur kurz streifte, eigentlich mit Verachtung links liegen ließ, das Fernsehprogramm überflog und sich dann dem Sportteil zuwandte, der ihm als einziger wert schien, die Schlagzeilen zu durchbrechen und im Detail von Minuten und Metern die eine oder andere Erkenntnis zu finden.

Doch lange hielt dieser Zustand inneren Friedens nicht an. Denn als Mortensen über den Zeitungsrand hinweg zur Ausleihe sah, erkannte er am Ende der ersten Reihe die schlanke Gestalt des großgewachsenen jungen Mannes. Als er im Armwinkel des Mannes einen Stoß aus mehreren, höchstwahrscheinlich drei Büchern feststellte, wobei auch diesmal der zitronengelbe Einband von *Bruchlandung* herüberleuchtete, erschrak er wieder freudig. Minutenlang beobachtete Mortensen, wie der Mann näher zur Theke rückte, schließlich an die Reihe kam, den kleinen Stapel auf der Platte ablegte, einen Büchereiausweis aus der Brusttasche seines dunkelblauen Jacketts zog und nach einer Weile mit den Büchern hinüber zur Garderobe marschierte. In diese jedoch nicht gleich eintrat, sondern ebenfalls nach einer Zeitung griff, sich an einen Tisch setzte, die Bücher darauf deponierte und die Zeitung auf seinen übereinandergeschlagenen Beinen ausbreitete. Es handelte sich um die *Süddeutsche Zeitung*.

»Gott, dieses Revolverblatt«, dachte Mortensen, der aber so gut wie jede mit einem Feuilletonteil ausgestattete Zeitung für ein Revolverblatt hielt. Eine Ansicht, die er auch schon vertreten hatte, als noch keines seiner Bücher erschienen war, um dann von eben diesen Revolverblättern ignoriert zu werden. Das Revolverhafte bestand für ihn in der wortgewaltigen Schießwut der Journalisten, ihrer Selbstherrlichkeit, mit der sie über Gott und die Welt, den Sport und die Literatur herzogen und mit der sie sich selbst in Szene setzten. Ja, hinter der Schießwut der Journalisten verschwand das eigentliche Thema. Das Thema war wie die Zielscheibe, die – von unzähligen Projektilen durchlöchert – gar nicht mehr existierte, pulverisiert worden war oder bloß noch als unförmiger Fetzen herabhing. Im Journalismus löste sich alles und jedes auf. Fand Mortensen.

Was ihn in diesem Moment jedoch weit mehr interessierte, war die Frage nach dem dritten Buch. Es lag nun obenauf. Unverkennbar grasgrün. Aber natürlich gab es mehrere Werke der Literatur, deren Einbände grasgrün waren. Mortensen wollte völlig sicher gehen. Er hängte die Zeitung zurück auf die dafür vorgesehene Metallstange und schritt auf die Garderobe zu. Dabei kam er dem Fremden so nahe, daß er die Linie weißer Haut sehen konnte, die den seitlichen Scheitel bildete. Das nur nebenbei. Wesentlich war für Mortensen der Umstand, daß er nun sicher sein konnte, daß sich dieser Mann alle drei Bücher ausgeliehen hatte. Auf dem grasgrünen Einband war eine für Lottoziehungen typische Kugel zu sehen, welche die Zahl fünfundzwanzig trug. Wie auch im Falle der Kokosnuß von *Bruchlandung* war die obere Polkappe abgetrennt worden. Aus dem Inneren ragte – vom Scheitel bis zur Oberlippe – der Schädel eines Mannes, Mortensens Schädel. Um die Kugel und diesen Schädel waren in einem Kreisausschnitt die Buchstaben des Buchtitels gruppiert: *Unglück eines Lottospielers*.

Mortensen war für einen Augenblick stehengeblieben, um Haarscheitel, Buchdeckel und auch die Kulturseite der *Süddeutschen Zeitung* zu betrachten, dann hatte er seinen Weg zur Garderobe fortgesetzt. Er legte sich den dünnen Wollschal um, schlüpfte in seinen Mantel und trat aus dem Gebäude. Blieb dann aber unter dem massiven, von Säulen gestützten Vordach stehen und blickte über die stark befahrene Straße hinüber auf die von Lichtpunkten gegliederte nächtliche Innenstadt. Dabei dachte er: »Schön wie eine Schalttafel.«

Es hatte zu regnen begonnen. An den oberen Hängen der Stadt würde das Wasser wohl als kurzlebiger Schnee herunterkommen. Nicht aber hier unten im Kessel, wo der Winter sich nur selten als solcher gebärdete.

Um die Treppe zur U-Bahn zu erreichen, hätte sich Mortensen kaum mehr als zwanzig Meter im Freien bewegen müssen. Dennoch scheute er es, in den Regen zu treten. Er war ohne Schirm. Weshalb er sich jetzt gegen eine der Säulen lehnte, eine Zigarette anzündete und den stockenden Verkehr betrachtete, der den Platz vor der Bücherei kanalartig abgrenzte. Hinter sich spürte er die Personen, die in rascher Folge das Foyer verließen und über die beiden seitlichen, großzügig auskragenden Abgänge davoneilten. Als er eine weitere Zigarette anzündete war es eine halbe Minute vor sieben Uhr. Die letzten Besucher wurden aus dem Gebäude entlassen. Mortensen hatte sich – indem er kein einziges Mal nach hinten gesehen hatte – eine letzte Chance gegeben. Die Chance, diesen jungen Mann, diesen Leser seiner Bücher aus den Augen zu verlieren. Er rauchte seine Zigarette ohne Hast zu Ende und schnippte den bereits angekohlten Filter in die Luft. Noch bevor die Hülse gelandet war, hatte Mortensen sie aus dem Blick verloren. Dann machte er sich auf den Weg, durchaus zufrieden damit, eine Peinlichkeit vermieden zu haben.

»Bücher werden gelesen«, sagte er sich. »Daran ist nichts Erstaunliches. Und schon gar nicht etwas Unheimliches.«

seine Brille abnehmen müssen und blickte nun mit halb geschlossenen Augen in das schwarzweiße Geriesel. Er kam in Straßen, in denen er nie zuvor gewesen war. Bloß hin und wieder erkannte er in der Ferne die Umrisse eines Gebäudes, das ihm vertraut war. Er hielt sich in eine bestimmte Richtung und lief ansonsten wie auf einer Schiene, auf der sich wahrscheinlich auch all die Katzen und Hunde bewegen, die – eine halbe Stadt durchquerend – zu ihrem Zuhause zurückfinden. Welches auch Mortensen erreichte.

Am Rande des Zusammenbruchs betrat er seine kleine Wohnung. Ihm kam es vor, als habe er auf seiner Reise durch den Regen nicht nur sein Gefühl für Zeit, sondern auch das Gefühl in seinen Beinen eingebüßt. Als habe er überhaupt jedes Empfinden zugunsten des Umstandes aufgeben müssen, in der radikalsten Weise von Regenwasser durchtränkt zu sein. Kein Mensch vor oder nach ihm (so seine eigene nachträgliche Darstellung) war sich je so naß, so vollkommen in Nässe aufgelöst vorgekommen wie er. Kein Seemann hatte sich je in einem solchen Zustand befunden, wo ein Mensch kein Mensch, sondern nur noch ein vollgesogener Schwamm war. Weshalb er auch nicht das geringste Bedürfnis verspürte, sich unter eine warme Dusche zu stellen. Es reichte ihm das Dach über dem Kopf. Schnell zog er seine Kleider aus und stopfte sie in die Waschmaschine. Dann schlüpfte er in einen Bademantel, stülpte sich die Kapuze über und kroch unter die Decke, die er auf dem Sofa hingelegt hatte. Er schlief schon lange nicht mehr im Schlafzimmer, welches ihm nur noch als Lagerraum diente. Ein Mann, der alleine war und es auch zu bleiben gedachte, brauchte kein Schlafzimmer. Sehr wohl aber einen Lagerraum.

Der Schüttelfrost, der ihn überkam, besaß etwas Wohliges, ja Schmeichlerisches. Im Zittern und Frieren und Zähneklappern lag die aufkeimende Beruhigung. Wärme zog in seinen Körper ein. Hin und wieder schob er seinen Kopf unter der Decke hervor und nahm einen Schluck Johannisbeergeist. Der Alkohol machte ihn nüchtern. Nüchtern und gelassen. Derart, daß er eine mögliche Befragung oder gar Verhaftung seiner Person als Chance erkannte. Welche darin bestand, daß man endlich einmal auf ihn als Schriftsteller aufmerksam werden könnte. Um so mehr, als sich seine Bücher in der Tasche des Ermordeten befanden. Was nichts zu bedeuten brauchte, aber in jedem Fall erwähnenswert sein würde. So war das nun mal: Ein Autor, der in einen Mordfall verwickelt war, wurde dadurch natürlich kein besserer Schriftsteller, aber doch ein interessanterer Mensch. Was auf seine Produkte abzufärben vermochte. Das Blut auf den Händen des Autors – oder eben auch nur der Dreck – klebte dann quasi ebenso auf den Büchern. Auf eine hygienisch unbedenkliche Weise.

Mit dem versöhnlichen Gedanken, daß bei genauerer Betrachtung beinahe alles in der Welt einen Nutzen besaß, schlief Mortensen ein. Und für einen Mann, der noch kurz zuvor einen abgeschnittenen Kopf durch die Luft hatte fliegen sehen, war sein Schlaf ein ausgezeichneter.

Als Mortensen gegen Mittag erwachte, fühlte er sich nicht nur ausgeruht, sondern auf eine ungewohnte Weise auch gesund und kräftig. Weder spürte er den Alkohol noch die Feuchtigkeit und Kälte, die in der vergangenen Nacht seinen Körper belagert hatten. Allerdings hing dieses Wohlempfinden auch mit einer gewissen Leere in seinem Schädel zusammen. Selbst noch, als er in seiner winzigen Küche saß und dem Geräusch der Espressokanne lauschte, die den Kaffee in einer vibrierenden, aufgeregten Weise in sich gebar, selbst da noch war er ohne jeden Gedanken. Angenehm betäubt saß er auf seinem gepolsterten schwarzen Stuhl, auf dem die Spritzer weißer Farbe klebten. Dispersionsflecken, die auch auf Tisch und Herd zu sehen waren. Und vielleicht wäre damit auch gleich die präziseste Beschreibung von Moritz Mortensens Persönlichkeit gegeben: daß er nämlich zu den Menschen gehörte, die, wenn sie endlich einmal ihre Wände neu streichen, ihre Einrichtung nur unzulänglich oder gar nicht schützen. Dies war weniger ein Ausdruck von Faulheit als von Gedankenlosigkeit. Ja, Mortensen vergaß einfach immer wieder das Naheliegende, das Sinnvolle, das Praktische.

Sein ganzes Dasein war von Umständlichkeiten geprägt. Er hätte doppelt so lange auf dieser Welt sein müssen, um all die Dinge zu erledigen, die ein halbwegs vernünftig handelnder, halbwegs konzentrierter Mensch im Leben unterbrachte.

So hatte Mortensen etwa drei Anläufe benötigt, um die Führerscheinprüfung zu bestehen. Und zwar keineswegs auf Grund von Unfähigkeit oder Nervosität. Beim ersten Mal verschlief er schlichtweg den Prüfungstermin, während es im Zuge eines zweiten Versuchs zu einer völlig unnötigen Diskussion mit dem Prüfer kam. Mortensen beharrte in einer abstrus-eigensinnigen Weise auf der eigenen Auslegung der Verkehrsordnung.

Der Prüfer – ein gutmütiger Charakter – war sogar bemüht, dem vorlauten Prüfling diverse Brücken zu bauen, damit dieser sich aus der Affäre ziehen könne.

Aber Mortensen sah die Brücken nicht. So wenig wie das Unglück, über das diese Brücken hätten führen können. Dem Prüfer blieb gar nichts anderes übrig, als den Kandidaten für gescheitert zu erklären. Denn so gut Mortensen ein Auto zu steuern vermochte, ging es nicht an, daß er die Mißachtung eines Stopschildes – die Abwesenheit anderer Verkehrsteilnehmer und der Polizei vorausgesetzt – als legitim ansah, ja, geradezu als ein Gebot der Vernunft erachtete.

Nun gut, offensichtlich war es so, daß Mortensen diese Erfahrung unbedingt nötig hatte, um sich dann bei seinem dritten Versuch einer unklugen Behauptung zu enthalten. Für die meisten Menschen war das selbstverständlich. Nicht aber für Mortensen, obgleich sein Verhalten in keiner Weise ideologisch begründet war. So wenig, wie es aus einer Vorliebe für Aufsässigkeiten resultierte. Sondern einfach nur seiner Gedankenlosigkeit entsprach, seiner Vergeßlichkeit und seinem zeitweiligen Unvermögen, sich zu konzentrieren. Solcherart war sein Leben zu einer zeitraubenden, von Umwegen beherrschten Angelegenheit geworden.

Die Farbflecken auf seinem Stuhl, und wo sie sonst noch auftauchten, waren da das geringste Problem. Zudem fielen sie Mortensen auch gar nicht auf. So wenig wie die gesamte Einrichtung. Es genügte ihm, daß er in seinen Romanen die Wohnungen der Akteure mit großer Detailverliebtheit beschrieb, sich um die Gestalt von Vasen, Lampen und Aschenbechern kümmerte, die Eigenart von Möblierungen herausarbeitete, in die Bücherregale der Bewohner blickte, in ihre Schränke, in ihre Schlafzimmer und Duschkabinen, die Wahl ihrer Teppiche und Hi-Fi-Anlagen beurteilte.

Ja, Mortensen besaß tatsächlich die Unart, gewissermaßen in die Wohnungen seiner Figuren zu treten, um mit dem Finger über die oberen Kanten der Türstücke zu streichen und sodann die Bewohner als Pedanten oder Ferkel zu entlarven. Auch bemühte er sich stets, die Atmosphäre eines Raums auf den Punkt zu bringen. Die Farbe und den Klang zu bestimmen. Den Geruch und die »Religion« dieses Raums. Wobei er gerne von Wohnungen als von »tapezierten Taucherkugeln« sprach, in die sich die Menschen vor einer lebensfeindlichen Umwelt flüchteten. Um dann freilich auch in der Geborgenheit dieser Taucherkugeln einiges auf den Deckel zu bekommen.

Bei Mortensens Figuren handelte es sich um Charaktere, die, ob vermögend oder nicht, ihre Einrichtung betreffend eine gut überlegte Wahl trafen. Die also nicht den nächstbesten Sessel in ihr Zimmer stellten, sondern einen ganz bestimmten, quasi eine Signatur von einem Stuhl. Dieser mochte elegant oder ausgefallen sein, die Rühr-mich-nicht-an-Qualität einer Skulptur besitzen oder auf eine wunderbare Weise schäbig oder gar scheußlich wirken, in jedem Fall suchten diese Menschen ihre Stühle so aus, wie sie sich auch ihre Partner, ihre Tiere oder die Kunst für ihre Wände aussuchten.

Mortensen selbst hingegen war jemand, der aus der Fähigkeit, zwischen zwei Stühlen zu unterscheiden, nicht die geringste Konsequenz zog. Er wählte nicht einen speziellen Stuhl aus, sondern nahm eben den, der sich anbot, weil er schlichtweg vorhanden war. Mortensen hätte nicht sagen können, ob der schwarze Sessel, auf dem er jetzt saß und dem Blubbern und Rasseln und Pfeifen aufsteigenden Kaffees zuhörte, von seiner Frau hierhergestellt worden war oder sich bereits an dieser Stelle befunden hatte, als man gemeinsam in die Wohnung eingezogen war. Der Sessel stand da, wie etwa Bäume oder Sträucher dazustehen pflegen, und würde es, solange er seine Funktion erfüllen konnte, auch bleiben. Punktum! Die Spritzer von Dispersion störten dabei in keiner Weise.

Die Küche war gleichzeitig Mortensens Arbeitszimmer. Auf dem Tisch erhob sich globusartig ein Computer, dessen Gehäuse jene kränkliche Färbung besaß, die einem das Gefühl gab, auch Maschinen könnten unter dem stetigen Zerfall roter Blutkörperchen leiden. Und das war ja wohl auch der Fall. All diese Geräte, die den frühen Generationen von Personalcomputern angehörten und noch immer auf irgendwelchen Küchentischen herumstanden, besaßen viel weniger das Aussehen einfach nur alter Haushaltsgeräte oder Büromaschinen, sondern eben jenes humanoide Flair, das man Automaten so gerne zuspricht.

Sieht man ihn an, den siechenden Computer, wird einem schwer ums Herz. Man empfindet Mitleid.

Ein solcher gelbsüchtiger Computer stand also auf Mortensens Küchentisch, eingebettet in Stöße von Papier, die aus Zeitungsausschnitten, zerfledderten Telefonbüchern, Fotokopien, Stadtplänen, den herausgerissenen Seiten alter und neuer Atlanten und dem einen oder anderen Manuskript bestanden. Auf allen diesen papierenen Stapeln lagerten die Körper kleiner toter Insekten.

Das war so ein Tick Mortensens, wobei der Tick weder einen wissenschaftlichen noch einen perversen Hintergrund besaß. Mortensen war so wenig entomologisch wie morbid veranlagt. Doch wenn er eine tote Fliege oder Spinne, eine leblose Biene, Hummel, Motte oder ähnliches Getier am Boden entdeckte, so hob er das Körperchen nicht selten auf, um es auf einem der Stöße zu plazieren. Wobei er zusah, nicht mehr als vier, fünf dieser Insekten auf dem Deckblatt des jeweiligen Stapels zu lagern. Mortensen gab den toten Gliederfüßern die Namen jener Romanfiguren, an denen er gerade arbeitete, und ordnete sie in einer Weise an, die auch der Stellung der Personen in der Geschichte beziehungsweise untereinander entsprach.

Welche Figur welchem Insekt zugewiesen wurde, war hingegen eine Frage des Zufalls. Kam eine neue Gestalt ins Spiel und fand sich gerade ein zerdrückter Falter auf dem Boden, ergab sich daraus eine zwingende Verbindung.

So war etwa der voluminöse Herr Jänecke, der den Nachtwächter aus *Die Lust, ein Hemd zu bügeln* verkörperte und der sich ausgezeichnet als Käfertier gemacht hätte, in Form eines toten Schmetterlings auf der Straßenkarte von Dessau abgelegt worden. Denn so ungefähr in dem Augenblick, da Mortensen die Figur des Nachtwächters in den Sinn gekommen war, hatte er auf dem Fensterbrett die helle Gestalt eines Kohlweißlings entdeckt. Woraus folgte, daß der wuchtige Jänecke als graziler Schuppenflügler durchgehen mußte. Aber warum auch nicht? Schließlich gehörte es zu einer der populärsten Vermutungen, daß in den käferartigen Gestalten schwergewichtiger Menschen oft erstaunlich empfindsame, fragile Seelen steckten.

Übrigens war sich Mortensen durchaus bewußt, daß man eine solche Anhäufung von Insekten in der Küche, so literarisch begründet sie sein mochte, als unappetitlich, gar abartig empfinden konnte, weshalb er seine Gäste prinzipiell aus diesem Bereich ausschloß.

Während er sich den Kaffee eingoß und das Aroma gleich einem schonenden Scheuermittel seinen Geruchssinn anregte, kamen auch die Gedanken zurück, und damit der Eindruck, daß etwas nicht stimmte. Ganz und gar nicht stimmte. Die Bilder des Vorabends tauchten in rascher Folge vor seinem geistigen Auge auf.

Anfangs sah er nur den Regen, dann aber erinnerte er sich an *Tilanders Bar*, an die streifenförmige Auskleidung des Raums, erinnerte sich an den Mann im silbergrauen und an den Mann im dunkelblauen Anzug sowie an die Frau am Rande der Theke. Breitgesichtig, auf einen bestimmten Punkt starrend, dabei weniger verträumt denn hochkonzentriert. Konzentriert auf eine Weise, mit der sie später, im Schutze eines dunklen Zimmers, wohl mit Thomas Marlock verfahren war. Was noch kein wirkliches Drama bedeutete, wenn man eine persönliche Betroffenheit ausschließen konnte. Denn obgleich Thomas Marlock gerade dabeigewesen war, ein Leser von Mortensens Bücher zu werden, so war der Exitus des Lesers für den Schriftsteller an sich kein Problem. Doch die Art seines Todes, der Umstand, daß der losgetrennte Schädel im Aquarium gelandet war, stieg nun schmerzhaft überdeutlich in Mortensens Erinnerung auf.

Auch wurde ihm jetzt bewußt, daß er nicht nur als Zeuge in diese blutige Geschichte eingegangen war, sondern sich in der

Folge auch noch verdächtig gemacht hatte. Und sich also gar nicht zu wundern brauchte, wenn demnächst ein Phantombild in den Zeitungen abgedruckt würde, anhand dessen ihn ein jeder, der ihn auch nur oberflächlich kannte, würde identifizieren können. Er fand dies alles überaus deprimierend. Er spürte jetzt seine Knochen, hustete. So, als sei ihm endlich eingefallen, daß man sich nach einer solchen Nacht einfach nicht gesund und kräftig fühlen durfte. Ganz im Gegenteil.

Er gab dieser Einsicht nach, schluckte ein Aspirin, nahm eine neue Flasche Johannisbeergeist vom Regal und zog sich auf seine Liegestatt zurück. Üblicherweise trank er nicht vor dem Abend. Nun, üblicherweise verbrachte er seine Vormittage auch nicht im Bett. Nachdem er einen Schluck genommen hatte, zog er sich die Decke über den Kopf und überlegte, warum die Frau, die er für sich, des Mantels wegen, die *Sandfarbene* nannte, warum also die Sandfarbene Thomas Marlock auf diese Weise verstümmelt hatte. Denn allein darin bestand für Moritz Mortensen das Unglaubliche.

Daß ein Mensch einen anderen ermordete, fand er nicht weiter ungewöhnlich. Nach seiner Anschauung war dazu ein jeder in der Lage. Ein jeder, der genügend Wut mit sich herumschleppte (also genügend »Dialekt«) und im richtigen Moment über die Kraft oder die Waffe verfügte. Daß eine Person jedoch fähig war, den gesamten Hals seines Opfers zu durchtrennen, blieb Mortensen ein Rätsel. Vor allem, da die Sandfarbene keineswegs den Eindruck vermittelt hatte, vor lauter Raserei den Verstand verloren zu haben. Viel eher war sie, wenn seine Erinnerung stimmte, auf eine ruhige, überlegene und überlegende Weise durch das Zimmer des Ermordeten stolziert.

Über die Sandfarbene und ihre Gründe spekulierend, schlief Mortensen bald wieder ein. Bis zum Abend hin war er in eine Mischung aus Träumen und kurzen Augenblicken halbwachen Phantasierens eingesponnen. Mitunter setzte er wie automatisch die Flasche an und nahm einen Schluck der klaren, geistvollen Flüssigkeit. Es war gegen halb neun Uhr, als ihn das Läuten der Türglocke vollständig aus seiner Versunkenheit herausholte.

Doch erst, da das Klingelgeräusch durch ein heftiger werdendes Klopfen ersetzt wurde, stieg er von seiner Couch, ordnete die Teile des Bademantels, nahm die Kapuze vom Kopf und drehte das Licht einer Tischlampe an, deren Knopf er problemlos in der Dunkelheit geortet hatte. Er spürte seine Betrunkenheit bloß als eine Schwere in den Beinen, nicht viel anders, als hätte er einen längeren Marsch hinter sich gebracht. Aber das war natürlich ein Irrtum. Im Stehen erwies sich dieselbe Welt als ungleich komplizierter. Es kostete ihn einige Mühe, in den Vorraum zu gelangen und an die Wohnungstür zu treten. Endlich blickte er durch den Spion und erkannte nichts anderes als einen dunklen Flecken am unteren Rand des verzerrten Ausschnitts. Ein Gesicht konnte er nicht wahrnehmen. Dafür war die Person, die vor der Tür stand, zu klein. Oder hatte sich klein gemacht.

»Wer ist da draußen?« fragte Mortensen und trat zur Seite, als erwarte er ein Durchsieben der Türe.

Stattdessen meldete sich eine Stimme, die so ältlich wie fest und bestimmt klang: »Hier ist Frau von Wiesensteig. Machen Sie endlich auf, Mortensen. Was soll das Theater?«

»Meine Güte«, stöhnte Mortensen leise, schob den Sicherheitsbalken zur Seite und öffnete die Türe. Im Gang stand eine etwa achtzigjährige Person, ein echtes Fräulein, nicht im Sinn einer unverheirateten Jungfer, sondern im Sinn einer überaus resoluten Person. Auch war der Begriff des Fräuleins in seiner ursprünglichen Bedeutung zu verstehen, als eine Verkleinerung von *Herrin*. Eine Herrin war diese Dame in jedem Fall. Ein Fräulein *und* eine Herrin. Das sah man sofort. So klein sie auch war, kaum größer als eine durchschnittliche Zwölfjährige, spürte man ihre Mächtigkeit. Spürte, wie sehr sie sich Respekt zu verschaffen verstand. Und zwar keineswegs mittels aristokratischer Herablassung. Denn auch wenn sie auf das *von* bestand, wie man etwa darauf besteht, selbst im feinsten Lokal Brotstücke in die Suppe zu tunken, so hätte sie nie den Unsinn einer bestimmten Geburt und Abstammung ins Spiel gebracht. Ihr dominantes Auftreten entsprach vielmehr der Überzeugung, daß es ohne eine gewisse Herbheit, Schärfe und Strenge für eine Frau nicht möglich gewesen wäre, das zwanzigste Jahrhundert seelisch wie körperlich unbeschadet zu überstehen.

Und jetzt war dieses Jahrhundert vorbei, und sie stand noch immer aufrecht und in jeder Hinsicht unverwundet auf ihren Beinen. Zudem bei klarem Verstand und nicht ohne Lust am Leben, was für sie bedeutete, zu rauchen und zu trinken, gleichermaßen Opernaufführungen wie Eishockeyspiele zu besuchen. Letzteres, weil sie den Anblick »verpackter« Männer liebte. So wie sie es liebte, die Zeitungen des Landes mit Leserbriefen zu nerven und einem Verein zur Förderung des Freidenkertums vorzustehen. Ja, es bestand eine gewisse Ironie darin, daß Frau von Wiesensteig den Titel einer Freifrau trug und gleichzeitig das Freidenkertum zu erneuern suchte, und zwar dadurch, daß sie einen *Verein zur Förderung der Freiheit im Kopfe und im Geiste* ins Leben gerufen hatte, welcher von einigen Spöttern gerne als Kaffeekränzchen hundertjähriger Marxistinnen abgetan wurde. Das einzige, was daran stimmte, war der Umstand, daß große Mengen Kaffee und dazu passende Schnäpse serviert wurden.

Weltanschaulich gesehen, spielte jedoch weniger der Materialismus als der Spiritualismus eine Rolle. Auch waren durchaus Männer mit von der Partie. Was genau während dieser Sitzungen geschah, blieb freilich ein Geheimnis. Und auf jeden Fall ging man in Stuttgart gerne davon aus, daß Eila Freifrau von Wiesensteig und ihre Vereinskollegen, die sich *Freeplayer* nannten, irgendwelche Dinge taten oder zumindest dachten, die den Begriff »ungeheuerlich« verdienten.

Auch Moritz Mortensen wußte nichts darüber, enthielt sich allerdings der Vorstellung von Ungeheuerlichkeiten. Monismus und ähnliches interessierten ihn nicht. Sein Kontakt zur Freifrau war ein rein geschäftlicher. Sozusagen. Denn trotz seiner finanziellen Unabhängigkeit und seiner Vorgabe, sich nur dem Schreiben zu widmen, trieb ihn eine Art von Selbstverachtung dazu, hin und wieder einer kleinen, verrückten Tätigkeit nachzugehen. Selbstverachtung deshalb, da er mit seinen Büchern kein Geld verdiente. Also bestrafte er sich (auch wenn er dies *so* nicht ausgedrückt hätte), indem er phasenweise die Betreuung von Haustieren übernahm. Und zwar ohne daß eine große Zuneigung zur Kreatur ihn ausgerechnet in diese Berufssparte gedrängt hätte. Man könnte auch sagen: Sein Haustierpflegertum stellte die zwanghafte Wiederholung seiner Dachdeckerlehre dar.

»Wie sehen Sie denn aus?« fragte die Freifrau, marschierte an Mortensen vorbei in den Vorraum, trat ins Wohnzimmer, überblickte das Chaos und drehte sich dann zu Mortensen um, der hinter ihr hereingeschlurft kam. Er registrierte jetzt durchaus, daß die lastende Schwere nicht bloß in seinen Beinen lag, griff sich an den Kopf und drückte Daumen und Mittelfinger seiner linken Hand zangenartig gegen die Schläfen.

»Wir haben einen Termin vereinbart«, erinnerte die Freifrau ihr desolates Gegenüber.

»Ich hatte eine harte Nacht und einen harten Tag.«

»Sie sind betrunken«, stellte die Freifrau fest, als verkitte sie ein Loch in der Wand. »Wogegen ich nichts hätte, wenn Sie sich an unsere Vereinbarungen halten würden. Also, was ist geschehen?«

»Es ist besser, wenn Sie nichts davon erfahren.«

»Klingt ja abenteuerlich.«

»Ist aber eher häßlich. Eine saublöde Geschichte.«

»Na gut, Mortensen. Das ist Ihre Sache, wenn Sie nicht darüber reden wollen. Aber ich hoffe, es bleibt bei unserer Abmachung. Wenn ich Ihnen schon den Schlüssel nachtragen muß.«

»Natürlich. Es bleibt dabei. Ich ziehe morgen nachmittag bei Ihnen ein.«

»Zwei Uhr«, bestimmte Frau von Wiesensteig.

»Zwei Uhr«, bestätigte Mortensen.

Das Prinzip seiner tierpflegerischen Arbeit bestand darin, daß er die Tiere nicht zu sich nahm, sondern in die Domizile seiner Auftraggeber übersiedelte. In der Annonce, die er in regelmäßigen Abständen in der größten Zeitung der Stadt veröffentlichte, hieß es:

Schriftsteller betreut Ihre Lieblinge! Tierpension ade. Ihr Goldkind braucht auf seine vertraute Umgebung nicht mehr zu verzichten. Solange Sie auf Urlaub oder Geschäftsreise sind, ziehe ich in Ihre vier Wände ein und gewährleiste eine optimale Betreuung von Katzen und Hunden, Vögeln und Kleintieren. Keine Reptilien. Keine Äffchen. Absolut vertrauenswürdig.

Während Eila von Wiesensteig dieses Inserat gelesen hatte, war ihr natürlich der Gedanke gekommen, daß hier jemand versuchte, sich für ein paar Tage oder Wochen eine freundliche Umgebung für seine Schriftstellerei zu organisieren. Um sich dafür auch noch bezahlen zu lassen. Andererseits fand sie nichts dabei, wenn jemand auf seinen Vorteil bedacht war.

Als die Freifrau dann ein erstes Mal mit Mortensen zusammengetroffen war, um über die Details zu sprechen, hatte sie eine Bedingung gleich vorangestellt: »Ich will nicht, daß meine Katze oder ich irgendwann in einer von Ihren komischen Geschichten auftauchen. Auch nicht verschlüsselt.«

»Wieso komisch?« Er war völlig perplex ob des Anscheins gewesen, daß diese Frau eine Meinung und damit eine Ahnung bezüglich seiner schriftstellerischen Werke besaß.

»Wollen Sie den Auftrag, oder wollen Sie ihn nicht?«

»Schon gut. Ich verspreche Ihnen, Sie und Ihre Katze aus jeglicher literarischen Verwurstung oder Verschlüsselung herauszuhalten.«

»Sehr gütig«, hatte die Freifrau gemeint. Dann aber erklärt: »Ihre Annonce klingt zynisch. So als ob Sie die Haltung von Haustieren für etwas recht Idiotisches hielten – ich zitiere: *Liebling! Goldkind!*«

»Ich wüßte nicht, was an diesen Begriffen auszusetzen wäre«, hatte sich Mortensen gewehrt, nun überzeugt, daß die Freifrau noch nie eines seiner Bücher in Händen gehabt hatte.

»Sie könnten ein Sadist sein«, hatte Eila von Wiesensteig gemeint.

»Ich könnte, natürlich. Aber Sie würden es merken. Sie würden es bereits *jetzt* merken.«

»Hören Sie auf, mir und sich zu schmeicheln.«

Das Gespräch war auch in der Folge ohne große Sympathie geblieben. Dennoch hatte Mortensen den Auftrag erhalten, sich für einige Tage im Haus der Freifrau einzuquartieren und eine Katze namens April zu betreuen. April, englisch ausgesprochen. Eine Siamkatze in den mittleren Jahren, die Mortensens Desinteresse mit so großer Zudringlichkeit beantwortet hatte, daß er eine Art animalischer Boshaftigkeit dahinter vermutete. Sollte es das geben? Nicht nur rücksichtslose und hinterlistige, sondern auch sarkastische Katzen? Dennoch war Mortensen in den vergangenen beiden Jahren mehrmals in die alte Villa unterhalb des Bismarckturms, am Roseggerweg, eingezogen und hatte an diesem Ort wesentliche Teile seines *Unglück eines Lottospielers* verfaßt. Ein Umstand, den er vor Frau von Wiesensteig bis heute geheimhielt, als müsse er fürchten, für dieses Buch auch noch in weiterer Form als purer Erfolglosigkeit bestraft zu werden.

»In acht Tagen bin ich zurück«, erklärte die alte Dame und reichte Mortensen einen Schlüsselbund. »Der Eisschrank ist gefüllt. Ebenso die Vorratskammer. Alles wie gehabt. Die Burschen vom Service sind angewiesen, erst nächste Woche wiederzukommen. Sie und die gute April werden also Ruhe haben. Heilige Ruhe. Es gibt nichts Besseres.«

Eila von Wiesensteig war derart modern veranlagt, daß sie keine Putzfrau besaß, sondern eine Firma damit beauftragt hatte, ihr Haus sauber zu halten, eben jene »Burschen vom Service«. Das kam zwar um einiges teurer, ersparte ihr jedoch die Erbärmlichkeit persönlicher Gesten gegenüber einer Angestellten. Besagte Burschen rutschten nicht auf Knien über die wertvollen Bodenfliesen, wie sie es auch unterließen, bis in den letzten Winkel des Hauses dem Dreck hinterherzuforschen, um dabei einen gequälten, ausgebeuteten Eindruck zu hinterlassen. Statt dessen säuberten sie das Haus in einer emotionslosen, unaufwendigen, direkten Weise. Sie gingen in dieser Villa nicht anders vor, als reinigten sie eine Tiefgarage oder ein Bürohaus. Wenn man einem Mann beim Putzen zusah, behauptete Frau von Wiesensteig, vergesse man mit einem Mal das Mindere dieser Arbeit, wobei dieses Mindere ja bloß historisch bedingt sei. Männer verstünden es, mit Würde an eine solche Tätigkeit heranzugehen. Ein Mann, sagte sie, der ein Fenster putzt, putzt ein Fenster. Eine Frau hingegen verwandelt diesen Vorgang in einen Akt der Selbstgeißelung. Frau von Wiesensteig hätte lieber die Erblindung ihres Hauses in Kauf genommen, als irgendeinen Dreck von den Fenstern zu wischen.

»Wohin geht's denn diesmal?« erkundigte sich Mortensen ohne echtes Interesse.

»Frankfurt.«

»Nicht sehr originell.«

»Das kommt drauf an, Mortensen. Für einen Kollegen aus Greensburg, Kansas, hat Frankfurt durchaus etwas Reizvolles.«

»Ja, man sollte in Greensburg leben. Dann wäre alles auf dieser Welt eine Attraktion.«

»Vielleicht«, meinte Eila und betrachtete Mortensen voller Skepsis. Sie war es nicht gewohnt, daß er ihr gegenüber eine Meinung von sich gab. Weshalb sie jetzt fragte: »Fühlen Sie sich wirklich in der Lage, April zu betreuen? Ich kann den Kongreß auch absagen. Sie haben ja recht, in Frankfurt muß man nicht gewesen sein. Im Grunde ist das eine fürchterliche Stadt. Die Banalität einer einwöchigen Buchmesse scheint das gesamte Jahr zu prägen. Die Leute, die Häuser, alle sehen aus wie Bücher: flach und viereckig. Wie auf einem Cartoon.«

»Nein«, wehrte Mortensen ab, »fahren Sie nur. Sie wissen doch, was für ein Liebespaar April und ich sind.«

»Ja, ja«, meinte sie abschätzig, ließ jetzt endlich den Schlüsselbund in Mortensens Hand gleiten und erkundigte sich, nachdem sie nochmals das Zimmer betrachtet hatte: »Wollen Sie nicht doch, daß ich Ihnen die Burschen vom Service mal vorbeischicke?«

»Ich fühl mich wohl!« sagte er, und zwar mit ungewohnter Schärfe, so daß Frau von Wiesensteig ihre Arme abwehrend hob und versprach, nie wieder ein solches Angebot zu machen.

Mortensen brachte die Freifrau zur Tür und sah ihr nach, wie sie langsam die Stufen hinunterschritt. Es war nicht so, daß man ihr das Alter nicht angemerkt hätte. Aber sie verstand es ausgezeichnet, es zu tragen, ihr Alter. Etwa so, als führe sie etwas Unhandliches, aber durchaus Hübsches spazieren.

Nachdem er die Tür wieder versperrt hatte, wankte Mortensen zurück zur Couch, zappte durch das Fernsehprogramm und überließ sich schließlich irgendeiner fiebrigen Abenteuerkomödie. Während er den einen oder andern Schluck aus der Flasche nahm, sah er Flugzeuge explodieren und Menschen Sprüche klopfen. Egal was geschah, egal wie schlimm es zuging, für einen verbalen Hechtsprung schien immer Zeit. Selbst noch mit der Pistole im Nacken oder der Faust im Gesicht oder fremden Lippen auf dem Mund, zwang es die Akteure zu ulkigen Bemerkungen. Ihre Sprüche waren wie die Marmelade, die zwischen zwei zusammengepreßten Brotscheiben hervorspritzt, auf den Boden tropft und eine klebrige Spur hinterläßt.

Einmal, als Mortensen bereits halb eingenickt war, meinte er zu hören, wie ein Mann zu einem anderen sprach: »In Greensburg möchte ich nicht begraben sein.«

Der Gegenüberstehende antwortete: »Ehrlich gesagt, möchte ich nirgends begraben sein.« Dann schoß er. Sein Lächeln glänzte.

Mortensen schreckte auf. Hatte er sich das nur eingebildet? Greensburg? Er sah sich jetzt äußerst konzentriert den Film bis zum Ende an. Der Name Greensburg jedoch fiel nicht wieder. Er machte Licht und Fernseher aus, legte sich hin und fiel in eine weitere Etappe seines vom Alkohol patinierten Schlafs.

Als er erwachte, war es kurz nach sieben. Zwischen den weißen Lamellen der Jalousie zeichnete sich das Schwarz des jungen Tages ab. Ein Zebra von einem Tag. Mortensen blieb noch eine Weile liegen, dann trat er ins Badezimmer, welches der winzigste von all den winzigen Räumen dieser Wohnung war. Ein fensterloses Kabuff, dessen Entlüftung allein durch einen Spalt in der Tür erfolgte, einen ungeschickt herausgesägten Einschnitt. Um nur ja keinen Beitrag zur Verkleinerung auszulassen, war eine Zwischendecke in den Raum eingezogen worden, in dieses Räumchen mit Toilette und Duschkabine. Paula hatte von der Dusche als von ihrem »Sarg« gesprochen.

Das angesichts der Verhältnisse viel zu große Waschbecken war so gelegen, daß man sich am Beckenrand vorbei in die Kabine zwängen mußte. Moritz Mortensen hatte von seinen Körperproportionen her die absolute Grenze dessen erreicht, was durch diesen Zwischenraum mit Mühe hindurchpaßte. Ganz gleich, ob er ein wenig in die Knie ging oder sich auf die Zehenspitzen stellte. Doch so eng und stickig es hier auch war, handelte es sich dennoch um jenen Ort, an dem Moritz und Paula ihren größten Spaß gehabt hatten. Zusammengepfercht in diesem räumlichen Beinahe-Nichts, war es ihnen vorgekommen, als seien sie völlig getrennt vom Rest der Welt. Gleichsam in einer anderen Dimension. Und was auch immer sie in dieser Badezimmerdimension getrieben hatten – Sex oder reden oder beides – es war ihnen um einiges gelungener und erfreulicher erschienen als der Sex und das Gerede außerhalb ihrer »Familiengruft«. Genaugenommen war dieser Raum der einzige gewesen, an dem sie sich halbwegs wohl gefühlt hatten – miteinander und auch alleine.

Daran hatte sich für Mortensen nichts geändert. Er liebte es, sich in der »Gruft« aufzuhalten. Trotz der Wehmut, die ihn hier öfters überkam. Was freilich damit zusammenhing, daß noch immer Paulas Zahnbürsten im Becher lehnten und ihre feierlich aufgereihten Parfüms geradezu ein Sittenbild der Achtzigerjahre entwarfen. Sogar eine angebrochene Packung Binden moderte vor sich hin. Sowie eine transparente Badehaube, die gleich dem Fragment einer Häutung von einem in die Wand geschlagenen Nagel hing.

Während sich Mortensen vor dem Spiegel die Zähne putzte, dachte er, daß er Paulas Sachen längst hätte wegschmeißen müssen. Es nützte ja nichts. Sie würde nicht zurückkommen, bloß weil ihr Nagellack noch immer auf dem staubigen Brett stand. Nicht wegen eines zehn Jahre alten Nagellacks. Und auch sonst nicht. Ohnehin war es keine erbauliche Vorstellung, Paula könnte aus ihrem Tod wieder auferstehen.

Am Ende der Beziehung war selbige alles andere als vergnüglich gewesen, und keiner der beiden Eheleute wäre zu dieser Zeit auf die Idee gekommen, gemeinsam die »Gruft« oder gar den »Sarg« betreten zu wollen. Was an einigen Tagen, wenn sie gleichzeitig aufgestanden waren, um ins Badezimmer zu stürmen, zu Reibereien geführt hatte. Reibereien, die auch hin und wieder in Handgreiflichkeiten übergegangen waren. Wobei jedoch keiner von ihnen nachträglich viel Wind um die eine oder andere Rempelei gemacht hatte.

Was auch immer Paula an gewichtigen Argumenten gegen ihren Gatten eingefallen war, niemals jenes, er sei ein Schläger. Auch war es ja nicht so gewesen, daß man sich tagtäglich an die Gurgel gesprungen war. Die Attacke – ein fester Griff an Arme oder Schultern, ein Beuteln und Zerren – hatte als die letzte Stufe in einem Ritual fungiert. Und wie es sich für ein Ritual gehörte, waren Paula und Moritz bereit gewesen, sich an unausgesprochene Regeln zu halten. Einmal, um zu verhindern, daß die jeweilige Rempelei über das Produzieren blauer Flecken hinausging. Und dann, um eine gerechte Verteilung dieser blauen Flecken zu gewährleisten. Denn in einer beinahe schon mysteriös zu nennenden Harmonie war das Austeilen und Einstecken auf beiden Seiten gleich groß gewesen. Und so sehr man die Gewalt in einer Partnerschaft ablehnen mag – und auch Mortensen hielt sie kaum für das richtige Mittel –, hatte diese Ausgeglichenheit den Charakter einer durch und durch wahrhaftigen und in dieser praktischen Konsequenz seltenen Gleichstellung von Mann und Frau besessen.

Nachdem er die Zähne schnell geputzt hatte, drückte Mortensen sich am Beckenrand vorbei in die Duschkabine, um sich nun um so ausführlicher mit heißem Wasser zu besprühen. Der dunkle Pelz auf seiner Brust hing ihm wie eine Anordnung plattgedrückter Zapfen von der Haut. Überhaupt war er stärker behaart, als ihm lieb war. Aber dagegen ließ sich nun einmal nichts machen. Zumindest nichts Sinnvolles. Die Haare auf seiner Brust, dachte Mortensen jetzt, würden noch am Wachsen sein, wenn er schon tot wäre. Seine Brusthaare würden ihn überleben. Das deprimierte ihn ein klein wenig.

Geduscht, getrocknet und die Augenbrauen mit einigen Tropfen Rasierwasser glattgestrichen, zog er sich eine schwarze Hose und einen schwarzen, dünnen Pullover über und ging in die Küche, wo er sich seinen obligaten Espresso zubereitete. Minuten später, das dunkle, beinahe sandig schmeckende Extrakt schlürfend, kramte er in einer Tasche, aus der er ein Bündel unbeschriebener Papiere herausnahm, die er für seine handschriftlichen Notizen nutzte. Es handelte sich um alte, in der Mitte geknickte Blätter, die einem Herrn Josef Miretzky als Briefpapier gedient hatten. Jeweils in der rechten oberen Ecke befand sich der in Fraktur gehaltene Briefkopf, welcher Miretzky als einen Verwaltungs-Oberdirektor auswies, dessen Adresse im achtzehnten Wiener Gemeindebezirk gelegen hatte.

Mortensen konnte sich nicht erinnern, wo und wie er an den Packen vergilbten Papiers gekommen war. Denn in Wien war er nie gewesen. Auf jeden Fall liebte er diese Bögen. Und benutzte sie vor allem dann, wenn er in Frau von Wiesensteigs Villa arbeitete, die er auch gerne »Roseggervilla« nannte, obgleich die Besitzerin wenig für den steirischen Dichter übrig hatte und Rosegger nie in diesem oder einem der benachbarten Häuser gewesen war. Natürlich nicht. Roseggerweg hieß dieses kurze Stück ja nur, weil es mit der Anzengruberstraße zusammenstieß, in die wiederum der Grillparzerweg mündete. Eins das andere bedingend. Das österreichische Dreigestirn war an dieser Stelle schlichtweg ein irdisch-kosmisches Ereignis, ein in sich stimmiges Phänomen der Natur, wenn auch jener bürokratischen Natur, deren Aufgabe es ist, den Straßen der Stadt Stuttgart merkbare Namen zu verleihen. Auf jeden Fall paßte für Mortensen alles sehr gut zusammen: die alte Villa, das alte Papier aus Wien und die namentliche Präsenz einer österreichischen Dichtersonne. Gelesen hatte er freilich noch nie etwas von Rosegger. Aber wer braucht schon die Chemie einer Sonne zu begreifen, um sich in ihrem Licht zu baden.

Es war keineswegs so, daß er den Mord vergessen hatte. Aber er bemühte sich, einfach nicht daran zu denken. Nicht zuletzt mit dem Argument, sich gar nicht sicher sein zu können, wieviel davon auf Einbildung beruhte. Auch überlegte er, daß, wenn überhaupt etwas einen Wert besaß, um darüber nachzudenken, es der Zustand seiner Nerven war, die Überreiztheit, die sich in den letzten Monaten seiner bemächtigt hatte. Dazu kam, daß er viel zuviel trank, sich viel zuwenig bewegte, hin und wieder von Kopfschmerzen geplagt wurde, und vor allem, daß er Züge einer leichten Paranoia an sich entdeckt hatte. Immerhin war es ihm in diesem Moment um einiges lieber, sich selbst einer Wahnvorstellung zu bezichtigen, als daran zu glauben, er hätte tatsächlich die aquaristische Behandlung von Thomas Marlocks abgetrenntem Schädel beobachtet.

Also beschloß er, demnächst seinen Hausarzt aufzusuchen und das Problem anzusprechen. Wer war nicht ein klein wenig paranoid? Derartiges gehörte zum Leben. Und es war eigentlich nur wichtig, die Krankheit in Grenzen zu halten. Selbige nicht über das gängige Gefühl des Verfolgtseins durch Behörden, Nachbarn und Geheimdienste hinauswachsen zu lassen. Ein paar Tabletten, eine Therapie, irgend etwas, was einem half, das Auftreten von Alpträumen auf die Zeit zu beschränken, da man auch tatsächlich schlief.

Er schenkte sich einen zweiten Kaffee ein, griff nach einem schwarzen Filzschreiber und schrieb einige Sätze auf das gelbe Papier. Sätze, die den Beginn eines neuen Romans bildeten, den er *Schießübungen oder Das kurze und das lange Leben der Schwestern Weigand* nennen wollte. Und zwar ohne daß er eine wirkliche Geschichte, einen Handlungsablauf parat gehabt hätte. Er sah bloß diese Schwestern vor sich, beide in ihren Zwanzigern, während das Jahrhundert sich in seinen Sechzigern befand. Geschwister, die unterschiedlicher nicht sein konnten und die gemeinsam das Haus am Roseggerweg bewohnten. Er wußte noch nicht einmal, welche von den beiden das kurze und welche das lange Leben leben würde. (Daß sich Frau von Wiesensteigs Schreibverbot auch auf die Villa bezog, schloß Mortensen aus. Zumindest konnte er sich nicht erinnern, daß von einer solchen Einschränkung die Rede gewesen war.)

Mortensen nahm ein paar Skizzierungen vor und verlieh den Schwestern eine vage Gestalt. Man könnte auch sagen, daß er bloß den Schatten schuf, den eine Schwester auf die andere warf.

Nachdem dies erledigt war, begab er sich ins Schlafzimmer und packte eine kleine Reisetasche. Viertel nach zehn verließ er seine Wohnung und fuhr ins Zentrum der Stadt, wo er in eine Kneipe ging, sich an die Theke stellte und ein Glas Rotwein bestellte. Zusammen mit einem zweiten Mann bildete er die gesamte Kundschaft.

Die Frau hinter der Bar sah aus, als schlafe sie im Stehen und mit offenen Augen. Der Mann redete auf sie ein, ohne sich um Mortensen zu kümmern. Welcher sich wiederum wie jemand vorkam, der ausgerechnet mit einem zerstrittenen Ehepaar auf eine einsame Insel geschwemmt worden war. Weshalb er es beinahe als ein Glück empfand, daß Musik aus dem Radio plärrte und die Stimme des Mannes dämpfte.

Bereits nach diesem einen Glas spürte Mortensen jene Leichtigkeit, die ihm helfen würde, dem gerade angelaufenen Wintertag mit der nötigen Gelassenheit zu begegnen. Aber das war ein Irrtum. Die volle Stunde war erreicht, und im Radio wurden die Nachrichten gesprochen. Dinge waren geschehen, in Berlin, in Tokio und Brüssel. Dinge, groß und speckig wie Walrosse. Nichts, was die drei Personen, die vor und hinter der Bar standen, irritieren konnte. Dann aber:

Stuttgart – In einer Wohnung im Stuttgarter Osten wurde gestern Mittag die Leiche eines vierundzwanzigjährigen Programmierers aufgefunden. Nachdem der Mann nicht zur Arbeit erschienen war, hatte sein Dienstgeber die Polizei benachrichtigt, welche in die Wohnung eindrang und den Ermordeten entdeckte. Nach Angaben des Polizeisprechers war der Kopf des alleinstehenden Computerfachmanns mit einem »hierfür geeigneten Instrument« vom Rumpf getrennt und vom Täter in einem im Wohnzimmer befindlichen Aquarium versenkt worden. Eine derartige Vorgangsweise, erklärte der Polizeisprecher, würde die Tat als einen Ritualmord erscheinen lassen. Derzeit untersuche man die Parallelen zu ähnlich gelagerten Fällen. Noch müsse man aus sicherheitstechnischen Erwägungen den Namen des Mordopfers geheimhalten. Bisherige Be-

fragungen hätten zu keinerlei Hinweisen auf die Tatperson geführt. Man gehe jedoch davon aus, daß zwischen Täter und Opfer keine persönliche Beziehung bestanden habe. Vielmehr vermute man eine Zufallsbekanntschaft. Weshalb die Polizei die Bevölkerung zu erhöhter Vorsicht aufrufe. Auch sei geplant, in den nächsten Tagen mit weiteren Informationen zur Person des Ermordeten und den Umständen des Verbrechens an die Öffentlichkeit zu treten.

»Was soll's«, sagte der andere Gast, »da hat ein Schwuler einen anderen gekillt. Ich kenn' die Schwulen. Lauter eifersüchtige Hysteriker. Die sind schnell dabei, wenn's ums Zerstückeln geht. Das steckt in denen drin. Ich würd' einem Schwulen nie auch nur eine Heckenschere in die Hand drücken.«

»Dir sollte auch einer den Kopf abschneiden«, erklärte die Frau, mit einem Mal hellwach.

»Du bist der Würfelzucker in meinem Leben«, meinte der Mann lächelnd. »Zuckersüß!«

Die Frau hob einen flehenden Blick gen Himmel. Der Mann hingegen schien jetzt bester Laune, als sei vor allem die Nachricht vom Tod eines Menschen geeignet, seinen Tag zu versüßen. Er richtete sich mit einem kurzen Ruck zur Seite an Mortensen und fragte ihn, was er von der Geschichte halte.

»Zahlen«, sagte Mortensen rasch.

»Was ist?« fuhr ihn der andere an. »Kriegst du weiche Knie, bloß weil irgendeiner in dieser Stadt seinen Kopf verloren hat?«

»Laß meine Gäste in Frieden«, sagte die Frau und kassierte.

»Leichenblaß!« höhnte der Mann hinter Mortensen her. »Sieh dir das an. Der Kerl ist leichenblaß. Manche Leute halten gar nichts mehr aus. Die kriegen einen Magendurchbruch, wenn irgendwo auf der Welt wer verhungert.«

»Das kann *dir* nicht passieren, was?« meinte die Frau hinter der Theke. Gleichzeitig drückte sie die Starttaste des Kassettenrekorders. Eine Männerstimme, die den Reiz von etwas Stillgelegtem, Verfallenem besaß, erklang und besang den Junimond. Die Frau verlor die Härte aus ihrem Gesicht und war nur noch ein sentimentaler Strich im Raum. Der Gast hingegen verlor seinen Mut und versank in der Betrachtung der gegenüberliegenden Flaschenreihe.

Und was hatte Mortensen in diesem Moment aufgeben müssen? Nun, in jedem Fall die Hoffnung, mit einer Wahnvorstellung davongekommen zu sein. Er war nicht paranoid, nein, er war vielmehr jemand, dessen verdammte Bürgerpflicht es gewesen wäre, in die nächste Polizeistation zu treten, um zu berichten, was er gesehen hatte. Tat er aber nicht. Wie auch hätte er die große Verzögerung erklären sollen? Abgesehen von allem anderen.

Zwei Uhr – so hatte die Anordnung Frau von Wiesensteigs gelautet. Es war also noch zu früh, um hinauf zum Roseggerweg zu fahren. Ziellos und frustriert bewegte sich Mortensen durch die Stadt, sah in die Auslagen der Geschäfte, als blicke er in Käfige. Es war bedeutend kälter geworden, winterlich. Ein Wetter, das – so die Nachrichten – aus Rußland komme. Was wiederum so geklungen hatte, als wollte jemand sagen, daß wenigstens noch die Kälte hin und wieder aus Rußland komme.

Mortensen fror in den Füßen, der viel zu leichten Schuhe wegen, an deren dünner Lederhaut gewissermaßen der russische Winter klopfte. Bloß darum kehrte er in eine Imbißstube ein und stand dann eine ganze Weile vor seiner Currywurst und den mit Ketchup und Majonäse drapierten Pommes frites. Mit einem fingergroßen Dreizack stocherte er in dieser fett- und farbenreichen Anhäufung herum.

Auch hier tönte ein Radiogerät. In den ausführlichen Mittagsnachrichten war nicht viel Neues über den Mord zu erfahren, nur, daß die Polizei eine mögliche Verbindung zu einem Fall überprüfen würde, der drei Jahre zuvor in Heidelberg geschehen war. Auch damals hatte ein abgetrennter Schädel eine Rolle gespielt. Der Kopf des Heidelberger Opfers war in dessen Wohnung – zwischen die Bücher seiner umfangreichen Bibliothek geklemmt – entdeckt worden. Vom dazugehörigen Leib fehlte jedoch bis dato jede Spur. In der Regel war es umgekehrt. Zumeist fehlten die Köpfe. Aus psychologischen Gründen, wie aus Gründen reiner Verschleierung.

Man konnte also nicht von völlig identischen Verbrechen sprechen, schließlich hatte man im vorliegenden Fall den Körper – der übrigens unverletzt geblieben war, soweit man das sagen konnte – im Schlafzimmer des Opfers aufgefunden. Nichtsdestotrotz stellte es eine bemerkenswerte Ähnlichkeit dar, daß einerseits der Stuttgarter Kopf in einem Aquarium und andererseits der Heidelberger Kopf in einem Bücherregal deponiert worden waren. Bei Aquarium und Bibliothek handelte es sich ja nicht bloß um Formen einer Wohnungseinrichtung, sondern um recht hochgestochene Elemente bildungsbürgerlichen Anspruchs. Das Aquarium als naturwissenschaftlich-ästhetische Erbauung. Die Bücherwand als humanistische Tapezierung eines Raums. Es schien also mehr als angebracht, eine Verknüpfung zwischen dem Heidelberger und dem Stuttgarter Fall zu überprüfen. Was in der internen Diktion der Polizei bedeutete: die Herden zueinander zu führen.

Mortensen überlegte, welch ungemeine Kraftanstrengung es wohl bedeuten mußte, einen Hals zur Gänze zu durchtrennen. Die ganze Sauerei, die dabei entstand. Das viele Blut. Die knorpelige Widerspenstigkeit der Halswirbel, die Zähigkeit des Fleisches, der Schnitt durch Luft- und Speiseröhre wie durch zwei Gummischläuche. Dieser wirre, abscheuliche Anblick, der den meisten inneren Dingen anhaftet.

Unmöglich für Mortensen, sich vorzustellen, wie ein Mensch dazu in der Lage war. Als Schriftsteller konnte er zwar eine Idee bezüglich des Weges entwickeln, auf dem ein Mensch auf eine solche Tat zuschritt, doch die Handlung selbst, die Überwindung des Ekels erschien ihm unerklärlich, unmenschlich im wörtlichen Sinn. Wenngleich er jetzt wieder an das Ausnehmen eines Huhnes erinnert wurde und daß er doch als Kind eigentlich recht interessiert zugesehen hatte. Allerdings eben in der Hoffnung, in einem dieser Hühner würde sich etwas Besonderes verborgen halten. Aus dieser Vorstellung ergab sich nun eine weitere. Eine völlig absurde. Daß nämlich auch die Mörderin, die sogenannte Sandfarbene, nur deshalb die Durchtrennung des Halses vorgenommen hatte, um aus Thomas Marlock etwas herauszuholen.

»Und was bitte?« murmelte Mortensen vor sich hin. »Was wird sie wohl gesucht haben? Eine winzige Fernsteuerung? Das stecknadelgroße Geheimpapier einer ebenso geheimen Organisation? Eine verschluckte Gräte?« Er lachte spöttisch in sich hinein. Bemerkte jedoch sogleich sein auffälliges Benehmen und sah sich ängstlich um. Niemand beachtete ihn. Ein jeder war mit sich und der eigenen Wurst beschäftigt.

Mortensen blieb eine ganze weitere Stunde hier stehen und zog mit dem Dreizack rechenartige Spuren über die Fläche aus Majonäse und Ketchup wie im Kiesbeet einer japanischen Gartenanlage. Und tatsächlich besaß der Anblick der gleichmäßigen Linien einen durchaus meditativen, beruhigenden Charakter. Aber als die Uhr gegen eins ging, justierte Mortensen seine Ohren. Umsonst, denn in den Nachrichten wurde kein Wort mehr über den Mordfall verloren.

Mortensen verließ die Imbißstube. Der Wind trieb den Schnee wie in abgepackten Ladungen durch die Straßen und über die Plätze. Mortensen senkte seinen Kopf tiefer in den Kragen und marschierte durch den eisigen Wind hinüber zur Bushaltestelle, wo er eine Weile neben einer Reklame ausharrte. Darauf war ein Mann zu sehen, der ebenfalls von Schneeflocken umgeben war, sich jedoch auf eine Weise gekleidet hatte, die gleichzeitig einen leichten und lockeren wie auch einen winterfesten Eindruck vermittelte – ein Beau in Sibirien. Mortensen hingegen mutete alles andere als locker und winterfest an und bildete einen überdeutlichen Kontrapunkt zu den Empfehlungen der Warenwelt. Es beleidigte das Auge, wie er dastand, ohne Schal, ohne Kopfbedeckung, freudlos, mit dieser verkniffenen Körperhaltung, weniger ein Opfer der Jahreszeit als der eigenen Kleiderwahl. Erbärmlich. Hätte er sich selbst sehen können, er hätte nicht anders darüber gedacht.

Endlich erlöste ihn der Bus aus der Kälte. Mortensen tauchte in das Innere des Wagens wie in eine dampfende Erdhöhle von Winterschläfern. Zumindest schienen sich die meisten Fahrgäste in einem Dämmerzustand zu befinden. Was kein Wunder war. Die Mittagszeit und der lichtarme Tag wogen schwer. Auf jeden einzelnen in dieser Stadt legte sich eine betäubende Müdigkeit, durch die man gleich einem Blinden sich hindurchtasten mußte. Einmal abgesehen von den Leuten, die in ihren Büros saßen und während der Mittagszeit das Leben in Harz eingeschlossener organischer Fragmente führten.

Der Bus mühte sich den Herdweg hoch zur Lenzhalde. Mortensen sah hinunter auf den Kesselboden der Stadt, der im Schneetreiben keineswegs angezuckert wirkte, sondern vielmehr die Vorstellung einer in die Luft gejagten Zementfabrik hervorrief. An der Robert-Bosch-Straße stieg er aus.

Hier oben besaß der Schnee eine weit romantischere, eben eine schneeartige Erscheinung. Große Flocken stapelten sich auf den Hecken und Mauern, welche die Grundstücke und Häuser umgaben.

Die Gegend gehörte zu den besten der Stadt, wenngleich dem kritischen Betrachter bei aller offenkundigen Vornehmheit des Geländes auffallen mußte, wie völlig bieder, ja geschmacklos die Fassaden der meisten Gebäude gestaltet waren. Allein die Tore der überbreiten Garageneinfahrten waren auf eine geradezu unglaubliche Weise häßlich. Das teuerste Material »harmonierte« hier mit völlig mißlungenen Formen. Das war keine Frage der persönlichen Disposition des Betrachters. Wenn irgendwo auf der Welt die Frage nach schön oder häßlich eindeutig zu beantworten war, dann an diesem Ort, der so gesehen also ein philosophisch-logischer Ort war, an dem sich das Häßliche beweisen ließ. Jedes Ding, ob Türklinken, Geländer oder die so beliebten geschmiedeten, bauchigen Fenstergitter, ob altmodisch oder modern, verursachte bei der Betrachtung, selbst noch bei der Berührung einen körperlichen Schmerz. Und dennoch kam er gerne hierher. Er war fasziniert, ja begeistert ob der Einmaligkeit dieser architektonischen Monstrositäten, die sich – bautechnisch gesehen – in zumeist einwandfreiem Zustand befanden. Auch war er sich dessen bewußt, daß die Menschen, die hier lebten und die eine solche ausgeprägte Vorliebe für alles Häßliche besaßen, noch lange keine unglücklichen Menschen sein mußten. Im Gegenteil. Diesen ständigen Schmerz, der von der Häßlichkeit der Immobilien ausging, konnte man – wenn man so wollte – als durchgehende Massage, andauernde Akupunktur oder anhaltende Homöopathie verstehen.

Als Mortensen diese seine Theorie einmal im Freundeskreis vorgetragen hatte, war jemand so frei gewesen, ihn des simplen Neids gegen die Vermögenden zu bezichtigen, die sich eine gute Wohnlage leisten konnten. Woraufhin Mortensen protestiert und dem Freund die Freundschaft gekündigt hatte. Leute, die ihm einen Neidkomplex anhängen wollten, waren für ihn schnell gestorben. Überhaupt vergaß er Menschen so prompt wie tränenlos. Ausgenommen die wirklich Toten. Zu denen jetzt auch Thomas Marlock gehörte.

Von der Robert-Bosch-Straße zweigte die Anzengruberstraße ab, einen spitzen Winkel bildend und den Hang steil bergauf führend. Mortensen war der einzige Mensch auf der Straße. So nahe vor seinem Ziel war es ihm gleichgültig, daß das Schneewasser in seine Schuhe drang. Gegen die Mitte der Straße hin ging eine schmale Sackgasse nach links ab, den Hügel wieder leicht abwärts weisend. Dies war der Grillparzerweg, der kleinste von den drei idyllischen Betonstreifen. Danach verlief die Anzengruberstraße beinahe eben weiter. An ihrem Ende führte eine Biegung nach rechts in den Roseggerweg und rang dem Passanten erneut die Anstrengung ab, eine stark ansteigende Straße hinaufzumarschieren, bei der es sich ebenfalls um eine Sackgasse handelte. Es waren nur wenige Häuser, die auf der Seite, die zur Stadt wies, zwischen Bäumen standen, während der gegenüberliegende Bereich allein der Natur überlassen blieb. Unter diesen Gebäuden befanden sich sogar zwei, welche die übliche architektonische Häßlichkeit durchbrachen. Eines davon war die Villa der Frau von Wiesensteig, die sich im oberen Teil des Roseggerwegs befand und mittels zweier Reihen von Nadelbäumen gegen die Nachbargebäude abgeschottet wurde. Nadelbäume deshalb, um die Abschottung über das gesamte Jahr hin zu gewährleisten. Der von dunklem, grob gehauenem Stein ummantelte zweigeschossige Bau mochte auf den ersten Blick streng und nüchtern erscheinen. Und wirklich besaß er einen abweisenden Charakter. Aber das war gut so. Es handelte sich gewissermaßen um ein Gebäude, das dem Betrachter die Schamlosigkeit einer entblößten Brust ersparte, was man von den meisten Häusern hier nicht behaupten konnte. Dennoch war es nicht unelegant. Eine jede Kante war leicht abgerundet, so daß das Massige und Robuste eine fließende, marine Qualität erhielt.

Kein Wunder, daß die Nachbarn dieses Haus nicht mochten, welches ihnen so überaus wehrhaft und verschlossen erschien. Aber wehrhaft auf hohem ästhetischen Niveau. Der Architekt hatte es Anfang der Dreißigerjahre für sich selbst errichtet, bald aber seine Freude daran verloren und es der Freifrau verkauft, die sich wiederum gerne von einer zuvor ererbten Immobilie getrennt hatte, um sich den »Bunker« am Roseggerweg leisten zu können. »Bunker«, so hatten die Nachbarn das Gebäude bezeichnet. Und weil Frau von Wiesensteig um das Raffinement der Vereinnahmung von Begriffen wußte, hatte sie begonnen, selbst von ihrem Haus als vom »Bunker« zu sprechen. Auch dann noch, als der Krieg begann und es sich in den Augen der Leute von selbst verbat, ein solches Wort zu mißbrauchen, um damit eine modernistische Villa zu etikettieren. Doch das hatte die Freifrau nicht gekümmert. Ihr heiterer Zynismus war ständig ungebrochen geblieben. Auch in der Zeit, als die Nazis sie verhaftet und für ein halbes Jahr ins Gefängnis gesteckt hatten.

Drei Jahrzehnte später erklärte sie in einem Radiointerview, ihre Verhaftung sei auf ein Mißverständnis zurückzuführen gewesen. Sie habe gewiß nicht ernsthaft gegen die Nazis opponiert und würde es folglich als degoutant empfinden, nun als Mitglied des Widerstands geführt zu werden. Das Interview wurde nie gesendet.

Mortensen öffnete das Gittertor und trat den schmalen Steinweg auf das gestreckte Gebäude zu, das mit seiner Längsseite quer zum Roseggerweg stand. Über einen kleinen, tunnelartigen Vorbau gelangte Mortensen an die Eingangstüre, die er aufschloß. Es war jetzt exakt zwei Uhr. Er brauchte sich keine Sorgen zu machen, Frau von Wiesensteig könnte im Hause sein. Das war noch nie der Fall gewesen, wenn er seinen Job antrat.

Ein Vorraum existierte nicht, weshalb der Eintretende sogleich in einen Saal gelangte, der die gesamte Länge des Untergeschosses einnahm. Die Mitte des Raums beherrschte ein dunkler, völlig leerer Holztisch, um den herum mehrere ebenso hölzerne und dunkle Stühle gruppiert waren. Am hinteren Ende wuchs turmartig ein offener Kamin in die Höhe, der aus den gleichen Steinen gebaut worden war, welche die Fassade bestimmten und aus denen auch die Innenwände – wenngleich um eine Spur glatter, heller und rötlicher – bestanden.

Der Kamin, der mit seiner Rückseite ins Freie hinausragte, verfügte über eine ruhende Glut. Zudem trennte der Ofen die beiden wandhohen Fenster, durch die man auf das Grundstück sah. So groß diese Scheiben auch waren, blieben sie andererseits die einzigen im Raum. Ausgenommen ein winziges Rundfenster in der Eingangstüre. Was Mortensen manchmal das Gefühl gab, im Inneren eines Teleskops zu hocken.

Noch bevor er sich seiner nassen Kleidung entledigen konnte, erschien April und strich um seine Füße. Mortensen tat, als bemerke er das Tier nicht, und breitete eine Zeitung auf dem Boden aus, um darauf seine Schuhe abzustellen. Die Katze ließ sich dadurch nicht stören, auch nicht, als er ihr unabsichtlich auf den Schwanz stieg. Sie sprang bloß kurz zur Seite und kam gleich wieder zurück. Dabei gab sie keinen Ton von sich, so, als respektiere sie die Folgen ihrer Aufdringlichkeit. Dann endlich sah Mortensen das Tier an und sagte: »Hau ab, du siamesische Plage!«

April begann zu schnurren. Dabei war sich Mortensen sicher, daß April – April, die Gewitzte – den aggressiven Ton durchaus registriert und ihn folglich verstanden hatte. Nun, er würde sich eben auch diesmal damit abfinden müssen, daß diese Katze es meisterlich verstand, Aversionen zu ignorieren, und daß es also nicht genügen würde, Dosen zu öffnen und das Streu zu erneuern. April wollte ihr Spiel. Und ihr Spiel war es, die Verschmuste zu markieren. Gegen jede Unfreundlichkeit. Wie in einer abstrusen Form von Krieg.

Mortensen wechselte seine Hose und schlüpfte in ein frisches Hemd. Dann legte er Holzscheite auf die Glut und schwenkte eine zusammengefaltete Zeitung. Rasch sprang ein neues Feuer in die Höhe.

Eine Weile sah Mortensen in die Flammen, so bewegungslos wie April, die gleich einem schräg gestellten Möbelstück gegen sein Bein gelehnt war. Dann lösten sich beide aus ihrer skulpturalen Starre. April sprang auf einen Schrank, während Mortensen eine mitgebrachte Flasche Wein aus der Tasche zog, öffnete und sich ein Glas einfüllte. Sodann nahm er auf seinem geliebten S-Stuhl Platz, der vor dem rechten Teil der Fensterfront aufgestellt war und auf dem man weder so richtig sitzen noch so richtig liegen konnte, sondern aufrecht lag oder liegend saß. Und genau das war es ja, was Mortensen an diesem Stuhl, der dem Benutzer eine ganz bestimmte Haltung aufzwang, so schätzte: diesen Zwischenzustand, den er als schwebend empfand, auch wenn man natürlich von einer Stellung sprechen mußte, die sich auch bei jedem anderen simplen Liegestuhl ergeben hätte. Aber das Besondere lag wohl darin, daß es sich bei diesem Möbel um eine außerordentliche Antiquität handelte, die zu benutzen beinahe etwas Banausenhaftes besaß. Der Stuhl, der tatsächlich den Namen »S« trug (da sein Holzgerüst einem gekippten S entsprach), war eine Konstruktion von Eileen Gray, die dieses Modell für ihr Haus in Castellar entworfen hatte. Das war 1932–1934 gewesen, die Zeit also, in der auch der »Rosegger-Bunker« entstanden war. Der Stuhl hatte seit dieser Zeit mehrmals den Besitzer gewechselt und war jedes Mal teurer geworden. Er war zum millionenschweren Spekulationsobjekt aufgestiegen, wobei Frau von Wiesensteig ihn natürlich nicht gekauft, sondern geerbt hatte. Nie wäre sie auf die Idee gekommen, zweihunderttausend Dollar für einen noch so hübschen Stuhl auszugeben. Nicht für ein S. Und auch sonst für keinen Buchstaben. Im Erben aber war sie groß. Das Erben war geradezu eine Spezialität von ihr. Es kam sogar vor, daß sie die Hinterlassenschaft von Verwandten antrat, welche bei ihrem Tod vierzig Jahre jünger waren als die Freifrau. Einmal hatte sie gesagt, sehr zum Befremden ihrer Gäste, die nicht wußten, ob sie gerade spaßte oder nicht: »Ich werde ewig leben. Denn einer muß schließlich erben. Nicht wahr?«

Und als Moritz Mortensen sich nun auf der durchhängenden Polsterung des S-Stuhls ausstreckte, weder saß noch lag, sondern im Raum schwebte und dabei die vom Schnee bedeckte Gartenlandschaft betrachtete, fühlte er sich trotz seiner verzwickten Situation recht wohl, ja, es gelang ihm sogar, für eine Weile den Fall Thomas Marlock zu vergessen. Lange genug, um in Frieden seine Flasche Wein zu leeren und einzuschlafen. Der Schlaf kam jetzt öfter, wie auch der Durst öfter kam.

Bei seinem Erwachen lag der Raum in völliger Dunkelheit. Auf seinem Bauch spürte er die gemächlich-konstante Vibration des Katzenkörpers. Das Gefühl der Schwerelosigkeit war nun perfekter als zuvor. Er war jetzt wie ein Mann, der mit einer Katze auf dem Bauch durchs All segelte.

Genug gesegelt!

Mit einer Bewegung seiner Hand stieß er die Katze von ihrem Platz. Für einen Moment erschrak er, da ihm schien, er hätte April in die Leere des Raums geworfen, denn ihr Aufkommen auf dem Parkettboden war für ihn ohne einen wahrnehmbaren Ton gewesen.

»Siamesische Pfoten hört man nicht«, dachte Mortensen. Natürlich nicht. Und das, obwohl sie mit Krallen angefüllt waren und hätten scheppern und klirren müssen. Gleich den Sporen eines Pistoleros.

Mortensen erhob sich schwerfällig aus dem Stuhl, realisierte eine gewisse Betrunkenheit und schritt nun langsam, mit nach vorn gestreckten Armen durch den Raum, wobei sich ein deutliches akustisches Muster seiner Fortbewegung bildete. Nach und nach konnte er die Konturen des Saals wahrnehmen, und schließlich gelang es ihm, einen Lichtschalter zu betätigen. Zwei von der Decke hängende, diskusförmige Beleuchtungskörper sprangen gleichzeitig an und verströmten ein cremefarbenes Licht, das die Gegenstände mehr berührte als beleuchtete.

An den Flanken des nun milde erhellten Raums erstreckten sich zwei weitere Räume. In jenem, der nach Osten wies, befand sich die Küche, die in der Art einer kubistisch zerstückelten Steinküche eingerichtet war, in die man nach und nach intelligente Geräte wie Geschirrspüler und Elektroherd gezwängt hatte. Hauptstück jedoch war eine noch weit intelligentere Espressomaschine, die mit ihrem mächtigen metallischen Körper einen jeden Blick anzog.

Dieser Raum war stets derart aufgeräumt, so frei von Lebensmittelspuren, daß Mortensen den Eindruck bekam, daß hier die Kochkunst sich in der Espressozubereitung erschöpfte. Und wirklich war Frau von Wiesensteig alles andere als eine engagierte Köchin. Sie hielt unbezahltes Kochen für ablehnungswürdig; nicht als Frau, sondern als Mensch. Der freie Mensch kochte nicht, der freie Mensch besuchte Restaurants. Nur natürlich also, daß Frau von Wiesensteig Restaurants zu den größten Kulturleistungen überhaupt zählte. Während sie es andererseits als eine unsägliche Schande empfand, daß nicht jeder Mensch Anspruch auf einen Restaurantbesuch täglich hatte. Ihr Sozialismus war ein ungewöhnlicher. Ein merkbar aristokratischer. Jedenfalls ein origineller. Und wenn irgendjemand sie auf die pekuniären Schwierigkeiten ansprach, die eine Umsetzung ihrer idealen »Restaurant-Welt« mit sich bringen würde, sagte sie immer nur: »Das können wir uns leisten.« Das war eine banale, eigentlich schon ungehörige Antwort. Aber in der Art, *wie* sie es sagte, klang es, als habe sie einfach recht.

Nun, derartiges kommt vor. Weit erstaunlicher war, daß es sich bei dem der Küche gegenüberliegenden Seitentrakt um eine ehemalige Kapelle handelte. Der Architekt war ein leidenschaftlicher Katholik gewesen und hatte es für selbstverständlich erachtet, zumindest einen Raum in diesem Haus der Andacht zu widmen. Die Freifrau hatte jedoch mit der ihr eigenen Respektlosigkeit die Kapelle »ausmisten« lassen, so daß nur noch die wellenartig geschwungenen, bläulich schimmernden Wände sowie die kleinen, abstrakt gestalteten Glasfenster übrig geblieben waren.

So eckig und kantig die Küche anmutete, so rund und organisch wirkte die Kapelle, die nun keine Kapelle mehr war, sondern zu einer Kombination aus Arbeitszimmer und Fernsehraum umgebaut worden war. Der christliche Charakter war durch einen privatreligiösen ersetzt worden. In jedem Fall besaß dieser Ort einen hohen Grad an Gemütlichkeit. Mehrere Teppiche nahmen das Muster der Glasfenster auf. Auf dem leicht gebogenen Lacktisch spiegelten sich kleine Holzplastiken, stilisierte Tierfiguren, überragt von einer alten Schreibmaschine, die zusammen mit dem flachen Computerbildschirm an ein merkwürdig ungleiches Liebespaar denken ließ (und genau aus diesem Grund nannte die Freifrau ihren Arbeitsbereich *Simone & Jean-Paul*, manchmal auch *Marilyn & Arthur*, wobei sie nicht weiter überlegte, wer hier für den dürren Monitor und wer für die siebzig Jahre alte Remington Pate stand).

Für Mortensen hingegen bestach vor allem der Fernsehstuhl, ein aus roten, wurstartigen Lederelementen zusammengesetztes Objekt. Wobei der Begriff »Wurst« der Eleganz dieses Möbels widersprach, nicht aber der Bequemlichkeit, die sich für eine Person ergab, die zwischen diesen Würsten eingebettet saß.

Und genau in diesen Stuhl, der wie alles hier den leicht abgegriffenen Charme der Antiquität besaß, hatte sich Mortensen niedergelassen, nahm nun die Fernbedienung vom Teetisch und schaltete das Fernsehgerät an, das wie ein großer Buddha auf einem Lacksockel thronte. Mortensen ging die ganze Reihe von Kanälen durch, mehrmals vor und zurück. Noch war er halb dem Schlaf verhaftet und benötigte eine ganze Weile, bevor er den Sender fand, der von dem »Stuttgarter Mord« berichtete, der »momentan großes Rätselraten auslöse«. Im Grunde stellte sich die junge, etwas gar zu zappelige Moderatorin dieselbe Frage, die sich Mortensen gestellt hatte: Wie konnte jemand etwas derartiges tun? Hilflos blinzelte sie in die Kamera und erklärte, daß ihr Kollege Adrian Sowieso im folgenden Filmbericht versuchen werde, ein Licht auf die Hintergründe der Tragödie zu werfen. Nach einer kurzen Intro war sogleich das Haus zu sehen, in dem der Mord geschehen war. Mortensen erkannte es kaum, wohl der Kameraeinstellung wegen, die versuchte, die Fassade höher und zudem geneigt erscheinen zu lassen – bedrohlich, so eine Art schiefer Turm von Stuttgart. Ein Mann mit Mikro trat ins Bild, wirkte für einen Moment ebenfalls wie ein schräg gestelltes Gebilde. Dann rückte die Kamera ihn zurück in die Senkrechte. Er sprach mit leiser, aber deutlicher Stimme: »Dies ist das Haus, in dem der vierundzwanzigjährige Thomas Marlock Opfer eines schrecklichen Verbrechens wurde. Wer kann oder will sich vorstellen, was in der Nacht von Dienstag auf Mittwoch in den beiden Räumen der Junggesellenwohnung geschah?«

Was sollte denn das heißen?

Gar keine Frage, der Voyeurismus des Publikums war so legitim wie verständlich. Ebenso das Bemühen einer Fernsehanstalt, ihn zu befriedigen. Aber genau diesen Voyeurismus gleichzeitig für unmöglich zu erklären war doch ein wenig dreist. Was nichts daran änderte, daß der Reporter nun einige Hausbewohner nach der Person des Opfers und möglichen Hintergründen befragte. Der allgemeine Tenor bestand darin, daß Marlock einen gepflegten, unverdächtigen Eindruck hinterlassen habe, jeden Tag zur selben morgendlichen Stunde in die Arbeit gefahren sei und weder durch ein suchtartiges Verhalten noch durch nächtliches Duschen aufgefallen wäre.

Nun, das mochte richtig sein, eignete sich aber schwerlich, um ein solches Verbrechen zu begründen. Denn Zufälle gab es nicht, nicht für die Leute vom Fernsehen, die sich das Leben als ein zwar geheimnisvolles, doch im Grunde sehr ordentliches Gespinst vorstellten, in welchem Täter und Opfer wie die benachbarten Teile eines Puzzles ineinandergriffen und sich die Unschuld bloß als Abdruck der Schuld erwies. Weshalb der Reporter nachhakte und aus einer eifrigen Endfünfzigerin die Bemerkung herausholte, ihr sei aufgefallen, daß Marlock so gut wie nie Damenbesuch erhalten habe.

Die interviewte Frau verhielt sich durchaus korrekt, konstatierte nichts anderes als die eigene Beobachtung, ohne daraus irgendeinen Schluß zu ziehen. Auch der Reporter zog keinen Schluß, man vernahm bloß einen unartikulierten Ton, den er ausstieß: ein tönendes Aufhorchen. Dabei schaute die Dame irritiert in die Kamera, lächelte dann ein wenig verzweifelt und komplettierte ihre Aussage, indem sie meinte, sie habe das Fehlen von Damenbesuchen bisher eigentlich immer als ein gutes Zeichen angesehen.

Schnitt!

Der Leiter der Ermittlungen trat ins Bild. Währenddessen konnten sich die Zuschauer darüber Gedanken machen, daß es also vielleicht doch kein so gutes Zeichen war, wenn junge männliche Mieter ohne die obligaten Damenbesuche auskamen. So sehr das im Prinzip wünschenswert erscheinen mochte, war es dennoch nicht als normal zu werten. Damenbesuche gehörten dazu, ob geduldet oder nicht. Die Potenz eines vierundzwanzigjährigen Programmierers bedenkend, mußte der Damenbesuch geradezu als Maxime gesehen werden.

Das war freilich nicht das Thema des Hauptkommissars, der sich Spekulationen dieser Art verbat, noch bevor der Reporter offiziell zu spekulieren begonnen hatte. Aber der Kommissar ahnte ja, was sich die Leute vom Fernsehen ausgedacht hatten. Doch *sein* Ansatzpunkt war die Verbindung zum Heidelberger Fall. Man konnte den Eindruck bekommen, daß der Kommissar dieses Heidelberg besonders schätzte und sich auf die Tage freute, die er aus Recherchegründen in der Universitätsstadt zubringen würde. Überhaupt erweckte er den Eindruck eines zufriedenen, heiteren Menschen, der an einem abgeschnittenen Kopf mehr Interessantes denn Schreckliches fand. Er sprach von einem »besonderen Kasus«.

Mortensen fragte sich, ob der Kriminalist den lateinischen Begriff aus einer simplen Laune heraus verwendet hatte, oder ob ihm an der Bedeutung des Wortes nicht nur im Sinne von *Vorfall*, sondern auch von *Zufall* gelegen war.

»Wir verfügen in beiden Fällen über Spuren«, erklärte der Leiter der Ermittlungen, der den schönen Namen Rosenblüt trug, »die darauf hinweisen, daß es sich um dieselbe Tatperson handeln könnte.«

»Welche Spuren meinen Sie?« erkundigte sich der Reporter leiser denn je.

»Spuren ganz im allgemeinen. Ich will es so ausdrücken. Ein Mensch, der sich in einem Raum befindet, hinterläßt Dinge seiner selbst. Auch wenn er Handschuhe trägt. Auch wenn er mit äußerster Sorgfalt vorgeht. Ein Mensch, der in einem Raum steht, ist vergleichbar einem Weihnachtsbaum.«

»Bitte?«

»Er verliert Nadeln, der Weihnachtsbaum«, erläuterte Rosenblüt. »Zwangsläufig. So wie ein Mensch zwangsläufig Haare verliert, Schuppen, Partikel seiner Haut, winzige Fragmente seiner Kleidung. Auch wenn er sich noch so vorsichtig bewegt. Wie der Weihnachtsbaum büßt er selbst dann noch Anteile seines Körpers ein, wenn er völlig still steht. Dazu kommt weiters, daß beinahe jeder Täter einem häuslichen Automatismus unterliegt, daß er also einen Gegenstand geraderückt oder etwa mit dem Finger über Türkanten streicht, des Staubes wegen. Und so weiter. Der Täter schafft also unwillkürlich eine Ordnung oder Unordnung, die nicht selten aus der vom Opfer geschaffenen Ordnung oder Unordnung heraussticht. Kein Mensch kann dagegen etwas tun, so sehr er sich auch bemühen mag, dies zu vermeiden. Woraus sich schlußendlich ergibt, daß der Kriminalist in absolut jedem Fall über eine Anzahl von Spuren verfügt, vagen wie konkreten, die ich als den ›informativen Abfallhaufen des Mörders‹ bezeichnen möchte.«

»Soll das bedeuten, daß die Verbrechen in Stuttgart und Heidelberg ohne Zweifel auf das Konto ein und derselben Person gehen?«

»Das wäre zuviel gesagt. Aber es ist so, daß die beiden Abfallhaufen eine große Ähnlichkeit aufweisen. Sie sind ähnlicher, als es die beiden Morde sind.«

»Worin könnte der Grund bestehen, daß der Kopf des Toten in seinem Aquarium gefunden wurde? Das ist doch eine ziemlich bizarre Verfahrensweise.«

»Bizarr«, sagte Rosenblüt, »ist es bereits, einen Hals zu durchschneiden. Aber ich verstehe natürlich, was Sie meinen. Leider kann ich Ihnen keine definitive Antwort geben. Das Aquarium könnte ein symbolischer Hinweis sein. Das wäre dann die populärste Version. Vielleicht aber hat die Tatperson einfach nur einen Platz gesucht, um den Kopf loszuwerden. Manche Menschen tun sich schwer, einen abgetrennten Kopf einfach auf den Boden oder das Bett fallenzulassen.«

»Der Körper des Toten wurde aber sehr wohl im Bett aufgefunden. Gibt es Hinweise auf einen sexuellen Zusammenhang?«

»Gibt es den nicht immer?«

Schnitt!

Der Schnitt sollte wohl das Vielsagende der Äußerung betonen, doch Mortensen war überzeugt, daß diese Unterbrechung viel eher aus der Sprachlosigkeit des Interviewers heraus entstanden war. Von Kommissar Rosenblüt hingegen war Mortensen beeindruckt. Rosenblüt redete anders, als man es von einem Polizisten gewohnt war. Es gehörte eine beträchtliche Ironie dazu, in einer solchen Geschichte einen Vergleich zu Weihnachtsbäumen herzustellen. Aber so nett fand Mortensen diesen Rosenblüt nun auch wieder nicht, als daß er jetzt zum Telefon gegriffen und die Polizei angerufen hätte.

Zudem war der Bericht noch nicht zu Ende. Fotografien des Ermordeten kamen ins Bild: Thomas Marlock nach dem Abitur, im Kreis seiner Firmenkollegen, beim Grillen, beim Fußball, immer von Männern umgeben, die nun schwarze Balken vor den Gesichtern trugen. Den Fotos nach zu urteilen, schienen Frauen in Marlocks Leben nicht existiert zu haben.

»Wie lächerlich«, dachte sich Mortensen, dem natürlich die Zielrichtung dieses Berichts nicht entgangen war. Auch wenn er wenig über Marlock wußte, konnte er wenigstens eines mit Sicherheit sagen: daß nämlich der Mörder Marlocks kein Mann gewesen war. Auch kein Transvestit. Einen solchen hätte Mortensen erkannt gehabt. Kein Transvestit war ernsthaft bemüht, für eine Frau gehalten zu werden.

Nicht minder eindeutig war der Umstand, daß sich unter den Personen, die nun von der Kamera des Fernsehsenders ins Visier genommen wurden, jene Kopftuchträgerin befand, der Mortensen im Treppenhaus begegnet war. Sie war eingezwängt in einen Pulk von Jugendlichen, die sich soeben durch die Hauseinfahrt bewegten. Beim Anblick der Fernsehleute fingen die Halbwüchsigen an, begeistert zu gestikulieren, während hingegen die Frau völlig reserviert blieb. Für Mortensen war es an der Zeit, auch ihr einen Namen zu geben. Er nannte sie – der Farbe ihres Kopftuches wegen – »die Malvenfarbene« (eine Bezeichnung, die sie selbst als hirnrissig empfunden hätte, während übrigens die Mörderin mit der Bezeichnung »Sandfarbene« durchaus einverstanden gewesen wäre).

Es war nicht so, daß die Malvenfarbene wegsah oder versuchte, ihr Gesicht zu bedecken. Vielmehr blickte sie in die Kamera und damit auf den Zuschauer, als betrachte sie eine kleine Mißbildung, etwa das verkrüppelte Bein einer Taube oder auch nur einen Baum ohne Äste. Ihr Blick war dabei nicht von Ekel erfüllt, sondern auf eine mitleidige Weise ablehnend. Jedenfalls war offensichtlich, daß diese Frau nicht bereit sein würde, irgendeine Frage zu beantworten. Statt dessen dirigierte sie die Schar von Jugendlichen an den Fernsehleuten vorbei ins Haus. Weshalb der Kameramann so tat, als diene seine Aufnahme bloß dazu, eine Impression von der Umgebung des Tatorts einzufangen. Ein adrettes Hinterhofmilieu, das so gar nicht zu der rätselhaft-anrüchigen Art des Verbrechens passen wollte.

Erneut trat der Reporter vor die Kamera, um sich noch einmal direkt an sein Publikum zu wenden: »Die Frage bleibt: Wer hat Thomas Marlock ermordet? Einen Mann, der bei einer der renommiertesten Softwarefirmen unseres Landes beschäftigt war. Jung, gutaussehend, ein unauffälliges, ja geradezu seltsam unauffälliges Leben führend. Warum mußte er sterben? Hat hier jemand eine Barriere überschritten, um seine krankhaften Phantasien auszuleben? Oder steckt dahinter doch viel eher ein Verbrechen, dessen Ursachen im Berufsleben des Ermordeten zu suchen sind? Wir werden weiter berichten. Immer aktuell. Immer inmitten des Geschehens – und ich bin Adrian Frank.«

Mortensen drehte den Ton leiser. Dann ging er hinüber in die Küche, öffnete den Kühlschrank und betrachtete eine Weile die saubere, erleuchtete, eisige Leere. Nachdem er lange genug in die bläuliche Öde gestiert hatte, die an eine dieser trostlosen Antarktis-Kulissen in Tiergärten erinnerte, schloß er die Tür und holte aus seiner Tasche ein paar Kekse, die er rasch verschlang. So weit gesättigt, entkorkte er eine weitere Flasche Wein.

Er fühlte sich erleichtert, da die Malvenfarbene augenscheinlich wenig Interesse hatte, irgendwelchen Medien von ihrem nächtlichen Erlebnis zu berichten. Und aus ihrem abschätzigen Blick meinte er auch herausgelesen zu haben, daß sie ebensowenig daran dachte, sich mit ihrem Wissen an die Polizei zu wenden. Nicht aus Furcht vor Schwierigkeiten, sondern ... nun, weil es ihrer distanzierten Art entsprach. Mag sein, daß sich Moritz Mortensen einiges einzureden versuchte, aber er hatte nun mal das Gefühl, daß die Malvenfarbene ihr Kopftuch viel weniger der religiösen oder traditionellen Bedeutung wegen trug, sondern vor allem im Sinn einer rein privaten Vorkehrung. Das Kopftuch als einen Helm gegen die Umwelt, als einen Schutz gegen den Regen, die Sonne, nicht weniger als gegen die Menschen, die der Malvenfarbenen mit ihren Blicken und Ansprüchen zu nahe kamen.

Das war nun eine ziemliche gewagte Interpretation, wenn man bedenkt, wie wenig Mortensen von dieser Frau wußte. Aber er blieb dabei, war überzeugt, daß die Malvenfarbene sich aus dieser ganzen Angelegenheit heraushalten würde, entsprechend der Einstellung, daß ein Mord eine Privatangelegenheit darstelle, die niemanden außer den Täter und das Opfer etwas angehe.

Mortensen bewegte sich zurück ins Fernsehzimmer, wo er die gesamte Nacht verbrachte, Wein trinkend und sich Filme ansehend. Dabei nickte er des öfteren ein. So war das immer, wenn er sich in der Roseggervilla befand. Er lebte dann nicht anders als eine Katze, ohne daß ihm dies bewußt gewesen wäre. Er schlief nicht in einem großen Stück, sondern in Intervallen, die sich auch über den Tag erstreckten. Und diesmal kam hinzu, daß er – auch während er vor sich hin döste – in einer katzenhaften Weise *lauerte*. Obgleich er nicht ernsthaft befürchtete, ebenfalls gleich seinen ganzen Kopf zu verlieren, lebte er nun doch zum ersten Mal im Bewußtsein der Möglichkeit, getötet zu werden.

Das war tatsächlich eine völlig neue Vorstellung. Denn obgleich er jedermann einen Mord zutraute, wäre ihm niemals der Gedanke gekommen, selbst einmal in die verbrecherische Strömung einer anderen Person hineingerissen zu werden. Nicht einer wie er. Nicht einer, an dem die Abenteuerlichkeiten menschlicher Existenz so ziemlich vorbeigelaufen waren. Doch nun hatte auch er sein »Abenteuer« und verhielt sich folglich in der Art einer Katze, die ihr großes Pensum an Schlaf mit ebenso großer Wachsamkeit paart. Und darin mag wohl auch der Grund gelegen haben, daß es Mortensen diesmal weit weniger auf die Nerven ging, wenn die gute April es sich auf seiner Brust, seinem Bauch, zwischen den Beinen oder in seiner Armbeuge gemütlich machte. Nur als sie versuchte, ihren Körper über seinen Hals zu legen, wehrte er sich. Ansonsten verhielt er sich gnädig. Denn in Aprils Wachsamkeit bestand gewissermaßen sein Vorbild. Wenn die Katze nicht versagte, würde auch er es nicht tun.

Der späte Charme der Detektive

In der Zeitung, die Mortensen während seines vormittäglichen Frühstücks durchsah, wurde in ausgesprochen sachlicher Weise über den Mord informiert. Der Verfasser des Berichts bewegte sich ganz auf Kommissar Rosenblüts Linie und betonte den Verdacht, der *Stuttgarter Kopf* und der *Heidelberger Kopf* könnten auf denselben Täter zurückzuführen sein. Daß Thomas Marlock für ein bedeutendes Unternehmen einer Zukunftsbranche tätig gewesen war, blieb ebenso unerwähnt wie der Vorwurf gegen den Ermordeten, zu wenige oder gar keine Damenbesuche empfangen zu haben. Und noch immer schien nicht der geringste Hinweis auf die Person des Kopfabschneiders zu bestehen. Dies allerdings sollte sich noch am selben Tag ändern.

Die gesamte Zeit bis zum Abend hin verbrachte Mortensen in der Bibliothek, die im oberen Stockwerk untergebracht war. Bücherkabinett wäre wohl der passendere Begriff gewesen, da der Raum kaum mehr als vier Quadratmeter maß, jedoch so lückenlos und stimmig mit Büchern ausgekleidet war, daß der Eindruck einer geschlossenen Bewegung entstand. Denn vergleichbar dem christlichen Fernsehraum, besaßen auch hier die Wände eine geschwungene, gewellte Form. Eine Form, an welche die Regale und damit auch die Bücher angepaßt waren, die wie dicht gedrängtes Treibgut vor und zurück wogten. Unterbrochen nur von einer Tür und einem schmalen, kaum zwei Hand breiten, jedoch vom Boden bis zur Decke reichenden Fenster.

Auf die Scheibe waren, eins unter dem anderen, schwarze Buchstaben aufgemalt worden, die zusammen das Wort

GÜRTEL ergaben. Diese Installation ging noch auf eine Idee des Architekten zurück, welcher solcherart versucht hatte, den Blick von der Bibliothek in den Garten intellektuell zu überhöhen. Und damit zumindest einiges an Verwirrung gestiftet hatte.

In der Mitte des Raums stand allein ein Sessel, an dessen Lehne eine Leselampe montiert war, die etwas von einer winkenden Hand besaß. Bei den Büchern selbst handelte es sich ausschließlich um Werke der Wissenschaft und Philosophie, darunter so wertvolle Exemplare wie eine Erstausgabe von Descartes' »Die Leidenschaften der Seele« oder eine an sich billige Newton-Biographie, die jedoch vom jungen Niels Bohr mit einer Unmenge von handschriftlichen Randbemerkungen vollgekritzelt worden war, worunter sich auch eine kleine schlampige Zeichnung befand, die man als einen ersten Entwurf von Bohrs berühmtem Atommodell interpretieren konnte. Doch das eigentlich Faszinierende an diesem Bücherkabinett war der Umstand, daß absolut kein Band, wie flach auch immer, mehr hineingepaßt hätte und man zudem den Eindruck gewann, daß jedes Exemplar an seiner einzig richtigen Stelle stand. Wenn man nämlich die Wellenbewegung bedachte. Ein Verstellen der einzelnen Bände wäre keinesfalls in Frage gekommen. Dieser Ort war so perfekt wie die reinste Natur. Perfekt in dem Sinn, daß er anders weder denkbar war noch funktioniert hätte.

Es besaß einen großen Reiz für Mortensen, in dem harten, am Holzboden festgeschraubten Lesestuhl zu sitzen und in einem der Folianten zu schmökern, auch wenn die Materie der meisten Schriften seine geistigen Möglichkeiten überstieg. Im Grunde war er getrieben von der Hoffnung, zwischen all diesen Worten und Überlegungen und hochgestochenen Gescheitheiten auf einen wirklich herausragenden, entscheidenden Satz zu stoßen, bei dem es sich dann natürlich um eine sehr einfach formulierte Erkenntnis handeln würde. Etwa in der Art, wie Wittgensteins hirnzerreißender *Tractatus* endet, jenes »Wovon man nicht sprechen kann, darüber muß man schweigen«, bloß daß der Spruch, nach dem Mortensen suchte, allein für ihn selbst von weitreichender Bedeutung sein würde, ihm selbst zu einer entscheidenden Veränderung verhelfen könnte. Einer Veränderung in Richtung auf ein wahrhaftiges, einfaches Glück. Ein Glück von der Beständigkeit einer Schildkröte.

Es war früher Abend, und hinter der Buchstabensäule des Wortes GÜRTEL zerfiel endgültig der kurze Tag, als Mortensen La Mettries »L'Homme Machine« schloß. Auch diesmal war ihm nichts untergekommen, das ihm geholfen hätte, das Glück wie eine Knolle aus der Erde zu ziehen. Er begab sich nach unten und öffnete für April ein Schälchen mit Hühnerfleisch. Er streichelte der Katze mehrmals über den Rücken, da sie ohne diese Liebkosung sich angeblich weigerte, ihre Mahlzeit einzunehmen. Die Freifrau bestand auf solcher Behandlung. Während Mortensen sich dachte, eben auch für *diesen* Schwachsinn bezahlt zu werden. Und schließlich gab es Schlimmeres in einem Berufsleben, als nachlässig einen Katzenrücken zu berühren.

Nachdem April begonnen hatte, ihr Killergebiß in die weiche Masse zu schlagen, wechselte Mortensen hinüber in die »Kapelle« und schaltete das Fernsehgerät an. Minuten später erschien jene junge, nervöse Dame vom Vortag auf dem Bildschirm, nervöser denn je, und teilte mit, daß im Mordfall Thomas Marlock der wahrscheinliche Täter gefaßt worden sei.

Mortensen griff sich an die Brust, atmete tief durch. Dann folgte ein Seufzer der Erleichterung. Der Polizei sei Dank. Oder eben den glücklichen Umständen, die zur Ergreifung ...

Intro!

Der Reporter Adrian Frank trat merklich beschwingt vor die Kamera. Sein Blick besaß jene spöttische Gelöstheit, welche auf eine erfolgreiche Jagd folgt. Geradeso, als hätte er persönlich die Verhaftung vorgenommen.

»Dramatische Entwicklung im Fall des ermordeten und geköpften Programmierers«, begann er seine Rede. »Hinter mir sehen Sie das Landeskriminalamt. In diesem Gebäude befindet sich seit Stunden eine verhaftete Person, die von Kommissar Rosenblüt und seinen Mitarbeitern einer intensiven Befragung unterzogen wird. Dieser Mann, dessen Name uns bereits bekannt ist, den wir jedoch aus Rücksicht auf seine Familie ... dieser Mann ist also dringend tatverdächtig, Thomas Marlock ermordet zu haben. Es handelt sich dabei um einen Arbeitskollegen des Ermordeten, einen fünfundzwanzigjährigen geborenen Mannheimer, der – und das ist einer der vielen springenden Punkte – sich bis vor zwei Jahren seines Studiums wegen in Heidelberg aufgehalten hat. Offensichtlich gibt es auch im aktuellen Fall eindeutige Hinweise, die das Verhältnis von Täter und Opfer als intensiv und tiefgehend erscheinen lassen. Eine fatale Verbindung. Es ist sicher zu früh, die Vorgeschichte dieses Gewaltverbrechens in einem erotischen Zusammenhang zu sehen, aber doch scheint einiges darauf hinzudeuten, daß ...«

Offensichtlich hielt es der Fernsehsender für keineswegs zu früh, jetzt eine Fotografie des Tatverdächtigen einzublenden. Man sah das Antlitz eines braunhaarigen jungen Mannes, dessen einzige Auffälligkeit in der leichten Übergröße seines Kinns bestand. Ein Kinn, das dem restlichen Gesicht einen winzigen Schritt voraus schien, gewissermaßen in der Zukunft stand. Mit oder ohne Kinn, dem Gesicht fehlte jede Spur von Zweifel oder Verzweiflung. Kaum anzunehmen also, daß dieses Foto in den letzten Stunden entstanden war.

Mortensen hatte ihn sofort erkannt: den Silbergrauen. Und ausgerechnet *den* hielt man also für den Mörder Marlocks. Und auch noch für seinen ehemaligen Liebhaber.

»Blödsinn. Unfug!« schrie Mortensen. Er wußte, warum. Immerhin hatte er an dem besagten Abend in *Tilanders Bar* die beiden Männer lange genug beobachtet, um sich absolut sicher zu sein, daß Marlock und der Silbergraue nie und nimmer ein Pärchen gewesen waren. Die Art, wie der Silbergraue über polnische Nutten gesprochen hatte, war von so hingebungsvoller Verachtung gewesen, daß allein die Mühe, die eine solche Hingabe bedeutete, den energischen Hetero verriet. Keine Bewegung, kein Griff, keine Formulierung, auch nichts Verstohlenes, Verschlüsseltes hatten darauf hingewiesen, daß etwas diese beiden Männer verband, das über eine Feierabendfreundschaft hinausgegangen wäre. Und schon gar nicht war es der Silbergraue gewesen, der mit Marlock in dessen Schlafzimmer verschwunden war.

»Was soll das?« fragte Mortensen laut. Und gab sich auch gleich selbst die Antwort: »Mir scheint, die Herren Polizisten versuchen, sich einen Mörder zu backen.«

Auf dem Bildschirm war nun zu erkennen, wie aus dem Landeskriminalamt ein Mann trat und die Stufen hinabstieg. Trotz der augenscheinlichen Kälte war er ohne Hut und Mantel. Er wirkte erhitzt, unzufrieden und beleidigt. Ganz anders, als man ihn gewohnt war, den telegenen Kriminalisten Rosenblüt.

Eine Schar von Reportern hatte sich um ihn herum versammelt. Die Mikrophone waren wie mächtig geschwollene Finger auf seinen Körper gerichtet. Adrian Frank und die anderen sprachen durcheinander. Was dennoch geordnet wirkte, gleich einer oft geübten Praxis: diese ganze Aufgeregtheit.

Rosenblüt spielte mit. Er hob seine Hände, mit denen er eine dämpfende Geste vollzog, während er gleichzeitig mit kräftiger Stimme forderte: »Hören Sie mir bitte zu.«

Das Geschrei zerbrach zu einem Gemurmel, verebbte schließlich ganz. Kommissar Rosenblüt stopfte seine Hände in die Taschen seines Sakkos, schwenkte seinen Blick über den Kreis der Journalisten und gab seine Erklärung ab: »Ich darf Ihnen sagen, daß die Indizien, die den Verdächtigen belasten, erdrückend sind. Da wir uns allerdings noch mitten in einer Untersuchung befinden, möchte ich den Verhafteten als Herrn F. bezeichnen. – Wenn Ihnen das recht ist?«

Rosenblüt sprach mit den Journalisten wie mit Leuten, die man nur auf die allerzarteste Weise behandeln durfte. Verhielt sich also völlig anders als etwa Politiker oder Fußballer, die sich den Medienvertretern gegenüber gerne respektlos, ja, brutal gaben. Rosenblüt verkörperte den »neuen« Polizisten. Souverän, ohne in die Gestik und Sprache eines Gerichtsvollziehers zu verfallen. Und als er sich nun so überaus höflich erkundigte, ob die Anwesenden mit der Bezeichnung »Herr F.« einverstanden seien, folgte ein allgemeines Nicken. Die Mikrophone nickten mit.

»Der Sachverhalt«, nahm Rosenblüt seine Stellungnahme wieder auf, »daß die Spurensicherung in der Wohnung des Ermordeten eindeutige Hinweise auf Herrn F. entdecken konnte, darf uns auf Grund der privaten Kontakte zwischen ihm und Thomas Marlock nicht weiter verwundern. Auch ist dies nicht eigentlich beweiskräftig. Durchaus jedoch der Umstand, daß wir in der Wohnung von Herrn F. auf ein Kleidungsstück gestoßen sind, auf dem sich Blutspuren sowie Gewebeteile des Ermordeten befinden. Ich muß betonen: Dieser Beweisgegenstand stammt nicht aus dem Besitz des Ermordeten, sondern gehört dem Verdächtigen. Es darf folglich angenommen werden, daß Herr F. das Corpus delicti während der Verrichtung seiner Tat getragen hat.«

»Worum handelt es sich? Was für ein Kleidungsstück?« kam es aus dem Pulk der Medienvertreter.

»Ich hoffe, meine Damen und Herren, Sie sind jetzt nicht enttäuscht, aber die Rede ist von einem einfachen, weißen Hemd. Und um gleich Ihren Spekulationen zuvorzukommen, möchte ich feststellen, daß wir nicht über den geringsten Hinweis verfügen, zwischen Thomas Marlock und Herrn F. seien irgendwelche abenteuerlichen sexuellen Praktiken vollzogen worden. Wir vermuten vielmehr, daß eine im Grunde banale Meinungsverschiedenheit zu der Tat geführt hat. Ich will es so ausdrücken: Nicht Ritual, sondern Affekt.«

»Hat der Täter bereits gestanden?«

»Nein, hat er nicht.«

»Beunruhigt Sie das?«

»Warum sollte es?«

»Ein Geständnis wäre eine saubere Lösung.«

»Sauber bedeutet für mich, den Verdächtigen nicht unter Druck zu setzen. Also nicht etwa ein Geständnis aus Herrn F. herauszuholen, welches er dann später widerruft.«

»Was sagt Herr F. zu den Anschuldigungen?«

»Zu den Indizien, lieber Herr Labusch, den Indizien. Nun, Herr F. ist derzeit leider nicht bereit, zu kooperieren. Er hat es vorgezogen, das Gewicht der Verdachtsmomente kommentarlos hinzunehmen. Was nicht unbedingt seiner Entlastung dient.«

»Herr Hauptkommissar Rosenblüt«, meldete sich eine Dame, wobei sie den Namen »Rosenblüt« aussprach, als würde sie sich an den Leiter einer Poetikdozentur wenden. »Wie sehen die Verbindungen zum Fall Bernd Pfleiderer aus, dem Mann, der vor drei Jahren in Heidelberg ermordet wurde?«

»Ja, da muß ich Sie alle wohl enttäuschen. Es scheint beim derzeitigen Stand der Dinge so zu sein, daß sich Herr F. zur Zeit der Ermordung des Bernd Pfleiderer nicht in Heidelberg aufgehalten hat.«

»Sondern?«

»Es tut mir leid, daß ich Ihnen darüber noch keine Auskunft geben darf. Aber so viel möchte ich sagen: Herr F. hätte zur fraglichen Zeit über beachtliche telekinetische Fähigkeiten verfügen müssen, um Bernd Pfleiderer das Leben zu nehmen und dessen Haupt im Bücherregal abzustellen. Nein, nein, es scheint ganz so zu sein, als müßten wir uns von der Theorie verabschieden, der Stuttgarter und der Heidelberger Mordfall würden zusammengehören. Bedauerlich. Aber auch das Bedauerliche muß ertragen werden.«

»Kommissar Rosenblüt, darf ich Ihnen eine persönliche Frage stellen?« drängte sich Adrian Frank nach vorne.

»Versuchen Sie es.«

»Sie vermitteln nicht gerade den Eindruck, als seien Sie zufrieden. Ärgert Sie das Schweigen des Tatverdächtigen?«

»Keineswegs. Wenn Herr F. es für richtig hält, braucht er bis ans Ende seiner Tage den Mund nicht auf zu tun. Ich bin überzeugt, daß unsere Untersuchungsergebnisse – so, wie sie bereits jetzt vorliegen, und erst recht in ihrer vollständigen Ausarbeitung – für eine Anklage ausreichen werden.«

»Es klingt so, als hätten Sie Ihr eigenes Urteil bereits gefällt.«

»Wäre es so, wäre es nicht relevant. – So, meine Herrschaften, das genügt. Haben Sie bitte Verständnis, ich muß meine Arbeit fortsetzen.«

Nicht der geringste Protest regte sich. Alle verhielten sich einsichtig und gingen sogleich daran, eine Kommentierung dieser improvisierten kleinen Pressekonferenz vorzunehmen. Während Rosenblüt die Stufen nach oben stieg und im Haus verschwand, fielen die Reporter wie Kegelfiguren auseinander und verteilten sich über dem verschneiten Platz.

»Der Fall scheint gelöst«, erklärte Adrian Frank in die Kamera seiner Fernsehanstalt hinein. »Obwohl die Hintergründe weiterhin mysteriös bleiben. Denn die Frage stellt sich, ob tatsächlich ein einfacher Streit zwischen Freunden eine solche Explosion an Gewalt zur Folge haben konnte. Ist dies wirklich denkbar? Und was sagt ›Kranion‹ dazu, also jenes Unternehmen, in dem Täter wie Opfer beschäftigt und an bedeutenden Projekten beteiligt waren? Könnte eines dieser Projekte das Unglück heraufbeschworen haben? Und was ist mit dem drei Jahre zurückliegenden Fall des Bernd Pfleiderer? Muß man tatsächlich die Hoffnung begraben, zwei Fliegen mit einer Klappe zu schlagen, also zwei Verbrechen mittels einer Festnahme zu klären? – Sie, die Zuschauer, werden es erfahren. Denn *Ihr* Lieblingsmagazin, *Ihr* Lieblingsreporter ist immer dort, wo die Wirklichkeit geschieht. Ich bin Adrian Frank.«

Mortensen wechselte den Kanal. Er verbrachte den Abend und die Nacht damit, mehrmals umzuschalten und sich eine Nachrichtensendung nach der anderen anzusehen. Beinahe alle berichteten über die neue Entwicklung im Mordfall Marlock. Einige der Sprecher und Sprecherinnen verstiegen sich bereits zu der Behauptung, der Mörder sei gefaßt und das Verbrechen so gut wie geklärt. Dabei betonten nicht wenige die Rasanz und Präzision, mit der die Polizei vorgegangen sei. Entgegen der üblichen Zurückhaltung, was die Nennung von Namen betraf, wurde Hauptkommissar Rosenblüt erstaunlich oft erwähnt. Zumindest von den privaten Fernsehanstalten. Es schien, als betreibe man hier die Inthronisierung eines öffentlichen Stars der Kriminalistik. Daß Rosenblüt eine auffallende Ähnlichkeit mit Paul Newman besaß (dem Newman am Beginn seiner Sechziger, als er in »Die Farbe des Geldes« spielte), war so gesehen wahrscheinlich ein auslösendes Moment gewesen. Zumindest kein Nachteil.

Als Mortensen gegen drei Uhr morgens seinen deprimierenden Gang durch die Kanäle beendete und sich im Hauptraum auf dem S-Stuhl niederließ, befand er sich nicht nur in einem schrecklich alkoholisierten Zustand, sondern überhaupt in einer schrecklichen Verfassung. Mit der Festnahme des Silbergrauen war alles nur noch schlimmer geworden. Denn dieser Mann war ja unschuldig, und niemand – außer der Mörderin – wußte dies so gut wie Mortensen. Es wäre also mehr denn je ein Gebot der Stunde gewesen, sich endlich bei der Polizei zu melden und eine Aussage zu tätigen. Freilich nicht genau in dieser Stunde, nicht um drei Uhr morgens, weshalb Mortensen in seinem Stuhl sitzenblieb und im schwachen Schein einer Stehlampe immer wieder einnickte.

Die Strahlen der Leuchte fielen durch winzige Löcher, die in eine kleinkindgroße Metallröhre gestanzt waren. In der Dunkelheit des Raums hätte man diese Lampe für den letzten mickrigen Rest leuchtender Sterne in einem ansonsten ausgekühlten Universum halten können. Mortensen wäre dann nichts anderes gewesen als ein konturloser, rein theoretischer Teil des kalten, dunklen, leeren, toten Raums. Und eigentlich hätte dies auch genau seinem sehnlichsten Wunsch entsprochen. Eben nicht nur einfach tot zu sein, was ja kaum eine Garantie für absolute Ruhe gewesen wäre, sondern zudem auch dunkel und leer und kalt. Und selbst das nur theoretisch.

Aber das Leben ging weiter. Und zwar recht früh, da sich April bereits gegen sieben Uhr morgens bemerkbar machte. Was eigentlich ein Grund gewesen wäre, das Tier sanft oder unsanft zu entfernen. Doch Mortensen war trotz seiner Kopfschmerzen butterweich, mühte sich aus dem Stuhl und schlurfte in die Küche.

April wand sich geschickt um seine Beine, so daß man von Mortensen als von einer gehenden Slalomstange hätte sprechen können. Ohnehin war er in diesem Moment mehr ein Ding als ein Mensch, vollzog eine jede Handlung wie automatisch: die Inbetriebsetzung der Espressomaschine, das Öffnen einer Dose, das Streicheln der Katze, wobei er noch über Aprils Rücken fuhr, als sie bereits die längste Zeit ihre Mahlzeit konsumierte.

Später stand er am Fenster und sah mit glasigen Augen in den vom Schneetreiben gleichzeitig erhellten wie überschatteten Morgen.

Mortensen war kaum in der Lage, einen halbwegs kompakten Gedanken zu fassen. Genaugenommen war er damit beschäftigt, sich daran zu erinnern, wo er sich überhaupt befand. Das, was sich noch am deutlichsten in sein Bewußtsein drängte, war die Vermutung, daß es sich bei dem Schneesturm, auf den er blickte, um einen quasi russischen Schneesturm handelte.

Als er eine Stunde später vor die Tür ging, um die Zeitung zu holen, packte ihn die Kälte so kräftig, daß er endgültig aus seinem Zustand erwachte. Er fühlte sich wie jemand, der eben auf die Welt gekommen war, allerdings sechsundvierzigjährig und ziemlich angeschlagen. Und ohne jede Begeisterung. Sogleich begann er heftig zu frieren, weshalb er sich ein heißes Bad zubereitete. Auch, um in aller Ruhe die Zeitung zu studieren. Auch, um nachzudenken, was nun zu tun sei.

In derselben symmetrischen Anordnung, mit der im Untergeschoß Fernsehraum und Küche die beiden Seitentrakte formten, bildeten im oberen Stockwerk Bibliothek und Badezimmer die zwei entgegengesetzten Außenteile, während der längliche Hauptraum einen von vielen Wandschirmen locker geteilten Schlaf-, Kleider-, Schmink- und Erholungsbereich darstellte.

Die Bibliothek lag über der Küche, und oberhalb der Kapelle befand sich das Badezimmer. Es beherbergte einzig und allein eine Wanne, die aus dem gefliesten Boden ansatzlos, in der Art eines Vulkankegels herauswuchs. Der ganze Raum, auch die Zimmerdecke, auch der gesamte Wannenkörper, bestand aus dreieckigen Kacheln von der Farbe reifer Tomaten. Bloß die Armaturen sowie zwei aus der Wand stehende Lampen und ein Fenster, schmal und länglich wie jenes in der Bibliothek, unterbrachen die Folge kleiner roter Fliesen. Und wie in der Bibliothek waren Buchstaben auf die Scheibe aufgemalt. Sie ergaben das Wort WODKA, das – nicht weiter erstaunlich – von den meisten Betrachtern für weniger verwirrend gehalten wurde als jenes den Büchern zugedachte GÜRTEL. Entweder, weil die Leute wußten, daß Wodka »Wässerchen« bedeutet, oder da sie schlichtweg der Meinung waren, zu einem heißen Bad würde ein guter Schluck Wodka besser passen als ein Gürtel zu einem guten Buch.

Es war jedoch kein Wodka, den Mortensen auf dem Rand der gefliesten Wanne abstellte, sondern eine Schale Kaffee, aus der die warme Flüssigkeit herausdampfte, so wie auch das soeben gefüllte Badewasser. Es dampfte ganz beachtlich, als Mortensen in die Wanne stieg und seinen fröstelnden Körper langsam in die vom Badesalz grünlich verfärbte Brühe gleiten ließ.

Aus einem Radiogerät drang Musik, Bernsteins »The Age of Anxiety«. Eine Komposition, die Mortensen zum ersten Mal hörte. Und da er mitten im Stück eingeschaltet hatte, konnte er nicht wissen, welchen Namen es trug. Folglich begriff Mortensen das Konzert bloß als irgendeine nicht ganz geheuerliche symphonische Ausbreitung. Wäre er sich jedoch des Titels bewußt gewesen, hätte er dieses Werk der Tonkunst völlig anders empfunden: nämlich als eine Offenbarung, eine klangliche Wiedergabe seiner eigenen traurigen Existenz. Eine vielschichtige und vielgesichtige Spiegelung seiner Beziehungslosigkeit. Und diese Erkenntnis hätte ihm allemal geholfen, sich ein wenig besser zu fühlen.

Doch ohne Titel hat die ganze Kunst keinen Sinn. Kein Bild, kein Film, kein Buch und eben erst recht keine Musik würden uns etwas bedeuten, wären da nicht all die Titel, die uns gleich Pfaden auf die eigentlichen Ereignisse zuführen. Was wäre eine noch so geniale Symphonie wert, würde sie nicht »Unvollendete« benannt sein und damit einem jeden Zuhörer die wunderbar-bittere Tragödie jeglichen, vor allem aber des eigenen Unvollendetseins bewußt werden lassen?

Was wäre selbst ein Geniestreich wert, würde er nicht »Der Rosenkavalier« oder »Requiem« oder »4'33"« betitelt sein? Nein, der Titel ist absolut nötig, und selbst wenn er heißt: »ohne Titel«. Dann ist immerhin der weiße Fleck der Wirklichkeit durch einen weißen Fleck auf der Landkarte gekennzeichnet. Auch das ist eine Hilfe. Schließlich ist es ein Unterschied, ob man sich einfach nur verirrt, oder ob man weiß, *daß* man sich verirrt.

Mortensen vernahm also ein Musikstück, ohne zu begreifen, wie nahe es ihm eigentlich hätte gehen können, hätte er den Titel gekannt. Da dies aber nicht der Fall war, hörte er auch bald nicht mehr hin, genehmigte sich statt dessen einen Schluck seines Kaffees und blätterte die Zeitung auf. Gleich auf einer der ersten Seiten prangte ein Foto Rosenblüts. Offensichtlich wollte man auch im Zeitungsbereich auf die Starwerdung dieses Mannes, der so sehr an Paul Newman erinnerte, nicht verzichten. Der Gesichtsausdruck des Kriminalisten besaß eine ideale Mischung aus Zuversicht und Nachdenklichkeit. Dazu kam ein Blick, welcher derart in die Ferne gerichtet war, als überschaue Rosenblüt das gesamte Land. Allein wegen dieses Blickes hätte er eigentlich in die Politik gehört. Aber er war ein Mann der Tat und wollte es auch bleiben.

In dem Artikel wurde beschrieben, daß sich die Hinweise verdichten würden, der ermordete Thomas Marlock und der festgenommene mutmaßliche Täter seien in der Mordnacht in einen Streit geraten, bei dem es sich um die Neubesetzung einer Position innerhalb der Geschäftsleitung von »Kranion« gehandelt habe. Beide Personen hätten sich trotz ihrer relativen Jugend, aber eben auf Grund ihrer Leistungen, um die Stelle beworben und auch durchaus über einige Chancen verfügt. Der spätere Mörder habe seinen Freund in dessen Wohnung aufgesucht, um diesen zu überreden, seine Bewerbung zurückzuziehen. Ein Ansinnen, welches Thomas Marlock abgelehnt und solcherart sein Todesurteil unterschrieben habe. Wobei die Polizei nicht von einer geplanten Tat, sondern einer Affekthandlung ausgehe, die allein darin bestanden habe, daß der Täter sein Opfer mit einem Schnitt durch die Kehle tötete.

Die anschließende Durchtrennung des Kopfes und Unterbringung desselben in einem Aquarium werde von Kommissar Rosenblüt jedoch als der raffinierte und klarsichtige Versuch gewertet, einen Ritualmord vorzutäuschen, um damit von den karrieristischen Hintergründen des Delikts abzulenken. Möglich sei sogar, daß der Täter – welcher über Jahre in Heidelberg lebte und dem also der Fall des ermordeten und geköpften Bernd Pfleiderer bekannt gewesen sein dürfte – seine

Kenntnis benutzt habe, eine irreführende Verbindung zu dem Heidelberger Verbrechen herzustellen. Weiters hieß es in dem Bericht: »Der mutmaßliche Täter wird von Kollegen als kalt, ehrgeizig, zynisch und brillant beschrieben. Ein von ihm entwickeltes Programm hat im letzten Jahr Furore gemacht. Das Produkt mit dem Namen ›RWR – Right, Wrong, Ready‹ basiert auf komplexen Erkenntnissen der Wahrscheinlichkeitsrechnung und erleichtert privaten Anwendern völlig simple Alltagsentscheidungen, bis hin zu jener, wie sinnvoll es denn überhaupt sei, an einem bestimmten Tag die eigene Wohnung zu verlassen. Auch wenn dieses Programm von einigen Kritikern als elektronisches Horoskop bezeichnet wird, hat sich der Erfolg beim Kunden als enorm erwiesen. Man kann sich freilich nicht ganz der ironischen Frage entziehen, ob der Erfinder dieser Beratungssoftware und wahrscheinliche Mörder von Thomas Marlock sein eigenes Programm befragte, bevor er zu seinem späteren Opfer aufbrach. Für Hauptkommissar Rosenblüt ist – vom fehlenden Geständnis abgesehen – der Fall so gut wie geklärt. Woraus sich ergibt, daß auch die diesbezüglichen Warnungen an die Bevölkerung eingestellt werden können. Wenngleich eine prinzipielle Vorsicht sicher niemals schaden kann. Eine Vorsicht, die vermutlich den Ratschlägen eines Computerprogramms vorzuziehen ist. Zumindest darf man gespannt sein, welche Auswirkungen dieser Mordfall auf den Verkauf von Produkten der Firma Kranion haben wird.«

Mortensen legte das Blatt zur Seite, tauchte bis zum Kinn ins Wasser und war nun um ein konzentriertes Nachdenken bemüht. Er stellte folgendes fest: Erstens hatte er ein Problem. Zweitens fühlte er sich nicht in der Lage, dieses Problem zu meistern, also gleichzeitig die Unschuld des Silbergrauen zu bezeugen, sich selbst aber nicht in Verdacht zu bringen. Drittens konstatierte er, daß diese ganze Situation ein professionelles Vorgehen bedingte. Und viertens war festzuhalten, daß ihm selbst jegliche Kompetenz im Umgang mit einem Verbrechen und im Umgang mit den Behörden fehlte. Woraus sich fünftens ergab, daß es notwendig sein würde, in dieser Angelegenheit jemanden zu beschäftigen, der genau über diese Professionalität verfügte.

Zunächst einmal dachte Mortensen daran, daß es das beste wäre, einen Anwalt einzuschalten. Doch so naheliegend dies auch sein mochte, war Mortensen andererseits von einem tiefen Mißtrauen gegen Juristen beseelt. Der vorletzte Anwalt, mit dem er zu tun gehabt hatte, war höchstwahrscheinlich der Liebhaber seiner Frau gewesen. Und der letzte hatte ihn vertreten, als es um die Forderungen an jene Fluggesellschaft gegangen war, in deren Boeing-Maschine Mortensens Frau ums Leben gekommen war. Mortensen war schlecht beraten gewesen und hatte am Ende erkennen müssen, daß der Advokat an seiner Seite vor allem bemüht gewesen war, sich bei der gegnerischen Seite, also der Fluggesellschaft beliebt zu machen.

Mag sein, daß dies bloß der Sichtweise eines verbitterten Menschen und Nichtjuristen entsprang, aber es war nun mal ein Faktum, daß Mortensen bei Anwälten immer an seine tote Frau denken mußte und daß sein Gedanke dann ein recht ungnädiger war. Außerdem wollte er kein Geld dafür ausgeben, nur um den Rat zu bekommen, zur Polizei zu gehen. Nein, die Person, die er nötig hatte, war eine, die in der Lage sein würde, diesen Mordfall als Ganzes zu lösen, eine Person, der es also gelingen könnte, die Unschuld des Silbergrauen nicht bloß zu behaupten, sondern auch gleich zu beweisen. Und zwar auf eine Art, die es vielleicht sogar ermöglichte, Moritz Mortensen selbst aus der Sache herauszuhalten. Zumindest soweit es dessen so voyeuristisch wie verdächtig anmutenden Aufenthalt im gegenüberliegenden Treppenhaus zur Zeit des Mordes betraf.

Während Mortensen so weit ins Wasser getaucht war, daß die Oberfläche gegen den Rand seiner Unterlippe stieß, drängte sich ihm ein einziges Wort auf, ein Wort, das ihm seltsam und zugleich grandios erschien: *Detektiv*. Nachdem sich die Pracht dieses Wortes gleichsam im aufsteigenden Dampf des Badewassers verflüchtigt hatte, fragte sich Mortensen, ob es das überhaupt noch gab, ob es das überhaupt je gegeben hatte: Detektive. Und damit meinte er eben nicht die Angestellten einer Agentur, irgendwelche fragwürdigen Gestalten, die in etwa auf einer Stufe mit Zeitschriftenkeilern rangierten, sondern eben jene Freiberufler, die man gar nicht anders als poetisch verklärt betrachten konnte, da sie den Eindruck hinterließen, nicht wirklich von dieser Welt zu stammen. Vielmehr konnte man meinen, es handle sich bei ihnen um Zeitreisende, Engel oder Außerirdische, welche auf diesem Planeten hängengeblieben waren, oft auch des Alkohols wegen, und denen dann nichts anderes eingefallen war, als einen Beruf zu ergreifen, bei welchem man sich auf eine extravagant-pathetische Weise zwischen den Menschen und ihren getätigten und noch zu tätigenden Verbrechen bewegte.

»Blödsinn!« murmelte Mortensen in sein Badewasser hinein, jetzt wieder ganz bei sich und damit im Bewußtsein der Gemeinplätze, die er gedanklich gerade eben durchwandert hatte. Doch die Idee an sich gefiel ihm. Er war jetzt fest entschlossen, jemand zu engagieren, der sich dieses Falles annehmen und gleichzeitig seine, Mortensens, Interessen wahren sollte. Das würde Geld kosten. Aber bei genauer Betrachtung besaß er dieses Geld. Zudem war er in die Vorstellung, einen Detektiv zu beauftragen, nun geradezu verliebt. Es war auch der Aspekt des Luxus, der ihn daran faszinierte. Ja, eine solche Person einzuschalten, erschien ihm wie die Anschaffung von etwas höchst Ausgefallenem und Exklusivem. Geradeso, als habe er sich gerade entschlossen, sein Vermögen in eine winzige, aber wunderbare Bleistiftzeichnung des Herrn Dominique Ingres zu investieren.

Als Mortensen eine Stunde später am großen Wohnzimmertisch saß – vor sich ein Glas Wein sowie das Stuttgarter Branchenverzeichnis – und die Anzeigen der Detekteien studierte, da entglitt ihm zusehends sein Ingres-Vergleich. Die Manier, mit der all diese Detektiv- und Sicherheitsbüros hier für sich warben, erinnerte ihn wieder an das Schmierige, Plumpe, Ehrlose, das durch und durch Unwürdige dieses Gewerbes, diese ganze kleinkarierte Erbsenzählerei, bloß, daß die Erbsen eben im geheimen gezählt wurden. Hier ging es vor allem darum, die Koitusse eines untreuen Partners minutiös aufzulisten oder die Stethoskope auf den hüpfenden Herzschlag der Wirtschaftskriminalität zu richten. Hier wurde schnüffelnd und spähend gelauert, um nachzuweisen, daß jemand seine Spesen nicht ordentlich verrechnet hatte oder seine Katze mit Absicht zum Scheißen in Nachbars Garten schickte. Das war die Welt der Detekteien, eine billige, häßliche Welt, so billig und häßlich wie eben die Kundschaft, die sich der Agenturen bediente. Allein die Formulierung »Einsatz mit verdeckter Kamera« verriet, daß die übliche Detektivarbeit nur noch von der Jämmerlichkeit gewisser spaßiger Unterhaltungsshows übertroffen wurde.

Der Mensch, der sich in seiner angeblichen Not an eine Detektei oder Auskunftei wandte, gab damit jede Selbstachtung auf, beschritt auf diese Weise einen letzten peinlichen Weg ins Abartige, Unmenschliche. Was übrigens auch dann galt, wenn es sich bei den Auftraggebern um Firmen oder Interessengruppen handelte. Ein Kaufhaus, das eine Kaufhausüberwachung nötig hatte, ein Betrieb, der sich gezwungen meinte, Mitarbeiter überprüfen zu lassen, waren als Unternehmen eigentlich gescheitert, hatten sich selbst, sicherlich zu Recht, entmündigt.

Solchen Gedanken nachhängend, blieb Mortensen nichts anderes übrig, als sich einzureden, bei ihm selbst würde die Sache völlig anders liegen. Also keineswegs ins Würdelose abgleiten. Wozu es freilich angebracht schien, einen Detektiv aufzutreiben, der dann doch über ein halbwegs »literarisches« Format verfügte.

Also ließ Mortensen die großen Anzeigen im Branchenverzeichnis außer acht und zog von den kleineren nur jene in Betracht, die bloß mit einer einzigen Zeile auf sich aufmerksam machten. Von diesen wiederum schied er all jene aus, welche die Titel »Agentur«, »Detektei« oder »Detektive« trugen, als GmbH fungierten oder einen Phantasienamen führten.

Übrig blieben acht Eintragungen, bei welchen die annoncierenden Detektive sich allein auf ihre Namen beriefen. Neben keinem dieser Familiennamen stand der Vorname vollständig ausgeschrieben. Sieben von ihnen führten selbigen in Form einer Initiale an. Ein einziger Nachname stand völlig isoliert da, nicht einmal von der Andeutung eines Vornamens begleitet: Cheng.

Einen Moment überlegte Mortensen, ob es sich bei Cheng weniger um einen Personennamen als um eine betriebliche Namensfindung handelte. Doch er verwarf diesen Verdacht. Wofür auch sollte Cheng stehen, außer für einen ganz konkreten Menschen, bei dem es sich wahrscheinlich um einen Chinesen oder eine Chinesin handelte. Zumindest um einen deutschen Bürger chinesischer Abstammung. Wogegen Mortensen nichts hatte. Die Abstammung oder Nationalität war ihm gleichgültig. Hätte dieser Mann oder diese Frau den Namen Kalomiris oder den Namen Stolberg getragen, wäre ihm das genauso recht gewesen.

Seine Entscheidung beruhte allein auf jener Auslese, die darin bestanden hatte, den Detektiv mit der reduziertesten Anzeige im Branchenverzeichnis auszuwählen. Und das war nun mal diese Person namens Cheng, die im übrigen nur noch mittels einer Adresse im Stuttgarter Westen und einer Telefonnummer ausgewiesen wurde. Doch anrufen wollte Mortensen nicht, sondern sich zunächst einmal das Büro ansehen. Oder eben bloß die Türe, die zu diesem Büro führte. Türen können einiges über die Leute aussagen, die es sich hinter diesen Türen eingerichtet haben. Erst wenn Mortensen Chengs Tür gesehen hatte, wollte er sich entscheiden.

Er sah auf die Uhr. Sie zeigte halb zwölf. Allerdings schrieb man einen Samstag. Gut möglich, daß Chengs Büro unbesetzt war. Aber um sich eine Tür anzusehen, brauchte es kein besetztes Büro. Mortensen erhob sich, wobei er April vom Schoß beförderte. Die Katze landete in der üblichen federnden Weise auf dem Boden, bewegte sich auf den Kamin zu und sprang auf den Segeltuchbezug des »S«-Stuhls. Sie schenkte Mortensen einen Blick, als bestünde ihre eigentliche Funktion auf dieser Welt in großmütigem Verzeihen. Dann ringelte sie sich ein und schloß die Augen.

Als Mortensen diesmal das Haus verließ, trug er zwar noch immer keinen Mantel, war jedoch mit festen Lederstiefeln ausgestattet, die er in einem der Schränke der Villa gefunden hatte. Auch verfügte er jetzt über einen Schal, eine Mütze und dicke Wollhandschuhe. Männerkleidung im Haus der Freifrau war nichts Ungewöhnliches. In ihrem bewegten Leben war einiges an Vergessenem, Vertauschtem und nie wieder Abgeholtem zusammengekommen. Und um diese Dinge auszumisten, war sie stets zu faul gewesen. Auch wußte sie ja nicht, wofür etwas einmal gut sein konnte.

Mortensen war also um einiges besser ausgerüstet als zwei Tage zuvor, während er jetzt auf dem harten Schneeboden hinüber zur Bushaltestelle ging. Die Stadt steckte wie in einem gefrorenen Joghurt, und es war kalt genug, daß sie aus dieser blendenden Weiße nicht so schnell wieder herausfinden würde. Der Himmel war verhangen und besaß jene Farbe, die der Schnee bekommen würde, wenn es zu tauen anfing.

In der Luft lag etwas wie ein Gesang, ein Gesang aus einer verschlossenen Kiste, gedämpft, wie von fern, so als hätten sich diverse Chöre hinter diversen Schneewächten versammelt, unsichtbar, dennoch hörbar. Man könnte natürlich auch sagen, daß bei jedem Schritt, den Mortensen tat, der Schnee ein ächzendes Geräusch von sich gab, welches – bis es durch die klirrende Luft bei seinen Ohren angekommen war – einen polyphonen Klang entwickelte hatte.

Auf jeden Fall tat es gut, ordentliche Schuhe anzuhaben. Sowie Hals, Hände und Kopf im Schutze kräftiger Wolle durch die Kälte zu befördern. Und es war sicher kein Nachteil, daß sich Chengs Büro nicht am anderen Ende dieser vom Schnee verklebten und verstopften Stadt befand, sondern am Grunde des Hanges, den Mortensen nun im Bus abwärts fuhr.

Mortensen bekam mehr als bloß eine Tür zu Gesicht. Denn als er vor dem Haus zu stehen kam, dessen Adresse er auf einem Kärtchen notiert hatte, stellte er fest, daß das Büro des Detektivs Cheng aus einem kleinen, zur Straße hin gelegenen Geschäftslokal bestand. Ein inaktives Leuchtschild, das aus der Fassade herauswuchs, wies darauf hin, daß hier einst ein Schuster sein Geschäft betrieben hatte. Was Mortensen nicht unpassend fand, daß auf einen Schuhmacherladen ein Detektivladen folgte, obwohl er es nicht genau hätte begründen können. Vielleicht ergab sich dies aus dem Anachronismus, der beiden Tätigkeiten anhaftete, wenn man sie genau in einem solchen Lokal betrieb. Auf jeden Fall würde es in Zukunft so sein, daß Mortensen immer wieder auch an Schuhe denken mußte, wenn er an Cheng dachte. An Markus Cheng.

Die Front des Ladens war eine leicht vorstehende Konstruktion aus dünnen, hölzernen, verschieden großen Fensterrahmen. Die darin eingefaßten Scheiben wirkten zerbrechlicher, als man es gewohnt war. Auch die Tür besaß denselben erkerartigen Charakter. Jede Glasfläche verfügte über eine zweite, dahinterliegende Scheibe. Der rückwärtige Teil aus filigranen Rahmen und Fenstern kragte in das Innere des Raums aus, so daß sich zwischen den Scheiben ein Raum von der Breite zweier Katzenköpfe ergab. Obgleich dieses im Stil des Biedermeiers gefertigte Schaufenster eine Renovierung vertragen hätte, war Mortensen überzeugt, in dieser Stadt noch nie eine derart hübsche, fein gegliederte Ladenfront gesehen zu haben. Sehr wohl in anderen Städten, nicht aber in dieser. Es war wie ein Wunder.

Zumindest kam es Mortensen als ein gutes Zeichen vor, daß Markus Cheng weder im Hinterzimmer einer dubiosen Kneipe noch in den Räumlichkeiten eines Bürogebäudes residierte, sondern in einem Lokal, das einen solch optischen Genuß darstellte. Zumindest von außen betrachtet. Denn wie es im Inneren aussah, war von der Straße aus nicht zu erkennen, da der Raum unbeleuchtet war, von düsteren Farben beherrscht schien und die Spiegelung in den Scheiben wie ein Vorhang wirkte.

Obwohl davon überzeugt, daß Chengs Büro geschlossen war, drückte Mortensen die Klinke. Und durfte sich über seinen Irrtum freuen. Die Tür glitt auf, und Mortensen steckte seinen Kopf in das Dunkel des Raums, um für einen Moment wie blind zu sein. Dafür spürte er die Wärme, die gleich einem feuchten, heißen Umschlag gegen sein Gesicht klatschte.

»Hallo!« sprach Mortensen durch den Umschlag hindurch.

Da niemand antwortete, trat er ein und bemerkte gerade noch die drei Stufen, auf denen er tiefer in den Raum eindrang.

Er rieb sich die Augen. Nicht, weil er nicht glauben konnte, was er da sah, sondern weil ihm die Hitze, die hier herrschte, die Tränen in die Augen trieb. Er befreite sich eilig von seinem Schal, seiner Mütze und den Handschuhen und öffnete seine Jacke. Dann betrachtete er die Umgebung, wobei er sich langsam um seine Achse drehte. Der zum Schreibtisch umgewandelte Ladentisch sowie die Vitrinen und Regale stammten wohl noch aus dem Besitz des Schuhmachermeisters, der hier sein Gewerbe zu Grabe getragen hatte. Es roch noch immer nach Schuhen, also nicht bloß nach Leder und Gummi und Wichse, sondern auch nach Füßen, ganz allgemein gesprochen, nach gut wie nach schlecht riechenden Füßen.

Mortensen trat näher an eine dreitürige, auf Kugelfüßen stehende Glasvitrine heran und betrachtete die Gegenstände, die auf den mit Stoff bespannten Regalen plaziert waren. Zumeist Photographien, fürsorglich gerahmt. Es schien sich kein Prominenter darunter zu befinden, zumindest niemand, den Mortensen erkannt hätte. Dazwischen standen auch mehrere Weingläser, die nicht unbedingt wertvoll aussahen, sowie eine kleine Skulptur, den Heiligen Georg darstellend, der über dem Fragment eines Drachens aufgerichtet war und seinen Speer in eben dieses Fragment donnerte.

Mortensen zuckte leicht zusammen. Er hatte eine Bewegung bemerkt und sah jetzt hinüber zu der Tür in der Rückwand, welche angelehnt war. Aber daher kam die Bewegung nicht. Vielmehr stammte sie von einem Objekt, das keine zwei Meter von Mortensen entfernt auf einem Kissen lag und sich nun aufrichtete, und zwar so zögerlich, daß man meinen konnte, es würde sogleich wieder in sich zusammenbrechen. Tat es aber nicht, sondern stand nun endlich so aufrecht wie möglich auf seiner Unterlage. Es handelte sich um einen Hund. Einen merkwürdigen Hund, dessen kleiner Körper und kurze Beine einen muskulösen Eindruck hinterließen. Wobei nicht jene Kraft gemeint ist, die einem der Anblick von Kampfhunden suggeriert. Oder der Anblick von Sprintern. Nein, es war die Kraft, die nötig war, um einfach stehenzubleiben. Und um sich zu widersetzen. Die Kraft ungebändigten Eigensinns. Ja, dieser kleine

Hund wirkte wie ein sehr kompaktes Stück leibhaftig gewordener Sturheit. Im ersten Moment war es jedoch etwas anderes, das auffiel: nämlich seine Ohren, die viel zu groß waren, viel zu hoch über seinem kleinen Dackelschädel aufragten. Ohren, die an irgendeine traditionelle Huttracht erinnerten. In der Tat, dieser Hund machte auf Mortensen den Eindruck eines Hutträgers. Eines sturen Hutträgers.

Der sture Hutträger betrachtete Mortensen mit einem müden Blick. Allerdings befürchtete Mortensen, daß in diesem trägen Gehabe eine wachhundartige Mentalität schlummerte. Weshalb er lieber vor der Vitrine stehenblieb und nochmals »Hallo!« sagte. Sekunden später vernahm er Geräusche aus dem Nebenraum. Die Tür wurde geöffnet, und herein trat ein Mann, der nicht weniger verschlafen aussah als der Hund. Was bei dieser Wärme auch kein Wunder war. Gerne hätte sich Mortensen augenblicklich in einem der beiden Fauteuils niedergelassen, die wahrscheinlich einst den Kunden des Schusters gedient hatten, um darin sitzend sich ihre Füße abmessen zu lassen.

»Markus Cheng«, stellte sich der Mann vor, der offenkundig chinesischer Abstammung war, auch wenn sich herausstellen sollte, daß diese Abstammung für ihn so weit entfernt lag wie das Land seiner Eltern und Ahnen.

Cheng streckte seine Hand aus. Während Mortensen sie schüttelte, fiel ihm auf, daß der Sakkoärmel, in dem eigentlich der linke Arm Chengs hätte stecken müssen, flach und hängend in die Tasche führte, wie dies bei Leuten mit einem fehlenden Arm der Fall ist. Von der Schulter bis zur Mitte des Ärmels war dieser jedoch ausgefüllt, so daß also die Amputation auf Höhe des Ellbogens erfolgt sein mußte.

Mortensen stierte ein wenig zu lang auf die Stelle des fehlenden linken Unterarms.

»Nehmen Sie doch bitte Platz, Herr ...«, bot Cheng an.

»Mortensen. Moritz Mortensen. Verzeihen Sie. Es ist unhöflich von mir. Einerseits vergesse ich, mich vorzustellen. Stattdessen gaffe ich Sie blöde an, beziehungsweise Ihren Arm ...«

»Genieren Sie sich nicht. Wenn etwas nicht da ist, fällt es

auf. Würde Ihnen, Herr Mortensen, ein Ohr fehlen, käme ich ja auch nicht daran vorbei, es anzusehen, Ihr fehlendes Ohr. Man interessiert sich nun mal viel eher für die abwesenden Dinge als für die, die da sind, wo sie hingehören. Nun, an einem Ohr mangelt es Ihnen ja offensichtlich nicht. Also, was kann ich für Sie tun?«

Während die beiden in den wuchtigen gepolsterten Sesseln Platz nahmen, erklärte Mortensen: »Ich habe Ihren Namen aus dem Telefonbuch. Ich weiß also nicht, welche Art von Fällen Sie bereit sind zu übernehmen.«

»Fälle, die mich nicht auch noch meinen zweiten Arm kosten. Et cetera.«

Chengs Lächeln war frei von Bitterkeit. Das mochte nicht immer so gewesen sein, aber welchen Umständen er auch immer seinen fehlenden Arm verdankte, er war darüber hinweggekommen. Er war wie jemand, der meinte, das Schrecklichste bereits hinter sich zu haben und nur noch eine Art von Zugabe leben zu müssen.

»Ich fürchte«, sagte Mortensen, »Sie werden nicht begeistert sein. Die Angelegenheit, mit der ich Sie gerne betrauen würde, ist kompliziert ... sicherlich ungewöhnlich.«

»Lassen Sie einmal hören. Übrigens, darf ich Ihnen etwas anbieten? Wenn es Ihnen recht ist, würde ich gerne eine Flasche Weißwein aufmachen.«

Bevor Mortensen behaupten konnte, vor dem Abend nicht zu trinken, war Cheng aufgestanden und im hinteren Raum verschwunden. Als er zurückkam, hatte er eine geöffnete Flasche in seiner rechten Armbeuge, während die beiden Gläser zwischen den Fingern der einen Hand wie auf einem Gestell baumelten.

»Seien Sie so gut, Herr Mortensen«, sagte Cheng, »nehmen Sie mir das ab und schenken uns ein. Ich bin schon seit langem davon abgekommen, die Leute mit Geschicklichkeitsübungen zu begeistern.«

»Sie sprechen ein akzentfreies Deutsch«, stellte Mortensen fest, während er den blaßen Wein in die dickwandigen, tulpenförmigen Gläser einfüllte.

»Finden Sie? Also, ich halte mein Deutsch für Wienerisch. Und zwar eindeutig.«

Es war nicht so, daß Mortensen die wienerische Färbung in Chengs Aussprache entgangen wäre. Mit »akzentfrei« hatte er natürlich das Fehlen eines Tonfalls gemeint, der exotischer war als der ostösterreichische Singsang, welchen Cheng praktizierte.

»Was macht ein Wiener in Stuttgart?« fragte Mortensen.

»Sich ausruhen. Wenn man vierzig Jahre in Wien gelebt hat, hat man das Recht, mal ein wenig zu verschnaufen.«

»Ich wußte nicht, daß es anstrengend ist, Wiener zu sein.«

»Ist es aber, Herr Mortensen, ist es. Vor allem, wenn man für einen Chinesen gehalten wird.«

»Tja, wenn man Sie so ansieht, kommt man nicht ganz umhin ...«

»Achtung!« warnte Cheng, »ich bin so wenig ein Chinese, wie Sie ein Norweger sind.«

»Ach was!« schnaufte Mortensen.

»Soweit ich weiß«, präzisierte Cheng, »ist der Name Mortensen norwegischen Ursprungs. Vielleicht auch schwedischen. Woraus jedenfalls folgt, daß einer Ihrer Vorfahren aus dem skandinavischen Raum stammt. Bloß, daß Ihnen, Herr Mortensen, das Skandinavische nicht wie eine Nabelschnur aus der Nase hängt. Was in meinem Fall ein wenig anders ist. Aber glauben Sie mir, ich bin ein verdammter Wiener. Auch wenn ich wie ein verdammter Chinese aussehe.«

»*Verdammt* im Sinne von *verwünscht*, nehme ich an?«

»Was denn sonst? Also, Herr Mortensen, prost!«

Die Männer stießen mit ihren Gläsern an und tranken. Für den Hund war dies wie ein Zeichen. Er sank zurück in seine liegende Haltung und gab beim Ausatmen einen tiefen Seufzer von sich. Seine Ohren standen jetzt schräg zur Seite, die Spitzen leicht eingeknickt.

»Interessanter Hund«, meinte Mortensen.

»Ein alter Freund«, erklärte Cheng.

Als halte Mortensen überproportionierte Ohren (oder eben Hüte) für ein Signum der Anhänglichkeit, sagte er: »Schrecklich treu, nicht wahr?«

»Keineswegs. Lauscher ist das Gegenteil von einem treuen Hund. Ich bin es, der hier den Treuen spielen muß.«

»Lauscher!? Ein sehr bildhafter Name für den Hund eines Detektivs.«

»Bildhaft, ja. Aber irreführend. Lauscher ist zwar nicht wirklich taub, aber das Hören zählt kaum zu seinen Domänen.«

»Nichts ist so, wie es klingt oder scheint.«

»Ja. So ist das fast immer. Große Ohren, große Worte, große Männer. Und jedesmal steckt ein Betrug dahinter«, postulierte Cheng und fragte nach, wie Mortensen der Wein schmecke.

»Nun ... er schmeckt ... spannend. Er besitzt etwas ... Direktes. Ein Wein für den Sommer.«

»Genau«, sagte Cheng. »Also, Herr Mortensen, genug der Ouvertüre, kommen wir zu Ihrem Problem. Falls Sie noch darüber reden wollen.«

Mortensen nickte und beschrieb nun, wie alles gekommen war, wie er Thomas Marlock von der Bibliothek aus gefolgt war, um etwas über diesen Leser seiner Bücher zu erfahren. Und wie ihm das Malheur passiert war, ein Verbrechen zu beobachten, für das die Polizei nun einen Unschuldigen zur Verantwortung zog.

Als Mortensen geendet hatte, sagte Cheng: »Unschuldige gibt es nicht. Glauben Sie mir das.«

»Aber es gibt Mörder, und es gibt Nicht-Mörder. Dieser Mann, vom dem ich nur weiß, daß er den Vornamen Mike trägt und daß er für ›Kranion‹ erfolgreiche Software entworfen hat, war weder in Marlocks Wohnung, noch hat er dessen Kopf ins Aquarium befördert.«

»Ja. Das sagten Sie bereits. Die Dame mit dem slawischen Gesicht soll's gewesen sein. Das gibt mir zu denken.«

»Wie meinen Sie das?«

»Rein persönlich. Ich habe kein Glück mit mordenden Frauen.«

»Ihr Arm?«

»Richtig, der hat damit zu tun. Und auch, daß ich ein klein wenig hinke. Und daß mich hin und wieder ein Schwindel im Kopf packt. Und wenn ich jetzt an all diese Handicaps denke, sage ich mir, daß ich eigentlich die Finger von einer solchen Geschichte lassen sollte. Einer Geschichte wie der Ihren.

Aber Sie wissen ja, wie das ist: Der klassische Detektiv muß sich stets jener Fälle annehmen, die ihn selbst an den Rand des Abgrundes bringen. Aber das ist natürlich kokett. Ich habe aus der Erfahrung meine Konsequenzen gezogen und vermeide eine Vorgehensweise, die mich ernsthaft gefährden könnte. Bedenken Sie das bitte, wenn Sie mich engagieren wollen. Ich werde weder Kopf noch Kragen noch meinen Arm riskieren, um ein Verbrechen zu lösen.«

»Ich glaube dennoch, daß Sie der Richtige sind.«

»Das freut mich durchaus, Herr Mortensen. Ich bekomme zu selten einen Auftrag, um nicht davon angetan zu sein, wenn jemand an meine Fähigkeiten glaubt. Wenngleich ich fürchte, daß Ihr Zutrauen vor allem auf der eigenen Verzweiflung beruht.«

»Wäre ich nicht verzweifelt, würde ich wohl kaum einen Detektiv aufsuchen.«

»Da haben Sie auch wieder recht. Sehen wir uns also die praktische Seite an: Sie, Herr Mortensen, möchten, daß ich diese Frau finde, die *Sie* für die Mörderin halten.«

»Sie ist es. Hundertprozentig.«

»Soweit ich verstanden habe, konnten Sie den eigentlichen Mord gar nicht beobachten.«

»Da war sonst niemand, glauben Sie mir. Ich sah Marlocks Kopf durchs Zimmer fliegen und im Aquarium landen, und ich sah, wie die gute Dame, blutverschmiert, aber seelenruhig, die Fische fütterte. Alleine.«

»Also gut. Gehen wir davon aus, daß ich die nötigen Beweise zusammenkratzen kann. Zumindest so viele, um diesen Mike zu entlasten. Wenn ich damit bei Rosenblüt auftauche, wird der sicher wissen wollen, warum ich das tue. Für wen ich arbeite.«

»Verweisen Sie auf Ihr Beichtgeheimnis.«

»Wie? Sie denken, das funktioniert?«

»Auch dafür bezahle ich. Damit es funktioniert.«

»Gut, dann reden wir übers Geld. Ich werde genau eine Woche an dem Fall arbeiten. Nicht länger. Man muß Grenzen ziehen, den Dingen einen Rahmen verpassen. Alles andere wäre unlauter. Wenn ich nicht imstande bin, Ihnen nach einer Woche ein befriedigendes Ergebnis vorzulegen, dann auch nach zwei Wochen nicht. So wenig wie die Zeit Wunden heilt oder Arme nachwachsen läßt, so wenig löst sich mit der Zeit das Unlösbare. Eine Woche also, in der ich mich allein um Sie und Ihr Problem kümmern werde. Das kostet Sie zweitausend Euro. Dafür werden Sie auch nie das Wort Spesen von mir hören. Nicht einmal das Wort Erfolgsprämie. Erfolg ist so selbstverständlich wie Mißerfolg. Und eine Woche bleibt immer gleich lang.«

»Es wäre mir aber wichtig, daß Sie noch heute beginnen, und nicht erst nächsten Montag.«

»Kein Problem. Sie sind der Kunde. Also bestimmen Sie auch, wann eine Woche anfängt.«

»Zweitausend ist nicht unbedingt billig.«

»Das kann man wohl sagen«, bestätigte Cheng. »Ich bin wie ein Maler, der sich die eigenen Bilder nicht leisten könnte.«

»Ich hoffe, daß Sie gut malen.«

»Ein bißchen mitmalen werden Sie trotzdem müssen.«

»Wie meinen Sie das?«

»Daß wir beide heute abend gemeinsam in *Tilanders Bar* gehen.«

»Was erhoffen Sie sich davon?«

»Es ist ein Anfang. Und sollten wir auf die Frau treffen, die *Sie* für die Mörderin halten, so werden Sie es sein, der sie sofort erkennt. Nicht ich, dessen Bild von dieser Frau bloß aus einer Beschreibung stammt.«

»Finden Sie meine Schilderung denn so mißlungen?« fragte Mortensen mit beleidigtem Unterton.

»Um ehrlich zu sein«, sagte Cheng, »ich halte ›slawisch‹ und ›ovalgesichtig‹ und ›sportlich‹ nicht wirklich für prägnant. Noch am ehesten ›dunkelblond‹. Aber seien Sie jetzt nicht eingeschnappt. Das hat nichts mit Ihren erzählerischen Fähigkeiten zu tun. Entweder eine Darstellung paßt, dann ist sie zumeist unpräzise. Ist sie präzise, verfälscht sie die Wirklichkeit. Das ist meine Erfahrung. Und deshalb möchte ich Sie in *Tilanders Bar* dabeihaben.«

»Also gut, dieses eine Mal. Um Ihnen zu zeigen, wie sehr mir die Sache am Herzen liegt.«

»Warum tun Sie das eigentlich?«

Mortensen überlegte. Dann sagte er: »Ein Gefühl der Schuld.«

»Sie hätten den Mord doch gar nicht verhindern können.«

»Es geht um etwas Irrationales. So, als hätte ich dieses Verbrechen erst dadurch ermöglicht, indem ich Thomas Marlock gefolgt bin. Ich habe ihn sozusagen ausgesucht. Ihn zum Opfer gestempelt.«

»Klingt ziemlich mystisch. Eigentlich nicht mein Geschmack.«

»Meiner auch nicht. Aber so sind Gefühle. Sie tauchen einfach auf. Und sind sie blödsinnig, so kann man auch nichts dagegen tun. Ich fühle mich gezwungen, etwas zu unternehmen, um einen Unschuldigen aus der Bredouille zu boxen.«

»Sie wollen boxen?« fragte Cheng mit gespieltem Erstaunen.

»Nicht direkt«, sagte Mortensen. »Ich bezahle, und Sie boxen. Im übertragenen Sinn, selbstverständlich.«

»Eine Frage noch?«

»Ja?«

»Stört es Sie gar nicht, eine derart heikle Aufgabe an einen Krüppel zu übertragen?«

Mortensen legte seine Stirn in Falten. Dann sagte er: »Da ist schon was dran. Und einen Moment hab' ich mir auch überlegt ... aber, ich finde, es ist so, wie Sie das zuvor in etwa ausgedrückt haben: Einen verlorenen Arm kann man nicht mehr verlieren. Ich sehe Sie an und denke mir: Dieser Mann ist unverwundbar.«

»Nett, daß Sie das denken«, sagte Cheng. »Also, ich würde vorschlagen, daß wir uns gegen acht in *Tilanders Bar* treffen.«

»Sie wissen, wo die Bar liegt?«

»Ich war schon mal dort. Eigentlich nicht mein Stil, die Leute, die Einrichtung. Aber ich kenne den Mann, der die Drinks mixt. Ein ehemaliger Kunde von mir, wenngleich ein schlechter Zahler. Ich hoffe, Herr Mortensen, daß Sie ein guter Zahler sind.«

»Warum sind Sie nicht ehrlich und sagen, daß Sie hoffen, ich sei als Zahler besser denn als Schriftsteller?«

Cheng war nun wahrhaftig konsterniert. »Aber, ich bitte Sie. Ich kenne Ihre Bücher doch gar nicht.«

»Natürlich«, sagte Mortensen, wie getroffen von der Tatsache, daß die Qualität seiner Schriftstellerei ja gar nicht zur Disposition stehen konnte, wo doch kaum jemand je eines seiner Bücher gelesen hatte. Und natürlich auch Cheng nicht.

Mortensen erhob sich schwerfällig. Seine Arthritis machte sich bemerkbar. Sie kam und ging wie eines von diesen halbwilden Haustieren. Ganz im Unterschied zu Lauscher und April, welche die Ordnung der Zivilisation schätzten und Ausflüge ins Freie auch als solche begriffen, als Ausflüge, und nicht als Rückkehr zu den Wurzeln. Übrigens war der Hinweis auf Lauschers mangelnde Treue kaum fair zu nennen. Er war ein unsentimentaler Hund, dessen Bedürfnis, irgend etwas zu demonstrieren, sich nun mal in Grenzen hielt. Auch die Liebe zu den Menschen. Weshalb er trotz seines rührenden Aussehens immer ein wenig unterkühlt wirkte. Nicht scheu, sondern distanziert. Und damit natürlich unhündisch.

Als Mortensen wieder auf der Straße stand, atmete er tief durch. Die Kälte drang rasch zu seiner verschwitzten Haut vor. Er legte den Schal um, schob die dunkelgraue Wollmütze über seinen breiten Kopf und schlüpfte in die Handschuhe, die ein finnischer Bildhauer in den frühen Sechzigerjahren in Frau von Wiesensteigs Villa vergessen hatte. Vom Standpunkt dieser Handschuhe, wenn man sich auch Handschuhe als wesenhaft vorstellte, mußte es wie eine Befreiung sein, nach vier Jahrzehnten funktionslosen Dahinschrumpfens wieder einen Winter erleben zu dürfen. Und dann gleich einen solchen, der mit russischer Verbissenheit, mit Bergen von Schnee und einem schneidenden Frost die Stadt beherrschte. Und den Passanten das Gefühl gab, mit ihren Gesichtern an die scharfen Kanten einer Kartoffelreibe geraten zu sein.

Porträt eines Toten als lebender Mann

Ich träumte davon, ich würde mir eines Tages
einen Drink kommen lassen und feststellen,
daß er wunderbar schmeckte.

(*Die Glasglocke*, Sylvia Plath)

Mortensen war erstaunt. Erstaunt über die äußere Erscheinung, mit der sich Cheng in *Tilanders Bar* präsentierte. In seinem Detektivbüro hatte der für einen Österreicher mittelgroße und für einen Chinesen großwüchsige Cheng einen leicht schluderigen Anblick geboten. Jetzt aber trug er einen dunklen, eleganten Anzug, der ihm eine perfekte Note verlieh.

Es existieren, ob maßgeschneidert oder nicht, immer zwei Arten von Anzügen. Jene Anzüge, die aussehen, als bestünden sie seit Anbeginn der Welt, ohne ihren stofflichen Reiz eingebüßt zu haben. Wogegen also der jeweilige Träger lang nach ihnen kommt, und dessen Ehrgeiz darin besteht, seinen Körper diesem Anzug anzupassen. Und andererseits gibt es die Mehrheit der Anzüge, die als zweite kommen und deren Aufgabe es eigentlich wäre, sich dem Träger anzugleichen. Was natürlich nicht funktioniert. Anzüge sind keine Chamäleons, ganz gleich, wieviel an ihnen herumgeschneidert wird. Ein Anzug paßt, oder er paßt nicht. Und Chengs Anzug paßte nun mal. Derart, daß man nicht umhin kam, den Mann bewundernd anzusehen, wie er da auf eine leichtgewichtige Art an der Theke stand, mit seinem vorhandenen Unterarm gegen die Kante gelehnt, während der Ärmel seines fehlenden Körperstücks so formvollendet in die Anzugstasche mündete, daß eben genau der Eindruck entstand, Markus Cheng habe seinen linken Unterarm einfach nur deshalb verloren, um sich derart makellos in diesen wunderbaren, tiefschwarzen Anzug einzufügen.

Zu seinen Füßen saß der Hund, bewegungslos, triefend und ziemlich verdreckt, wie all die kurzbeinigen Wesen, die verdammt sind, nahe an den Böden dieser Welt zu leben. Und die ihre Bäuche über die mit Splitter und Salz zugestreuten verschneiten Straßen ziehen müssen.

Mortensen fühlte sich für einen Moment in der eigenen Haut unbehaglich, beziehungsweise in der eigenen Kleidung, die weit weniger gut in das Ambiente von *Tilanders Bar* paßte. Was ihn bloß deshalb störte, da er gezwungen war, sich neben den Detektiv an die Theke zu stellen und so einem jeden Dritten als das bedauerliche Gegenstück erscheinen mußte.

»Sie sehen müde aus«, eröffnete Cheng.

»Und Sie sehen aus, als hätten Sie noch heute vor zu heiraten.«

»Gott behüte«, seufzte Cheng. »Die Ehe ist nicht das Ufer, an das ich nochmals gespült werden möchte.«

»Wie oft haben Sie es versucht?« wollte Mortensen wissen.

»Einmal hat mir gereicht. Dabei war meine Frau ein Goldstück. Ist sie noch immer. Es hat mich während unserer Ehejahre immer wieder erstaunt, wie schlecht ich mit dieser großartigen Frau ausgekommen bin. Wäre sie ein Aas gewesen, hätte mich natürlich nichts gewundert. So aber ... Es ist deprimierend, einen Menschen großartig zu finden und mit dieser Großartigkeit nichts anzufangen zu können. Allerdings war sie es, die sich hat scheiden lassen. Schlußendlich, denke ich, war ich ihr zu konventionell.«

»Interessant. Das war wohl vor Ihrer Zeit als Detektiv.«

»Keineswegs. Aber mein Beruf hat nichts genutzt. Hat den Eindruck des Konventionellen nicht geschmälert. Was trinken Sie, Herr Mortensen? Ich kann Ihnen einen *Engel in der Landschaft* empfehlen.«

»Wie bitte?«

»Die Spezialität des Hauses.«

Dabei zeigte Cheng auf das Glas, das er vor sich stehen hatte und in dem sich eine rote, leicht sämige Flüssigkeit befand. In der Mitte der Oberfläche schwamm eine helle Frucht, die von einem Plastikspieß gehalten wurde, der gleich einem Ruder am Glasrand verankert war. Das kleine lichte Objekt im Zentrum war nicht unähnlich einer Lychee, bloß mit einem stärker ins Rosa gehenden Schimmer.

»Die Frucht steht für den Engel«, erläuterte Cheng. »Und das Rote ist die Landschaft. *Engel im Schlachtfeld* wäre vielleicht die bessere Bezeichnung. Auf jeden Fall schmeckt es betörend.«

»Was schmeckt betörend?«

»Sie fragen nach dem Inhalt? Keine Ahnung. Peter Crivelli, das ist der Mann dort, der diese Drinks herstellt, macht darüber keine Angaben. Offensichtlich vertritt er eine eher alchimistische Richtung in der Kunst der Cocktailzubereitung. Das muß man hinnehmen. Wer will, kann ja spekulieren. Oder ihn beobachten. Ich hingegen würde raten, einfach zu genießen.«

Mortensen nickte.

»Gut so«, sagte Cheng und bestellte bei dem Mann hinter der Bar, der ein vernarbtes Gesicht und einen leidenschaftslosen Ausdruck, einen schlanken Hals und schlanke Finger besaß, einen zweiten *Engel in der Landschaft*. Der Barkeeper namens Crivelli tat nichts, was hätte erkennen lassen, daß er die Bestellung aufgenommen hatte.

Eine Weile schwieg man, dann fragte Cheng: »Und wie ist das mit Ihnen? Verheiratet? Geschieden? Oder sonst was?«

»Verwitwet. Und zwar lange genug, um damit leben zu können. Und auch lange genug, um es dabei zu belassen.«

»Ich will Sie nicht verhöhnen«, sagte Cheng. »Aber ich denke, verwitwet zu sein, ist die beste Art, eine Partnerschaft zu führen. Einer geht fort, einer bleibt zurück, aber man ist weiterhin ein Paar. Es ist wie eine gute Ehe, in der jeder seine eigene Wohnung besitzt. Doch wer kann sich heutzutage noch zwei Wohnungen leisten?«

»Und da meinen Sie also, ein Mann sollte alles tun, um Witwer zu werden?«

»So hab' ich das nicht gesagt.«

»Es klang aber, als würden Sie empfehlen, einen Mord zu begehen, nur um sich die Anschaffung einer zweiten Wohnung zu ersparen. Ist doch so. Oder?«

Mortensen hatte am Schluß ungebührlich laut und erregt gesprochen. Einige der Gäste sahen herüber. Was Cheng weit weniger unangenehm war als Mortensen, der jetzt begriff, daß er überzogen reagiert hatte.

Es war aber Cheng, der sagte: »Es tut mir leid. Ich hätte das nicht sagen sollen. Nicht gegenüber einem Mann, der seine Frau verloren hat.«

»Nein, nein. Das geht in Ordnung. Das Problem ist, daß ich tatsächlich glaube, am Tod Paulas schuldig zu sein. Nicht auf eine direkte Weise.«

»Sondern?«

Mortensen erzählte von dem Flugzeugabsturz, dem er sich entzogen hatte. Mittels einer Darmgrippe, die höchstwahrscheinlich eine eingebildete Darmgrippe gewesen war.

»Manchmal glaube ich«, sagte Mortensen, »daß, wenn ich, anstatt den Kranken zu spielen, mit meiner Frau in dieses Flugzeug gestiegen wäre, es auch keinen Absturz gegeben hätte. Das mag unsinnig klingen. Aber dieser Unsinn taucht immer wieder in meinem Kopf auf. Ich komme nicht weg von der Vorstellung, eine ganze Menge von Menschen in den Tod befördert zu haben, nur um ein glücklicher Witwer zu werden.«

Cheng verzichtete darauf, gegen den »Unsinn« zu protestieren, sondern riet: »Probieren Sie Ihren Drink.«

Überrascht blickte Mortensen neben sich und sah, daß Herr Crivelli soeben das rotfarbene, mit dem kleinen Fruchtstück versehene Getränk auf die metallene Fläche der Theke stellte.

Mortensen dankte. Der Barkeeper betrachtete ihn aus Augen, in denen die Traurigkeit einen entwässerten, starren Ausdruck angenommen hatte. Crivelli, dieser dürre, melancholische Mensch, war die ideale Besetzung für den wenige Quadratmeter großen Bereich zwischen dem Tresen und der Rückwand, vor der die Reihen aus Alkoholika wie bei einer Gegenüberstellung aufgepflanzt standen.

Mortensen hob sein Glas an und nippte. Keine Frage, der Tomatensaft war unverkennbar, besaß jedoch nicht die Aufdringlichkeit wie bei einer Bloody Mary. Der Geschmack von Tomaten war bloß wie ein einzelnes Instrument in einem recht großen Orchester. Man hörte es eigentlich nur deshalb heraus, das Instrument, weil man es heraushören wollte. Der roten Farbe wegen.

Cheng hatte recht gehabt. Der Engel schmeckte nicht einfach nur ausgezeichnet, sondern fabulös, jedenfalls so, daß man davon süchtig werden konnte. Wobei auch Mortensen nicht genau sagen konnte, was er da schmeckte. Er ahnte es bloß, war sich aber höchst unsicher. Und befolgte nun Chengs Rat, indem er seinen Drink abseits irgendwelcher Überlegungen und Vermutungen genoß.

Nachdem Mortensen und Cheng erneut eine ganze Weile nichts gesprochen und sich ausschließlich ihren Cocktails gewidmet hatten, war es Mortensen, der langsam den Kopf hob, sich im gesamten Raum umsah und resignierend meinte, er könne die Frau nirgends entdecken.

»Wär ja auch verrückt gewesen«, sagte Cheng und gab dem Barkeeper ein Zeichen.

Crivelli trat an Cheng heran, legte seine Hände auf die Metallplatte, wobei sämtliche Finger zu einer Reihe geschlossen waren. Der ganze Crivelli, so aufrecht und gerade und steif, wirkte wie eine sorgsam gestaltete geometrische Figur. Mit ebenso geometrischer Förmlichkeit fragte er: »Was kann ich für Sie tun, Herr Cheng?«

»Letzten Dienstag ... abends ... Sie wissen, das war das letzte Mal, daß Thomas Marlock hier seinen Whisky trank. Oder was auch immer er konsumiert hat.«

»Mehrere Biere. Um genau zu sein, es waren fünf Pils.«

»Sehr gut. Also, an diesem Abend ist auch eine Frau an der Bar gestanden. Mitte zwanzig, dunkelblond, breites Gesicht, heller Teint, helle Kleidung, kräftig, ich sage kräftig, nicht fett, dezent geschminkt, jedoch mit deutlich bemalten Lippen. Sie hat kurz vor Thomas Marlock dieses Lokal verlassen. Sie hat, während sie hier gestanden ist, mit niemandem gesprochen, einfach nur geraucht, getrunken, nachgedacht, ins Narrenkastl gesehen.«

»Ich glaube nicht«, erklärte Crivelli in seinem kalten, präzisen Ton, »daß es sich bei dieser Frau um eine Närrin gehandelt hat.«

»Sie erinnern sich?«

»Wenn es die war, die dort in der Ecke stand«, sagte Crivelli und wies mit einer seitwärts und rückwärts ziehenden Bewegung seines Kopfes auf das rechts hinter ihm liegende Schlußstück der Theke.

Cheng sah Mortensen fragend an. Dieser nickte.

»Ja«, sagte Cheng. »Das ist die Frau, um die es sich handelt. Eine alte Bekannte?«

»An dem Abend, von dem Sie sprechen, war es das erste Mal, daß ich sie hier bedient habe.«

»Und danach noch einmal?«

»Nein.«

»Hat sie irgend etwas zu Ihnen gesagt.«

»Wie Sie selbst bereits erwähnten, Herr Cheng, die Dame war nicht zum Reden hier. Eher zum Arbeiten.«

»Wie meinen Sie das?«

»Ich meine eine künstlerische Arbeit.«

»Wie soll ich mir das vorstellen: künstlerisch?«

»Warten Sie einen Moment«, sagte Crivelli und verließ die Bar durch eine Öffnung in der Mitte der verspiegelten, mit Flaschen zugestellten Rückwand.

»Und das soll der Mann sein, der seine Rechnungen nicht ordentlich begleicht?« zeigte sich Mortensen verblüfft.

»Hab' ich das behauptet?«

»Haben Sie.«

»Nun, sagen wir, Herr Crivelli hat das bezahlt, was er für den richtigen Betrag hielt. Er kann mitunter recht unnachgiebig sein. Er ist ja nicht nur Alchimist, sondern auch der Typ des Buchhalters. Buchhalter sind Menschen, die sich immer im Recht glauben.«

Der Buchhalter als Alchimist als Barkeeper kam wieder zurück und legte einen viereckigen Bierdeckel vor Cheng auf die Thekenfläche. Darauf war die Bleistiftzeichnung eines Gesichts zu sehen. Es handelte sich deutlich um die Visage Thomas Marlocks. Auch Cheng, der Marlock ja nur von einigen Zeitungsfotos her kannte, die er am Nachmittag dieses Tages studiert hatte, war ohne Zweifel, wen diese Zeichnung darstellte.

So wenig, wie er daran zweifelte, hier ein kleines Kunstwerk vor sich zu haben. Klein bloß in bezug auf das Format.

Über der Abbildung eines gefüllten Bierglases, das von Buchstaben umrahmt war, die den Namen des Bieres sowie einen Werbespruch ergaben, war mit kräftigen Strichen nicht nur das treffende Porträt Thomas Marlocks entstanden, sondern der Untergrund war in diese Graphik eingearbeitet worden. Und zwar so, daß die Buchstaben und das abgebildete Bierglas nicht mehr störend wirkten, sondern ganz im Gegenteil, als das tragende Element des Gesichts fungierten, quasi wie ein inneres Gerüst, das diesen ganzen Kopf zusammenhielt, ihm eine Struktur verlieh. Die Zeichnung selbst war eine saubere, gediegene, jedoch konventionell-naturalistische Arbeit. Erst durch die zielgenaue Einarbeitung des Aufdrucks auf dem Deckel entwickelte die Darstellung ihren großen Reiz, ihr künstlerisches Moment. Man hätte tatsächlich sagen können, das Bild mute wie der Beweis dafür an, daß sich dieses menschliche Antlitz ursprünglich aus einem Bierglas, einer Schaumkrone und den dieses Glas und diese Schaumkrone umgebenden Lettern heraus entwickelt habe.

»Eine originelle Arbeit, das muß man sagen«, bekannte Cheng.

»Allerdings«, bestätigte Crivelli, und einen Augenblick war zu spüren, wie sehr er an diesem Kleinod hing.

Cheng bat Crivelli um eine Erklärung. Der Barkeeper zögerte, dann sagte er: »Nachdem die Frau gegangen war, fand ich diesen Bierdeckel. Genau an der Stelle, an der sie gesessen hat. Die Zeichnung stammt von ihr. Da gibt es keinen Zweifel.«

»Soll das heißen, Sie haben den Karton einfach behalten?«

»Warum denn nicht? Es war, als hätte sie ihn wie ein Trinkgeld zurückgelassen. Zudem gehört es nicht zu meinen Aufgaben, meinen Gästen ihre beschrifteten und bemalten Bierdeckel nachzutragen.«

»Natürlich nicht«, bestätigte Cheng. »Aber nach dem Tod Marlocks mußte Ihnen diese Zeichnung doch unheimlich vorkommen.«

»Es ist das Wesen der Kunst, unheimlich zu sein.«

»Also gut. Aber sagen Sie nicht, Sie hätten sich keine Gedanken gemacht. Ich rede von einem Verdacht wegen ...«

»Einem Verdacht nachzugehen, das fällt fraglos in Ihr Ressort, Herr Cheng. Ich habe diese Zeichnung an mich genommen, weil ich sie für gelungen hielt. Für äußerst gelungen. Was dahintersteckt, kümmert mich nicht. Wenn ich Rembrandts ›Die Anatomiestunde des Professor Tulp‹ betrachte, interessiert es mich ja auch nicht, ob dieser Tulp ein guter oder ein schlechter Pathologe gewesen ist.«

»Sie haben der Polizei also nichts von der Zeichnung erzählt?«

»Dafür sah ich keinen Grund. Es ist nicht ungewöhnlich, daß jemand seine Mitmenschen porträtiert. Und daß einer von diesen Mitmenschen wenig später ums Leben kommt, ist ebensowenig ungewöhnlich.«

»So kann man es sehen. Zumindest von Ihrem Standpunkt aus. Ich habe eine Bitte, Herr Crivelli.«

»Und zwar?«

»Können Sie mir die Zeichnung für ein paar Tage überlassen?«

»Warum sollte ich das tun?«

»Weil Sie mir vertrauen.«

»Meinen Sie wirklich? Ich weiß nicht, ob ich einem Mann vertrauen kann, der mir eine unpräzise Rechnung gestellt hat.«

»Ich flehe Sie an, fangen Sie nicht wieder damit an. Man kann die Sache so oder so sehen. Und denken Sie daran, wie rasch ich nachgegeben habe. Des lieben Friedens willen.«

»Sie waren ganz einfach im Unrecht. Das ist ein Faktum.«

Cheng verdrehte die Augen. Dann fragte er: »Also, was ist? Geben Sie mir Marlocks Porträt oder nicht?«

Mit einer höchst sparsamen Bewegung eines einzigen Fingers schob Crivelli den Bierdeckel näher an Cheng heran. Dann wies er, indem er seinen Kopf leicht anhob und seine Nase gewissermaßen streckte, in Richtung auf Mortensen und sagte: »*Der* war an diesem Abend auch hier. Vielleicht, Herr Cheng, sollten Sie ihn mal genauer unter die Lupe nehmen, Ihren Freund.«

»Werde ich«, versprach der Detektiv.

Crivelli wandte sich ab, holte ein Glas aus dem Regal, welches er mit einer hin- und herdrehenden Bewegung gegen das Licht hielt und es dann zu polieren begann. Als reinige er etwas Lebendiges. Oder zumindest die Hülle von etwas Lebendigem.

»Was soll das heißen?« fragte Mortensen. »Mich unter die Lupe nehmen?«

»Regen Sie sich nicht auf, Mortensen. Wir haben die Zeichnung. Das wird uns weiterbringen. Ein Porträt ist ja immer auch ein Porträt dessen, der es angefertigt hat.«

»Was haben Sie vor?«

»Ich werde Marlocks Konterfei auf Spuren seiner Porträtistin untersuchen lassen. Mal sehen, was dabei herauskommt.« Daraufhin leerte Cheng sein Glas und sagte: »Ich denke, ich gehe jetzt. Dieser *Engel in der Landschaft* ist ein wunderbarer Cocktail, aber man sollte nie mehr als einen davon zu sich nehmen. Und auch sonst nichts. Nur noch schlafen. Es schläft sich dann prima.«

Mortensen und Cheng zahlten. Jeder für sich. Crivelli sagte kein Wort. Aber als Cheng den Bierdeckel – allein die Kanten berührend – in die Innentasche seiner Anzugsjacke schob, machte der Barkeeper ein ernstes, mahnendes Gesicht. Seine Narben funkelten. Seine Nase rückte erneut nach vor.

»Sie bekommen ihn zurück, keine Angst«, versprach Cheng und trat auf die Garderobe zu. Sein leichtes Hinken war durchaus auffällig. Aber zumindest dann, wenn Cheng diesen Anzug trug, verlieh das Handikap seinem Gang etwas Exaltiertes. Als sei dieses Hinken eine modisch-abgehobene Version simplen Gehens.

Vor der Türe, in der frostigen Luft aus Minusgraden, reichten der Detektiv und sein Auftraggeber sich die Hand.

»Sobald ich etwas weiß, werde ich Sie informieren«, versprach Cheng, der bereits darüber Kenntnis besaß, daß Mortensen derzeit im »Bunker« einer Freifrau lebte und gegen Ende der nächsten Woche wieder in seine Wohnung zurückkehren würde. Cheng hatte beide Telefonnummern in sein kleines Notizbuch aufgenommen, in das er alles, was der Fall war, notierte. Jedoch ohne Ordnung und Übersicht.

Die beiden Männer gingen auseinander, obwohl sie eigentlich dieselbe Stadtbahn hätten nehmen können. Cheng aber entschloß sich zu einem kleinen Spaziergang, Lauschers wegen. Wenn es freilich nach dem Hund gegangen wäre, hätte dieser sofort gegen die Fassade von *Tilanders Bar* pinkeln können. Es war nicht nötig, Stuttgart zu erobern oder zu entdecken, um eine Notdurft zu verrichten. Aber das Spaziergehen gehörte nun mal dazu. Intuitiv begriff Lauscher, daß es seine Pflicht war, Cheng durch die eisige Kälte zu begleiten, auch wenn das für ihn, den Kurzbeinigen, eine harte Prüfung bedeutete.

Daß der folgende Tag dem Herrn und der Arbeitspause gewidmet war, ignorierte Cheng. Und das, obwohl er durchaus dem Katholischen anhing und dieses Katholische im Rahmen des Österreichischen auszuüben pflegte, also mit einer Lustlosigkeit gegenüber Gott und einer Lustfülle gegenüber den Riten, den Ornamenten, vor allem den Fresken in den Kirchen.

Die Österreicher blicken nie zu Gott, immer nur zu den Dekkenmalereien auf. Dies aber mit einer ungeheuren Innigkeit, so daß man sagen kann, kein Volk der Welt verfüge über ein derart deutliches Bild von Gott, seinem Reich und seinen weltlichen Nutznießern, wie das die Österreicher tun.

Gegen elf Uhr vormittags rief Cheng einen gewissen Stoll an, wehrte dessen Hinweis auf die sonntägliche Ruhe ab und erklärte, er würde in einer Stunde vorbeikommen. Stoll war das, was man einen leidenschaftlichen Spurensucher, einen Meister forensischer Praktiken nennen konnte. Die Polizei hätte dankbar sein müssen, einen solchen Mann zu beschäftigen. War sie aber nicht. Weshalb Stoll in seiner Freizeit für andere Leute arbeitete, die seine Fähigkeiten zu schätzen wußten. Und die ihn in gebührender Weise lobten und entlohnten.

Als Cheng bei Stoll erschien, stand dieser mit einem Bademantel bekleidet im Türrahmen. Cheng machte nicht viel Umstände, hielt dem müde dreinblickenden Mann den Bierdeckel vors Gesicht und sagte: »Die Fingerabdrücke. Und von wem sie stammen.«

Stoll betrachtete die Zeichnung, sah dann zu Cheng und sprach im Ton des Gequälten: »Nehmen Sie im Wohnzimmer Platz. Und seien Sie so gut, lassen Sie Ihren nassen Hund hier im Vorraum stehen.«

Lauscher war es gewohnt, für all den Regen und Schnee und Matsch, unter dem er selbst am meisten zu leiden hatte, auch noch bestraft zu werden. Er spürte den leichten Druck gegen seinen Rücken und versuchte, es sich auf einem ausgebreiteten groben Tuch bequem zu machen.

Währenddessen verschwand Stoll in einem Nebenraum, und Cheng trat ins Wohnzimmer. Ein Fernseher lief. Man sah, wie ein kleiner, dünner Mensch auf zwei länglichen Brettern über eine Schanze sprang und dabei eine Haltung einnahm, als wollte er sich im Flug selbst überholen.

In einer Ecke des Zimmers hing ein Käfig von der Decke. Zwei gelbe Vögel hockten auf einer Stange, ohne einen Ton von sich zu geben. Einer davon war echt. Cheng schenkte beiden einen traurigen Blick, dann versank er in einem wuchtigen, tiefliegenden Sofa und wartete.

Eine gute halbe Stunde später erschien Stoll, reichte dem Detektiv das Stück viereckigen Kartons und sagte: »Wir haben hier Fingerabdrücke von zwei verschiedenen Personen. Doch keines von den Mustern ist registriert. Das sind absolute Neulinge, jungfräuliche Prints. Aber wenn es hilft, kann ich Ihnen sagen, daß die Zeichnung ein Original ist, und ein Meisterwerk dazu.«

»Ja, ich weiß.«

»Um was geht es eigentlich?« fragte Stoll.

»Sie werden's noch erfahren.«

»Soll heißen, Cheng, daß Sie hinter dem Rücken der Polizei operieren. Gut so. Die Polizei hat es verdient, von Invaliden wie Ihnen an die Wand gespielt zu werden.«

»Danke. Was bin ich schuldig?«

»Wie immer. Nichts. Ich warte darauf, daß Sie mir mal einen Gefallen erweisen können. Mir etwa ein Alibi verschaffen, für den Fall, daß ich meinen Chef umbringe. Oder irgend etwas anderes unternehme, von dem es dann heißt: naheliegend, aber illegal.«

»Abgemacht«, sagte Cheng. Und es klang, als meine er es ernst.

Als die beiden Männer das Vorzimmer betraten, richtete sich Lauscher rasch auf. Er war kein Freund fremder Wohnungen. Er war auch kein Freund der Pfützen, die er selbst verursachte.

Montag morgen rief Cheng Otto Bodländer an, den er von früher kannte, und vereinbarte für die Mittagszeit einen Termin. Aus Hamburg stammend, war Bodländer in den Achtzigern nach Wien gegangen, wo er Kunstgeschichte und Malerei und einiges andere anstudiert hatte und ein Mitarbeiter in Chengs Mitarbeiterstab gewesen war. Mitarbeiterstab ist ein dramatisches Wort für die in Wirklichkeit kümmerlichen Verhältnisse. Cheng hatte hin und wieder einige Leute beschäftigt, gesellschaftliche Randfiguren, die froh gewesen waren, sich mit der einen oder anderen Observation, der einen oder anderen Recherche ein paar Scheine zu verdienen.

Bodländer war dabei der Spezialist für Kunst und Kriminalität gewesen. Leider hatte ihm sein Spezialistentum nur selten etwas eingebracht. Er war schlichtweg auf der falschen Seite gestanden, wie das für Randfiguren nun so Usus ist. Doch zwischenzeitlich hatte er nicht nur Wien aufgegeben, sondern auch das Trostlose seiner damaligen Existenz und war zum Besitzer und ersten Ideengeber einer erfolgreichen Werbeagentur aufgestiegen. Vielen seiner Kampagnen war es zu verdanken, daß deutsche Bürger und Konsumenten einen hohen Grad an Sensibilität entwickelt hatten.

Bodländer vertrat die Ansicht, daß Werbung eine Form von Herzensbildung darstelle. Sein Credo lautete: »Wir zeigen den Menschen überhaupt erst, daß sie ein Herz besitzen«. Und tatsächlich hatte Bodländer den Aspekt der Rührung in die Werbung eingebracht. Nicht die unsinnige Rührung, die entsteht, wenn man das Elend des Krieges oder die Verunreinigung eines

Kinderkleids mittels Schokoladeflecken zeigt, sondern jene subtile Ergriffenheit, die den Betrachter angesichts einiger Klosterschwestern überfällt, die, von einem schwarzhäutigen Mann chauffiert, in einem nagelneuen Familienwagen durchs Gelände schaukeln. Oder die Ergriffenheit, die sich beim Anblick eines älteren Ehepaars ergibt, das sich beide Beine bricht. Er die seinen. Sie die ihren. Und wie sie dann mit ihren vier eingegipsten Beinen auf der Rückbank einer sehr geräumigen und luxuriösen Limousine sitzen, Altersweisheiten auf den Lippen, und endlich die Vorzüge ihrer privaten Unfallversicherung in Anspruch nehmen können.

In Bodländers Werbefilmen mußten stets Automobile vorkommen, ob nun für diese geworben wurde oder nicht. Der Anblick von Autos, so Bodländer, sei, mehr noch als der von Tieren, Kindern oder Wolken, der stärkste Auslöser für Rührung.

Mit dieser so merkwürdigen wie einfachen Maxime war ihm der Erfolg beschieden. Ein Erfolg, der seinen Ausdruck auch in Bodländers Büro fand, das in einem der oberen Stockwerke eines Stuttgarter Bürohochhauses gelegen war. Während Cheng sich auf einem zwei Meter breiten Streifen aus dunklem und hellem Stein durch diesen Raum bewegte, sah er links von sich eine mit Kies und rechter Hand eine mit Erde ausgefüllte Fläche.

Am Ende des steinernen Gehwegs und quer zu diesem erhob sich ein einstufiges Podest, auf dem ein Schreibtisch und mehrere Stühle plaziert waren sowie zwei hyperrealistische Skulpturen. Die eine Figur stellte eine nackte Frau dar, die einfach in einem der Sessel saß und auf ihre Schenkel stierte, während es sich bei der anderen Plastik um einen stehenden Mann handelte, der in einem blauen Arbeitsanzug steckte und einen Besen in seinen Händen hielt, den er gegen den marmornen Boden gerichtet hatte. Neben ihm befand sich ein Kübel mit echtem Wasser.

Cheng fragte sich, was wohl im Kopf jener Leute vor sich gehen mußte, die diesen Raum tatsächlich zu reinigen hatten und damit auch diese Skulptur, die so täuschend echt einen Arbeiter des Reinigungsdienstes verkörperte.

Hinter dem Ensemble eröffnete eine weite Scheibe den Blick auf den Norden der Stadt, die im Schnee ihr Gesicht verloren hatte. Ein teurer Ausblick. Aber das wirklich Kostspielige an diesem Raum ergab sich durch die weitgehende Auslegung des Bodens mit billigem Kies und noch billigerer Erde. Inneneinrichtung hin oder her, es war wohl die gigantische Platzverschwendung, die einen jeden Betrachter beeindruckte. Immerhin zählte dieser Ort zu den Plätzen, an denen der Begriff der Bodenlosigkeit ausgerechnet mittels der Quadratmeterpreise der Böden verdeutlicht wurde.

Als Cheng auf das Podest getreten war, erhob sich der Mann hinter dem Schreibtisch und reichte Cheng die Hand. Er trug ein nicht mehr ganz sauberes Hemd aus dunkelgrünem Cord. Die oberen drei Hemdknöpfe waren offen. Angegraute Locken wurden sichtbar. Überhaupt vermittelte der Mann einen unrasierten Eindruck, und zwar auf eine völlig unmodische Weise. Dabei war es nicht so, daß er dreckig und verwahrlost wirkte. Aber er schien weit davon entfernt, sein Vermögen in seine äußere Erscheinung investieren zu wollen. Er nannte Cheng beim Vornamen und war ganz offensichtlich erfreut über das Wiedersehen. »Setz dich doch bitte, Markus. Gläschen Wein?«

»Gerne.«

Otto Bodländer griff unter den Tisch und stellte eine Flasche und zwei Gläser zwischen sich und seinen Gast. Der Wein war so billig wie Bodländers Kleidung. Schlecht war er dennoch nicht.

»Du siehst so gut wie unverändert aus«, meinte Cheng bewundernd. »In jeder Hinsicht. Ein wenig verhungert. Ein wenig abgerissen. Ein wenig unfrisiert.«

»Herrlich, nicht wahr? Ich bin zur Genüge erfolgreich, um mir das leisten zu können. Diese optische Unverfrorenheit. Auch wenn die meisten Leute ihre Nasen rümpfen, ihr Rümpfen hat keine Bedeutung. Weil ihre Nasen keine Bedeutung haben. Auch würde niemand auf die Idee kommen, offen heraus zu rümpfen.«

»Na gut. Aber wenn man sich dein Büro ansieht, erinnert das schon weit weniger an die Verkommenheit deiner Wiener Jahre. Ziemlich schick. Sozusagen: Schöner arbeiten.«

»Ja. Das Büro muß natürlich was hergeben. Denn auch die Unverfrorenheit hat ihre Grenzen. Entweder ist das Outfit heruntergekommen oder die Einrichtung. Beides wäre zuviel. Aber sag doch, wie hat es dich ausgerechnet nach Stuttgart verschlagen?«

»Ich wollte aus Wien einfach raus«, erklärte Cheng. »So wie du. Bloß, daß ich in meinem Gewerbe geblieben bin.«

»Noch immer die Schnüffelei.«

»Noch immer. Darum bin ich auch hier. Schließlich warst du einmal mein Experte für alles, was mit Kunst zu tun hatte. Mich interessiert deine Meinung.«

Cheng zog den Bierdeckel aus seiner Anzugstasche, reichte ihn zu Bodländer hinüber und sagte: »Ich will wissen, was du davon hältst. Von der Zeichnung. Der Konstruktion. Vor allem, was du mir über den Charakter der Person sagen kannst, die das angefertigt hat.«

Bodländer lehnte sich zurück, hielt den Karton in die Höhe und betrachtete ihn mit sichtlichem Interesse. Dann fragte er Cheng: »Irgendeinen Schimmer, wem wir das zu verdanken haben?«

»Einer Frau. Mitte zwanzig oder etwas älter. Mehr weiß ich nicht. Also abgesehen davon, daß sie dunkelblond ist, ein breites, aber hübsches Gesicht besitzt und es höchstwahrscheinlich besser ist, sich vor ihr in acht zu nehmen. Aber letzteres kann auch ein Irrtum sein. Also, was meinst du?«

»Eine großartige Arbeit. Ich will nicht übertreiben, aber deine Verdächtige, und verdächtig muß sie wohl sein, besitzt eine echte Begabung. Man sieht heutzutage nur noch selten Zeichnungen, die nicht dürftig wirken. In denen nicht die Hilflosigkeit regiert. Hier ist das anders. Die Frau hat es verstanden, das Bierglas so einzusetzen, daß man meint, es handle sich dabei um menschliche Gesichtsknochen. Und mit dem Bleistift hat sie praktisch eine Haut über die Knochen gezogen, Augen eingesetzt undsoweiter. Dabei wird eine Vorstellung dessen bewahrt, was hinter dem Gesicht liegt. Ohne daß jedoch der Effekt ein ekelhaft morbider wäre. Die Haut wirkt durchscheinend, aber nicht dünn. Der Kopf zerlegbar, aber nicht fragil. Wunderbar. Aber das ist dir ja sicher schon selbst aufgefallen.«

»Eine gute Zeichnerin. Das scheint eindeutig. Aber was habe ich von ihr als Mensch zu halten.«

»Da muß man wohl spekulieren. Das Bild ist ohne jeden Bezug zu einer gängigen Kunstform. Wer so arbeitet, lebt isoliert. Meine ich. Ich glaube nicht, daß diese Frau Ausstellungen besucht, in Katalogen blättert oder sich für irgendeine Kunstdebatte interessiert. Der realistische und akademische Stil darf nicht täuschen. Sie ist sowenig konservativ wie fortschrittlich. Das sind nicht die Kategorien, in denen sie sich bewegt. Ich denke, es wäre sinnlos, in Kunstvereinen und Malklassen nach ihr zu suchen.«

»Sondern?«

»Wie soll ich das wissen? Vielleicht arbeitet sie in einem Reisebüro oder besitzt ein orthopädisches Fachgeschäft. Nein, ich nehme das zurück. Wenn ich es mir recht überlege, glaube ich nicht, daß sie einen Beruf ausübt. Zumindest keinen konventionellen. Sie geht Menschen aus dem Weg. Sie bildet sie ab, und zwar in einer umgekehrt sezierenden Weise, meidet sie aber.«

Cheng warf ein, daß die Frau den Mann, der auf dieser Zeichnung dargestellt sei, keineswegs gemieden habe. Leider Gottes. Eher scheine es so gewesen zu sein, daß sie sich an ihn herangemacht habe, um ihr Werk in einem radikalen Sinn zu vollenden.

»Wer ist eigentlich der Porträtierte?« fragte Bodländer.

»Ein toter, ein ermordeter Mann.«

»Ist er gestorben, bevor oder nachdem er gezeichnet wurde?«

»Sehr bald danach.«

»Immerhin hat er dann noch miterleben dürfen, wie originell und gelungen er porträtiert wurde.«

»Ich glaube kaum, daß er das bemerkt hat.«

»Schade für ihn. Aber man kann immerhin sagen, daß er am Schluß seines Lebens im Dienst der Kunst gestanden habe. Wenngleich in passiver Form. Starb er auch für die Kunst?«

»Ich bin gerade dabei, das herauszufinden. Übrigens wundert mich, daß du ihn nicht erkennst. Sein Foto hat einige Tage lang die Lokalseiten geschmückt.«

»Nicht mein Thema. So wenig wie Nachrichtensendungen und andere Gewaltakte. Ich mache ja nicht nur Werbung, ich sehe mir auch nur Werbung an. Es wäre schließlich verrückt, würde ich nicht auf meine eigene Herzensbildung achten.«

»Ja, ich hab schon gehört, wie wichtig dir unser aller Herzen sind«, sagte Cheng, wechselte aber wieder zum Grund seines Kommens: »So eine Zeichnung ist doch wie ein Personalausweis, denke ich?«

»Wenn man die Zeichnung *lesen* kann, dann ja. Aber bei mir entsteht da bloß ein Gefühl.«

»Raus damit«, forderte Cheng.

»Auch wenn das ein Widerspruch zu dem ist, was du von dieser Frau weißt, so glaube ich doch, daß sie sich in irgendeiner Art von Anstalt, von Geschlossenheit befindet. Ob nun lükkenhaft oder lückenlos. Es kann sich um ein Kloster handeln, eine psychiatrische Klinik oder ein Gefängnis. Ich will damit nicht sagen, daß ich an dieser Zeichnung etwas Pathologisches entdecken könnte, aber ich stelle mir diese Frau als eine Person vor, die aus ihrer Zelle die Welt betrachtet und abbildet. Alles und jeden vom Standpunkt ihrer Zelle. Biergläser genauso wie Männergesichter.«

»Als sie diesen Mann gezeichnet hat, war sie mit Sicherheit in keiner Zelle.«

»Keiner tatsächlichen, mag sein. Aber ich bleibe dabei: Du wirst sie in einer Umgebung finden, in welcher die Regeln einer geschlossenen Gesellschaft vorherrschen. Und in der die Menschen, obwohl als Gruppe vereint, jeder für sich sind. Ich würde auf Klosterschwestern tippen. Denen trau ich am ehesten einen Mord zu.«

»Du spottest.«

»Nein. Religion ängstigt mich. Ich halte Werbung und Autos für den besseren Weg, seinen inneren Frieden zu finden.«

Cheng fühlte sich mit einem Mal unbehaglich. Er war unsicher, ob Bodländer auch meinte, was er sagte. Oder ob es nicht vielmehr so war, daß Ironie und Ernst zu einem einheitlichen Brei verkamen. Cheng erhob sich.

»Danke, Otto. Ich will nicht ausschließen, daß du mir geholfen hast. Kann ich mich revanchieren?«

Während Bodländer den Bierdeckel an Cheng zurückgab, meinte er: »Wenn du diese Frau findest, bring mich mit ihr zusammen. Ich würde mich gerne von ihr zeichnen lassen.«

»Ich hoffe, daß das nicht einem Todesurteil gleichkommt.«

»Das Risiko würde ich in Kauf nehmen.«

»Gut«, sagte Cheng, »ich werde sehen, was ich tun kann. Also Otto, treib weiter die Bildung der Herzen voran.«

»Und du, paß auf dich auf! Übrigens netter Anzug. Steht dir.«

»Danke«, sagte Cheng, stieg vom Podest und ging zwischen Kies und Erde aus dem Büro hinaus.

Als Cheng vor der alten Eisentür stand, durch die er wie üblich in den hinteren, hofseitig gelegenen Raum seines Büros treten wollte, der ehemaligen Werkstätte des Schusters, da bemerkte er, daß das Zündholz verschwunden war. Selbiges postierte er ein jedes Mal, wenn er fortging, in einem Winkel der verschlossenen Türe. Es stellte es schräg gegen die Metallplatte, so daß das kleine Stück beim Öffnen umfiel. Und genau das mußte geschehen sein. Cheng hob das Hölzchen von der Türschwelle und betrachtete es nachdenklich, mit einem Anflug von Nervosität, was sich dadurch bemerkbar machte, daß sein fehlender Unterarm schmerzte. Was Cheng selbst als »Phantomgicht« bezeichnete.

Die Vorsicht, die ihn dazu trieb, Zündhölzchen aufzustellen, war eine prinzipielle, die er nach dem Verlust seines Arms entwickelt hatte. Daß nun aber tatsächlich jemand in sein Büro eingebrochen war, überraschte ihn. Er glaubte nicht an einen Dieb. Diebe kannten sich in der Regel aus und drangen nicht in Läden ein, in denen nicht wirklich etwas zu holen war. Denn selbst bei dem Inhalt des Glasschranks handelte es sich um bloße Andenken und wertlosen Ramsch. Die Skulptur des Heiligen Georgs war nicht aus dem Mittelalter, sondern aus

Plastik. Ein Dieb hätte das auch ohne Einbruch herausbekommen.

Nein, der »Besuch« mußte andere Gründe haben. Cheng tat nun etwas, was er selbst für lächerlich hielt: Er zog die Pistole, die er ständig bei sich trug, die zu tragen er natürlich berechtigt war, die jedoch zu zücken er so selten wie ungerne tat. Weil das Zücken von Pistolen ihm als theatralisch, ja burlesk erschien. So, als wollte er eine im Kino gesehene Szene nachspielen.

»Du bleibst hier«, sagte Cheng an Lauscher gerichtet und zeigte mit dem Lauf der Waffe auf die Mitte des kleinen Hinterhofs. Lauscher begriff sofort, tippelte auf jene Mitte zu, sank auf sein Hinterteil und erstarrte.

Auch wenn Cheng sich also in den Zustand der Bewaffnung begeben hatte, hielt er es für unratsam, eine Art von Angriff vorzunehmen. Er wollte niemanden erschrecken und dadurch zu einer überstürzten Handlung provozieren. Weshalb er mit dem Lauf der Pistole gegen die Tür klopfte, einen Weile wartete und schließlich rief, er sei bewaffnet, habe jedoch keineswegs vor zu schießen und würde jetzt eintreten.

Mit dem Pistolenlauf drückte er die Klinke herunter und stieß die Tür mit der Fußspitze vorsichtig an, so daß ein genügend breiter Spalt entstand. Er bewegte sich mit äußerster Vorsicht, um nicht etwa die Kugel oder den Schlag von jemand einzufangen, der noch weit nervöser war als er selbst.

In der Werkstatt war niemand zu sehen. Doch Cheng bemerkte gleich, daß man in seinen Sachen gestöbert hatte, allerdings ohne eine Unordnung zu schaffen, die nicht schon bestanden hätte. Wenn also noch jemand hier war, dann mußte er sich im vorderen, zur Straße gelegenen Raum aufhalten. Dort, wo auch der Heilige Georg und sein Drache in der hoffentlich noch immer unbeschädigten Glasvitrine aufgestellt waren.

Das mit der Vitrine ging okay. Das Büro war intakt geblieben. Allerdings saßen in den beiden bequemen Stühlen, die eigentlich für Kunden gedacht waren, zwei ungebetene Gäste. Keine Diebe, aber auch keine Freunde.

Cheng steckte seine Waffe ein, wirkte jetzt beinahe gelangweilt, drehte sich kurz um und rief nach Lauscher.

»Mein Hund«, sagte er zur Erklärung, wobei er sich an den älteren Mann wandte. Den Mann, der hier der Chef war: Hauptkommissar Rosenblüt.

»Nett, daß Sie Ihren Hund nicht vorgeschickt haben«, meinte der Kriminalist mit einem Lächeln, das eine widerwärtige Krümmung besaß.

»Ich opfere keine Haustiere.« Damit setzte sich Cheng hinter seinen Schreibtisch, legte seine rechte Hand auf die Oberfläche und wartete.

»Das ist mein Assistent, Dr. Thiel«, erklärte Rosenblüt, der sich nicht die Mühe machte, sich selbst vorzustellen. Er setzte eine Kenntnis seiner Person voraus. Und auch Cheng kam nicht umhin, die Ähnlichkeit mit Paul Newman festzustellen. Allerdings war er überzeugt, daß Newman mit einem solchen Lächeln nie ein Star geworden wäre. Im Falle eines Polizisten mochte das anders sein.

»Also«, sagte Cheng. »Was kann ich für Sie beide tun?«

»Uns erklären, warum wir hier sind«, antwortete Rosenblüt sichtlich amüsiert.

»Wie bitte?«

Mit einer Stimme, die von der Amüsiertheit zur Strenge überwechselte, legte der Kommissar dar, einen Anruf hierher verfolgt zu haben. In dieses Büro. Einen Anruf, der sich auf dem Anrufbeantworter befinden müsse. Dabei zeigte er auf das Gerät, das am Rande von Chengs Schreibtisch stand. Ein kleines grünes Licht blinkte.

»Spielen Sie es ab«, befahl Rosenblüt.

Cheng verzichtete auf den Hinweis, daß die Bandaufzeichnung nur ihn selbst etwas anginge. So wie er darauf verzichtete, nachzufragen, warum die Polizei sich auf eine unbürokratische Weise Zugang zu seinem Büro verschafft habe. Er war zu lange im Geschäft, um auf sein Recht zu pochen wie auf eine von diesen vollen oder so gut wie leeren Ketchupflaschen. Also beugte er sich nach vor und drückte die Taste.

Geradeso, als wollte das Schicksal den Detektiv Cheng als einen Vielbeschäftigten darstellen, waren hintereinander die Nachrichten dreier Personen zu vernehmen, für die Cheng zuletzt gearbeitet hatte. Dann meldete sich die Stimme seiner Ex-Frau, die aus Wien anrief, um ihrem einstigen Gatten von ihrer geplanten Neuverheiratung zu berichten. Und ihn auch gleich bat, sich den Hochzeitstermin vorzumerken. Es schien für sie keine Diskussion darüber zu geben, daß Cheng zu der freundschaftlichen Geste verpflichtet sei, sich von der Außerordentlichkeit seines Nachfolgers zu überzeugen. »Du wirst ihn herrlich finden«, schloß sie mit einer Entzückung, die nur der für ironisch halten mochte, der diese Frau nicht kannte.

Rosenblüt lächelte. Dr. Thiel hingegen wirkte beschämt. Er schien ganz der vornehme Typus zu sein, so ziemlich in der Art des ermordeten Thomas Marlock. Ordentlich, aber nicht auffällig gekleidet. Ein junger, schlanker Mensch. Ein wenig instabil. Ein wenig wie ein dünnes Glas.

Zwar schätzte Dr. Thiel die Intelligenzleistung, die mit seiner kriminalistischen Tätigkeit einherging, doch empfand er einen gewissen Ekel, in die Intimitäten fremder Personen einbrechen zu müssen. Dr. Thiel war, wenngleich kein Pathologe, sondern gelernter Jurist, lieber mit den Toten als mit den Lebenden konfrontiert, also lieber mit den Opfern als mit den Tätern. Sein Verhältnis zu ersteren war ein berufsmäßig entspanntes, das zu zweiteren ein berufsmäßig verkrampftes. Zumindest entsprach dies Chengs Vermutung, der in Hinsicht auf Polizeibeamte durchaus in Schubladen und Vorurteilen dachte. Allerdings verkrampfte er sich nun selbst, als er auf dem Aufnahmeband die Stimme von Peter Crivelli vernahm. Der Erfinder des *Engels in der Landschaft* sprach auf seine gewohnt reservierte Art, wobei die Bandaufnahme der Stimme einen passenden mechanischen Klang verlieh:

Folgendes, Herr Cheng. Da wäre noch ein Punkt, auf den ich nicht hingewiesen habe und der wahrscheinlich auch kaum von Bedeutung sein dürfte. Aber nachdem wir nun mal über die Sache gesprochen haben, will ich nicht, daß meine Information unvollständig bleibt. Also: Auch wenn sicher ist, daß Marlocks Porträt an besagtem Abend entstanden ist, so ist ebenso sicher, daß der Bierdeckel nicht aus Tilanders Bar *stammt. Diese Frau muß ihn mitgebracht haben. Darüber kann es keinen Irrtum geben. Schließlich weiß ich, auf welchen Untersetzern ich meinen Gästen ihr Bier serviere. Ausnahmen gibt es nicht. Hat es nie gegeben.*

Wir führen zwei Biermarken und die dazugehörigen Bierdeckel. Darunter befindet sich jedoch kein Erzeugnis, das aus dem Ort Zweiffelsknot stammt. Aber genau um ein solches handelt es sich bei dem Aufdruck auf diesem Stück Pappe. Was das bedeutet, ob es überhaupt etwas bedeutet, das herauszufinden ist Ihr Geschäft. Ich wollte bloß, daß Sie nicht etwa die entscheidende Abzweigung übersehen. Das war ich Ihnen schuldig, auch wenn ich Ihnen wahrlich nichts schuldig bin. Adieu!

Rosenblüt hatte sich erhoben, war an den Tisch getreten und hatte die Kassette aus dem Gerät genommen und in die Tasche seines Mantels gleiten lassen, den er trotz der Hitze im Raum anbehalten hatte. Eine Hitze, die keine Vorliebe Chengs darstellte, sondern auf einen Defekt der Heizung zurückzuführen war.

Cheng konnte seinen Ärger nun doch nicht ganz verbergen und sagte: »Ich bin sicher, daß Sie das dürfen, nicht wahr? Mir das Aufnahmeband entfernen? Was haben Sie damit vor? Linguistische Studien betreiben? Die Stimme meiner Frau analysieren?«

Rosenblüt gab sich nicht dazu hin, auf Chengs rhetorische Fragen zu antworten. Statt dessen erklärte er, daß man seit Marlocks Ermordung das Telephon von *Tilanders Bar* abhöre. Diesen Anschluß sowie eine ganze Menge anderer. Was in bezug auf *Tilanders Bar* beziehungsweise auf Herrn Crivelli nicht mit einem speziellen Verdacht begründet gewesen sei, sondern mit der üblichen Routine.

»Um so verdutzter waren wir«, sagte Rosenblüt, »als Crivelli in seinem Anruf an Sie den Namen Marlock erwähnte. Und zwar in einem Zusammenhang, der alles andere als harmlos klingt. Wenngleich der Inhalt unverständlich bleibt. Was soll das, Herr Cheng? Seien Sie doch so nett und klären uns auf über die Bedeutung eines Bierdeckels. Und was Sie damit zu schaffen haben. Sowie Crivelli, der scheinbar lieber mit Ihnen als mit der Polizei redet.«

»Was interessiert Sie das? Ich dachte, Sie hätten den Fall Marlock gelöst. Dabei hören Sie die halbe Stadt ab.«

»Was sich ganz offensichtlich lohnt. Außerdem ist es so, daß wir zwar einen Mörder haben, aber das Motiv im unklaren bleibt. Ich bin ein Pedant und verachte Unklarheiten. Und dies gilt in noch viel größerem Maße für unseren Dr. Thiel.«

Das war das Zeichen für den jungenhaften Akademiker, der sich nun ebenfalls erhob und an den Schreibtisch trat. Mit einer Direktheit, die ihm Cheng nicht zugetraut hätte, erklärte er, es würde ein Leichtes sein, Cheng seine Befugnis, eine Detektivagentur zu betreiben, wieder zu entziehen.

»Ohnehin dürfte es einer Panne zu verdanken sein«, sagte Thiel, »daß man Sie überhaupt in unserer Stadt arbeiten läßt. Ich habe nichts gegen Leute, die als ein Relikt ihrer selbst durch die Gegend humpeln. Ich hab' auch nichts gegen Asiaten. Es ist nur eine Frage des Respekts, daß jemand wie Sie, Relikt und Asiat, sich nicht einbildet, er könnte hier die Ermittlungen sabotieren und sein eigenes Spielchen aufziehen.«

»Das ist hart gesagt und gefällt mir kein bißchen«, mischte sich Rosenblüt ein, »aber unser Doktor hat leider dahingehend recht, daß wir nicht einfach zusehen können, daß der Zeuge Crivelli nicht mit uns, sondern mit Ihnen zusammenarbeitet. Also, seien Sie vernünftig, Cheng, überlegen Sie, was Sie tun und was Sie unterlassen.«

Cheng war perplex. Einfach darüber, daß das alte Spiel »Guter Cop, böser Cop« in einer Konstellation erfolgte, die umgekehrt zu jener stand, die er erwartet hatte. Es war jetzt der unsympathische Rosenblüt, welcher sich dagegen verwahrte, einem Krüppel sein Berufsrecht abzusprechen. Während Dr. Thiel mit gespielter Verachtung auf Cheng heruntersah und so tat, als hätte er einen wie ihn gern wie einen einarmigen Nudelsuppenverkäufer nach China zurückgeschickt.

Cheng überlegte. Einerseits blufften die beiden Männer. Andererseits waren sie durchaus in der Lage, ihm Schwierigkeiten zu bereiten. Für einen Detektiv war es nicht gerade ein Wettbewerbsvorteil, die Polizei zum Feind zu haben. Er konnte diese Leute nicht einfach damit abspeisen, daß er, Cheng, nicht im Dienste des Staates stehe, sondern allein einer Privatperson verpflichtet sei.

»Es ist zu früh, Genaueres zu sagen«, begann Cheng vorsichtig. »Ganz gleich, ob Dr. Thiel meine Qualifikation anerkennt oder nicht, werde ich nicht so perfid sein, irgendwelche Verdächtigungen auszusprechen. Ich suche nach Fakten. Fakten, die beweisen, daß der von Ihnen Festgenommene nicht der Täter ist. Wenn ich über diese Fakten verfüge, werde ich sie Ihnen auf den Tisch legen. Auf welchen Tisch denn sonst? Es ist also gar nicht nötig, hinter mir herzulaufen oder mein Büro zu durchsuchen.«

»Wer beauftragt Sie?« fragte Rosenblüt.

»Das kann nicht Ihr Ernst sein, Herr Kommissar. Von was, denken Sie, würde ich leben, würde ich die Namen meiner Klienten preisgeben. Natürlich, auf meiner Steuererklärung wird dieser Kunde einmal aufscheinen. Aber bis dahin ist noch Zeit. Nein, nein, ich muß Sie schon bitten, mir ein Mindestmaß an standesüblichen Gepflogenheiten zuzubilligen. Was ich Ihnen sagen kann, ist das: Thomas Marlock war an dem Abend, an dem er starb, nicht mit einem Mann, sondern einer Frau in seiner Wohnung. Ganz entsprechend seiner sexuellen Veranlagung. Die wohl ein wenig biederer war als sein Tod. Diese Frau hat sich am selben Abend in *Tilanders Bar* aufgehalten, wo man sie nie zuvor gesehen hat, und auch danach nicht. Ich kann nicht genau sagen, was diese Frau wirklich getan hat, aber sie war es wohl, die die obskure Lustigkeit besaß, Marlocks separierten Kopf ins Aquarium zu tauchen. Ich weiß nicht, wer diese Frau ist. Ich kenne ihren Namen nicht und habe nicht die geringste Ahnung, wo man sie auftreiben könnte.«

»Ich habe in Ihrer schönen Rede kein einziges Mal das Wort *Bierdeckel* vernommen«, wandte Dr. Thiel ein.

»Die Sache mit dem Bierdeckel ist eine Lächerlichkeit. Haben Sie es denn nicht gehört? Auch Peter Crivelli glaubt kaum, mir damit einen entscheidenden Hinweis gegeben zu haben. Sollte dies aber wider Erwarten doch der Fall sein, werden Sie es natürlich erfahren. Meine Herren, ich kann, ob Sie mich nun für einen halbierten Taiwanesen halten oder nicht, mit Ihnen kooperieren. Aber ich brauche meine Zeit und meine Freiheit. Habe ich etwas Stichhaltiges, dann, wie gesagt, kommt es auf Ihren Tisch. Brühwarm, aber nicht butterweich.«

»Was ist das? Österreichische Poesie?« erkundigte sich Thiel.

»Wieso österreichisch?«

»Grund ohne Tiefe. China ohne Massen. Spaß ohne Freude«, proklamierte der Akademiker.

»Lassen wir das«, unterbrach Rosenblüt das Geplänkel. »Hören Sie, Cheng, was sagt Ihnen *Zweiffelsknot*?«

»Crivelli hat diesen Ort erwähnt. Ein Ort eben, wo man Bier herstellt. Und Bierdeckel. Was wohl nichts zu bedeuten hat.«

»Crivelli sprach von einem Porträt. Was meint er damit?«

»Diese Frau hat, während sie in *Tilanders Bar* saß, Thomas Marlock gezeichnet. Ich glaube aber nicht, daß Marlock das überhaupt realisiert hat.«

»Das soll wohl heißen«, folgerte Rosenblüt, »daß ein Bierdeckel als Zeichenblock diente.«

»So ist es. Crivelli hat nichts anderes getan, als einen kurzen Blick auf Marlocks Porträt zu werfen. Und dabei konnte er also feststellen, daß der Bierdeckel nicht aus seinem Hause stammte. Ich halte das nicht unbedingt für einen dramatischen Hinweis.«

»Hören Sie auf, Cheng«, mahnte Dr. Thiel, »permanent Crivellis Anruf herunterzuspielen. Wo ist dieser Bierdeckel?«

»Ich habe keine Ahnung. Aber ich nehme doch an, daß er sich im Besitz der Porträtistin befindet.«

»Gnade Ihnen Gott«, gab sich Dr. Thiel religiös, »wenn Sie versuchen, uns anzuschmieren.«

Cheng schwieg. Was sollte er auch sagen. Den beiden Polizisten mußte schließlich klar sein, daß ein Privatdetektiv nicht allein als Zuträger der Behörden fungieren konnte. Und daß das Verhältnis zwischen ihnen notwendigerweise immer ein getrübtes bleiben würde.

»Leute wie Sie«, erklärte Thiel, »stehen im Grunde auf der Seite der Kriminellen.«

»Dort, wo ich stehe, stehe ich allein«, meinte Cheng dunkel, erhob sich aus seinem Stuhl und ging in den Werkstattraum. Er griff in einen Wandschrank und holte eine Dose Hundefutter heraus, die er öffnete und den Inhalt in Lauschers Napf beförderte.

Der Hund näherte sich ohne Eile und ging neben seinem Essen in Positur, als warte er darauf, mit selbigem fotografiert zu werden. Er brauchte immer eine Weile, bis er sich entschloß, auch tatsächlich zu fressen. Alles im Leben Lauschers war durch eine ungemeine Langsamkeit geprägt, die in seinem Fall nichts Methodisches besaß. Denn dieser Hund war ja kein Buddha und kein Heiliger.

Manchmal kam es Cheng vor, als sei Lauscher zwar ein zum Denken fähiges Wesen, das jedoch im allerersten Gedanken seines Lebens quasi hängengeblieben war und nun – durch diesen Gedanken wie durch einen zähen Teig tretend – sich in Form einer andauernden Verzögerung durchs Leben bewegte. Denn wer noch immer mit seinem ersten Gedanken verbunden war, konnte nicht wie ein Irrer durch die Gegend rennen und wie ein Irrer Futternäpfe leeren. Versteht sich.

Im Fiat den Leiden entgegen

Die Welt ist eine Soße.

(*Rose*, Friederike Konstanze Schneider)

Als Cheng in den vorderen Raum zurückkehrte, waren Rosenblüt und Thiel verschwunden. Was für die beiden keine Schwierigkeit gewesen war, da der Schlüssel wie üblich auf der Innenseite der Ladentür gesteckt hatte. Cheng sperrte zu, dann setzte er sich an seinen Tisch, nahm das Telephon und wählte die Nummer Carl Köbners, welcher auf Grund seiner Liebe zur englischen Musik von allen Purcell genannt wurde. Oder eben einfach Henry. Purcell gehörte zu Chengs kleiner Mitarbeitertruppe, die sich – wie zu Wiener Zeiten – aus nicht gerade erfolgreichen Existenzen rekrutierte. Bei Purcell handelte es sich um einen Veteranen der Erwachsenenbildung, der mit seinen siebenunddreißig Jahren keinen wirklichen Beruf, aber eine interessante Mischung von Ausbildungen hinter sich gebracht hatte. Seine Unentschlossenheit war nicht unähnlich jener, die Lauscher überfiel, wenn er vor seinem gefüllten Futternapf zum Stehen kam. Purcell lebte noch immer unter der Fürsorge seiner Mutter und hatte es sich in der eigenen Fettleibigkeit recht komfortabel eingerichtet. Eine Frau wie seine Mutter würde er nicht finden. Das wußte er. Und danach handelte er.

Purcells große Leidenschaft galt neben der englischen Musik dem Autofahren. Er war ein, im Sinne Otto Bodländers, in der Autobenützung zur Herzensgüte gereifter Mensch, welcher für Kinder und Tiere und überhaupt für alle Fußgänger bremste. Und der dank seines zauberisch anmutenden Talents, Abkürzungen zu nehmen, imstande war, eventuellen Verfolgern auch ohne Raserei zu entkommen. Beziehungsweise besaß er die Fähigkeit, anderen Wagen nachzusetzen, ohne deshalb gleich Hydranten umzufahren et cetera.

In der Regel freilich wurde Purcell von Cheng darum engagiert, um im Falle größerer Fahrten und umständlicher Reisen nicht auf die Bahn angewiesen zu sein. Und genau darum ging es auch jetzt. Purcell sollte Cheng nach Zweiffelsknot bringen, jener Ortschaft, die, wie ihm das Lexikon verriet, am Südrand der Schwäbischen Alb lag und bekannt war für seine ehemalige Benediktinerabtei, die unter Napoleon eine Säkularisation erfahren und kurze Zeit als Kaserne gedient hatte, um dann zu einer königlichen Irrenanstalt zu mutieren. Ein Titel, der im Laufe der Zeit einige Wandlungen erfahren hatte. Aus dem monarchischen Tollhaus war letztendlich ein psychiatrisches Zentrum geworden.

Cheng wäre in jedem Fall nach Zweiffelsknot gefahren, allein des Bierdeckels wegen, denn der Ort verfügte über eine gleichnamige Brauerei. Doch das Bestehen einer Psychiatrie empfand er natürlich als einen zusätzlichen Anreiz. Immerhin hatte Bodländer empfohlen, die Porträtistin in irgendeiner Art von geschlossenen Anstalt zu suchen. Und man konnte durchaus behaupten, daß ein zur Psychiatrie umgewandeltes Kloster quasi ein Gebäude zweifacher Geschlossenheit darstellte. Übrigens waren Zweiffelsknot und seine kulturelle wie medizinische Bedeutung den meisten Menschen in diesem Land durchaus geläufig.

Für den Wiener Cheng handelte es sich jedoch um einen Ort, den er gerade mal vom Hörensagen kannte. Und eigentlich freute er sich auf diesen Besuch, vielleicht einfach darum, weil in der Lexikoneintragung die Rede von einer Zweiffelsknoter Klosterkirche war, die als ein Hauptwerk des deutschen Spätbarock galt. Denn wenn Cheng in Stuttgart etwas vermißte, dann waren es Dinge, die den Begriff »Barock« verdienten und somit geeignet waren, Chengs österreichische Deckenfresken-Besessenheit zu befriedigen.

Als Purcell mit seinem liebevoll gepflegten, siebenundzwanzig Jahre alten Fiat 124 vorfuhr, standen Cheng und Lauscher bereits auf der Straße. Wobei es nicht so aussah, als würde der

Wagen gebremst werden, sondern schlichtweg ausrollen. Auch das Motorengeräusch verstummte gleich einem langsam verhallenden Ton. Den alten Fiat konnte man durchaus als ein heimeliges Auto bezeichnen, als ein Möbel von einem Auto. Ein Möbel, das aber auch etwas Tierhaftes besaß. Jedoch nicht so aufdringlich wie im Fall eines VW Käfers. Dieser Fiat 124 Special T war sozusagen ein geometrisierter Käfer.

Cheng öffnete die hintere Tür und wies Lauscher mit einer kurzen Geste an, auf die mit einer Decke ausgelegte Bank zu springen.

»Gutes, braves Hundchen«, sagte Purcell, der gerne einen verniedlichenden Ton anschlug. Immerhin unterließ er es, von einem braven Detektivchen zu sprechen, und reichte statt dessen dem auf dem Beifahrersitz Platz nehmenden Cheng die Hand.

»Ich konnte dir am Telephon nichts Genaueres sagen«, erklärte Cheng. »Möglicherweise werde ich abgehört.«

»Teufelchen, noch mal«, staunte Purcell. »Woher kommt denn deine plötzliche Prominenz?«

»Es geht um den Fall Marlock. Du weißt schon: der Kopf im Aquarium. Ich erzähl' dir während der Fahrt, wie ich zu der Sache gekommen bin. Jetzt aber mal los!«

»Im Auftrag der Gerechtigkeit«, tönte Purcell, startete seinen Wagen, in etwa wie man eine alte, wertvolle Spieluhr in Betrieb nimmt, und sagte: »Er macht sich gut im Winter.«

»Wer?«

»Mein Fiat natürlich. Nicht, daß er den Schnee wirklich liebt. Aber er wehrt sich auch nicht dagegen. Ganz der brave Arbeiter.« Dann drückte er eine Taste seines Autoradios, und es erklang ein Madrigal William Byrds.

»Ein Madrigal«, erklärte Purcell.

Nachdem sie Stuttgart hinter sich gelassen hatten und nun über eine großzügig angelegte Bundesstraße fuhren, sagte Purcell: »Ich denke, wir werden verfolgt. Ist das ein Problemchen?«

»Kein Problemchen, Henry. Es wird die Polizei kaum wundern, wenn wir in Zweiffelsknot landen. Das können die sich denken. Was sie sich aber nicht denken können, ist mein Interesse für die dortige Psychiatrie. Dabei soll es auch bleiben. Zunächst einmal.«

Und damit begann Cheng, seinem Mitarbeiter Purcell davon zu berichten, wie alles gekommen war. Nachdem er geendet und Purcell auch die Zeichnung auf dem kleinen Karton gezeigt hatte, kommentierte dieser: »Grandiose Dame.«

»Hoffentlich nicht zu grandios«, meinte Cheng.

»Und wenn doch?«

Cheng gab keine Antwort. Was hätte er auch sagen sollen? Er spürte jetzt wieder seine Phantomgicht, die sich von der Absenz und Leere des verlorenen Unterarms hinauf zur Präsenz und Fülle des verbliebenen Oberarms zog, geradeso, als würden die Schmerzen aus der Einbildung in die Wirklichkeit übergehen. Oder aus dem Fiktiven ins Materielle.

Erneut hatte ein Schneesturm eingesetzt, durch den der Fiat wie durch eine sich auflösende Brausetablette gesteuert wurde. Es war nun nichts mehr zu erkennen, außer den Flocken, die so rasch vorbeizogen, daß man sie nicht als Punkte, sondern als Streifen wahrnahm. Purcell war mit dem Tempo auf Dreißig heruntergegangen, und dennoch überkam Cheng ein Schwindel, der sich aus dem Gefühl beträchtlicher Geschwindigkeit ergab. Und aus dem Fehlen von Anfang und Ende.

Allerdings hätte es gleich eine andere Art von Ende geben können. Ein höchst persönliches Ende. Denn mit einem Mal wurde in dem weißen Geriesel ein dunkler Fleck sichtbar, ein Körper, der auf den Fiat und seine Insassen zuraste. Cheng schloß automatisch die Augen. Dann vernahm er ein scharfes, ziehendes Geräusch. Ihm war, als befände er sich unterhalb einer Eisschicht, über die eben ein Schlittschuhfahrer glitt. Cheng riß seinen Kopf zur Seite und zurück, öffnete die Augen und sah durch die Rückscheibe gerade noch, wie ein sargartiger Behälter abwärts flog, auf die Fahrbahn aufschlug, sich schräg stellte und quer dahinschlitterte. Dann wurde der längliche Kasten von einem Wirbel aus Schnee verschlungen.

»Gott, was war das?« stöhnte Cheng.

»Ein Skikoffer«, sagte Purcell und parkte auf dem Pannenstreifen. »Das kommt davon, weil die Leutchen auf ihr Zeug nicht achtgeben.«

Die beiden Männer stiegen aus und standen eine Weile recht hilflos neben dem Wagen. Das Schneetreiben war derart heftig, daß das einzige, was sie feststellen konnten, die Kratzspur war, die der Skikoffer auf dem Autodach des Fiats hinterlassen hatte.

Cheng zog sich seinen Mantel über, gab Purcell ein Zeichen zu warten und bewegte sich auf dem Pannenstreifen zurück. In diesem Moment fuhr ein Wagen im Schrittempo vorbei. Offensichtlich hatte der Fahrer dem Skikoffer ausweichen können. Und tatsächlich erkannte Cheng, nachdem er sich an die zwanzig Meter durch den Sturm gekämpft hatte, den dunklen Kasten, welcher mit der Längsseite gegen den Pfosten der Straßenbegrenzung geprallt war.

So gesehen war eigentlich alles in Ordnung. Niemand war zu Schaden gekommen, Purcells silberfarbenes Autodach ausgenommen. Da der Skikoffer aber zur Hälfte in den Pannenstreifen hineinragte, schob Cheng den Kasten aus dem Gefahrenbereich heraus, was sich angesichts der Schneemassen am Straßenrand, der Schwere des Skikoffers und des Umstands der Einarmigkeit als beschwerlich erwies. Cheng mußte ein Knie auf den Boden setzen, um nicht den Halt zu verlieren.

Als er den Kasten endlich zur Seite bugsiert hatte, war er derart erschöpft, daß er nun doch umkippte und hinein in die Weichheit einer jüngst entstandenen Schneewächte sank. Er kam sich in diesem Moment ungemein lächerlich und verloren vor und dachte an einen nicht minder verrückten Schneesturm, den er viele Jahre zuvor in Wien erlebt hatte. Damals war er aus der Tollwut des Wetters in ein Kaffeehaus geflüchtet. Was ihm nun kaum gelingen würde. Die Zeit der Kaffeehäuser war vorbei.

Es saß da, ein Mensch ohne die Hoffnung auf ein Kaffeehaus. Und eigentlich ohne das Bedürfnis, sich zu erheben. Rasch bildete der Schnee in den Ecken und Nischen, die sich aus Chengs Körperhaltung ergaben, kleine Anhäufungen, denen er beim Wachsen zusah. Ein Anblick, der ihn auf eine angenehme Weise ermüdete. Aber gerade diese Schläfrigkeit ließ ihn aufschrecken. Schließlich war er nicht hier, um zu erfrieren, sondern um die Verkehrssicherheit zu gewährleisten. Und um seine Neugierde zu befriedigen. Also löste er die drei Schnallenverschlüsse und öffnete den Behälter.

Was hatte er eigentlich erwartet, worauf er stoßen würde? Auf eine Leiche? Eine Bombe? Einen sehr langen, sehr dünnen Mann der Polizei? Statt dessen befanden sich darin zwei paar Ski, die in keiner Weise auffällig schienen. Blieb allerdings noch immer die Vorstellung, jemand könnte absichtlich diesen Skikoffer von einem Autodach gelöst haben, um einen tödlichen Unfall zu provozieren.

In dem Moment, da sich Cheng endlich aufrichten wollte, bemerkte er einen flachen Gegenstand, der sich unterhalb der Skistockgriffe befand. Es handelte sich um etwas, das Cheng im ersten Moment für einen weiteren Bierdeckel hielt, viereckig und von derselben Größe wie jener, den er bei sich trug.

Doch als er jetzt Zeige- und Mittelfinger wie eine Greifzange gebrauchte und das Ding herauszog, bemerkte er den Glanz der Oberfläche, und gleich darauf war ihm klar, daß er ein Polaroidfoto in der Hand hielt. Darauf waren drei junge Menschen abgebildet, eine Frau und zwei Männer in Skikleidung, die schräg zu einem schneebedeckten Hang standen. Alle drei blickten frontal in die Kamera und präsentierten ein breites Grinsen. Dabei hielten sie sich umarmt, was wegen der Neigung der Piste ein wenig umständlich wirkte. Überhaupt sah es so aus, als würden sie demnächst ihren gemeinsamen Halt verlieren. Was wohl auch passiert war und keinem der drei unangenehm gewesen sein dürfte: das Purzeln der Körper. Das Ineinanderpurzeln. Auch das der Herzen.

Cheng konnte direkt hören, wie das Gelächter dieser Menschen aus einer Vergangenheit aufstieg, die etwas mehr als zwanzig Jahre zurückliegen mußte. Denn der Qualität und dem Zustand des Polaroids nach zu urteilen, sowie auf Grund der Skianzüge, welche die drei trugen, ordnete Cheng diese Aufnahme in die späten Siebzigerjahre ein. Die grellen, gepolsterten und taillierten Anoraks besaßen den Charme von Kampfanzügen, die geeignet gewesen wären, rabiate Marsianer zur Vernunft zu bringen. Das war eine Zeit gewesen, da man sich die Existenz von Marsianern noch hatte ausmalen können. Während der Mars heute recht öde im Licht der Erkenntnis stand und man schon froh war, auf Hinweise von Wasser zu stoßen, Wasser, das längst nicht mehr floß.

Damals aber war der Mars noch ein Ziel für jedermann gewesen, nicht bloß für Sonden und Wassersucher, und man hatte folglich auch auf Skipisten einen astronautischen Geist verspürt. Einen Geist, den Cheng bestens im Gedächtnis hatte, besser als manches, was danach gekommen war. Er war in den späten Siebzigern etwa so alt gewesen wie die drei Personen auf dem Foto, also im Bereich eben erklommener Volljährigkeit.

Aber es war nun keineswegs dieser Zustand jugendlichen Erwachsenseins, an den Cheng gerne zurückdachte, sondern allein die Pracht damaliger Skianzüge und Skischuhe. Und das Gefühl, das man beim Tragen dieser Ausrüstung entwickelt hatte. Denn obgleich die eigenen Füße und Unterschenkel sich in diesen Skischuhen angefühlt hatten, als würden sie in Betonklötzen stecken, so war es eben doch ein aufregendes Gehen gewesen. Man hatte dann nicht nur die Straßen der Wintersportorte in der Gangart halbfertiger Roboter überquert, sondern war im Geiste auch über die zerklüfteten Ebenen bitterschöner Monde und Planeten geschritten.

Cheng verharrte noch einen Moment im Zustand der Rührseligkeit, dann entschied er, die Fotografie mit sich zu nehmen. Nicht, daß er dachte, anhand dieses Bildes würde es möglich sein, den fahrlässigen Besitzer des Skikoffers ausfindig zu machen. Darum ging es auch gar nicht. Worum es ging, konnte Cheng selbst nicht sagen. Auf jeden Fall drängte es ihn zu allergrößter Vorsicht. Was bedeutete, daß er das Polaroid nicht einfach in seinen Mantel steckte, sondern sich das Bild zwischen Unterhose und rechte Poseite schob. Auch wenn dieser Platz kaum die Qualität eines Tresors besaß, so war es immerhin nicht unbedingt der Ort, an dem man nach Polaroids suchen würde.

Cheng schloß den Skikoffer. Dann machte er sich endlich auf den Weg zurück zum Wagen. Purcell saß bereits wieder hinter dem Lenkrad und war in ein Gesangsstück seines Namensgebers vertieft: »Sweetness of nature«. Er wirkte deprimiert, wohl wegen der Beschädigung des Autodachs.

»Glücklicherweise ist niemand in diesen Koffer hineingekracht«, sagte Cheng. »Ich hab' ihn auf die Seite geräumt. Und mach dir wegen deinem Wagen keine Sorgen. Ich werde das regeln.«

»Der bleibt, wie er ist«, bestimmte Purcell, »ich hasse es, wenn alles und jedes renoviert wird. Auch ein Fiat braucht das eine oder andere Wehwehchen, den einen oder anderen Kratzer. Selbst wenn es schmerzt, sich das ansehen zu müssen. Außerdem könnten wir jetzt tot sein. Tot wie zwei erschlagene Mäuschen.«

»Könnten wir«, bestätigte Cheng und schnallte sich an.

»Und wenn wir tot wären«, folgerte Purcell, »würde man trotzdem darangehen, uns zu renovieren. Man würde versuchen, mich für mein Begräbnis hübscher und putziger herzurichten, als ich je war. Und meine Mutter würde sagen: Das ist er nicht. So sieht mein Bubi nicht aus.«

Cheng schwieg. Lauscher schnarchte sein Hundeschnarchen. Purcell startete den Wagen und fuhr erneut in das wilde Treiben der Flocken.

Erst eine halbe Stunde später gerieten sie aus dem Sturm heraus, wobei es Cheng so vorkam, als durchbreche der Wagen eine glatte, gerade, dünne Wand, hinter welcher sich der Winter wieder völlig durchschnittlich gab. Einen Moment waren Cheng und Purcell wie geblendet von der Gegenständlichkeit des Anblicks, von erkennbaren Wäldern, einem erkennbaren Himmel, einer erkennbaren Straße und all den anderen sichtbaren Verkehrsteilnehmern. Man rückte wieder näher aneinander, was bedeutete, daß die Abstände zwischen den Autos zügig abnahmen. Die ganze Welt schien sich zu fangen, pendelte sich ein.

Als Purcell seinen lädierten Fiat auf dem Parkplatz von Zweiffelsknot parkte, war der Ort bereits von der Dunkelheit eines späten Nachmittags eingeäschert. Dennoch sah man deutlich die beiden hellen Türme des Münsters, die völlig unbeleuchtet waren und sich nur mittels der eigenen Weiße der Bemalung und der Weiße der schneebedeckten Turmspitzen von dem schwarzen Hintergrund abhoben.

Sehr wohl beleuchtet war hingegen das Brauereigebäude, ein übersichtlicher, an seine Funktion gebundener Bau. Wobei es sich freilich genausogut um ein Sägewerk oder eine Spinnerei hätte handeln können, wären da nicht die großen Plakate gewesen, auf denen vergnügte, fraternisierende Menschen Biergläser in ihren Händen hielten. Auf all diesen Werbetafeln prangte ein Spruch, der auch auf dem Bierdeckel aufgedruckt war, den Cheng bei sich trug: *Nur in der Natur liegt der Geist des Bekömmlichen. Echtes ehren – Freud bescheren – Wahres brauen – in Gott vertrauen.*

»Es hat keinen Sinn, heute noch viel zu unternehmen«, sagte Cheng, als er aus dem Wagen stieg, »wir müssen das Ganze ohnehin langsam angehen. Und erst einmal sehen, welche Leute uns Rosenblüt hinterhergeschickt hat.«

»Seine besten doch hoffentlich. Der Fall ist schließlich allerkitzligst.«

»Nimm dich zusammen, Henry.«

»Was ist denn los? Was tue ich denn?«

Purcells Atem stieg als eine Folge milchiger Schwaden auf, die sich rasch verloren. Es war hier draußen noch um einiges kälter als in Stuttgart.

»Ich denke«, sagte Cheng und öffnete Lauscher die Hintertüre, »es ist deine Sprache, die mich hin und wieder quält. *Allerkitzligst.* Was für ein dämliches Wort.«

Purcell gab sich beleidigt, zog den Kopf ein, atmete in seinen Schal und tat einige Schritte auf dem gepreßten, harten Schneeboden. Die Geräusche erinnerten Cheng erneut an eine Eisdecke. Nur, daß man sich diesmal glücklicherweise nicht unter, sondern auf ihr befand.

Mit einem Mal wendete sich Purcell zu Cheng um, beinahe elegant, tatsächlich wie ein gewichtiger Schlittschuhläufer, und sagte: »Es ist ein Tic. Ein Ticileinchen. Ich kann nichts dagegen tun.«

»Ist schon gut«, wehrte Cheng ab und nahm Lauscher an die Leine. Lauscher hatte nichts gegen die Leine einzuwenden. Sie war ein Stück Kultur und ein Stück Sicherheit, und keineswegs unbequem. Einen aufmerksamen Begleiter vorausgesetzt.

Zu dritt betraten sie den Gasthof *Zum schönen Hofnarren*, der an das Brauereigelände angeschlossen war. Durch eine automatisch sich öffnende Glastür gelangte man in einen weiten Gastraum, der beherrscht war von einer Einrichtung, die das Rustikale in einer Weise zitierte, wie man Sätze aus dem Zusammenhang reißt. Und dennoch wirkte alles höchst kompakt und passend, denn schließlich bedeutete die Fälschung des Rustikalen, die Imitation des Ländlichen längst etwas Vertrautes. Man konnte sich das Ländliche gar nicht mehr anders als gefälscht vorstellen.

Jetzt, um halb sechs, saßen kaum Gäste an den Tischen. Zur Gänze besetzt war jedoch der Stammtisch, der seine dunkle, glänzende Oberfläche preisgab, auf der sich die Biergläser und die dazugehörigen Stammgäste spiegelten.

Man war hier Fremde gewohnt, auch Asiaten, denn die Klosteranlage, vor allem aber die bombastische Innengestaltung des Münsters, seine stuck- und freskenreiche Pracht, sein aufwendiges, beinah schon dubios zu nennendes Chorgestühl, das alles hatte Eingang in die Fremdenführer der ganzen Welt gefunden.

Als Cheng nun aber an die Theke trat und fragte, ob in der angeschlossenen Pension zwei Einzelzimmer frei seien, entstand eine kleine Unruhe unter den Stammgästen, deren Tisch so nahe an dem Ausschank plaziert war, daß sie jedes Wort verstehen konnten. Und damit auch den wienerischen Klang von Chengs Aussprache. Man betrachtete Cheng, dann seinen Hund und schließlich die korpulente Gestalt Purcells, der übrigens ein geborener Stuttgarter war und diesem Umstand ohne jeglichen Krampf oder Komplex begegnete. Seine Liebe zur englischen Musik war in keiner Weise Ausdruck einer Heimatverachtung, sondern in etwa ein Spleen wie sein Hang zur Verlieblichung von Wörtern.

Weniger lieblich gestaltete sich der Blick der Stammgäste. Nicht, daß es sich um derbe oder gar brutale Gestalten gehandelt hätte. Sie waren schlichtweg wachsam. Immerhin mußten sie damit leben, daß in ihrer nächsten Nähe nicht nur ein wohlschmeckendes Bier hergestellt wurde, sondern auch Leute lebten, bei denen es sich im besten Fall um harmlose Deppen handelte oder um Menschen, denen die Seele zu Kopf gestiegen war, im schlimmsten Fall jedoch um Typen, die dank einer anerkannten und begutachteten Psychose um das Gefängnis gekommen waren und statt dessen Platz im sogenannten geschlossenen Maßregelvollzug gefunden hatten. Natürlich existierte die Klinik schon viel zu lange, als daß man sie hätte in Frage stellen können. Ganz abgesehen davon, daß es sich bei ihr um den größten Arbeitgeber der Gemeinde handelte. Aber es blieb ein Unwohlsein angesichts der Gegenwart emotionaler Untiefen und ihrer Behandlung. Ein Unbehagen wie beim Anblick von Gewitterwolken, die zwar nicht losbrechen, sich aber ebensowenig verziehen.

Und aus eben dieser Wachsamkeit heraus kamen die Stammgäste nicht umhin, es merkwürdig zu finden, daß ein einzelner Chinese oder Koreaner, oder was auch immer er war, hier im Ort abstieg, einen langohrigen Hund im Gepäck, um sich dann mit einem österreichischen Dialekt nach freien Zimmern zu erkundigen. Die er auch prompt erhielt.

Die Stammgäste verfielen in eine erregte Debatte, als Cheng und Purcell einer Kellnerin durch einen kurzen Korridor ins Nebenhaus folgten. An einer kleinen Rezeption wurden die Formalitäten erledigt, und wenig später bezogen die beiden Männer ihre Quartiere.

Da jedoch nur noch eines von den Einzelzimmern frei gewesen war, übernahm Cheng – der kleinere, aber in Fragen der Bettgröße heiklere der beiden Männer – einen Raum mit Doppelbett. Einen Raum, dem nichts Rustikales mehr anhaftete, dem eigentlich überhaupt nichts anhaftete außer seiner Bestimmung, Menschen von durchschnittlichem Wuchs zu beherbergen und über den Luxus eines Fernsehgeräts zu verfügen, welches auch tatsächlich funktionierte.

Cheng stand in dem Zimmer und betrachtete die Einrichtung. Das Bett, dessen Gestell aus hellem Holz war. Die beiden kreisrunden und schildförmigen Wandleuchten aus weißem Milchglas. Den kleinen Tisch und den dazugehörigen Stuhl, hergestellt aus dem gleichen Holz wie das Bett. Alles hier war von einer unangenehmen Reinlichkeit. Auch das Bild über dem Bett, ein abstraktes Aquarell, blaß und nichtssagend und mit einer Signatur versehen, die dünn und schwächlich, jedoch kurvenreich in die Mitte des unteren Rands gesetzt worden war. Badezimmer und Toilette besaßen dieselbe keimfreie Absenz jeglichen Charmes. Cheng bereute seine Wahl. Alles wäre ihm lieber gewesen als dieses Zimmer, das eigentlich aussah, als würde es zur Psychiatrie gehören. Als sei es allein konzipiert worden, um nur ja keinen Reiz auf seine Betrachter und Benützer auszuüben. Was aber in Chengs Fall zum Gegenteil führte. Schweiß stand auf seiner Stirn, und er bemerkte, wie sein Atem stockte und sich sein verlorengegangener Arm meldete. Der hellgelbe, weiß getupfte Fußbodenbelag und der pastellfarbene Bettüberzug verursachten ihm Übelkeit. Er flüchtete durch die offene Tür auf den Gang, in dem noch immer Lauscher stand, als hätte sein famoser Hundeinstinkt ihm eingegeben, wie unnötig es sei, überhaupt erst in diesen Raum hineinzumarschieren.

Cheng trat auf der gegenüberliegenden Seite vor eine Tür und rief nach Purcell. Der Hundertzwölfkilomann öffnete mit nacktem Oberkörper und nackten Füßen. Man könnte sagen, daß er über einen schönen Bauch verfügte, vorausgesetzt, man war in der Lage, diesen Bauch für sich zu betrachten. Er besaß in etwa die glatte, gleichmäßige Form wie die Wandleuchten in den Zimmern. Natürlich leuchtete er nicht, obgleich man sich diesen Bauch auch als strahlendes Objekt hätte vorstellen können, als eine fluoreszierende Blase.

»Was ist denn los?« fragte der Besitzer des Bauches.

»Die Zimmer sind unerträglich. Nicht wahr?«

Purcell wußte nicht gleich, wovon Cheng überhaupt sprach. Schließlich sagte er: »Das Bettchen könnte größer sein. Ansonst finde ich alles ziemlich okay. Irgendwie niedlich.«

»Na gut«, meinte Cheng achselzuckend, »wir treffen uns um acht unten zum Abendessen.«

Purcell nickte und ging zurück in sein Zimmer, während Cheng sich zusammen mit Lauscher hinunter zur Rezeption begab, wo er eine Angestellte dadurch verstörte, daß er sich nach einem Zimmer erkundigte, das weniger »klinisch« anmute und in dem man nicht den Eindruck bekomme, »im Angesicht einer gleißenden Biederkeit zu erblinden«.

Die Frau schüttelte zunächst den Kopf, erkannte aber bald Chengs Sturheit. Dazu kam, daß seine wortreiche, von Übertreibungen geprägte Sprache sie beeindruckte. Oder auch nur ängstigte. Auf jeden Fall erklärte sie jetzt, daß sich hinter diesem Haus noch ein weiteres Gebäude befinde, das vormalige Wirts- und Gästehaus, welches nun einigen Arbeitern der Brauerei als Unterkunft diene. Soweit sie wisse, stünden ein paar der Zimmer frei. Sie könne ja die Chefin fragen, ob man eventuell ... allerdings: Toilette und Dusche befänden sich am Gang.

»Fragen Sie die Chefin. Bitte!« Cheng wirkte mit einem Mal freundlich, einnehmend. Er war ein Mann, der auch gefallen konnte. Die Aussicht auf ein anderes Zimmer ließ ihn zur Ruhe kommen. Und zu einer regelmäßigen Atmung. Auch verflog der Schmerz, der seinen unsichtbaren Arm kurz gepackt hatte. Beinahe lächelte er. Es war jetzt etwas Originales an ihm, etwas, das die meisten Betrachter als chinesische Anmut empfanden, auch wenn dies keineswegs der Fall war. Die Anmut war bar jeglichen nationalen Hintergrunds. Sie war allein Chengs Werk. Welches darin bestand, daß der Anflug seines Lächeln ausgezeichnet zu seinem tiefschwarzen Anzug paßte, der ja ebenfalls eine Andeutung darstellte. Freilich von etwas ungleich Größerem als einem Lächeln.

Die Angestellte verschwand in einem hinter der Rezeption gelegenen Raum. Cheng hörte ihre Stimme, konnte aber nicht verstehen, was die Frau sagte. Kurz darauf kam sie zurück und bat Cheng, ihr zu folgen. Erst jetzt bemerkte sie den Hund, betrachtete ihn mit sichtlichem Vergnügen und fragte: »Was bist denn du für einer?« Dabei ging sie in die Knie und tätschelte Kopf und Rücken dieser – wie Cheng jetzt erklärte – Mischung aus Dackel und Schäferhund. Was eine vereinfachende Darstellung bedeutete, schließlich hatten sich auch Lauschers Eltern bereits im Zustand einer Kreuzung befunden.

Während Cheng die Frau zuvor kaum wahrgenommen hatte, zumindest nicht als Frau, registrierte er nun ihre Hübschheit, die nichts Ländliches besaß. Und auch nichts von einer Fälschung des Ländlichen. *Sie* nicht, sehr wohl aber ihre Kleidung, die aus einem grünen, weiten Rock, einer weißen, an den kurzen Ärmeln ballonartig gewölbten Bluse und einer bestickten Schürze bestand und den Hotelgast daran erinnern sollte, in welcher Art von Gegend er sich befand. Doch die Frau selbst wirkte viel eher städtisch. Das mag im ersten Moment komisch klingen: ein städtisches Gesicht. Aber es war nun mal so, daß Cheng das Gesicht dieser Frau – während sie ihn ansah und davon sprach, daß Mischlingshunde immer die süßesten seien – als architektonisch empfand. Ja, es sah *errichtet* aus. In diesem Frauengesicht, welches übrigens über eine gewisse deutliche Breite verfügte, steckte eine durchdachte, menschliche Ordnung. Ihm fehlte die natürliche Gewachsenheit, wie dies etwa bei den Männern am Stammtisch der Fall war. Was keineswegs zu bedeuten brauchte, daß diese Frau aus der Stadt kam. Denn ein Städter hatte selbstverständlich nicht automatisch auch ein städtisches Gesicht. Und ein Landmensch nicht per se eine saftige Frucht im Antlitz.

Als sie sich jetzt erhob, ergab es sich, daß sie mit ihrem Gesicht ziemlich nahe an das von Cheng geriet. Dahinter steckte keine Absicht, von keiner der beiden Personen. Solange die Frau sich in gebeugter Haltung Lauscher gewidmet hatte, war der Abstand zwischen ihr und Cheng beträchtlich erschienen. Doch mit dem Aufrichten war etwas geschehen, was ein phantastisch veranlagter Mensch als »Schrumpfung der Luft« hätte definieren können. Auf jeden Fall standen sich die beiden nun so nahe, daß Cheng nur hätte zu nicken brauchen, um mit seiner Nasenspitze die ihre zu erreichen. Was er natürlich unterließ. Statt dessen fragte er, ob er ihren Namen erfahren dürfe.

»Anna Haug.«

»Ein schöner Name«, erklärte Cheng.

»Wie kommen Sie denn da drauf?«

Cheng biß sich auf die Lippe, wie um seinen Mund an die Kandare zu nehmen. Die Bemerkung hatte in keiner Weise der Annäherung gedient, sondern sich aus einer plötzlichen Verunsicherung ergeben. Für einen Moment war Cheng die Idee gekommen, er könnte es – des auffallend breiten Gesichts wegen – mit der Mörderin Thomas Marlocks zu tun haben. Ein unsinniger Gedanke, den er rasch verwarf. Diese Frau hier trug braunes Haar. Aber das allein war es nicht. Haare konnte man färben. Man konnte eine Perücke tragen. Entscheidender war, wie wenig er überhaupt in der Hand hatte, indem er sich bloß auf eine bestimmte Gesichtsform berief. Gesichter waren nun mal breiter oder schmäler. Von einem deutlichen Merkmal, vergleichbar einem fehlenden Arm, konnte nun wirklich nicht die Rede sein.

Cheng tat einen Schritt zurück, wie um sich zu entschuldigen. Er hatte aus seiner Beunruhigung heraus freundlich sein wollen, indem er stellvertretend für die ganze Person den guten Klang ihres Namens hervorgehoben hatte. Nicht mehr. Es entsprach nicht seiner Art, sich einzubilden, nur weil er über einen gut sitzenden Anzug verfügte, sich gegenüber dieser oder irgendeiner anderen Frau etwas herausnehmen zu dürfen. Auch wurde ihm nun – mit einer gewissen Verspätung, die ihn ärgerte – die Jugend dieser Frau bewußt.

»Kommen Sie«, sagte Anna Haug. »Ich zeige Ihnen jetzt Ihr Zimmer. Übrigens: Ich habe nichts dagegen, wenn Ihnen mein Name gefällt. Ihrer gefällt mir auch. Cheng. Cheng & Haug. Würde sich gut machen. Finden Sie nicht auch? Ich meine, als Firmenname.«

»Stellt sich nur noch die Frage, in welcher Branche.«

»Was arbeiten Sie, Herr Cheng?«

Cheng überlegte. Er ließ sich Zeit, bis Frau Haug ihn und Lauscher auf einen kleinen Hof geführt hatte, der zwischen dem neuen und dem alten Haus lag. Neben dem freigeschaufelten Weg lag der Schnee einen Meter hoch. In der Mitte dieser Rinne blieb Cheng stehen. Anna Haug drehte sich um, wartete. Es sah nicht aus, als würde die Kälte sie stören. Und das, obwohl sie eine Bluse mit kurzen Ärmeln trug.

»Ich bin Detektiv«, sagte Cheng, so wie man sagt: Ich esse Würmer.

»Das glaube ich nicht«, meinte Anna Haug, wobei sie weniger ungläubig denn amüsiert dreinsah.

»Im Ernst. Ich betreibe in Stuttgart ein kleines Büro. Und möglicherweise haben Sie recht. Möglicherweise würde es viel besser gehen, wenn es Cheng & Haug hieße. Die Verbindung zweier Namen suggeriert eine größere Verläßlichkeit. Und sie vermittelt Tradition. Partnerschaften im Geschäftsleben kommen gut an. So wie Ehepaare gut ankommen. Obwohl die Ehe ein Konstrukt ist, erscheint sie den Leuten als etwas Natürliches und Gottgewolltes.«

»Ich hoffe«, sagte Anna, weiterhin vergnügt, »daß das jetzt kein Heiratsantrag war.«

»Ich sprach von meiner Detektei«, erklärte Cheng mit unnötiger Ernsthaftigkeit. Dann verwies er darauf, daß ihm kalt sei. Geradeso, als sei es nicht seine eigene Idee gewesen, hier im Freien stehenzubleiben.

Also bewältigte man rasch die wenigen Meter und trat in einen schwach beleuchteten Vorraum, auf dessen linker Seite eine Treppe in die oberen beiden Stockwerke führte. Sämtliche Wände in diesem Gebäude waren mit dunklem Holz getäfelt, das denselben, zwischen Braun und Grün changierenden Schimmer besaß, welcher Cheng auch aufgefallen war, als er den Tisch der Stammgäste betrachtet hatte. Ein Schimmer, der wie aus einer beträchtlichen Tiefe aufzusteigen schien. Oder aber auf etwas verwies, das sich zu weit entfernt hatte, als daß man mehr als seinen Kondensstreifen hätte erkennen können. Wie auch der Stammtisch waren die breiten Holzlatten mit einer Lasur versehen, die der Oberfläche einen hohen Glanz verlieh. Ein wenig war es so, als bewege man sich durch ein Spiegelkabinett, in dem eine teils beleuchtete, teils unbeleuchtete Nacht reflektiert wurde.

Anna führte Cheng über die hölzerne, einen Bogen bildende Treppe hinauf in den ersten Stock. Zu beiden Seiten eines schmalen Ganges befanden sich in gleichmäßigen Abständen Türen. Der Flur selbst mündete in ein Fenster, durch welches das gelbliche Licht einer Straßenlaterne fiel und eine verwaschene Spur auf den Holzboden legte.

Das Unheimliche dieses Orts, das Massive, Enge, die Gedrängtheit, die sich aus dem vielen spiegelnden Holz ergab, wurde konterkariert von der Normalität der Geräusche. Zwei der Türen standen offen. Man vernahm verschiedene Melodien. Auch aus den geschlossenen Zimmern. Cheng erkannte die Stimme Roy Blacks. In einem der Türrahmen lehnte ein Mann, dessen offenes Hemd wie eine Verdoppelung der offenen Tür aussah, in der er stand. Mit einer aus einem Taschenmesser ragenden kleinen Schere schnitt der Mann sich seine Fingernägel. Er tat dies mit offensichtlichem Geschick. Die abgetrennten Sicheln flogen durch den Raum, prallten an der Wand ab oder landeten in dem ebenfalls offenen Zimmer, welches gegenüberlag und aus dem eine weitere Stimme drang.

Die beiden Männer unterhielten sich über ein Problem, das die Brauerei betraf. Als der, welcher gegen den Balken gelehnt stand, Anna bemerkte, unterbrach er die Bearbeitung seiner Nägel und lächelte ihr zu. Gleichzeitig schob er mit einer flinken Bewegung die eine Seite seines Hemds unter die andere und fixierte sie im Saum der Hose. Es war nicht klar, ob er seinen Bauch oder seine Nacktheit verbergen wollte. Auf jeden Fall stellte er sich gerade hin, klappte die Schere ein und streckte in dem Moment, da Anna an ihm vorbeiging, seinen Kopf ein wenig nach vor, wie um etwas einzufangen: einen Geruch, eine Verheißung. Als sein Blick aber von Anna Haug quasi abrutschte und auf Cheng fiel, zog er seinen Kopf wieder zurück. Cheng grüßte. Der Mann grüßte zurück, freilich mit jener Verzögerung, die sich aus seiner Verwirrung ergab. Eine Verwirrung, die sich angesichts des hinterhertrottenden Lauschers nicht gerade auflöste.

Chengs Zimmer lag am Ende des Flurs. Da Cheng bereits einen knappen Blick in den Raum des Fingernägelschneiders geworfen hatte, brauchte er nun nicht überrascht zu sein, daß die massive, glanzvolle Holztäfelung in den Zimmern fortgesetzt wurde. Er trat hinter Anna ein und sagte: »Kurios.«

Auch hier standen zwei Leuchten von der Wand ab, verfügten jedoch über eine kerzenförmige Gestalt. Auf den Lampen saßen Schirme auf, die dem Raum eine rötliche Färbung verliehen. Die Leuchten waren oberhalb des Bettes befestigt, welches mit der Kopfseite an die Wand angrenzte, die gegenüber der Tür lag. Links davon war ein Fenster, von dem man auf die Klosteranlage und den dahinter ansteigenden, besiedelten Hang sah. Unter dem Fenster war ein Heizkörper montiert, der mit seinen schmutzigweißen Gliedern gleichzeitig wie ein Fremdkörper wirkte. Rechts vom Bett standen ein kleiner, eintüriger Schrank sowie ein Schreibtisch mit keulenförmigen Beinen, zwischen die ein Sessel eingerückt war. Das war es auch schon. Mehr hätte in diesen Raum nicht gepaßt. Sieht man von dem Kreuz oberhalb der Tür ab, das Cheng erst später entdeckte und das sich von seinem Hintergrund kaum abhob.

»Und? Zufrieden?« fragte Anna, während sie das Fenster einen Spaltbreit öffnete.

»Viel Holz«, stellte Cheng fest.

»Noch ein Haus haben wir nicht.«

»Ist schon gut. Ich nehme das Zimmer«, sagte Cheng und stellte seine kleine Tasche auf dem Bett ab.

»Was für eine Art Detektiv sind Sie eigentlich?«

»Hören Sie, Frau Haug, es wäre mir lieb, wenn Sie nicht herumerzählen würden, womit ich mein Geld verdiene. Ich hätte Ihnen nichts davon sagen sollen.«

»Keine Sorge, ich werde meinen Mund schon halten. Also, welche Art?«

»Die nette Art.«

Anna Haug verdrehte die Augen. Dann sagte sie: »Wahrscheinlich sind Sie der Typ, der unter den Betten fremder Leute liegt.«

Eine plötzliche Traurigkeit umfing Cheng. Vielleicht, weil diese Frau ihn zu beleidigen versuchte. Vielleicht, weil es einfach an der Zeit war, traurig zu sein. Er bat Frau Haug, ihn jetzt alleine zu lassen. Man werde sich ja sicher noch einmal sehen und dann mit größerem Ernst über das Wesen der detektivischen Kunst plaudern können.

»Möglich«, meinte Anna kühl und erklärte noch, daß sich die Toilette sowie ein Wasch- und Duschraum gegenüber der Treppe sowie im Erdgeschoß befänden. Dann verließ sie grußlos das Zimmer, wobei sie die Tür bloß anlehnte. Es war Cheng, der sie schloß, dann auch das Fenster verriegelte, aus seinen Schuhen und seinem Jackett schlüpfte und sich ohne weitere Entkleidung, indem er mit den Kniekehlen voran über die vordere Kante kippte, auf dem Bett niederließ. Es war ein weiches Bett. Schlecht für den Rücken, mag sein, aber in diesem ersten Moment lag es sich durchaus bequem. Gemäß der Phrase: wie auf Wolken.

Währenddessen stand Lauscher auf einem Handtuch, welches Anna Haug unterhalb der Heizung aufgelegt hatte. Nach unten hin tropfte es, während es nach oben hin dampfte. Man hätte ihn auch für einen ausgestopften Hund halten können, in den irgendein perverser Kerl einen Luftbefeuchter eingebaut hatte.

Im Liegen stellte Cheng den Radiowecker, der auf einem winzigen, allein dieses Gerät beherbergenden Nachtkästchen stand, auf halb acht und warf dann einen kontrollierenden Blick auf seine Armbanduhr, eine Tissot-Freimaureruhr, die kurz vor halb sieben anzeigte. Nicht, daß Cheng ein Freimaurer gewesen wäre. Die Uhr stammte aus dem Nachlaß eines Kunden, der in seinem Erbe Cheng mit diesem nicht ganz wertlosen Schmuckstück bedacht hatte. Was Cheng ein Rätsel gewesen war. Schließlich konnte er sich nicht erinnern, dem Kunden gegenüber eine besondere Vorliebe für Uhren oder das Freimaurertum bekundet zu haben. Doch da Cheng davon ausging, daß sich der Verstorbene etwas dabei gedacht hatte, trug er diese Uhr Tag und Nacht.

Er verordnete sich eine Stunde Ruhe, und nach wenigen Sekunden tauchte er in den Schlaf ab und geriet zusehends in eine Folge von Traumsequenzen, in denen keine einzige Schneeflokke vorkam. Cheng hätte nicht sagen können, was um ihn herum eigentlich geschah, zu verwirrend waren die Inhalte dieser Traumbilder, zu rasch ging eines in das nächste über, scheinbar zusammenhanglos.

Was jedoch die ganze Zeit über gleichblieb und für Cheng auch das eigentliche Erlebnis bedeutete, war der Umstand, daß sein Hintern ihn kratzte. Und zwar ganz fürchterlich. Wobei sich auch der träumende Cheng durchaus bewußt war, daß dieses Kratzen einzig und allein von dem Polaroid stammen mußte, das auf seiner rechten Pobacke auflag.

Also versuchte er, an das Foto heranzukommen. Leider versagte seine Hand in der typischen traumhaften Weise, indem sie einmal völlig steif blieb, dann wieder wie ein unkontrollierbares Seil hin und her schwang.

Aber kein einziges Mal gelang es Cheng, auch nur den Stoff der Hose zu berühren. Weshalb er schließlich begann, seinen fehlenden Unterarm ins Spiel zu bringen. Er versuchte sich einzubilden, dieser sei noch existent. Cheng ignorierte die eigene Unglücksgeschichte, strich sie aus seinem Bewußtsein. Und obwohl er dabei den Akt der Verleugnung sehr wohl im Kopf behielt, fühlte und sah er nun seinen zurückgekehrten ... Pardon! ... seinen nie verlorengegangenen linken Unterarm, streckte ihn aus, überprüfte die Beweglichkeit der Finger, schob dann den Arm hinter seinen Rücken und fuhr sich mit der Hand in die Hose, wo er problemlos die Fotografie zu fassen bekam und herauszog. Obwohl um ihn herum diverse Schauerlichkeiten abgingen, hielt Cheng das Foto lächelnd in die Höhe. Das Lächeln verging ihm jedoch rasch. Bei dem Polaroid schien es sich um ein Polizeifoto zu handeln, um die Aufnahme eines Tatorts.

Cheng erkannte darauf sein eigenes Büro, bloß mit dem Unterschied, daß nun ein Aquarium darin stand, welches von seinem Schreibtisch aufragte. Mehrere kleine Nummerntafeln bezeichneten die Stellen, an denen die Spurensicherung Hinweise auf einen Tatvorgang entdeckt hatte. Der Kleinheit und Unschärfe des Fotos wegen konnte Cheng nicht gleich feststellen, was genau es war, das auf der Wasseroberfläche trieb.

Einen Moment dachte er, es müsse sich um seinen eigenen Schädel handeln, der in einer Art Vorausschau auf dieses Foto gelangt war. Allerdings resultierte diese Annahme aus der simplen Angst, eventuell im Austausch für einen zurückgewonnenen Unterarm einen ganzen Schädel opfern zu müssen. Nein, es war der Schädel von jemand anders. Bei dem zur Hälfte über den Glasrand ragenden Gesicht handelte es sich um eine Visage von hollywoodscher Ebenmäßigkeit. Das Polaroid schien an Schärfe zu gewinnen, als sei es eben erst in das letzte Stadium der Selbstentwicklung eingetreten. Gar keine Frage, es handelte sich um den Kopf von Hauptkommissar Rosenblüt. Cheng atmete auf. Ein Aufatmen, das deutlich durch seinen Körper hallte.

In diesen Hall mischte sich nun eine Stimme, die rasch näher gekommen war und den Träumenden von der Betrachtung des Rosenblütschen Leichenfragments ablenkte. Eine Stimme, die aus dem Radiowecker kam und Cheng in der Folge auch seinem Schlaf entriß. Er erhob sich und löste das Hemd vollends vom Körper. Dabei sah er an sich hinab und betrachtete seinen Bauch.

Alle Männer tun das. Sie beäugen ihre Bäuche und sind immer ein wenig fassungslos. Und zwar unabhängig davon, wie zufrieden oder unzufrieden sie mit ihren Bäuchen sind oder sein dürfen. Die Fassungslosigkeit besteht so oder so. Es ist, als erkenne man auf seinem Bauch ein fremdes Gesicht, so wie ja hin und wieder auf den Oberflächen von Monden und Planeten gesichtsartige Strukturen entdeckt werden.

Jedenfalls konnte Cheng feststellen, daß sein Bauch noch immer die Gestalt eines gespannten Leinens besaß, auf dem irgendwelche physiognomischen Züge es schwer hatten, zur Geltung zu kommen.

Mit einiger Geschicklichkeit schlüpfte Cheng in ein frisches, weißes Hemd, knöpfte es zu, strich sich ein wenig Parfüm auf Wange und Hals und zog schließlich sein Jackett über. Dann rief er nach Lauscher. Auch wenn dieser sich zunächst nicht rührte, unterließ es Cheng, seinen Ruf zu wiederholen oder um einen strengen Befehl zu ergänzen. Er wußte ja, daß der Hund ihn trotz seiner relativen Taubheit gehört haben mußte, oder den Aufbruch zumindest spürte, aber eben seine Zeit brauchte, um hochzukommen. Oder hochkommen zu wollen.

Als auch dies geschehen war, verließen Cheng und Lauscher das Zimmer, gingen nach unten, durchquerten den Hof, an der verwaisten Rezeption vorbei ins Gasthaus. So wie es Cheng am

Nachmittag erschienen war, als breche der Fiat durch eine dünne Wand hindurch und wechsle damit abrupt vom Sturm zur Ruhe, war es nun umgekehrt. Von der Ruhe gelangte Cheng in einen Sturm aus Stimmen und Gerüchen. Beinahe ein jeder Tisch war besetzt. Der Großteil dieser Leute schien einer Reisegruppe anzugehören. Unterhaltungen zogen sich über mehrere Tische. Es wirkte alles ein wenig würdelos. Man redete, während man aß, weshalb das Gesprochene den Charakter halbzerkauter Speisen annahm. Cheng dachte: Die Bestien aus der Stadt überfallen das Dorf.

Am Stammtisch jedoch saßen noch immer dieselben Männer wie zwei Stunden zuvor. Ihre Gesichter hatten an Röte, Feuchte und Glanz gewonnen. Und ihr Ausdruck an Freundlichkeit. Sie nickten Cheng zu, als hätten sie ihm zwischenzeitlich eine Bedeutung zugeordnet, die er gar nicht besaß. Allerdings war es auch möglich, daß Anna Haug den Mund nicht hatte halten können, so daß Cheng nun mit dem virtuellen Stigma einer nicht ganz ungefährlichen Person durch die Gegend lief.

In einer strategisch günstigen Ecke des Raums saß Purcell am einzigen kleinen Tisch, der hier verfügbar war und auf den wahrlich nicht mehr als zwei Gedecke paßten. Als Cheng sich setzte, sagte Purcell: »Nettes Tischchen, nicht wahr? Da bleibt man wenigstens unter sich. Außerdem hat man von hier einen ganz ordentlichen Ausblick.«

Tatsächlich stand der Tisch in einer Nische, deren Boden leicht erhöht war. In diesem speziellen Ambiente, umso mehr, als die Vertiefung nach oben hin mit einem Spitzbogen abschloß, erinnerten die beiden Männer und der Hund an Altarfiguren, vermittelten einen geschnitzten und andächtigen, einen geweihten Eindruck. Allerdings hätte in dieser Nische auch eine Trockenhaube oder ein Sturzhelm eine sakrale Wirkung besessen.

»Dort drüben, hinten links«, deutete Purcell, indem er mit seinem Kopf aus der Nische heraus in den Gastraum wies. »Die zwei fallen sofort auf. Die armen Würstchen. Sie bemühen sich, wie Zivilisten auszusehen. Aber man merkt, daß sie nicht dazugehören. Zu den Einheimischen nicht. Und zu den Bustouristen ebensowenig.«

»Ja«, sagte Cheng ohne Triumph. Er hatte sie schnell entdeckt, Rosenblüts Männer, die nicht das Glück eines kleinen, isolierten Tisches gehabt hatten und sich den ihren nun mit einer lautstarken Gruppe betrunkener Rentner teilen mußten. Die Bitterkeit und Wut stand ihnen ins Gesicht geschrieben. Mit Sicherheit hätten sie gerne ihre Polizeimarken gezückt, um die Souveränität über diesen Platz wiederzuerlangen. Aber das wagten sie nicht. Sie behielten eine Tarnung bei, die bereits sinnlos geworden war, wie sie sich eigentlich denken konnten. Aber sie hatten einen Befehl, der über dem stand, was sie sich eigentlich denken konnten.

»Dummes Spiel«, sagte Cheng. »Aber es gehört dazu. Wir werden die beiden morgen früh abschütteln.«

»Wie denn?«

»Das übliche. Wir fahren in der Gegend herum. Dann hängst du sie ab. Danach bringst du mich zurück, und ich kann mir in aller Ruhe die Anstalt ansehen. Ich werde beim Direktor anklopfen. Ja, ich denke, es wird das beste sein, gleich mit dem Chef hier anzufangen.«

Eine Kellnerin erschien. Sie beantwortete Chengs Frage nach der Herkunft und der genauen Zubereitung der Forelle blau mit der Bemerkung, daß er sicher der Herr sei, der darauf bestehe, im rückwärtigen Gebäude zu übernachten.

»Was hat das mit dem Fisch zu tun?« fragte Cheng.

»Nichts«, log sie. »Aber vielleicht kann ich den Koch überreden, bei Ihnen vorbeizuschauen. Des Fisches wegen.«

»Keine Umständlichkeiten«, bat Cheng. »Der Koch soll bleiben, wo er ist. Es war scheinbar naiv von mir, aber ich dachte, daß auch Sie mir weiterhelfen können. Daß auch Sie eine Ahnung von den Gerichten haben, welche Sie Ihren Gästen servieren.«

Worauf die Frau nichts sagte, sondern ihren Kopf zu Purcell hindrehte, welcher einen Nudelauflauf bestellte. Ohne jegliche Umstände.

»Na, geht doch«, sagte die Kellnerin und erkundigte sich nun bei Cheng, ob er die Forelle blau bestellen wolle oder nicht. Sie sei in Eile. Er könne ja selbst sehen, wie es hier zugehe.

»Deshalb muß ich noch lange keinen Fisch bestellen, von dem ich nichts weiß. Bringen Sie mir ein Bier und ebenfalls eine Portion Nudelauflauf. Mit frischem Salat.«

Nachdem sie gegangen war, äußerte Purcell, ein Salat sei ohnehin bei der Bestellung eines Nudelauflaufs inbegriffen.

»Ein Salat vielleicht. Aber da steht kein Wort von frisch.«

Cheng zog eine Packung Zigaretten aus seinem Jackett, zündete sich eine davon an. Inhalierte, als schlucke er zu große Vitamintabletten. Oder: Inhalierte ruckweise. Oder: Inhalierte in der Art einen Hürdenläufers. Es war eigentlich nicht seine Art, Kellnerinnen auf die Nerven zu fallen. Aber eine Unruhe war in ihm. Zudem hätte er wirklich gerne etwas über die Art der hiesigen Forellenzubereitung erfahren. Auch wenn diese nicht anders sein mochte, als er es gewohnt war.

Es wurde dennoch ein friedlicher Abend für Purcell und Cheng, obwohl um sie herum ein großes Treiben war. Sie selbst lebten gemächlich in der Abgeschlossenheit ihres kleinen Gewölbes. Zudem erwies sich der Nudelauflauf als ausgezeichnet. Und der Salat als frisch. Jener Chengs genauso wie der, den Purcell erhielt. Daß Purcells Portion deutlich größer war, empfand Cheng als eine kindische Geste. Die er jedoch mit Gelassenheit hinnahm. Denn bereits der erste Schluck Bier hatte eine deutliche Besänftigung in ihm ausgelöst.

Als Purcell und Cheng gegen elf Uhr den Gastraum verlassen wollten, wurden sie, als sie am Stammtisch vorbeikamen, von den Einheimischen eingeladen, sich dazuzusetzen und ein Glas Schnaps mitzutrinken. Noch während Cheng sich überlegte, wie er dieser Gastfreundschaft entkommen konnte, hatte Purcell Platz genommen. Auch Lauscher zeigte sich gesellig und ließ sich von einem der Männer hinter den Ohren kraulen. Somit kam auch Cheng nicht umhin, die Einladung anzunehmen. Und bereute dies sogleich, als man ihm das Glas bis obenhin einschenkte. Die Leute an diesem Tisch waren viel zu betrunken, um auf eine Bitte zu hören. Allerdings waren sie nüchtern genug, oder auch nur hinreichend gewitzt, um dem eigentlichen Antrieb ihrer Liebenswürdigkeit nachzukommen. Nämlich zu versuchen, Cheng und Purcell auszufragen. Und bald war eines klar: daß die Stammgäste offenbar etwas hatten läuten hören in bezug auf zwei Stuttgarter Polizisten, die sich seit kurzem in der Stadt aufhielten. Und ganz offensichtlich meinte man, bei Cheng und Purcell handle es sich um diese beiden Beamten. Gerade der Umstand eines asiatisch aussehenden, Wienerisch sprechenden Menschen erschien den Stammgästen als ein Indiz für eine solche Annahme, entsprach dem internationalen Flair, das man einer städtischen Kriminalabteilung zumaß.

Ohne deshalb gleich zu lügen, ließen Cheng und Purcell die Zweiffelsknoter Bürger in ihrem Glauben. Nach dem zweiten Glas Birnenbrand jedoch erhob sich Cheng und erklärte, er und sein Kollege hätten morgen einen langen Tag vor sich.

»Eine schöne Uhr haben Sie da«, sagte einer der Männer und lächelte wissend, wohl in Kenntnis des Symbols auf dem Zifferblatt. Wahrscheinlich hielt er es für geradezu normal, daß ein höherer Kriminalbeamter den Freimaurern angehörte.

»Ein Geschenk«, erklärte Cheng knapp, dankte für die freundliche Einladung und winkte Purcell zu, der sich schwerfällig erhob. Dagegen war die Schwerfälligkeit Lauschers in diesem Moment nur dadurch zu überwinden, daß Cheng den kleinen, aber nicht unbedingt leichten Hund in die Höhe hob und nach draußen trug. Wohlwollend sahen ihm die Stammgäste hinterher. Denn auch dies empfanden sie als typisch, daß nämlich ein Kriminalist nicht über einen ausgebildeten, mächtigen Polizeihund verfügte, sondern über ein altersschwaches, schwerhöriges und kurzbeiniges Tier. Ein Hauptkommissar, und dafür hielten sie Cheng, war für sie ein Mensch mit Ecken und Kanten. Und dazu paßte ein solcher Hund.

Beleidigungen sind freilich nicht auszuschließen in einer Welt latenten Beleidigtseins, einer Welt, in der ein Ball nicht in ein Loch geschlagen wird, sondern sich unter dem geschlagenen Ball eine dicht gedrängte Masse von Löchern auftut.

Ein Wintermärchen

Als Cheng gegen halb sieben Uhr aus seinem Schlaf gerissen wurde, hing dies mit den Geräuschen zusammen, die vom Gang her in sein Zimmer drangen. Übrigens erwachte er, ohne daß ihm ein Polaroid am Hintern klebte. Er hatte das Foto, nachdem er sich zum Schlafen ausgezogen hatte, noch eine Weile betrachtet, um es dann auf der Unterseite der Schreibtischschublade anzubringen. Kein Mensch würde dort danach suchen, sagte sich Cheng. Vor allem, weil kein Mensch überhaupt danach suchen würde. Warum denn auch?

Es war nun keineswegs so, daß die anderen Bewohner des Hauses an diesem Morgen sonderlich lärmten, aber das Schlagen der Türen, das Dröhnen der Radios, die Schritte auf dem knarrenden Holzboden sowie die Gespräche und Zurufe verbanden sich zu einer Klangmasse, die Cheng daran hinderte, noch einmal einzuschlafen. Weshalb er nun ebenfalls sein Radio andrehte und eine gute Stunde lang klassische Musik, Weltnachrichten und einen Essay über die Frage nach der Metaphysik bei Heidegger mit halbem Ohr konsumierte, um dann in den nun menschenleeren Gang zu treten und in das Badezimmer gegenüber der Treppe zu gehen.

Es dampfte in dem kleinen Raum. Der Geruch von Männern und ihren Rasierwassern war so intensiv, daß Cheng meinte, in seinem Naseninneren finde eine Verklumpung statt. Das Fenster aufzumachen, wagte er der Kälte wegen nicht. Weshalb er die Tür öffnete, um Frischluft hereinzulassen, soweit man die Luft aus dem Flur als solche bezeichnen konnte. Dann stellte er sich unter die Dusche, wo er sich auch die Zähne putzte. Seine morgendliche Reinigung vollzog er so sorgsam wie rasch.

Kurz vor acht saß er in derselben Nische wie am Vorabend und frühstückte. Wenig später erschien Purcell. Gemeinsam nippte man am Kaffee und wartete darauf, daß die beiden Polizisten auftauchen würden. Was diese aber nicht taten.

»Vielleicht stehen die zwei schon draußen und frieren sich ihre Ärschchen ab«, mutmaßte Purcell.

»Kann sein. Aber wie auch immer. Es wäre ziemlich absurd, wenn wir ewig hier säßen, um auf unsere Beschatter zu warten. Die müssen schon selbst schauen, wie sie zurechtkommen.«

Doch auch als Purcell, Cheng und Lauscher auf den Parkplatz gingen, war nichts anderes festzustellen als der Umstand, daß es ein schöner Tag werden würde. Das klare Blau eines wolkenlosen Morgens stand über den Dingen, denen größtenteils Hauben aus Schnee übergestülpt waren. Auch im Fall des Fiats, den Purcell nun von seiner weißen Pracht befreite.

»Und was jetzt?« fragte Purcell, als man bereits im Wagen saß.

»Fahr einfach mal los. Ich denke, wir werden die Herrschaften bald zu Gesicht bekommen.«

»Und was ist, wenn diese Schweinchen mein kleines Auto mit einem Sender bestückt haben? Was dann?«

»Unsinn. Rosenblüt kann sich wohl denken, daß wir wissen, daß er uns seine Leute hinterhergeschickt hat. Gut, alles muß seine Ordnung haben. Ein bißchen Tarnung. Ein bißchen Abstand. Aber ein Sender? Nein.«

Als man nun durch eine Landschaft fuhr, deren schneebedeckte hügelige Flächen teils im Licht glänzten, teils in einem blaugrauen Schatten lagen und die in ihrer glatten Gewölbtheit an Purcells Bauch erinnerten, da war im Rückspiegel nichts zu erkennen, was auf eine Verfolgung hinwies. Selbst als Purcell den Wagen auf einem erhöhten Punkt parkte, sah man auf der abwärts sich schlängelnden Straße bloß einen Autobus.

»Sie werden kaum mit öffentlichen Verkehrsmitteln hinter uns her sein«, äußerte Cheng. »Etwas mit Rosenblüts Knechten muß schiefgegangen sein.«

»Vielleicht haben sie verschlafen. Zu viele süße Träume. Vielleicht auch ist ihr Wagen im Eimer.«

»Ja, solche Sachen passieren.«

»Oder doch ein Sender«, sagte Purcell und begann seinen Fiat zu überprüfen. Er kannte die Stellen, die sich eigneten. Schließlich konnte man so was nicht einfach in den Benzintank einwerfen. Doch soweit Purcell feststellen konnte, war alles in Ordnung.

»Laß uns zurückfahren«, ordnete Cheng an.

Gleich nachdem sie das Ortsschild von Zweiffelsknot passiert hatten, wies Cheng seinen Chauffeur an, er solle halten.

»Du fährst jetzt allein weiter«, sagte Cheng. »Einfach in der Gegend herum. Zwei, drei Stunden, ohne dich um irgendwas oder irgendwen zu kümmern. Zu Mittag treffen wir uns dann im *Hofnarren*. Klar?«

»Du gibst die Anweisungen.«

»Genau.« Damit stieg Cheng aus und öffnete die Hintertüre. Lauscher sprang überraschend flink und behende ins Freie und markierte einen Schneehaufen. Sein hellgelber Urin zog eine spiralige Spur in das Feld unzähliger Kristalle. Ein Geräusch, als brenne ein Adventskranz. Danach hüpfte Lauscher wild umher und stöberte mit seiner Schnauze im Schnee. Er hatte so seine Momente, richtiggehende Anfälle der Beweglichkeit und des hundeartigen Auftritts. Zwanzig, fünfundzwanzig Sekunden. Länger dauerte das nie. Danach verfiel er in seine alte Ordnung. Und Cheng war dann ein jedes Mal erleichtert, da er Lauschers kurzfristige Vitalität als hysterisch empfand und sie ihn ängstigte. Was ihn ängstigte, war die Vorstellung, daß genau ein solcher Energieschub den Tod seines Hundes einläuten könnte.

Was aber auch diesmal nicht geschah. Augenblicklich war alles wieder beim alten und Lauscher folgte auf die gewohnt verträumte Weise seinem leicht hinkenden Herrchen. Dieses Herrchen trat nun durch ein Tor, das am Rande eines verbliebenen Teils der Klostermauer in eine von hohen Bäumen beherrschte Parkanlage führte. Über einen freigeschaufelten Weg bewegte sich Cheng auf das Münster zu, ließ sich aber dann von einem Wegweiser nach links leiten, hinüber zu jenem Anstaltstrakt, in dem das Informationszentrum untergebracht war. Hin und wieder sah er sich um, ob ihm nicht doch Rosenblüts Leute folgten. Aber er konnte niemand entdecken. Erst vor dem Eingang zur Information befanden sich einige Menschen. Freilich keine Polizisten. Mit Sicherheit nicht. Sie standen viel weniger im Schnee, als daß sie in ihm steckten, die Füße wie eingetopft. Solcherart erinnerten sie Cheng an die silhouetteartigen Zielscheiben auf vielen Schießplätzen. Und das war nun ein Vergleich, gegen den die meisten hier nichts einzuwenden gehabt hätten. Der Drogenentzug stand ihnen wie ein Markenzeichen ins Gesicht geschrieben.

Cheng nahm Lauscher an die Leine und betrat die kleine Halle. Wie er jetzt und dann auch später feststellen mußte, besaßen die Innenbereiche der Anstalt jene Gesichts- und Reizlosigkeit, die ihm auch an seinem ersten Hotelzimmer so unangenehm aufgestoßen war. Alles hier erwies sich als blitzsauber und völlig hausbacken. Jedoch ohne daß aus diesem Hausbackenen etwas Weltanschauliches herausgesprungen wäre. Die Biederkeit schien direkt aus dem Himmel zu kommen. Und damit ist nicht der Himmel Gottes gemeint.

Die Dame, die hinter einer dicken Glasscheibe saß, lächelte Cheng an und versuchte dabei, eine asiatische Mimik zu kopieren. Auch sprach sie zunächst mit ihm, als würde sie ihn für einen Touristen halten. Weshalb Cheng sich beeilte zu erklären, worum es ging. Das Gesicht der Dame verlor ihre Samtigkeit, wurde hart und sachlich. Sie behauptete, daß es völlig unmöglich sei, den Herrn Doktor in Ermangelung eines zuvor vereinbarten Termins aufzusuchen.

»Rufen Sie ihn an«, sagte Cheng ohne ein asiatisches Lächeln, »und sagen Sie ihm, es gehe um ein schwerwiegendes Verbrechen.«

»Sind Sie von der Polizei?«

»Das ist die Frage, die mir Ihr Chef stellen darf, nicht Sie.«

Chengs brüske Art schüchterte die Frau ein; sie zögerte, griff aber schließlich zum Telephon, wobei sie mit ihrem Drehstuhl nach hinten fuhr, so daß Cheng bloß eine gewisse Aufgeregtheit ihrer Stimme registrieren konnte. Sie sprach eine ganze Weile. Zupfte dabei an den Enden ihrer Haare. Nachdem sie aufgelegt hatte, erhob sie sich, trat an das Glas des Schalters und teilte Cheng mit, der ärztliche Direktor der Krankenhausleitung, Dr. Callenbach, würde ihn in seinem Büro erwarten. Dann beschrieb sie Cheng den Weg. Er dankte ihr. Allerdings noch immer ohne zu lächeln. Was er ohnehin so gut wie nie tat. Schon seine Frau hatte sich darüber mokiert, daß er sich so schrecklich unchinesisch gebe. »Ich gebe mich nicht, ich bin«, war seine Antwort gewesen.

Gerade als er von der Halle in einen langen Korridor hinüberwechselte, vernahm er die Stimme der Dame aus der Information, die hinter ihm hergerannt kam, um auf das absolute Hundeverbot im Bereich der Klinik hinzuweisen.

Cheng machte keine großen Umstände, überreichte der Frau die Leine und erklärte, daß es sich bei diesem Hund um ein pflegeleichtes Wesen handle. Die Dame sah ihm konsterniert nach. Lauscher hingegen war derartiges gewohnt und verhielt sich in der Folge so pflegeleicht wie angekündigt.

Dr. Callenbach, ein Mann um die Fünfzig, besaß jene joviale Art, die seinem Berufsstand entsprach. Großgewachsen und muskulös, trug er seinen weißen offenen Kittel mehr wie einen Schal oder ein Cape, wie etwas, das zu jeder Zeit einen wehenden Eindruck vermittelte. Kein schöner, aber ein beeindruckender Mann. Ein Michel-Piccoli-Typ, welcher einen dekorativen Zug von Bitterkeit im Gesicht trug. Dazu besaß er einen Händedruck, der so trocken und kräftig war, daß Cheng nun doch ein zwanghaftes Lächeln entglitt.

Es klang wie ein Bedauern, als er sagte: »Mein Name ist Cheng. Markus Cheng. Ich bin Privatdetektiv aus Stuttgart. Wollen Sie meinen Ausweis sehen?«

»Ich sehe mir nie Ausweise an. Man kann in der Regel nichts darauf erkennen, was einem die Sicherheit geben könnte, mit dem richtigen Mann oder der richtigen Frau zu sprechen«, meinte der Arzt, half Cheng aus dem Mantel und lud ihn mit einer Handbewegung ein, auf einem der Ledersessel Platz zu nehmen.

»Eine vernünftige Anschauung«, bestätigte Cheng.

»Frau Schoppe sagte mir, Sie wollten mich wegen eines Verbrechens sprechen. Ehrlich gesagt, dachte ich, Sie kämen von der Polizei. Ich kann mir also kaum vorstellen, Ihnen irgendwie helfen zu können. Und es wird ja wohl auch nicht nötig sein, Sie jetzt groß über meine Schweigepflicht zu unterrichten.«

»Natürlich nicht.« Gleichzeitig griff Cheng in die Innentasche seines Jacketts und zog den Bierdeckel heraus, welchen er dem Anstaltsleiter reichte. Dieser betrachtete die Zeichnung eingehend und erklärte dann, daß er den darauf dargestellten Mann noch nie gesehen habe. Darüber könne kein Zweifel bestehen. Es komme nicht vor, daß er ein Gesicht vergesse. Dabei wirkte er nüchtern, gelassen und gelangweilt.

»Darum geht es auch nicht. Ich suche nicht nach dem Porträtierten. Wollte ich das, bräuchte ich bloß der Gerichtsmedizin einen Besuch abstatten. Der Mann ist tot. Man fand seinen abgeschnittenen Kopf in einem Aquarium.«

»*Diese* Sache also. Ich erinnere mich, in den Radionachrichten davon gehört zu haben. Auch davon, daß der Täter bereits gefaßt sei.«

»Der vermeintliche Täter.«

Callenbach zuckte mit den Schultern, erklärte sich für nicht berufen, irgendeine Meinung zu dem Fall zu haben. Auch begreife er nicht, warum Cheng ausgerechnet hier in Zweiffelsknot vorspreche. Obwohl man natürlich über eine forensische Psychiatrie verfüge. Nicht aber, bei allem Respekt, über eine Informationsstelle für Stuttgarter Detektive.

»Der Bierdeckel«, sagte Cheng. »Er stammt aus Zweiffelsknot.«

Callenbach sah nochmals auf das Stück Karton, geradeso, als wäre ihm zuvor die Herkunft des Bierdeckels entgangen. Sodann zuckte er erneut mit den Schultern. »Ich verstehe noch immer nicht, wonach Sie suchen, Herr Cheng. Ich meine, hier bei mir.«

»Die Zeichnung stammt von einer Frau, bei der es sich um die eigentliche Mörderin von Thomas Marlock handeln dürfte. Sie hat dieses Porträt kurz vor der Tat angefertigt.«

Cheng entschloß sich jetzt für ein gewagtes Vorpreschen, indem er behauptete, einiges würde dafür sprechen, daß die betreffende Frau in einer Beziehung zur Zweiffelsknoter Klinik stehe. In welcher Beziehung auch immer.

»Das klingt recht vage«, kommentierte Callenbach. »Was verlangen Sie von mir? Daß ich wegen eines Bierdeckels sämtliche weiblichen Angestellten und Patienten auf ihre Zeichenkünste untersuchen lasse? Außerdem: Ich wüßte darüber Bescheid, hätten wir jemand im Haus, der in der Lage ist, eine solche Zeichnung anzufertigen. Doch bloß, weil wir auch eine Kunsttherapie betreiben, heißt das ja noch lange nicht, daß wir mörderisch-geniale Porträtistinnen heranziehen. Absurd! Diese Zeichnung stammt von einer Künstlerin, das ist eindeutig, ob sie nun die Köpfe ihrer Modelle abzuschneiden pflegt oder nicht. Mit einer Künstlerin aber, lieber Herr Cheng, kann ich Ihnen nicht dienen.«

»Dürfte ich mir die Räume ansehen, in denen Sie Ihre Kunsttherapie durchführen?« fragte Cheng, um irgendwie weiterzukommen.

»Nein. Ich kann nicht zulassen, daß Sie hier eine private Ermittlung betreiben. Daß Sie herumlaufen und meine Leute nervös machen. Sie müssen mir schon glauben, wenn ich Ihnen sage, daß niemand bei uns das nötige Talent besitzt, um etwas so Gediegenes anzufertigen.«

»Das können Sie nicht wissen.«

»Herr Cheng, bitte! Sie wollen doch noch unhöflich werden, oder? Es ist nicht Ihre Klinik, sondern meine.«

»Es ist aber mein Fall. Und ich wäre nicht hier ...«

»Wer beauftragt Sie eigentlich? Wer will, daß Sie tun, was Sie tun?«

»Jemand, dem die Wahrheit so wichtig ist, daß er in selbige sein Gespartes investiert.«

»Schade um das Gesparte, wenn man derart an der Wahrheit vorbeidriftet. Das wär's, Herr Cheng, ich muß Sie jetzt hinausbitten.«

Dr. Callenbach erhob sich. Es sah nicht gerade aus, als hätte ihn dieses kleine Gespräch sonderlich aufgeregt. Als hätte er gar etwas zu verbergen. Und als sich Cheng seinerseits aus dem tiefen Sessel herausbewegte, überlegte er, daß es tatsächlich unsinnig gewesen war, einer reinen Spekulation wegen hier aufzutauchen. Nur weil der Autoliebhaber Otto Bodländer so sehr auf seine Theorie von einer geschlossenen Anstalt gepocht hatte. Viel wahrscheinlicher war, daß die Mörderin den Bierdeckel in einer der Gaststätten dieser Gegend an sich genommen hatte. Daß es einfach ihre Marotte war, auf allen möglichen Bierdeckeln Gesichter abzubilden.

»Ich danke Ihnen trotzdem«, sagte Cheng und ließ sich in seinen Mantel hineinhelfen. Dann reichte er dem Arzt die Hand. Erneut zwang ihn der starke Druck zu einem Lächeln. Während seine Mundwinkel in die Höhe gingen, fiel sein Blick an der breiten Gestalt des Mediziners vorbei auf die gegenüberliegende Wand. An ihrem rechten und linken Rand wurde sie von hohen Pflanzen dominiert. In der Mitte aber ergab sich eine dicht gedrängte Ansammlung unterschiedlich großer, gerahmter Bilder. Darunter waren viele Aquarelle, die meisten im Postkartenformat. Die Bilder stammten ganz offensichtlich von verschiedenen Produzenten und waren zumeist von einer unangenehmen Buntheit bestimmt. Um so mehr stachen die zwei, drei Bleistiftzeichnungen hervor. Cheng versuchte jetzt an Callenbach vorbeizusehen. Er meinte, mit einem kurzen Blick etwas gestreift zu haben, bei dem es sich um ... nun, um etwas Vertrautes handelte. Callenbachs Körper ging jedoch mit Chengs Bewegung mit und verdeckte ihm solcherart die Sicht. Dazu kam, daß der Mediziner noch immer die Hand des Detektivs festhielt und einen unverminderten Druck ausübte.

»Lassen Sie doch los!« beschwerte sich Cheng.

»Und Sie, gehen Sie endlich!« erwiderte der Arzt und löste seinen Griff.

Cheng trat einen Schritt auf die Tür zu, wandte sich dann aber rasch um und drehte sich geschickt an Callenbach vorbei, der Bilderwand entgegen. Ja, er überwand sein Gegenüber in der Art einer Seerobbe, die elegant über einen rutschigen Stein gleitet. Schnell hatte er das Bild entdeckt, das ihm zuvor für den Bruchteil einer Sekunde ins Auge gestochen war und welches ein Porträt Dr. Callenbachs darstellte. Das taten zwar einige der hier angebrachten Bilder, doch muteten sie recht dilettantisch an. Davon konnte aber bei diesem einen Exemplar nicht die Rede sein. Es war auf einem Stück Papier entstanden, auf dem sich das aus den beiden Kirchtürmen zusammengesetzte Logo der Klinik befand, sowie eine handschriftliche Notiz, welche die Wirkung eines Medikaments beschrieb. Über der Schrift und dem Logo war in der unnachahmlichen, realistischen wie konstruktiven Weise der Charakterschädel Callenbachs skizziert worden. Er besaß dieselbe gläserne, aber unzerbrechlich anmutende Durchsichtigkeit, die auch das Porträt Thomas Marlocks bestimmte.

Erst jetzt, während er triumphierend mit dem Finger auf die kleine Zeichnung wies, wurde Cheng bewußt, daß Callenbach mittels irgendeiner geschickten Ablenkung es fertig gebracht hatte, das Bierdeckelporträt Marlocks in der eigenen Tasche verschwinden zu lassen. Und daß also er, Cheng, vergessen hatte, dieses Bild, dieses Beweisstück zurückzuverlangen. Dies war freilich unentschuldbar und ihm selbst ein Rätsel. Andererseits war er nun in der Lage, seinen Fehler gutzumachen und Callenbach an die Wand zu spielen.

»Wir wäre es«, schlug Cheng süffisant vor, »wenn Sie das Porträt des Toten herausrücken und einmal neben das Ihre hier halten. Nur, damit wir den Stil vergleichen können.«

»Was soll das bringen?« fragte Callenbach, dessen Antlitz sich stark verändert hatte. Die Piccolische Bitterkeit sowie das Joviale waren in einen Ausdruck reiner Abwehr übergegangen. Derart, daß das Porträt, auf welches Cheng noch immer seinen Finger hielt, dem Original näher kam, als es in diesem Moment das Original selbst tat.

»Nur um zu überprüfen«, antwortete Cheng, »ob Sie nicht doch eine Frau kennen, der man den Rang einer *mörderisch-genialen Porträtistin* zugestehen könnte. Zudem wäre es zu gütig, wenn Sie mir den Bierdeckel zurückgeben würden. Beinahe hätte ich vergessen, Sie darum zu bitten. Die Löcher in meinem Kopf. Eine wahre Plage.«

»Es wäre aber besser, Herr Cheng, wenn Sie nicht nur den Bierdeckel, sondern auch alles andere vergessen würden. Ich sage das in ehrlicher Sorge. Nicht nur um mich. Auch um Sie. Die Sache ist weit brisanter, als Sie sich vorstellen können.«

»Ich bin einiges gewohnt.«

»Wie soll ich das verstehen? Masochismus?«

»Den Bierdeckel«, wiederholte Cheng, streckte seine Hand aus und beantwortete damit auch die Frage nach seiner Sturheit.

»Sie machen mich unglücklich«, erklärte Callenbach, bewegte sich auf seinen Schreibtisch zu und drückte den Knopf der Gegensprechanlage. Eine Frauenstimme meldete sich. Callenbach sagte bloß: »Den Kranz, bitte!«

»Hören Sie auf«, forderte Cheng, »den Überlegenen zu markieren. Hören Sie vor allem auf, ein Verbrechen zu decken. Es ist wohl kaum so, daß der hippokratische Eid Sie dazu zwingt, eine talentierte Kopfabschneiderin zu schützen.«

Callenbach schwieg, zog umständlich eine Zigarette aus einer Schatulle und zündete sie sich an. Dann sagte er: »Ich rauche so gut wie nie. Und wenn ich es einmal tue, geniere ich mich.«

Cheng war perplex. Was sollte er tun? Etwa diesen komischen Arzt mit der Waffe dazu zwingen, Marlocks Porträt herauszugeben? Zunächst jedoch eben darum, weil dies auch ohne Pistole funktionierte, nahm er das gerahmte Porträt Callenbachs vorsichtig von der Wand. Der wirkliche Callenbach rührte sich nicht. Dafür ging die Tür auf, und drei weißgewandete Männer traten herein. Es waren nicht die üblichen Muskelpakete, sondern schlanke, wendige Männer, die rasch einen Kreis um Cheng gebildet und ihn mit routinierten Griffen fixiert hatten. Jetzt wurde Cheng auch klar, daß mit »Kranz« nicht ein einzelner Pfleger gemeint war, sondern eine ganze Formation.

Callenbach trat auf den nun bewegungsunfähigen Cheng zu und nahm ihm das gerahmte Bild aus der Hand. Er tat dies in einer fürsorglichen Art, als pflücke er eine Frucht.

»Das war natürlich ein Fehler«, gestand Callenbach, »die Zeichnung hier aufzuhängen. Eine bloße Eitelkeit meinerseits, wie ich gestehen muß. Aber wenn man endlich einmal ein gutes Porträt von sich besitzt, will man es natürlich nicht in der Lade verstauben lassen. Was nun allerdings zur Folge hat, daß es selbst mit einem Verstauben des Bildes nicht mehr getan wäre.«

Callenbach öffnete den Rahmen und zog die Zeichnung heraus. Dann faßte er in eine Tasche seines Kittels und förderte den Bierdeckel hervor. Zusammen hielt er die beiden Bildnisse über eine silberne Schale, die auf seinem Schreibtisch stand. Mit seiner freien Hand griff er nochmals nach dem Feuerzeug, mit dem er sich kurz zuvor seine Zigarette angezündet hatte. Nun aber benutzte er es, um das Porträt Thomas Marlocks sowie sein eigenes in Brand zu setzen. Während die Flammen an den zwei Bildern hochwanderten, sagte Callenbach mit ehrlichem Bedauern: »Jammerschade.« Dann ließ er die lodernden Objekte in die Schale fallen. Weil jedoch die Verbrennung des Bierdeckels auf halbem Weg einzuschlafen drohte, hielt Callenbach erneut sein Feuerzeug an eine noch intakte Stelle, trat dann einen Schritt zurück und betrachtete die endgültige Verwandlung.

»Was war das jetzt?« fragte Cheng und gab sich auch gleich selbst die Antwort: »Wohl eine bühnengerechte Demonstration. Um mir deutlich vor Augen zu führen, wie weit Ihre ärztliche Verschwiegenheit reicht.«

»Ich denke, es ist besser, wenn Sie wissen, daß es nichts mehr gibt, was Ihre kleine Theorie auch nur annähernd plausibel erscheinen läßt. Und seien Sie jetzt endlich so freundlich, die ganze Sache ad acta zu legen. Überzeugen Sie auch Ihren Klienten davon, daß dies besser wäre. Noch kann er sein Erspartes sinnvoll verwenden. Die Wahrheit, nach der er sucht, ist es nicht wert, das eigene Geld und erst recht das eigene Leben aufs Spiel zu setzen.«

»Klingt ja schrecklich.«

»Ein Spaß ist es nicht.« Und an seine drei Mitarbeiter gewandt: »Also los, meine Herren!«

Cheng ließ sich ohne jegliche Gegenwehr aus dem Zimmer führen. Der Kranz der Männer stellte jetzt nur noch eine lockere Umklammerung dar. Dennoch hatte Cheng einen Moment gefürchtet, man würde ihn mit Psychopharmaka vollpumpen oder gar Schlimmeres unternehmen. Doch er wurde schlichtweg in die Empfangshalle eskortiert und dort ohne ein weiteres warnendes Wort stehengelassen. Nicht anders als ein Mann, über den soeben ein Lokalverbot verhängt worden war.

Nach einer kleinen Pause, in der er gewissermaßen wieder zu Luft gekommen war, begab sich Cheng zum Informationsschalter, wo er Lauscher übernahm, der einen starken Widerwillen zeigte, die warme Stube zu verlassen.

»Ist das wirklich Ihr Hund?« fragte die Dame.

Cheng gab keine Antwort und zog Lauscher an der Leine nach draußen.

»Verdammt, Lauscher, stell dich nicht so an«, schimpfte Cheng im Gehen. Er sprach nicht oft mit seinem Hund. Einmal, weil ihm das idiotisch vorkam. Andererseits, da er wußte, daß Lauscher ohnehin kaum zuhören konnte oder wollte. Hin und wieder aber vergaß er sich und wandte sich direkt an Lauscher, wie man etwa mit einem langjährigen Ehepartner spricht, den man nur dann anredet, wenn das gewohnte Schweigen sich als erfolglos erwiesen hat.

Nachdem die beiden auf den Vorplatz hinausgetreten waren, verlor sich ihre Spannung. Lauscher schnüffelte an der kalten Luft, die in der Sonne einen milden Unterton und einen milden Nachgeschmack besaß. Als sei sie durch ein glühendes Drahtgitter gepreßt worden.

Cheng zündete sich eine Zigarette an und ging nun entlang einer Reihe von Anstaltsgebäuden, die zumindest von außen besehen noch immer einen klösterlichen Reiz besaßen. Nachdem er um die Ecke gebogen war und einen Durchgang passiert hatte, gelangte er auf den Platz vor dem Münster.

Die Vorderfront des Kirchenbaus wies einen massiven und abweisenden, ja, einen tresorartigen Charakter auf. Als er aber in das Innere trat, eröffnete sich ihm ein weiter, hoher und heller Raum. Sein österreichisches Herz jubilierte angesichts der Fresken, die hier mehrere Himmel bildeten. Cheng war begeistert über die Leichtigkeit und Virtuosität der dargestellten Figuren, welche die ockerfarbenen Wolken bevölkerten.

Übrigens war Cheng, obgleich getauft und zahlender Katholik, völlig unreligiös in einem konfessionellen Sinn. Und machte sich auch als Agnostiker wenig Gedanken über das Undenkbare. Aber angesichts einer Kirche wie dieser mit ihrer reichen Ornamentik atmete er wie befreit auf. Das Strudelige der gesamten Architektur und Ausschmückung erdrückte ihn nicht, ganz im Gegenteil. Der Strudel riß den Betrachter ja in keine Abgründe, sondern ließ ihn gemächlich aufwärts treiben, eben jenen Himmelsgewölben entgegen, in denen die mit faltenreichen Gewändern ausgestatteten Figuren residierten. Der Inhalt dieser Malereien kümmerte Cheng nicht. Er gab sich völlig dem Raumgefühl hin, nahm auf einer der vorderen Bänke Platz, schob seinen Kopf in den Nacken und verlor sich im Wirbel der Gestalten und Wolkenhaufen der Hauptkuppel. Natürlich war es verboten, daß er den Hund bei sich hatte. Aber was war nicht alles verboten in der Welt der Menschen und Hunde. Man wäre verrückt oder stumpfsinnig geworden, hätte man sich an alles gehalten. Den Tadel einiger Personen ignorierte Cheng. Die meisten Besucher bekamen ohnehin nichts mit, da auch sie ihre Gesichter nach oben gerichtet hielten.

Eine halbe Stunde war vergangen, als Cheng aus der Betrachtung wie aus einem ungegenständlichen Traum tauchte und seinen Kopf wieder senkte. Die Stimme einer Fremdenführerin hatte ihn herausgerissen. Eine kleine, schwache schwäbische Stimme, die aber wie eine ätzende Säure die Dinge durchdrang, wie ja überhaupt die schwäbischen Dialekte eine zerstörerische Wirkung besitzen. Sie nehmen den Dingen ihre Würde und Form. Beleidigen Ohren. Malträtieren den akustischen Raum. Und besitzen erwiesenermaßen einen negativen Einfluß auf das Wachstum der meisten Zimmerpflanzen sowie auf die Gesundheit von Singvögeln. Daß das Schwäbische »komisch« sei, ist hingegen ein dummes Vorurteil. Es ist vielmehr gefährlich. Und das ist ja wohl ein Unterschied.

Jedenfalls konnte Cheng, der in dieser Hinsicht seinem Kunden Mortensen nicht unähnlich war, es nur schwer ertragen, wenn jemand diesen Dialekt sprach, ohne an sich zu halten. In kleinen Dosen hingegen, wenn das Schwäbische verhalten zum Ausdruck kam, empfand er es als durchaus erträglich, hin und wieder sogar als angenehm. Wie etwa ein leichter Wind angenehm ist, ein Wind, welcher keine Bäume umreißt, keine Häuser abdeckt, einem nicht den Sand in die Augen weht. Was aber genau der Fall war, wenn jemand seine Mundart ungehemmt zur Sprache brachte.

Merkwürdigerweise hatte Cheng dies keineswegs so empfunden, als er am Vorabend mit den Stammtischgästen geplaudert hatte, deren Redeweise alles andere als verhalten gewesen war. Nun aber fuhr ihm die Stimme der Fremdenführerin mit Gewalt ins Bewußtsein. Nicht wie ein Skalpell, nicht wie ein feiner Bohrer, sondern gleich einem von diesen langen, dicken Nägeln, die mehr oder weniger geschickt in ein Holzbrett geschlagen werden.

Cheng erhob sich. Da er sich so rasch als möglich von dieser quälenden Stimme entfernen wollte, schob er seine Hand unter Lauschers Bauch, hob den Hund auf, fixierte ihn auf Höhe der eigenen Hüfte, trat in den Mittelgang und strebte dem Ausgang zu. Als er nun an den beinahe völlig leeren Reihen entlang ging, bemerkte er am Rand einer der Bänke eine Frau. Er hatte sie nur kurz angesehen und gleich wieder seinen Blick abgewandt. Doch wie so oft, ergab sich aus dieser ersten Wahrnehmung eine wegweisende Richtung. Es war nur wichtig, den Weg auch aufzunehmen. Genau das tat Cheng, indem er seinen Schritt stark einbremste und schließlich stehenblieb, um die blondhaarige Frau nun aus der Nähe zu betrachten. Was sich wegen ihrer gesenkten Kopfhaltung als schwierig erwies. Cheng mußte trotz Hund unterm Arm ein wenig in die Knie gehen, um das Gesicht der Frau zu erkennen. Es war breit und ein wenig flach, dennoch hübsch. Hübsch in dem Sinn, daß dieses Gesicht etwas versprach. Irgend etwas. Die meisten menschlichen Antlitze versprechen absolut gar nichts. Das einzige, wovon sie erzählen, ist das Nichts, welches von Beginn an herrschte. Warum überhaupt Gesichter existieren, die allen Ernstes etwas versprechen, ist eigentlich ein Rätsel. Daß wir sie darum hübsch finden, diese Gesichter, wiederum folgerichtig.

Und ein solches, vom Prinzip vager Ankündigungen beherrschtes Gesicht besaß diese Frau. Dazu trug sie einen hellen, eher dünnen Mantel und hatte den mächtigen Kragen aufgestellt, so daß ihr Kopf wie in einem von diesen Aluminiumblechen steckte, die der Bräunung dienen. Ihre Haut besaß allerdings so gut wie keine Farbe. Als die Frau jetzt aufsah, bemerkte Cheng ihre Augen, bemerkte deren Mandelform und die leichte Geschlitztheit der äußeren und inneren Ränder. Augen, die etwas Ausgeschnittenes besaßen, als seien sie aus einem Modejournal herausgetrennt und auf die Front eines planen Schädels geklebt worden. Daß die Besitzerin dieses formschönen Augenpaars aber ausgerechnet eine polnische Prostituierte darstellen sollte, auf die Idee wäre Cheng nicht gekommen. So wenig wie er auf die Idee kam, es könnte sich bei ihr um das Zimmermädchen mit dem Namen Anna Haug handeln. Hingegen war er überzeugt, nun jener Frau gegenüberzustehen, die in *Tilanders Bar* ein Porträt Thomas Marlocks angefertigt hatte.

»Was ist los?« beschwerte sie sich. »Warum gaffst du so dämlich, Hundefänger?«

Ihr Akzent verriet, daß sie einem englischsprachigen Land entstammte oder zumindest lange Zeit in einem solchen gelebt hatte. Wobei sich am ehesten eine Zugehörigkeit zum Britischen anbot. Vielleicht aber klang durch das vom Englisch verfärbte Deutsch doch auch Polnisch oder eine andere slawische Sprache hindurch. Vielleicht. Cheng war alles andere als ein Detektor für Sprachen. Aber darum ging es jetzt auch gar nicht. Cheng fragte: »Zeichnen Sie?«

»Warum sollte ich?«

»Jemand hat mir empfohlen, mich von Ihnen porträtieren zu lassen. Es heißt, Sie würden über halsbrecherische graphische Künste verfügen.«

Er bereute sogleich seinen billigen Sprachwitz. Wie er das so oft tat: Gesprochenes bereuen.

Die Frau schenkte ihm einen abfälligen Blick und sagte: »Zieh ab, Hundefänger! Das ist kein Ort für Spaßvögel und keiner für Hunde. Es ist ein Ort der Andacht. Ein Ort, in den Gott seine Seele getaucht hat.«

»Kein Gott war je in dieser Kirche«, behauptete Cheng ernst. »Schon gar nicht mit seiner Seele.«

»Was du nicht sagst. Dabei würdest du Gott nicht einmal bemerken, wenn er dir das Genick bricht.«

Cheng ignorierte dies, entschloß sich zur Offensive und erklärte in sachlichem Tonfall: »Es nützt ja nichts. Sie waren letzte Woche in einem Lokal namens *Tilanders Bar*. Das wird durch Zeugen einfach zu beweisen sein. Sie haben das Gesicht eines der Gäste auf einem Bierdeckel aufgezeichnet. Brillant, nebenbei gesagt. Weniger brillant ist, daß Sie denselben Mann wenig später umgebracht haben. Warum auch immer. Das Aquarium. Sie erinnern sich doch?«

Doch die Frau ging darauf nicht ein, sondern erklärte, daß es eine Schande sei, wenn jeder verrückte Hundefänger so einfach in eine Kirche platzen könne, um die Gläubigen, die Betenden, die Hilfesuchenden von ihrer Gebetsarbeit abzulenken. Solcherart sich beschwerend, stand sie auf, trat aus dem Gestühl und bewegte sich davon. Cheng war sofort hinter ihr her. Noch immer Lauscher im Arm, holte er die Frau auf Höhe der Opferkerzen ein und stellte sich ihr in den Weg.

Ihr Faustschlag traf ihn mit einer weichen Wucht an Nase und Mund. Einen Moment spürte es sich an wie die berühmte Torte, die im Gesicht landet. Der Schmerz stellte sich eigentlich erst ein, als er mit dem Rücken auf dem Steinboden aufkrachte. Lauscher wurde ein wenig in die Höhe und zur Seite katapultiert und landete auf allen vieren, wenngleich natürlich nicht in der abfedernden Art einer Katze oder einer Mondlandeeinheit, sondern so, wie in etwa ein Tisch oder ein Bett landen würden. Er schien nicht einmal verdutzt.

Einen Moment lang umfing Cheng eine pulsierende Schwärze. Da er aber nicht wirklich ohnmächtig geworden war, hörte er die sich rasch entfernenden Schritte der Frau. In der Folge drang auch deutlich das Knarren des Kirchenportals an sein Ohr. Er biß die Zähne zusammen, preßte seine Zunge gegen die geschlossene Zahnreihe und erhob sich in die Schwärze hinein, die sich aufzulösen begann. Daß er hinter der Frau herstolperte, war ein Affekt. Immerhin wußte Cheng ganz gut, kein Meister der Verfolgung zu sein. Und als er nun durch die Tür trat, hinein in die blendende Sonne, sah er für einen Moment nichts anderes als ein weißes Blatt.

»So ist das«, dachte er, »es gibt Kämpfe, da geht man k.o., bevor sie überhaupt angefangen haben.«

Er griff sich an die Nase und hielt dann die feucht-klebrigen Finger in Sichthöhe. Nicht, daß er die eigene Hand bereits erkennen konnte. Aber auf dem weißen Papier wurde eine Blutspur sichtbar. Und mit diesem roten Fleck kam auch die Welt zu Cheng zurück, fügte sich der Platz vor der Kirche zusammen, das satte Blau des Himmels, auch Lauscher, der jetzt über die wenigen Stufen lief. Von der Frau aber, deren unvermuteter Schlag Cheng eine kleine, kurze Nacht beschert hatte, war nichts zu sehen. Statt dessen tauchten nun zwei Männer in der Rundung eines Durchgangs auf. Als sie Cheng gewahrten, gerieten sie in Unruhe, begannen zu rennen. Auf Cheng zu, der seine Hände beschwichtigend hob, geradezu priesterlich.

Einer von den Männern griff in das Innere seines Mantels, als wollte er eine Waffe zücken. Überlegte es sich aber.

Cheng zweifelte keinen Moment, daß es sich bei den beiden zerfahrenen Figuren um Leute aus Rosenblüts Mannschaft handelte. Was ihn dabei verwunderte, war der Umstand, daß es nicht jene beiden waren, von denen er bisher beschattet worden war. Der ganze Aufwand irritierte Cheng. Zu viele Leute. Und eben auch zuviel Zerfahrenheit. Die Gesichter dieser Männer glühten. Als sie nahe herangekommen waren, bemerkte Cheng die Tränen in den Augen des einen. Tränen, die nicht von der Kälte kamen, war Cheng überzeugt und fragte: »Haben Sie eine Frau gesehen? Blond, recht groß, heller Mantel. Sie muß in Eile gewesen sein. Sie hat mit dieser ganzen Sache zu tun. Es ist wichtig.«

»Halten Sie einfach den Mund, Cheng, und kommen Sie mit«, sagte der, der sich besser im Griff zu haben schien. Während jener mit dem verheulten Gesicht merkbar darum rang, seine Kompetenzen nicht zu überschreiten und Cheng ins Gesicht zu springen. Obwohl er ja an Chengs Nase erkennen mußte, daß dies ohnehin bereits jemand getan hatte.

Cheng nahm Lauscher wieder an die Leine und folgte den beiden Kriminalbeamten, welche ihn hinüber zum *Hofnarren* brachten. Auf dem vorgelagerten Platz stand ein Hubschrauber der Polizei, zudem mehrere Autos, darunter auch zwei Streifen-, ein Rettungs- und ein Leichenwagen. Zwischen den Gefährten bildeten einige Personen einen Kreis, deren weiße Kittel unter ihren Anoraks hervorlugten. Entweder hatten sie bereits gerettet, was zu retten war. Oder es hatte nie wirklich etwas zu retten gegeben. Wofür auch sprach, daß gerade eben zwei Särge aus dem Leichenwagen gezogen wurden. Und niemand in Eile schien.

Man führte Cheng in den Gästeraum. Am oberen Ende des Stammtischs saßen Rosenblüt, Dr. Thiel und ein dritter Mann, der Cheng unbekannt war. Jeder der Männer hatte eine Tasse Kaffee vor sich stehen. Am andere Ende des Tisches hockte Purcell, die Unterarme auf die Platte aufgestützt, wobei er eingeschüchtert wirkte, was eigentlich nicht seiner Art entsprach.

Rosenblüt erhob sich und trat nahe an Cheng heran. Der Hauptkommissar wirkte verändert, hatte sein abstoßendes Lächeln eingebüßt. An dessen Stelle war eine Erschütterung getreten, die echt wirkte. Rosenblüt fragte Cheng, wo er gewesen sei.

»Ich hatte ein Gespräch mit dem ärztlichen Direktor der Klinik. Kein sehr kooperativer Herr. Sie sollten ihn einmal in die Zange nehmen. Und zwar ordentlich. Der gute Mann läßt Beweismittel verschwinden. Außerdem bin ich im Münster gewesen und möglicherweise auf jene Frau gestoßen, die Thomas Marlock am Abend seines Todes porträtiert und in seine Wohnung begleitet hat. *Gestoßen* im wahrsten Sinne des Wortes. Ihr in die Faust gelaufen. Wie Sie sehen können.«

Dabei griff sich Cheng an die Nase und spürte die Kruste getrockneten Bluts, die sich in der Furche zwischen Nase und Lippe gebildet hatte. Dann sagte er: »Sie wollte partout nicht mit mir kommen. Man sollte nach ihr suchen lassen.«

Rosenblüt schwieg, machte aber eine Bewegung, die Cheng bedeuten sollte, ihm zu folgen. Auch Dr. Thiel und der andere

Mann erhoben sich. Man ging hinüber in den Hotelbereich und stieg hinauf ins erste Stockwerk. An der Tür zu jenem Zimmer, in dem Cheng ursprünglich seine Nacht hätte verbringen sollen, stand ein Uniformierter. Aus dem Raum drangen Stimmen sowie das leise Gewitter eines einzelnen Blitzlichtes. Dr. Thiel ging voran. Cheng folgte ihm. Dahinter Rosenblüt. Die Beamten, die sich bereits im Zimmer befanden, traten zur Seite, damit Cheng sehen konnte, was er verpflichtet war, sich anzuschauen. Freiwillig wäre er dazu auch kaum bereit gewesen. Er war alles andere als der hartgesottene Bursche, der jeden schrecklichen Anblick mit Leichtigkeit oder mittels eines rein sachlichen Zugangs zu ertragen verstand. Er hatte in seinem Leben ein paar Leichen gesehen und dies niemals als Bereicherung empfunden. Auch jetzt nicht. Einzig und allein ein Gefühl von Übelkeit packte ihn. Daß er seinen Blick nicht abwandte, bedeutete eine reine Verpflichtung gegenüber Kommissar Rosenblüt, der ein Wegsehen wohl kaum geduldet hätte.

Auf dem Doppelbett lagen die Rümpfe zweier Personen, welche – gegen die Bettmitte gerückt – zwei Handbreit auseinander lagen. Beide waren mit Schlafanzügen bekleidet und lagen auf dem Rücken. Der eine Körper wies mit dem offenen Hals auf das Oberteil des Bettes, während der andere in umgekehrter Position aufgebahrt war. Auf den Bäuchen der beiden Toten – ebenfalls zur Mitte hin gerückt – waren deren abgeschnittene Schädel postiert worden, wobei die Gesichter quer zu den Leibern und etwas nach vorn gekippt standen, so daß die Stirn des einen an der Stirn des anderen lehnte. Die beiden Köpfe hielten sich also gegenseitig aufrecht und bildeten gleichzeitig eine Brücke, welche die zwei Leiber verband. Daß auf alldem natürlich eine Menge Blut klebte, war weit weniger abstoßend als der Tatbestand einer Komposition, einer Zurschaustellung der entstellten Leichen.

Das Bett wirkte dabei wie ein Podest. Das Blut besaß bloß den Charakter einer zwangsläufigen, im Werkprozeß inkludierten Materialabsplitterung. Das wirklich Widerwärtige ergab sich also viel weniger aus der Verletzung der Körper (jeder

der hier Anwesenden, Cheng ausgenommen, hatte diesbezüglich schon weit Schlimmeres gesehen), sondern in der wohlüberlegten Ordnung, die geschaffen worden war. Von einer künstlerischen Ordnung zu sprechen verbat sich freilich. Aber um genau eine solche handelte es sich. Eine künstlerische Ordnung, die etwa an einige Skulpturen des Minimalismus oder an Projekte der Land Art erinnerte.

Zur künstlerischen Ordnung gehörte natürlich auch, daß die beiden Toten porträtiert worden waren. Auf den beiden schildförmigen, rechts und links über dem Bett angebrachten Leuchten klebte je ein Stück Papier, nicht größer als elf, zwölf Zentimeter im Quadrat. Cheng war zunächst verwundert, daß er weder einen Aufdruck noch eine Beschriftung erkennen konnte. Der Strich der Zeichnungen war breiter und gröber als im Falle der Bildnisse Marlocks und Callenbachs. Zudem handelte es sich um die Gesichter schlafender Männer.

Cheng überlegte. Und gerade, als er Rosenblüt darum bitten wollte, drehte dieser die Wandleuchten an, so daß der Schein durch die beiden dünnen Papiere fiel. Nicht nur, daß die Gesichtszüge nun deutlicher hervortraten, erfüllte sich nun doch das Prinzip eines konkreten Untergrunds. Denn auf den beiden Zetteln war ein identischer Schriftzug zu sehen. Keiner davon stellte das Original dar. Es handelte sich in beiden Fällen um Durchdrucke. Offensichtlich stammten die Papiere von einem Notizblock. Was man sah, waren allein die in das Papier hineingepreßten Buchstaben, die mittels der Graphitschicht sichtbar wurden. Wobei natürlich der eine Abdruck etwas schwächer ausfiel als der andere.

Bei dem Text handelte es sich offensichtlich um die handschriftliche Anmerkung eines der beiden Toten. Darauf war zu lesen: *Cheng wechselt das Zimmer. Wieso?*

Und nach einem kleinen Abstand: *Es tut sich gar nichts. Ländliche Ruhe. Anständiges Essen. Kurze Betten. ~ Wir gehen schlafen.*

Cheng ging von einer Leuchte zur anderen. Dann betrachtete er von neuem die beiden Leichen. Er fragte, wer die Toten seien.

»Sie sollten nicht versuchen, uns zu verarschen«, warnte Dr. Thiel. »Nicht in dieser Situation. Sie wissen doch ganz genau ...«

»Gar nichts weiß ich genau. Aber ich muß annehmen, daß es sich um die beiden Polizisten handelt, die mir und meinem Mitarbeiter hierher gefolgt sind. Ich habe die beiden gestern abend nur kurz aus der Ferne gesehen. Beim Essen. Natürlich fand ich es sonderbar, als ich sie heute früh nirgends entdecken konnte. Aber was hätte ich denn tun sollen? In Stuttgart anrufen und fragen, wo verdammt noch mal meine Beschatter geblieben sind?«

Dr. Thiel packte Cheng an der Schulter und war knapp davor, seinem Gegenüber ins Gesicht zu spucken. Doch Rosenblüt fuhr dazwischen, nahm die Hand des einen von der Schulter des anderen und sagte: »Beruhigen wir uns.«

Doch genau in dem Moment, da Rosenblüt den Satz beendet hatte, schlug er Cheng so kräftig in den Magen, daß dieser zusammenklappte und auf seine Knie fiel.

»Das mußte sein«, erklärte der Hauptkommissar mit ruhiger, nüchterner Stimme. »Ich will nicht, Herr Detektiv, daß Sie glauben, Sie könnten sich Frechheiten herausnehmen, bloß weil Ihnen ein Arm abhanden gekommen ist. Kein Krüppelbonus. Geht das in Ihren Kopf?«

»Mein Gott«, stöhnte Cheng und ließ sich von Rosenblüt auf die Beine helfen. »War das wirklich nötig?«

»Es war«, sagte Rosenblüt nicht unfreundlich und richtete sein Wort nun an die Leute von der Spurensicherung, wies sie an, weiterzumachen. Sogleich begannen ein Mann und eine Frau in weißen Schutzanzügen, sich über die beiden Toten zu beugen, ohne diese zu berühren. Sie blickten in die Sichtfenster kleiner Geräte, mit denen sie an den aneinandergelehnten Köpfen entlangfuhren.

»Gehen wir raus«, schlug Rosenblüt vor.

Zu viert begab man sich wieder hinunter in den Gästeraum und nahm am Stammtisch Platz, wo noch immer Purcell saß. Völlig unbewacht, was darauf hinwies, daß niemand hier so verrückt war, Cheng und Purcell zu verdächtigen, die Tötung der beiden Polizisten mitverschuldet zu haben. Zumindest in Hinblick auf die rechtliche Relevanz.

Endlich stellte Rosenblüt den Mann vor, welcher Cheng unbekannt war. Es handelte sich um einen Polizeiarzt, der aus Stuttgart mitgekommen war, seine Hände nun vielsagend ausbreitete, schloß und wieder ausbreitete, und erklärte, daß das Verbrechen vermutlich in der Zeit zwischen zwei und vier Uhr morgens vollzogen worden sei, wobei Frakturen auf beiden Schädeln den Schluß zuließen, daß die Opfer sich vor ihrer Enthauptung und »In-Szene-Setzung« im Zustand der Bewußt- und Wehrlosigkeit befunden hatten. Möglicherweise waren sie in diesem Moment bereits tot gewesen. Natürlich, meinte der Arzt, könne er kaum noch etwas Definitives sagen, würde aber dafür plädieren, einen einzelnen Täter viel eher denn eine Tätergruppe anzunehmen. Gerade die auffallende Schematisierung und der hohe Grad an Symmetrie, sowie auch die Gleichartigkeit der Kopfverletzungen, die einen beinahe identischen Punkt des linken Scheitelbeins betrafen, seien kaum erreichbar, hätten hier zwei verschiedene Persönlichkeiten agiert. Was natürlich eine anderwärtige, etwa logistische Assistenzleistung eines Zweiten nicht ausschließe. Doch das sei eine Frage, die zunächst einmal die Spurensicherung beantworten müsse.

Rosenblüt dankte dem Arzt für die Ausführungen und schickte ihn wieder hinauf zu den Leichen. Eigentlich wäre es an Cheng gewesen, sich zu bedanken, denn seiner Wissensbereicherung hatten die Erläuterungen des Mediziners ja gegolten. Rosenblüt wollte Cheng ganz offensichtlich in die Ermittlung einbinden. Man hätte auch sagen können: einschnüren.

»Wissen Sie, Herr Detektiv, was ich denke?« fragte Rosenblüt, und sein stechendes Lächeln schmückte zum ersten Mal wieder sein Gesicht. »Ich denke, daß meine beiden Männer Opfer eines Irrtums geworden sind. Bloß, weil Sie, Cheng, mit Ihrem albernen Snobismus ein kleines, sauberes Zimmer nicht akzeptieren konnten.«

»Wie ist das jetzt?« fragte Cheng. »Werden Sie mich ein jedes Mal schlagen, wenn ich etwas sage, das Ihnen nicht paßt?«

»Markieren Sie nicht die Mimose. Reden Sie!«

»Ich habe Sie nie darum gebeten, daß Sie mir Ihre Leute hinterherschicken. Ich hatte versprochen, Sie zu informieren, wenn ich etwas weiß. Begreiflich, daß es Ihnen lieber wäre, es hätte mich statt Ihrer Männer erwischt. Aber ob das nun jemand versteht oder nicht: Ich konnte es einfach nicht über mich bringen, in diesem scheußlichen Zimmer zu übernachten. Ein Zimmer wie in einem Krankenhaus. Mit Snobismus hat das nun wirklich nichts zu tun.«

»Für meine Kollegen war das Zimmer gut genug. Und das haben die armen Schweine davon. Allerdings kann nicht die Rede davon sein, ich zöge es vor, Cheng, Sie wären tot. Kollegen zu verlieren, das gehört zu meinem Beruf. Aber quatschen Sie nichts von wegen, Sie hätten mich schon noch informiert. Also, was ist mit diesem Klinikarzt? Und was mit dieser Frau?«

Cheng erzählte beinahe alles so, wie es sich zugetragen hatte. Und zwar von dem Moment an, da Thomas Marlock und jener Mann namens Mike (der Silberfarbene) sich in *Tilanders Bar* getroffen hatten. Allerdings verschwieg Cheng, sich bis vor kurzem im Besitz des Thomas-Marlock-Porträts befunden zu haben. Was er wiederum nur tun konnte, da Peter Crivelli sich der Polizei gegenüber offensichtlich unwissend gegeben hatte. Wohl aus Angst, indem er Cheng verriet, auch jede Möglichkeit zu verspielen, wieder an den Bierdeckel zu gelangen.

Cheng gab nun vor, selbigen Bierdeckel in Dr. Callenbachs Büro gesehen zu haben, auf dessen Schreibtisch liegend. Diese kleine Lüge, dachte Cheng, würde zunächst einmal nicht sonderlich schaden. Und natürlich vermied er es auch weiterhin, Mortensens Namen zu erwähnen. In dieser Hinsicht blieb Cheng unverbindlich, sprach von einem namenlosen Zeugen, der die Ermordung Marlocks beobachtet habe.

Natürlich, so Cheng, wäre Herr F. imstande gewesen, sich im Schlafzimmer Marlocks zu verstecken und den Mord gemeinsam mit jener famosen Porträtistin zu begehen, dann jedoch wäre er spätestens nachdem Marlocks Kopf im Aquarium gelandet war, in den beleuchteten der beiden Räume getreten. Nein, die Porträtistin hatte die Tat fraglos alleine vorgenommen.

»Wie können Sie wissen«, fragte Rosenblüt, »daß die Frau in der Kirche dieselbe war wie in *Tilanders Bar*? Eine blutige Nase ist noch kein Beweis.«

»Es existiert eine Beschreibung, welche ziemlich genau auf sie paßt. Zudem finde ich, daß sie recht merkwürdig reagiert hat.«

»Warum das denn?« fuhr Dr. Thiel verächtlich dazwischen. »Wahrscheinlich haben Sie auf diese Frau einen geisteskranken, bedrohlichen Eindruck gemacht – wie Sie da Ihren Hund durch die Kirche schleppen. Und dann folgen Sie ihr auch noch, stellen sich ihr in den Weg. Ich finde überhaupt nicht, daß *Ihre* Verdächtige sich verdächtig benommen hat.«

»Wie Sie meinen. Ich kann die Polizei nicht zwingen, nach dieser Frau zu suchen.«

»Wir sollten zunächst einmal mit Dr. Callenbach sprechen«, entschied Rosenblüt. »Sie, Cheng, will ich dabeihaben. Aber der Hund bleibt hier. Um den soll sich Ihr Mitarbeiter kümmern.«

Somit wurde Lauscher an Purcell übergeben und brauchte also nicht wieder in die Kälte zu treten.

Rosenblüt stand auf und ging hinüber zu einer Gruppe von Männern, die in einem Extraraum standen, Honoratioren. Einer von ihnen, Cheng hatte ihn am Vorabend am Stammtisch gesehen, zog ein Handy aus der Tasche, wählte und sprach eine Weile. Nachdem er geendet hatte, nickte er Rosenblüt zu. Dieser kam zurück und sagte: »Man erwartet uns.«

»Man erwartet uns also«, höhnte Cheng. »Schön für Dr. Callenbach, wie hochoffiziell die Sache abläuft. Geradezu diplomatisch rücksichtsvoll.«

»Wir sind hier in Deutschland«, verkündete Dr. Thiel. »Wir stürmen nicht Büros von Klinikdirektoren, bloß weil ein Chinamann sich das wünscht.«

Cheng sagte nichts, hielt sich jedoch die Hand auf den Magen, genau an die Stelle, an der Rosenblüts Schlag ihn getroffen hatte. Um solcherart zu bekunden, wie sehr er über die korrekten Vorgangsweisen hierzulande Bescheid wußte.

Vor dem Klinikeingang stand eine Frau in einem schwarzen Mantel und empfing die drei Männer. Die zierliche, freundliche Person stellte sich als Frau Callenbach vor. Mit einer bedächtigen Stimme, wie sie Menschen besitzen, die denken, während sie reden (wobei sie selten über das denken, worüber sie reden), mit einer solchen Stimme also erklärte sie, ihr Mann habe sich bereits hinauf zur Leichenhalle begeben müssen, weshalb sie selbst es übernehme, die Herren von der Polizei zum Friedhof zu führen. Auf Rosenblüts fragenden Blick erklärte Frau Callenbach, daß einer der Patienten der Klinik heute auf dem anstaltseigenen Friedhof beigesetzt werde.

»Unser Herr Bühler ist beinahe hundert geworden«, sagte Frau Callenbach.

»Er starb in Frieden?« erkundigte sich Rosenblüt vorsichtig.

»Das ist richtig, Herr Hauptkommissar. Wie man so sagt: er entschlief.«

»Gut. Gehen wir.«

Der Friedhof lag in der Mitte einer Anhöhe, die sich hinter dem Anstaltspark mit einem scharfen Knick abhob. Über einen von jungen Tannen flankierten Gehweg stieg man hinauf zur Leichenhalle, welche linker Hand von hohen Bäumen abgedeckt wurde, während sich rechts davon der Friedhof ausbreitete, eine von Hecken eingerahmte Fläche, auf der die uniformen Kreuze in gleichmäßigen Abständen und präzisen Linien aufgereiht standen. Genauer gesagt, ragten nur noch die Spitzen aus der Schneedecke heraus. Ein Weg war freigeschaufelt worden, der in den oberen Bereich des ansteigenden Terrains führte, dorthin, wo das Weiß von einem dunklen Erdhaufen unterbrochen wurde. Zwei Männer mit Pelzkappen standen daneben und stützten sich auf ihre Schaufeln.

Die Leichenhalle besaß den Charakter eines barocken Gartenhäuschens. Eine Idylle für Tote. Der verstorbene Herr Bühler lag in seinem offenen Sarg und hatte es gemütlich. Die Lebenden hingegen drängten sich in dem kleinen Raum, so daß kaum jemand eine Hand heben konnte, um sich zu schneuzen. Weshalb auch das allgemeine Geschniefe ein beträchtliches war. Ein Geschniefe, das allein aus der Kälte des Raums und der Verkühltheit der Anwesenden hervorging. Geweint wurde nicht. Schlichtweg, da es nichts zu trauern gab, wenn ein Mensch mit achtundneunzig Jahren schmerzfrei verstorben war.

Allerdings war der Tote bis zuletzt ein eigenwilliger Mensch gewesen. Trotz der intensiven katholischen Düngung, die in dieser Gegend vorherrschte, hatte er darauf bestanden, ohne priesterlichen Beistand zur Erde getragen zu werden. Weshalb sich Dr. Callenbach bereit erklärt hatte, eine kleine Rede am Grab zu halten. Noch aber stand man Schulter an Schulter vor dem offenen Sarg, wenngleich natürlich kaum jemand mehr sah als den Hinterkopf der vor ihm stehenden Person.

Cheng bereute sogleich, die Leichenhalle überhaupt betreten zu haben. Ohnehin schienen alle bloß darauf zu warten, daß man wieder ins Freie treten konnte. Was auch geschah, nachdem die Musik, die aus einem Tonbandgerät gekommen war, geendet hatte. Wobei es sich erstaunlicherweise nicht um einen Trauermarsch oder ein Requiem gehandelt hatte, sondern um den Popsong »Ticket To The Moon«. Herr Bühler war in den letzten zweieinhalb Jahrzehnten seines Lebens ein begeisterter Anhänger des Electric Light Orchestras gewesen. Er hatte die Schöpfungen dieser Gruppe als Offenbarung einer außerirdischen Existenz empfunden und war kaum noch einen Moment ohne seine Kopfhörer unterwegs gewesen. Er war in dieser Musik wie in einer Glocke gesessen. Woran auch die völlige Taubheit seiner letzten Jahre nichts geändert hatte. Man hatte ihn stets wippend dahinschreiten gesehen. Keine Bewegung ohne Elan. Folgerichtig hatte Dr. Callenbachs Anweisung gelautet, Herrn Bühler bei der Aufladung der Batterien zu helfen, die er für seinen Walkman benötigte. »Ob er etwas hört oder nicht, ist seine Sache«, hatte Dr. Callenbach erklärt. »Und wer kann schon sagen, wozu ein taubes Ohr imstande ist.«

Die Menschenmenge strömte auf den matschigen Platz vor der Leichenhalle, bildete Grüppchen. Dann wurde der geschlossene Sarg aus der Halterung gehoben und nach draußen gebracht. Drei von den vier Trägern waren Cheng nicht unbekannt. Es waren jene Herren, die einen Kranz gebildet und ihn aus der Klinik expediert hatten. Ihre eckigen Bewegungen und unbeweglichen Mienen verrieten große Würde. Hinter dem Sarg folgten Dr. Callenbach und seine Gattin, Arm in Arm, nicht minder würdevoll. Eine Gruppe nach der anderen schloß sich dem Zug an. Zuletzt Cheng, Rosenblüt und Dr. Thiel.

Die versammelte Menge bildete einen Kreis um das Grab. Sowie um den Sarg und Dr. Callenbach, der sich aus dem Arm seiner Frau gelöst hatte, um neben das Erdloch zu treten und seine Rede mit der Bemerkung einzuleiten, daß dieses Wetter, die strenge Kälte, gepaart mit den wärmenden Strahlen der Sonne, dem alten Bühler gefallen hätte, der ja ein Sommer- und Wintermensch gewesen sei, ein Radikaler abseits des Ideologischen, welcher wenig von Übergängen und Halbheiten gehalten habe. Er sei nun mal kein Herbstmensch gewesen, und am allerwenigsten ein Frühlingsmensch. Er, Callenbach, könne sich erinnern, wie Bühler einmal gesagt habe, im Frühling würden ihm die Dinge leblos erscheinen, wie Plastik, grelles Plastik. Wenn er im Frühling schwitze und im Herbst friere, würde ihm das komisch vorkommen. Dann lieber richtig.

Jemand kicherte. Aber es hatte nichts von einer Störung. Dann schon eher die körperliche Unruhe, die einige der Anwesenden befiel. Wohl auch darum, da nicht wenige der Trauergäste Halbschuhe trugen und des geringen Platzes wegen, den der freigeschaufelte Weg bot, bis zu den Knien im Schnee standen. Callenbach aber ließ sich nicht beirren und beschrieb das Leben Bühlers, das man ruhig als ein exemplarisches Jahrhundertleben bezeichnen könne, ein Leben, das wie die Leben der meisten dieser Generation von zwei Weltkriegen bestimmt worden sei. Kriege, die alles und jeden an sich gezogen hätten und mittels derer die Privatheit des Menschen sich im Allgemeinen der Politik und Kriegswirtschaft aufgelöst habe.

Ja, man könne sagen, daß der Mensch Bühler sich erst in dem Moment in eine private Person verwandelt habe, als er 1959 in die Psychiatrie Zweiffelsknot eingeliefert worden sei. So schmerzlich die Umstände gewesen sein mochten – eine Psychose ist schließlich kein Spaß, erst recht nicht die Behandlung einer solchen, erst recht nicht 1959 –, so sei dennoch ein Teil in Hans Bühler aufgeblüht, jener Teil, der sich für die Gärtnerei zu interessieren begonnen hatte. Bühlers Pflanzenzucht, seine Gewächshäuser, seine Kreuzungen, seine Kräuterkunde, seine botanische Besessenheit, dies alles sei *auch* ein Zeichen dafür gewesen, daß es ihm gelungen war, nach mehr als einem halben Jahrhundert eine wirkliche Privatheit zu entwickeln. Eine Privatheit, die, so der bittere Schluß, der von Bühler selbst stammte, erst durch den Eintritt einer seelischen Erkrankung sich habe eröffnen können.

Während dieser ausführlichen Würdigung des Toten durch den Klinikdirektor hatte sich Cheng nach vorn gedrängt und derart positioniert, daß der Arzt nicht umhinkam, ihn zu bemerken. Ohne sich allerdings davon berühren zu lassen. Vielmehr ging Dr. Callenbach völlig in seiner Darstellung des Bühlerschen Lebens auf und verstieg sich immer mehr in eine Lobrede auf die Chancen, die eine seelische Erkrankung berge. Um dann erneut die Sprache auf die gärtnerischen Leistungen des Verstorbenen zu bringen und schließlich zu verkünden, Bühlers Freunde und Kollegen würden ihren Ehrgeiz daransetzen, eine neue Tulpe zu züchten, welche im Gedenken an den Toten nach diesem benannt werden solle. Mit diesem Versprechen beendete Dr. Callenbach seine Grabrede und gab den Sarg frei.

Wobei Bühlers hohes Alter, seine Bedeutung und auch seine Abneigung gegen die Kirche natürlich nichts daran änderten, daß er, wie alle anderen Verstorbenen auch, das Viertel eines Grabes zugesprochen bekam. Und damit auch das Viertel eines Grabsteines. Denn es handelte sich hier um einen Friedhof, auf dem die Gleichheit vor Gott mit schöner Präzision praktiziert wurde. Sieht man großzügigerweise von den beiden Grabmälern ab, die zwei ehemaligen Anstaltsleitern und ihren Gattinnen gewidmet waren. Und Großzügigkeit war in diesem Punkt durchaus legitim, wenn man berücksichtigte, daß die beiden Ruhestätten zwar eine individualistische Gestaltung besaßen, jedoch gewissermaßen verschämt auf der Rückseite und im dauernden Schatten der Leichenhalle angelegt worden waren.

Als man Bühlers Sarg an zwei Seilen ins Erdreich hinuntergelassen hatte, trat Callenbach erneut vor die Grube und warf eine Rose hinab. Eine dunkelrote. So dunkelrot wie das Päckchen, das mit einer Schleife von derselben Farbe an den Rosenstiel angebunden war. Zumindest meinte Cheng etwas derartiges erkannt zu haben. Viel Zeit war ihm nicht vergönnt gewesen, um das Objekt zu betrachten, zu plötzlich hatte es Callenbach in der Hand gehabt und ohne eine weitere Geste hinunter zu dem Toten geworfen.

Natürlich drängte es Cheng dazu, sogleich an das Grab zu gehen, um seine Beobachtung zu überprüfen. Nach alldem, was in Callenbachs Büro geschehen war, erschien es ihm nicht unwahrscheinlich, daß der Arzt sich eines weiteren Beweismittels zu entledigen versuchte. Oder auch nur jene Asche entsorgte, die von der Verbrennung zweier Porträts zurückgeblieben war.

Unglücklicherweise war Cheng viel zu sehr in die rituelle Ordnung dieser Beerdigung eingebunden, um sich ungebührlich zu benehmen. Ein Ritual, das ja auch ohne die Anwesenheit eines Geistlichen funktionierte und welches jeglichen Radau ausschloß. Außer jener lauten Klage. – Nun, niemand klagte. Statt dessen bildeten die Menschen eine Reihe, welche am offenen Grab vorbeizog. Einige der Personen griffen nach der Handschaufel, welche im Haufen steckte, und warfen dem Toten eine Schippe der dunklen, feuchten Erde hinterher. Andere verbeugten sich bloß. Manche sahen konzentriert in das Loch. Andere wiederum zogen ein zweifelndes Gesicht, als wüßten sie schon jetzt um die Tragweite des Todes. Aber niemand ließ eine Furcht bemerken. Einige der Trauergäste taten es Callenbach gleich und ließen einzelne Blumen in die Grube fallen. Eine junge Frau, die als einzige Tränen in den Augen hatte, schleuderte einen abgegriffenen Teddybär zu Bühler hinunter.

»Schade um eine solche Antiquität«, dachte Cheng und fragte sich, ob die Tränen dem Bären oder dem Toten galten. Und wenn ersteres der Fall war, ob die Frau vielleicht versuchte, mit diesem Stofftier auch ihre Neurose zu beerdigen. Über solchen Überlegungen ergab sich nun endlich die Möglichkeit, selbst an das Grab zu treten. Und als Cheng jetzt die Schaufel nahm und ein paar Erdklumpen in das Grab beförderte, starrte er hinunter auf den Berg von Blumen und Erde, die den Sarg halb verdeckten. Cheng erkannte den Kopf des Bären, der aus der Anhäufung ragte und ihr das Flair eines unaufgeräumten Kinderzimmers verlieh. Was Cheng freilich nicht entdecken konnte, war Callenbachs dunkelrote Rose samt jenem Päckchen. Begraben!

Die Trauergäste verließen in zwei Richtungen den Friedhof, während die beiden Totengräber nach ihren Schaufeln griffen. Vor der Leichenhalle traten Rosenblüt und Dr. Thiel auf Callenbach zu, der soeben seine Frau mit einem Kuß verabschiedete. Cheng kam als letzter hinzu.

»Sie sind ein lästiger Mensch, Herr Cheng«, sagte Callenbach auf seine trockene Art, die jede Beleidigung als ein Produkt der Empirie erscheinen ließ. Dann wandte er sich an die beiden Polizisten, begrüßte sie in kollegialer Weise und erklärte, daß er Herrn Cheng bereits ausdrücklich versichert habe, keine Frau zu kennen, auf welche die Beschreibung zutreffe. Und im übrigen könne er keinen Zusammenhang zwischen seiner Klinik und einem in Stuttgart begangenen Verbrechen erkennen.

»Leider geht es nicht mehr nur um diesen einen Mord«, sagte Rosenblüt und schilderte, auf welche Weise seine beiden Mitarbeiter ums Leben gekommen waren. Keine hundert Meter von der Anstalt entfernt.

»Und wie viele Meter war Herr Cheng entfernt, als sich das Verbrechen ereignete?« fragte Callenbach und wirkte kein bißchen ironisch.

»Wollen Sie damit sagen ...?« kam es von Dr. Thiel, den nichts so sehr gefreut hätte wie ein Verdachtsmoment, der sich gegen den austriakischen Chinesen richtete.

»Was ich sagen will, ist, daß wir doch bitte sachlich bleiben sollten. Die räumliche Nähe zwischen dem Tatort und der Klinik kann wohl kaum als ein Indiz dafür gelten, daß sich ein Mörder in unserer Anstalt befindet. Denn wäre Nähe allein ein verdachterregendes Moment, müßten Sie sich zunächst einmal an Herrn Cheng wenden.«

Rosenblüt aber zeigte sich unbeeindruckt: »Herr Cheng behauptet, Sie hätten Beweismaterial verbrannt. Vor seinen Augen. Als Warnung.«

»Ich glaube nicht, daß man Herrn Cheng warnen kann. In puncto Sturheit hätte er es mit dem jüngst verstorbenen Hans Bühler allemal aufnehmen können. Allerdings hat Herr Bühler nie gelogen.«

»Und Herr Cheng lügt also?«

»Das tut er, wenn er behauptet, was Sie sagen.«

»Wären Sie einverstanden, wenn wir uns Ihr Büro ansehen?«

»Selbstverständlich. Ich habe auch nichts gegen die Anwesenheit von Herrn Cheng einzuwenden. Vorausgesetzt, er beginnt nicht wieder, sich zu Patientenräumen Eintritt zu verschaffen, in denen er nichts verloren hat. Er scheint nicht zu begreifen, daß das Aufstellen einer wilden Theorie noch lange nicht bedeutet, einen Freifahrtschein zu besitzen.«

Cheng wehrte sich nicht, erklärte also nicht, sich nirgendwohin Eintritt verschafft zu haben, sondern schüttelte bloß seinen Kopf, während Dr. Thiel natürlich die Chance nützte, den Detektiv vor weiteren Eigenmächtigkeiten zu warnen. Cheng blieb ungerührt und folgte wortlos den Männern, wobei er sein Bein stärker als üblich nachzog. Im übrigen besaß nun auch der Gang der anderen etwas leicht Hinkendes. Alle waren sie ein Opfer der Kälte geworden, die gleichsam an den Knochen sägte.

Als man Callenbachs Büro betrat, drängte sich Cheng an den anderen vorbei und eilte auf die Wand zu, von der er zwei Stunden zuvor das Bild genommen hatte. Sofort erkannte er den Rahmen, der nun wieder an besagter Stelle plaziert war. Bloß, daß statt des verbrannten Porträts Dr. Callenbachs nun irgendeine Kritzelei hinter dem Glas steckte. Eine Bleistiftzeichnung, die aussah, als hätte Callenbach sie selbst in wenigen Sekunden hergestellt.

Cheng wollte nach dem Bild greifen, überlegte es sich jedoch auf halber Strecke, nahm seinen Arm herunter und sagte: »In diesem Rahmen war das Bild.«

Rosenblüt trat hinzu, fragte: »Welches Bild?«

»Das Porträt, das Dr. Callenbach darstellte. Lassen Sie Glas und Rahmen untersuchen.«

»Was sollte das bringen?«

»Sie werden darauf meine Fingerabdrücke finden.«

Rosenblüt wandte sich zu Callenbach um und blickte ihn fragend an. Callenbach zuckte mit den Schultern, erklärte, er könne sich durchaus vorstellen, daß Herr Cheng den Rahmen berührt habe. Deshalb sei er ja offensichtlich hiergewesen. Auf der Suche nach ein paar ominösen Porträts aus der Hand einer Mörderin.

»Ich habe nur diesen einen Rahmen berührt«, sagte Cheng. »Das dürfte sich ja nachweisen lassen. Und daraus würde sich dann folgende Frage ergeben: Warum tauchen meine Fingerabdrücke nur auf diesem einzigen Rahmen auf, wo er doch gar kein Porträt beherbergt, sondern bloß ein paar beliebige Striche? Warum sollte ich also nach diesem Rahmen gegriffen haben, wenn sich nicht Dr. Callenbachs Porträt darin befunden hätte?«

»Das ist immerhin ein Argument, nicht wahr?«, meinte Rosenblüt und fragte Dr. Callenbach, ob man Rahmen und Bild zwecks einer Analyse mitnehmen dürfe.

»Wo denken Sie hin?« wehrte Callenbach ab. »Ich war gerne bereit, Ihnen mein Büro zu zeigen. Aber ich kann nicht zulassen, daß Sie meine Einrichtung benutzen, um die Phantastereien eines Privatdetektivs zu unterstützen. Wir wollen feststellen: Herr Cheng war hier in diesem Raum und hat Dinge angefaßt. So wie er auch jetzt hier steht und Dinge anfaßt. Darin dürfte er seine Berufung sehen.«

Cheng fächerte seine Hand auf, um solcherart zu bekunden, bei diesem zweiten Besuch noch rein gar nichts berührt zu haben. Und zwar aus gutem Grund. Er war froh darum, rechtzeitig erkannt zu haben, wie wichtig es sei, den Bilderrahmen kein zweites Mal anzufassen. Und seine Rechnung war aufgegangen. Denn wie es schien, war Callenbach der Fehler unterlaufen, zwar ein neues Bild in den Rahmen gefügt, jedoch Chengs Fingerabdrücke vergessen zu haben. Fingerabdrücke, deren Bedeutung sich freilich erst aus einer komplexen Spekulation ergaben. Nichtsdestotrotz wirkte Callenbach zum zweiten Mal an diesem Tag verunsichert. Und auch Rosenblüt schien den Braten zu riechen, weshalb er nun erklärte, darauf bestehen zu müssen, besagten Gegenstand zu konfiszieren.

»Es wird nicht anders gehen, als sämtliche Rahmen zu überprüfen«, warf Cheng ein. »Um zu sehen, daß ich wirklich nur diesen einen angefaßt habe.«

Rosenblüt gab ihm recht. Dann wandte er sich wieder an Callenbach: »Ich werde eine Durchsuchung beantragen. Bis dahin wird dieser Raum abgesperrt und plombiert. Als Arzt werden Sie mich verstehen. Gefahr im Verzug.«

»Sie überschreiten Ihre Kompetenzen«, sagte Callenbach. »Und Sie machen sich lächerlich. Aber bitte, wenn es unbedingt sein muß. Ich werde jetzt den Anwalt unserer Klinik informieren. Und den Minister. Wenn hier schon eine Staatsaktion veranstaltet werden soll, soll auch der Staat davon wissen.«

»Tun Sie das. Aber tun Sie es draußen«, bestimmte Rosenblüt schroff.

Doch die Schroffheit fing nicht. Callenbach hatte sich wieder in der Hand. Er lächelte mitleidig. Dann verließ er den Raum, nicht ohne sich im voraus für einen sachten Umgang mit den Möbeln seines Büros zu bedanken. Unter denen sich, wie er jetzt süffisant erklärte, mehrere Koloman-Moser-Stühle befänden. Erbstücke eines Patienten. Die Versicherungswerte horrend. – Dabei machte Callenbach ein Gesicht, als setze er keineswegs die Fähigkeit voraus, einen Koloman-Moser-Stuhl als solchen zu erkennen. Nicht bei Idioten.

Als sich die Tür hinter dem Arzt geschlossen hatte, wandte sich Rosenblüt an Cheng und wollte wissen, wo die andere Zeichnung, Thomas Marlocks Bierdeckel-Porträt, sich ursprünglich befunden habe.

Cheng fand es an der Zeit, mit der Wahrheit herauszurükken. Beziehungsweise blieb ihm nicht viel anderes übrig. Er erklärte, wie er an den Bierdeckel geraten war und diesen an Callenbach verloren hatte.

»Mein Gott«, stöhnte Dr. Thiel, »wieviel Geschichten wird uns dieser Chinese noch auftischen. Wir geraten in Teufels Küche, wenn wir uns weiterhin auf die Worte eines ...«

Doch Rosenblüt unterbrach seinen Mitarbeiter und wollte von Cheng wissen, wo Callenbach die beiden Zeichnungen verbrannt habe.

»In einer silbernen Schale auf dem Schreibtisch.« Cheng wies hinüber zu der Stelle, an der nun eine Elfenbeinfigur stand, welche die Form zweier springender Fische besaß.

»Das sind Fische«, merkte Dr. Thiel an.

»Was dachten Sie?« fragte Cheng. »Daß Callenbach die Schale samt Asche stehenläßt. Übrigens: Haben Sie bemerkt, daß er nicht bloß eine Rose, sondern auch ein Päckchen ins Grab geworfen hat?«

»Was soll das wieder bedeuten?« fragte Dr. Thiel.

»Vielleicht gar nichts. Ich wollte es bloß gesagt haben.«

»Wir werden auch das untersuchen«, versprach Rosenblüt. »Wir werden alles untersuchen. Aber ich warne Sie, Cheng, hören Sie auf, uns anzuschmieren. Mir bleibt sonst nichts anderes übrig, als ...«

»Ich bin auf Ihrer Seite«, erklärte Cheng. Und das war er nun wirklich.

»Schön, das zu hören«, meinte Rosenblüt mit seinem sprödesten Lächeln, wies den Detektiv jetzt aber an, sich *Zum Schönen Hofnarren* zurückzubegeben und dort zu warten. »Wenn ich Sie brauche, lasse ich Sie holen.«

Cheng nickte und verließ das Zimmer. Wenig später saß er zusammen mit Purcell in jener wunderbar intimen Nische des Gastraums und schlürfte eine heiße Brühe, selbstvergessen, einzig auf die Suppe konzentriert. Er lebte jetzt in völliger Hinwendung an die schmackhafte Bouillon, in der die quastenförmigen Streifen eines Pfannkuchens schwammen. Solange er aß, hörte er nicht auf, in die Suppe wie in einen klaren Bach zu starren.

Der Gastraum war gefüllt mit Polizeibeamten in Uniform und Zivil. Man sprach nur wenig, und wenn, dann leise. Die, die ebenfalls in einer Brühe löffelten, waren froh darum, beschäftigt zu sein. Mehr als eine Suppe oder einen Kaffee nahm niemand zu sich.

Es mochte etwa eine Stunde vergangen sein, als einer von Rosenblüts Leuten zu Cheng trat und sagte: »Sie sollen zurück nach Stuttgart fahren. Anweisung vom Hauptkommissar.«

»Sonst hat er nichts gesagt?«

»Er hat gesagt: sofort. Und daß er sich mit Ihnen in Verbindung setzen wird.«

Auf eine weitere Diskussion ließ sich der Polizist nicht ein. Allerdings ging er bloß bis zum nächsten Tisch, setzte sich und schenkte Cheng einen betrachtenden, wartenden Blick.

Bald darauf erhoben sich Purcell und Cheng und bekamen ihre beiden gefilzten Reisetaschen ausgehändigt. Cheng bat um einen Moment Geduld und trat auf den hinteren Gang hinaus. Niemand erhob Einspruch oder wollte wissen, was er vorhabe. Man war überzeugt, er würde eine Toilette aufsuchen. Im Falle eines Invaliden verstand sich das von selbst. Denn interessanterweise gehen Nichtinvaliden gerne davon aus, daß Invaliden immer und überall Toiletten aufsuchen, um dort Handgriffe bezüglich ihrer Behinderung vorzunehmen, Beutel leeren, Krücken justieren, Batterien aufladen, etwas in dieser Art.

Nun, Cheng lud keinerlei Batterien auf. Vielmehr trat er in den Hof hinaus und begab sich in das rückwärtig gelegene Gästehaus. Er stieg nach oben in sein Zimmer, wo er das Polaroid von der Unterseite der Nachttischlade zog. Niemand hatte es entdeckt. Niemand hatte danach gesucht. Ein simples Foto, das ein nicht minder simples Schicksal zunächst in einen Skikoffer und schließlich in die Hände eines Detektivs geführt hatte. Nichtdestoweniger schob Cheng es sich erneut an seine intime Stelle. Dann kehrte er zurück und verließ gemeinsam mit Purcell und Lauscher den Gasthof.

Ein 924er

Als man Stuttgart erreichte, war bereits die Nacht hereingebrochen. Die Lichtergirlanden des Verkehrs schmückten die Stadt. Purcell und Cheng sprachen kein Wort. Lauscher schlief auf dem Rücksitz. Aus dem Kassettenrecorder drang eine Kantate, so klar und metallisch und den Raum dehnend, daß man meinen konnte, das Innere des Fiat habe die Dimension einer Kathedrale angenommen. In jedem Fall ließ diese Musik ein Gefühl der Großräumigkeit aufkommen, während gleichzeitig der Wagen in einem Stau steckte und es von der Stadtgrenze an eine dreiviertel Stunde dauerte, bis man vor dem Detektivbüro hielt. Cheng griff in seine Geldbörse, überreichte Purcell zwei Scheine und versprach, Nachricht zu geben, falls eine weitere Fahrt sich als nötig erweisen würde.

»Das war kein schöner Anblick«, sagte Purcell zum Abschied. »Diese beiden toten Männer.«

»Man kann sich das Panorama nicht immer aussuchen«, äußerte Cheng, stieg aus dem Wagen und öffnete die Hintertür, um Lauscher von der Bank zu zerren.

Diesmal betrat Cheng sein Büro über die Straßenseite. Nachdem er die wenigen Stufen überwunden hatte, drückte er auf einen Schalter. Zwei kleine Kristallüster gingen an und verliehen dem Raum und den Dingen eine Üppigkeit, die sie im Tageslicht nicht besaßen. Cheng ließ die Jalousien herunter, schlüpfte aus seinem Mantel und ging in die Werkstätte, wo er den Stiel eines Glases zwischen seinen kleinen Finger und seinen Ringfinger einklemmte sowie mit Daumen und Zeigefinger den Hals einer Rotweinflasche umschloß. Solcherart ausgerüstet, kehrte er zurück in den vorderen Raum. Lauscher zu füttern, war nicht nötig, da man ihm aus der Küche des *Hofnarren* einiges an Fleischresten serviert hatte und der kleine Hund nun zur Genüge mit der eigenen Verdauung beschäftigt war. Er ließ sich vor einem der Heizkörper nieder, streckte sich zu einer bemerkenswerten Länge und entwickelte im Licht der Lüster ebenfalls eine gewisse Opulenz.

Cheng nahm in einem der beiden tiefen Sessel Platz und stellte Glas und Flasche auf dem Boden ab. Dann schlüpfte er aus seinen Schuhen und Socken und lagerte seine Füße auf der Lehne des gegenüberliegenden Stuhls. Er lag jetzt mehr, als daß er saß, schenkte sich Wein ein und trank. Er genoß nicht bloß den erdigen Geschmack des Weins, sondern überhaupt die Vorstellung von der Wirkung des Alkohols, die noch kommen würde. Bevor diese einsetzte, klingelte das Telefon, seine Ex-Frau war dran. »Ich fürchte, ich mache einen schweren Fehler.«

»Wie? Indem du mich anrufst?«

»Blödsinn. Indem ich noch einmal heirate. Es hat mit dir nicht geklappt. Warum sollte es mit jemand anders klappen?«

»Willst du mir ein Kompliment machen?«

»Nicht eigentlich, mein Lieber. Was ich sagen will, ist, daß ich es für einen Fehler halte, den Zustand der Ehe wiederholen zu wollen. Es kommt mir vor, als würde ich eine Diät in Angriff nehmen, die schon beim letzten Mal schiefgegangen ist.«

»Warum willst du unbedingt ausschließen, daß die Sache diesmal gutgeht?«

»Weil die Dinge immer nur beim ersten Mal funktionieren. Oder gar nicht. Wer eine Diät wiederholt, an der er gescheitert ist, wiederholt das Scheitern. Indem ich diesen Mann heirate, begehe ich ein Verbrechen. Denn es ist doch ein Verbrechen, das Falsche wissentlich zu tun.«

»Mach dich nicht lächerlich. Und bedenke bitte, daß es durchaus Menschen gibt, die in ihrer zweiten Ehe glücklich geworden sind.«

»Ich bin glücklich«, sagte Irene. »Das ist doch das Verrückte. Ich führe ein ausgewogenes, zufriedenes Leben. Ich habe

Batman. Ich habe meine Freunde, meine alten, fürsorglichen Eltern. Ich habe sogar einen Ex-Mann, den ich anführen kann, wenn jemand mich mit der Frage nervt, weshalb ich denn allein leben würde. Warum also in Herrgottsnamen bilde ich mir ein, einen Mann heiraten zu müssen, der Helwig heißt und Handtaschen verkauft?«

Batman, Chengs schwarzer Kater aus der Zeit vor Lauscher, führte ein komfortables und geselliges Leben in Irenes Appartement mit Dachterrasse. Batman war eine durchaus typische Katze, die ihr Zusammensein mit Cheng dem Vergessen anheimgestellt und sich mit Erhabenheit in die in jeder Hinsicht besseren Verhältnisse eingefunden hatte. Was allerdings auch umgekehrt nicht anders abgelaufen wäre. Katzen scheinen ganz im Gegensatz zu Hunden immer nur in der Gegenwart zu leben. Das läßt sie bei aller Verschmustheit arrogant erscheinen. Aber das, was als Arroganz anmutet, ist bloß die Gebundenheit der Katze an ein Jetzt.

»Helwig verkauft also Handtaschen«, wiederholte Cheng.

»Gewissermaßen. Er arbeitet in der Accessoire-Abteilung eines Modegeschäfts.«

Dagegen sei doch nun wirklich nichts einzuwenden, meinte Cheng. Sehr wahrscheinlich handle es sich bei einem solchen Menschen um eine elegante, feine, gewissenhafte Erscheinung. Nach seinem Dafürhalten sei der Umgang mit Mode einer der besten, welchen ein Mensch pflegen könne. Die Mode gebe dem Menschen ein Gefühl für die Bedeutung der Instinkte, für die Bedeutung von Natur und Natürlichem. Mode sei quasi ...

»Hör auf zu quatschen«, unterbrach Irene ihren Ex-Gatten.

»Ich wollte nur sagen, daß ein Handtaschenverkäufer mir als eine gute Wahl erscheint. Außerdem finde ich, daß Helwig nett klingt. Ehrlich. Hör auf, dir einzureden, alles müßte sich wiederholen.«

»Meinst du wirklich?«

»Ja, das meine ich.«

»Ich würde diesen Mann ins Unglück stürzen, würde ich jetzt einen Rückzieher machen.«

»Eben«, sagte Cheng und trank sein Glas leer.

»Um Batman brauchst du dir keine Sorgen machen. Helwig und er ...«

»Ich mache mir keine Sorgen. Ich weiß, daß du jeden Mann auf die Straße setzen würdest, der Batman auch nur schief ansieht. Ich bin sicher, daß Helwig das bereits kapiert hat.«

»Das klang jetzt etwas zynisch.«

»Nicht, Irene. Bitte!«

»Wie geht es dir eigentlich, Markus? In deinem langweiligen Stuttgart.«

»Stuttgart ist nicht langweilig.«

»Was man aber so hört ...«

»Ihr in eurem Wien habt ja keine Ahnung. Ich bin immer noch froh, dem Wiener Kasperltheater entkommen zu sein. In Stuttgart besitzt alles eine glatte, eindeutige Gestalt. Auch das Komische. Die Scheiße ist hier ein gerader, stromlinienförmiger Körper, dessen Gestank alles hält, weil er wenig verspricht.«

»Ich weiß nicht, ob ich das verstehe, Markus. Aber reg dich nicht auf. Hauptsache, es geht dir gut.«

Nun, das hatte Cheng nicht gesagt. Und auch seine Definition Stuttgarts entsprach nicht wirklich seinen Erfahrungen. Die Straßen hier mochten recht gerade sein, wie auch viele Gebäude, wie auch nicht wenige Menschen, die vor lauter Geradheit gezwungen waren, auf dem Kopf zu stehen, wollten sie einen Stiefel oder was auch immer lecken. Und trotzdem war die Scheiße in dieser Stadt wie woanders auch nicht selten gebogen, geringelt, verschlungen, baiserförmig, häufig auch grotesk verdreht.

Cheng wollte das Gespräch nicht noch weiter in die Länge ziehen, ermutigte Irene abermals, eine zweite Ehe zu wagen, ließ den Handtaschenverkäufer unbekannterweise herzlich grüßen und beendete das Gespräch.

Als es Minuten später erneut klingelte, überlegte Cheng kurz, ob er überhaupt nach dem Hörer greifen und ein weiteres Gespräch mit Irene riskieren sollte. Tat er aber dann doch. Er war einfach nicht der Mensch, der die Ungewißheit ertrug, die sich aus einem Gespräch ergab, welches nicht geführt worden war, jedoch hätte geführt werden können. Vielen Leuten ging es so. Sie konnten einem klingelnden Telefon nicht widerstehen und litten schwer, kamen sie einmal zu spät. Cheng jedoch hob rechtzeitig ab, um festzustellen, daß sich nicht Irene in der Leitung befand, sondern Rosenblüt, welcher nun sagte: »Ich bin eben in Stuttgart angekommen und muß mit Ihnen reden. In einer Stunde in *Tilanders Bar*.«

Bevor Cheng etwas erwidern konnte, in etwa, daß er sich viel zu müde fühle, hatte Rosenblüt auch schon aufgelegt. Cheng warf einen Blick auf seine Armbanduhr und stellte fest, daß es auf sieben zuging. Er schloß seine Augen und hielt für fünfzehn Minuten ein Nickerchen, kein Ausruhen oder gar Verarbeiten, sondern tatsächlich ein Sich-Herausnehmen. Er konnte das. Er beherrschte die Kunst der kontrollierten Auszeit. Eine gewisse Erschöpfung natürlich vorausgesetzt.

Danach fühlte er sich um einiges besser, trank noch einen Schluck Wein und erhob sich aus dem Stuhl nach hinten in die Werkstatt, wo er sich frische Socken und trockene Schuhe überzog. Halbhohe, robuste Winterschuhe, aber auch nicht so robust, daß sie sich optisch mit seiner Anzughose geschlagen hätten.

Zurück im Hauptraum, beschloß er, Lauscher hierzulassen. Für einen alles andere als winterfesten Hund waren es zwei harte Tage gewesen. Ein weiterer Ausflug wäre eine Zumutung gewesen.

Cheng schaltete eine Schreibtischlampe an und die Deckenbeleuchtung aus und ging durch die Ladentür nach draußen. Er sperrte nicht ab. Er tat dies nie, wenn er Lauscher alleine im Büro oder in der Wohnung zurückließ. Er hatte dem Hund beigebracht, Türen zu öffnen, für den Fall, daß dieser einmal auf sich selbst angewiesen sein würde. Was natürlich nichts gebracht hätte, wäre die Tür abgesperrt gewesen. Man mußte sich schon entscheiden. Ohnehin glaubte Cheng nicht an die Sinnhaftigkeit von Verriegelungen. Daß er dennoch immer wieder Türen abschloß, stellte einen bloßen Affekt dar. Während er aber jetzt, beim Nichtabschließen, seinen Verstand zum Einsatz brachte.

Kurz vor acht betrat Cheng *Tilanders Bar*. Rosenblüt lehnte bereits an der Theke, vor sich ein Glas Bier und einen Whiskey. Hinter dem Tresen stand Peter Crivelli und ließ sich in keiner Weise anmerken, wie wenig ihm die Anwesenheit des Polizisten behagte. Er schien völlig in die Zubereitung diverser Getränke vertieft.

»Gut, daß Sie Zeit hatten«, empfing Rosenblüt den Detektiv. »Was trinken Sie?«

»Einen *Engel in der Landschaft*«, sagte Cheng und wandte sich dabei direkt an Crivelli. Dessen Nicken erschöpfte sich quasi im Nachklang einer nie erfolgten Geste. Im Schatten von nichts.

»Wie sieht es aus in Zweiffelsknot?« fragte Cheng. »Eine Spur von der Frau?«

Statt einer Anwort zog Rosenblüt eine Zigarette aus seiner Packung, bot auch Cheng eine an, welcher sich bediente.

»Ich höre praktisch jeden Tag damit auf«, sagte der Kriminalist und gab Cheng Feuer. Während er die eigene Zigarette in Brand setzte, redete er am Filter vorbei: »Wenn ich in der Früh huste und das Waschbecken vollspucke und mir der Ekel kommt, höre ich damit auf. Und wenn ich abends mit den Nerven am Ende bin, fange ich wieder an. Ich bin also Raucher und Nichtraucher in Personalunion. Das ist keine Phrase. So mache ich es seit vielen Jahren. Mit Gelegenheitsrauchen hat das nichts zu tun.«

»Wie bei Dr. Callenbach«, bemerkte Cheng.

»Bitte?«

»Callenbach konnte auch nicht rauchen, ohne über das Rauchen zu reden.«

Dann kam der *Engel* und Cheng nahm einen Schluck davon. Einen Schluck, der die Kraft einer helfenden Hand besaß, die sein Gemüt stützte.

»Gehen wir hinüber in die Ecke«, schlug Rosenblüt vor. »Um allein zu sein.«

Die beiden Männer begaben sich an jene Stelle, an der genau eine Woche zuvor die Sandfarbene gesessen hatte, um ein Porträt Thomas Marlocks anzufertigen.

»Die Behandlung des Falls hat eine Entwicklung genommen«, begann Rosenblüt zögerlich, »die Ihnen nicht gefallen wird. Mir gefällt sie ebensowenig. Aber wir werden damit leben müssen.«

»Was soll das heißen?«

»Ich will Ihnen nichts vormachen, Cheng. Meine Anweisung lautet, Dr. Callenbach nicht weiter zu belästigen. Der Staatsanwalt hat getobt, als er von meiner Aktion erfuhr. Er hat mir mein ›Gefahr im Verzug‹ um die Ohren geschmissen und erklärt, daß eine Durchsuchung von Callenbachs Büroraum nicht in Frage käme. Er sei nicht bereit, hat er gesagt, den abwegigen Verdächtigungen eines schlecht beleumundeten Detektivs zu folgen.«

»Schlecht beleumundet?«

»Seine Worte. Tut mir leid. Ihre Theorie von einer mordenden Porträtistin scheint für unseren Herrn Staatsanwalt nicht den geringsten Charme zu besitzen. Und wir wollen ehrlich sein, selbst wenn sich beweisen ließe, daß Ihre Fingerabdrücke auf diesem einen Bilderrahmen und keinem anderen kleben, was würde das beweisen? Zumindest hätten wir uns auch weiterhin auf äußerst dünnem Eis bewegt.«

»Das bedeutet wohl, daß Sie darauf verzichten werden, nach dem Päckchen zu sehen, das Callenbach ins Grab eines seiner Patienten hat fallen lassen.«

»Was heißt hier verzichten? Mein Staatsanwalt wird sich ganz einfach dagegen sperren. Callenbach ist ein Heiliger. Ein Meister seines Fachs. Ein Held aufgeklärter Psychiatrie. Der Mann darf unseren Ministerpräsidenten duzen, und das, obwohl er bekanntermaßen im anderen politischen Lager steht. Callenbach könnte überall auf der Welt therapieren und dozieren, aber nein, er hält unserem schönen Land die Treue. Man kann so jemanden nicht einfach seine Grabgabe wieder ausbuddeln. Ohne einen wirklich guten Grund.«

»Vor ein paar Stunden dachten Sie anders.«

»Was ich denke, ist nicht von Bedeutung.«

»Und in welche Richtung wird Ihr Staatsanwalt die Untersuchung treiben?«

»Na, was glauben Sie? Wir suchen weiterhin einen Mörder. Worauf unser Staatsanwalt besteht, ist einzig und allein, daß wir bei der Suche nach diesem Mörder nicht durch das Arbeitszimmer eines hochverdienten Mediziners marschieren und etwa die Makellosigkeit originaler Koloman-Moser-Stühle gefährden.«

»Was sagt eigentlich die Spurensicherung zum Tod Ihrer beiden Kollegen? Derselbe Täter wie in Stuttgart?«

»Unsere Spurensicherung geht Sie nichts an, Cheng.«

»Ich dachte, wir arbeiten zusammen.«

»Da dachten Sie falsch. Sie sind ein Zeuge. Und seien Sie froh, daß Sie kein Verdächtiger sind. Unser Staatsanwalt hätte gut und gern Lust gehabt ... aber ich habe ihm klargemacht, daß Lust kein Argument ist. So wenig wie Porträtzeichnungen, die kein Mensch außer Ihnen und Ihrem dubiosen Auftraggeber gesehen hat.«

»Herr Crivelli hat sie gesehen«, sagte Cheng und wollte nach dem Barkeeper rufen.

»Crivelli hat gar nichts gesehen. Glauben Sie mir. Und hätte er, würde es auch nichts nutzen. Darf ich Ihnen einen Rat geben?«

»Sie werden kaum darauf verzichten wollen. Nicht wahr?«

»Geben Sie den Auftrag zurück. Erklären Sie Ihrem Klienten, daß er einem Phantom nachjagt. Schlußendlich wird sich herausstellen, daß nicht eine grandiose Porträtzeichnerin, sondern ein recht unkünstlerischer Freak die Morde begangen hat.«

»Ist das bereits beschlossene Sache?«

»Sie wollen mich nicht verstehen, scheint mir. Ich hätte vielleicht doch Kollege Thiel herschicken sollen.«

»Um mir zu drohen.«

»Natürlich um Ihnen zu drohen. Was denn sonst? Lassen Sie die Finger von der Sache. Auch der eigenen Finger wegen. Sie sehen aus, als hätten Sie in Ihrem Leben schon genug erlebt und erlitten. Man muß es nicht übertreiben. Also. Machen Sie um Dr. Callenbach und seine Klinik einen schönen großen Bogen.«

»Ich nehme an, Ihr Staatsanwalt hat Sie zu meinem persönlichen Kindermädchen ernannt.«

»Völlig richtig. Das heißt: Wenn Sie Mist bauen, dann bin ich dran.«

»Ich werde Sie glücklich machen, indem ich Frieden gebe«, erklärte Cheng und war sich in diesem Moment noch nicht einmal bewußt, daß er log.

»Genau das erwarte ich von Ihnen«, meinte Rosenblüt lächelnd, wünschte noch einen schönen Abend, legte einen Schein auf die Theke und verließ das Lokal. Der Schein reichte bei weitem nicht aus, um die beiden Biere, die 4 cl irischen Malt und Chengs *Engel* zu bezahlen. Aber das war recht typisch für Rosenblüt: große Geste, kleine Wirkung.

Cheng trank aus, legte einen weiteren Schein auf den noch immer unberührten ersten und verließ ebenfalls die Bar. Ein Gespräch mit Crivelli hätte nichts gebracht. Es war offenkundig, daß Rosenblüt dem Barkeeper auf die Zehen getreten war. Und zwar ordentlich.

Obwohl erst zehn Uhr, war Cheng der einzige Passant, als er sich die leicht ansteigende Straße auf sein Büro zubewegte. Vorbei an geparkten Wagen, die im Schnee wie in aufgebrochenen Eierschalen steckten. Die ganz Stadt mutete an wie halb ausgebrütet.

Cheng öffnete die unversperrte Tür und betrat den überheizten Raum, der mehr im Dunkel lag als im Licht der Schreibtischlampe. Weshalb Cheng blind zur Seite griff, dorthin, wo der Lichtschalter lag. Doch das, was er zu fassen begann, fühlte sich weich an. Nicht weich wie Butter, sondern weich wie etwas, das einen festen Kern, jedoch eine leicht nachgebende Oberfläche besaß. Und eine textile Struktur.

»Seidig«, dachte Cheng im Bruchteil einer Sekunde. Und realisierte in diesem Bruchteil auch, daß der Lichtschalter nicht irgendeine zauberische Wandlung durchgemacht hatte, sondern daß er, Cheng, mit seinen Fingern gerade einen Krawattenknopf berührte. Wobei natürlich kein Krawattenknopf alleine im Raum steht, also schwebt. Zu einem solchen gehört der Rest einer Krawatte und in der Regel auch ein Krawattenträger. – Wie wahr. Im nächsten Moment spürte Cheng die Heftigkeit von etwas, das sein Gesicht getroffen hatte. Ein Treffer, der ihn nach hinten katapultierte. Und auch wenn es sich wie ein Medizinball angefühlt hatte, so war es doch bloß die Faust jener Person gewesen, welche diese Krawatte trug.

Das wurde Cheng bewußt, als er wieder zu sich kam und in einem seiner Stühle saß. Er griff sich an die Nase, streifte dann über sein gesamtes Gesicht und stellte dessen Unversehrtheit fest. Er schien nicht einmal zu bluten, realisierte bloß eine gewisse Hitze in seiner linken Wange und eine leichte Unruhe in dem dazugehörigen Jochbein. Der Schlag, der ihn getroffen hatte, war der eines Könners gewesen, dem es nicht um eine ernsthafte Verletzung gegangen war. Wer von den beiden auch immer geschlagen hatte. Denn es waren zwei: ein Mann und eine Frau. Und beide trugen Krawatten. Der Mann saß Cheng gegenüber im Stuhl, während die Frau an der Kante des Schreibtischs lehnte. Übrigens hatte dieser Fausthieb eine große Ähnlichkeit mit jenem besessen, von dem Cheng in der Zweiffelsknoter Kirche niedergestreckt worden war. Als seien beide Schläge auf dieselbe Schule zurückzuführen. Ein Gedanke, der sich noch weiter verstärken würde, da zumindest die Frau ein Deutsch sprach, hinter dem sich bei genauem Hinhören ein englischer Akzent verbarg.

Was Cheng aber zunächst einmal kümmerte, war die Frage nach Lauscher. Weshalb er sich jetzt ein wenig im Sessel aufrichtete, Oberkörper und Kopf zur Seite beugte und versuchte, an seinem Gegenüber vorbei auf die Stelle zu sehen, an der er seinen langohrigen Hund vermutete. Der Blick des Mannes und der der Frau folgten jenem Chengs. Zu dritt betrachtete man nun den dahingestreckten, gelblich braunen Körper, der vor der Heizung lag. So, als spürte Lauscher instinktiv, daß es an ihm war, Befürchtungen zu zerstreuen, rekelte er sich ein wenig und gab dann einen von diesen tiefen Seufzern von sich, in die man so ziemlich alles hineininterpretieren kann. Von Wehmut über Intelligenz bis hin zu gottlosem Wohlbefinden.

Die drei Personen wandten sich wieder einander zu.

Der Mann, der jetzt das Wort an Cheng richtete, war bei weitem älter als die Frau, auch älter als Cheng. Eher jenseits der Sechzig als darunter. Aber der Faustschlag konnte genausogut von ihm gewesen sein. Ein Mann mit der ausgewogenen Figur eines Mittelstreckenläufers. Sein Schädel besaß etwas Vogelartiges. Auch *er* wirkte in seinem Anzug, als sei er in selbigen hineingewachsen oder quasi wie ein Keim in ihm aufgegangen. Er sagte: »Sie wollen uns sicher keine Schwierigkeiten machen, Herr Cheng. Davon bin ich überzeugt.«

»Ich werde mir Mühe geben.«

Es war die Frau, die die Frage stellte: »Wer beauftragt Sie?«

»Meine Güte«, sagte Cheng und offerierte seinen Standardsatz, daß er ja als Detektiv sofort ruiniert wäre, würde er im erstbesten Moment die Namen seiner Kunden preisgeben.

»Wir sind nicht die Polizei«, sagte der Mann. »Mit uns können Sie nicht handeln, Herr Cheng. Auch stehen wir nicht am Anfang, wo man vielleicht noch Zeit hätte. Diese Geschichte geht eindeutig auf ihr Ende zu.«

Die Frau griff in die Innenseite ihres Jacketts. Ob auch sie in ihrem Damenanzug perfekt steckte, war jetzt nicht die Frage. Zu rasch hatte sie eine schöne große Pistole hervorgezogen, auf die sie behende einen Schalldämpfer aufschraubte. Ein schneller Griff seinerseits ließ Cheng feststellen, daß man ihm in der Zeit seiner kleinen Ohnmacht die Waffe abgenommen hatte. Ohnehin hätte er sie nicht gezückt. Nicht angesichts des Umstands, daß die Frau den Lauf ihrer Pistole nun auf Lauscher richtete.

»Ist das denn nötig?« fragte Cheng, ohne das Zittern in seiner Stimme verbergen zu können.

»Wie anders sollten wir Sie überzeugen?« fragte der Mann. »Wir könnten Ihnen mit allem möglichen drohen, das würde Sie nicht schrecken. Menschen Ihrer Art sind schwer einzuschüchtern. Es ist dieser Ehrenkodex. Was ich gut verstehen kann. Aber wir müssen alle weiterkommen. Und man kommt immer nur weiter, wenn man den Finger auf den wirklich wunden Punkt legt.«

»Wenn Sie den Hund erschießen«, folgerte Cheng, »geht Ihnen aber der wunde Punkt verloren.«

»Wollen Sie uns provozieren?« fragte die Frau. Und es sah ganz so aus, als hätte sie keine Schwierigkeiten, einfach abzudrücken, um zu sehen, was für eine Situation sich daraus ergeben würde.

»Hören Sie auf.« Cheng fuhr in die Höhe. Der Mann ihm gegenüber hatte sich ebenfalls erhoben und den Einarmigen bei den Schultern gepackt. Es war ein fester Griff. Cheng steckte wie in einer Spannvorrichtung. Ein Gefühl des Schwindels und der Taubheit überkam ihn. Dennoch bemerkte er das Mitleid im Gesicht des Mannes. Und erschrak, weil er meinte, die Frau hätte bereits abgedrückt, während der Mann nun versuchte, ihm, Cheng, den Anblick zu ersparen, ihn fernzuhalten.

Cheng wurde zurück in den Sessel gedrückt. Endlich wurde ihm klar, daß die Frau noch immer ihre Waffe auf den Hund gerichtet hielt. Also wohl kaum geschossen haben konnte.

»Er heißt Mortensen, Moritz Mortensen«, preßte Cheng hervor.

»Und wo finden wir ihn?« wollte der Mann wissen.

»Im Telefonbuch«, sagte Cheng und wies auf einen Beistelltisch, auf dem ein solches Telefonbuch lag. »Ich merke mir keine Adressen. Und erst recht keine Zahlen.«

Cheng war fest entschlossen, kein Wort über die Villa am Roseggerweg zu verlieren, in der sich Mortensen hoffentlich noch immer aufhielt.

Der Mann erhob sich, bewegte sich zu dem Tisch hinüber und nahm das Verzeichnis. Nachdem er die Eintragung gefunden hatte, fragte er: »Warum hat Mortensen Sie nach Zweiffelsknot geschickt?«

»Das war meine eigene Idee. Wegen des Aufdrucks auf dem Bierdeckel. Im Grunde war es ein lächerlicher Einfall, dorthin zu fahren. Ich konnte ja nicht ahnen, geradewegs in die Höhle des Callenbachschen Löwen zu geraten.«

Der Mann lächelte milde. Dann fragte er: »Was will Mortensen von Moira?«

»So heißt sie also: Moira.«

»Ja, so heißt sie. Es erstaunt mich, daß Sie das nicht wissen.«

»Ein Name ist nie gefallen. Mortensen hat sie wegen des Mantels, den sie in der Mordnacht trug, als die Sandfarbene bezeichnet. Ich selbst habe von ihr lieber als von der Porträtistin gesprochen.«

»Ja, zeichnen kann sie. Nun, Herr Cheng, weshalb hat Mortensen Sie beauftragt? Wie kommt er überhaupt auf Moira?«

Cheng berichtete, wie Moritz Mortensen, dieser erfolgloseste unter den erfolglosen Schriftstellern, hinter Thomas Marlock hergewesen war, um seinen vielleicht einzigen zukünftigen Leser kennenzulernen. Und wie er auf diese Weise Thomas Marlocks Ende hatte miterleben müssen. Zumindest die Behandlung von Marlocks Schädel im Rahmen einer blutigen Aquaristik.

»Mortensen fühlt sich nun verpflichtet«, erklärte Cheng, »diesen Mann, den die Polizei festgenommen hat, zu entlasten. Aber eben nicht, indem er eine peinliche Zeugenaussage tätigt, die noch dazu prädestiniert wäre, sich selbst in Verdacht zu bringen. Darum hat er mich engagiert. Ich soll den Fall lösen, ohne dabei seine Person ins Spiel zu bringen.«

»Dumm für ihn, daß er jetzt mittendrin steckt«, meinte die Frau. »Wie kann man so etwas nur tun? Sich wie ein Groupie benehmen und dem Leser der eigenen Bücher hinterherrennen. Dieser Mortensen muß wirklich ein erbärmlicher Autor sein.«

Sie hatte ihre Waffe längst wieder verstaut und war neben Lauscher in die Knie gegangen, um ihm mit kammartig gespreizten Fingern den dargebotenen Bauch zu massieren. Lauschers Wohlgefühl offenbarte sich in einem Gegrunze, das ihn erstmals wirklich tierisch erscheinen ließ. Die freundliche Geste der Frau wirkte dabei durchaus echt. Dennoch zweifelte Cheng nicht daran, daß sie bereit gewesen wäre, den Hund zu erschießen. Diese Frau und dieser Mann waren Leute, deren höchste Perfektion darin bestand, zwischen privater Anschauung und den unbedingten Vorgaben ihrer Aufträge und Befehle eine klare Trennlinie zu ziehen. Der Laie (und diesbezüglich war auch ein Cheng bisher ein Laie gewesen) kannte solche

Personen bloß aus der Fiktion von Filmen und Romanen: sozusagen kaltblütige Killer, ob sie nun für staatliche Geheimdienste arbeiteten oder sich als Freischaffende verdingten. Doch das wirklich Kaltblütige an diesen Menschen war eben die Trennlinie, die sie zu ziehen verstanden oder die zu ziehen man sie erzogen hatte. Einen kleinen, süßen Hund mit langen Ohren zu erschießen bedeutete keine Untat, die moralisch zu hinterfragen war, sondern stellte eine Notwendigkeit dar. Nichts, was Freude machte. Aber auch nichts, was Kummer bereitete; überhaupt wurden in einem solchen Fall Adjektive wie »klein«, »süß« und erst recht die Erwähnung sonderbarer Ohren selbstverständlich weggelassen. Ein zu tötender Hund besaß keine Attribute. Ein zu streichelnder sehr wohl.

»Darf man fragen«, begann Cheng erneut, »worum es eigentlich geht? Wer ist Moira? Und was hat sie mit Callenbach zu tun?«

»Was sollte das bringen, Ihnen alles zu erzählen?« wehrte der Mann ab.

Cheng wurde klar, daß man nicht daran dachte, ihn am Leben zu lassen. Es reichte bei weitem nicht aus, Mortensens Namen preisgegeben zu haben. Dieser ganze Fall schien eine Tragweite zu besitzen, die gewisse Stellen oder Personen dazu veranlaßte, ein radikales Ausmerzen nicht autorisierter Mitwisser zu betreiben.

»Eine Bitte«, sagte Cheng. »Lassen Sie den Hund am Leben.«

»Halten Sie uns für Sadisten?« empörte sich die Frau. »Warum sollten wir das Tier jetzt noch umbringen? Wir wissen, was wir wissen müssen. Sie und Mortensen zu liquidieren wird vollauf genügen.«

Der Mann hatte wieder gegenüber von Cheng Platz genommen. Jetzt war er an der Reihe. Er zog seine Waffe hervor und montierte mit der gleichen Fingerfertigkeit wie zuvor die Frau einen Schalldämpfer auf den Lauf. In etwa, wie man eine Feder auf einen Hut aufsteckt, oder eine Kerze auf die Torte eines Einjährigen. Cheng fragte sich, warum eigentlich nicht alle Menschen Schalldämpfer benutzten. Lag darin schlichtweg das Bedürfnis der Mehrheit, laut zu sein?

Das war nun aber nicht die Frage, die Cheng verzweifeln ließ. Sondern die Frage nach dem Sterben. Er war nämlich alles andere als ein Mensch, der dem Tod in einer professionellen Weise ins Auge sah. Weshalb er sich beeilte, darauf zu verweisen, daß man doch nicht ernsthaft annehmen könne, er habe die Wahrheit gesagt.

»Doch, das haben Sie«, erklärte der Mann ruhig und bestimmt. »Mortensen ist in diesen Gefilden nicht gerade ein häufiger Familienname. Hätten Sie sich irgendeinen beliebigen Namen ausgedacht, dann sicher nicht einen solch ungewöhnlichen. Einen, der dann auch noch im Telefonbuch steht.«

»Mortensen ist ein Freund von mir«, stieß Cheng hervor. »Aber nicht der Auftraggeber, sondern einzig und allein ein rattenschlechter Literat.« Dabei bemühte er sich um einen verschmitzten Gesichtsausdruck.

»Hören Sie auf mit dem Gewinsel«, forderte die Frau »Achten Sie auf Ihre Würde.«

Der Mann richtete seine Waffe auf Chengs Kopf und sagte: »Ich bin sicher, daß Ihr kleiner Hund einen guten Platz bekommen wird. Polizisten haben ein großes Herz.«

»Apropos Herz!«

Wer das gesagt hatte, war keiner von den dreien, sondern eine vierte Person. Diese Person stand in der Türe, die von der Werkstatt ins Büro führte, ebenfalls mit einer Schußwaffe in der Hand und drückte sofort ab. Die Kugel bohrte sich in die Schulter des Mannes, der noch eben vorgehabt hatte, Cheng zu erschießen. Die Wucht katapultierte den Getroffenen aus seinem Sessel. Er kam nicht mehr dazu, abzuziehen. Die Waffe entglitt ihm, flog in einem Bogen durch den Raum und landete auf dem Parkett, weit entfernt von jemand, der sie hätte an sich nehmen können. Bevor nun der Frau mehr gelang, als den Griff ihrer eigenen Waffe zu umfassen, war der Schütze mit schnellem Schritt in den Raum getreten und hatte die von der Abfeuerung noch ganz warme Mündung auf die Stirn der Frau aufgesetzt.

»Großer Gott, Thiel!« rief Cheng und vergaß in der Aufregung den Doktortitel. Etwas, was einem gebürtigen Wiener eigentlich so gut wie nie passierte.

Dr. Thiel blieb völlig konzentriert. Während er die Frau in Schach hielt, blickte er aus dem Augenwinkel heraus auf den am Boden liegenden Mann, welcher sich die verletzte Schulter hielt. Dessen Hand war rot vom Blut. Dr. Thiel zog jetzt seine Polizeimarke hervor, ließ sie von der ausgestreckten Hand baumeln und schwenkte sie durch die Luft. Dabei erklärte er, durchaus auf seinen Titel bestehend, wer er sei und daß er für das Landeskriminalamt arbeite.

Der Mann, der am Boden lag, schnaubte verächtlich und fuhr Thiel an: »Sie Unglücksrabe, was tun Sie hier? Sind Sie verrückt geworden?«

»Ich tue meine Pflicht«, erklärte Thiel. »Wozu gehört, die Bürger dieser Stadt zu schützen.« Und mit gar nicht leisem Bedauern hinzufügend: »Jeden Bürger.«

»Witzfigur«, sagte die Frau, obwohl ihr noch immer das erwärmte Metall gegen die Stirn gepreßt wurde. »Sie verhindern kein Verbrechen, sondern einen bilateral sanktionierten Sondereinsatz. Was haben Sie eigentlich studiert?«

Dr. Thiel ließ sich nicht mürbe machen und forderte Cheng auf, die herrenlose Waffe an sich zu nehmen. Worauf der Detektiv endlich seine Versteinerung aufgab und sich aus dem Stuhl erhob. Die Pistole lag schwer und kalt in Chengs Hand. Seine alte Unbeholfenheit im Umgang mit solchen Geräten machte sich bemerkbar. Er hatte den Lauf gegen das eigene Bein gerichtet, wie um nur ja niemand ins Visier zu nehmen.

»Würden Sie die Waffe bitte so halten«, rief Dr. Thiel verärgert, »daß man sie auch sehen kann.«

In diesem Moment drehte sich die Frau mit einer ansatzlosen Bewegung um die eigene Achse und bewegte damit ihre Stirn von der Mündung der Pistole weg. Gleichzeitig fuhr sie ihren Arm taschenmesserartig aus und drückte ihre Handkante in Thiels linke Niere. Dank der Pirouette war die Frau in dem Moment, als Thiel den Abzug durchdrückte, bereits im Rücken des Polizisten angekommen, weshalb die Kugel einen ziellosen Raum vorfand und sich in das Mauerwerk bohrte, als handle es sich um die Rückwand einer leergeräumten Schießbude.

Der Schlag in die Niere war ein perfekter gewesen. Aber wie in der meisten Perfektion, steckte auch in dieser ein Haken. Denn im Grunde hätte es ja genügt, daß die Frau mittels ihrer raschen Drehung aus Thiels Schußbahn gelangt war. Der zusätzliche Schlag jedoch brachte es mit sich, daß Thiel einklappte und in sich zusammensank. Wäre dies nicht der Fall gewesen, wäre also Thiel weiter aufrecht gestanden, so hätte er mit seinem Körper die Frau gegen Cheng hin abgedeckt. So aber drang das Projektil, welches Cheng in diesem Augenblick aus seiner gerade erst angehobenen Waffe abfeuerte, auf Brusthöhe in die Frau ein. Es ging so schnell, daß sie weder dazukam, selber einen Schuß abzugeben, noch ihren Fehler zu begreifen. Sie starb mit einer Kugel im Herzen und einem Irrtum im Kopf.

Ihr Kollege jedoch, der das Glück hatte, das empfangene Projektil bloß in seiner Schulter zu tragen, rollte über den Boden, sprang auf die Beine und war, bevor sich Cheng überhaupt nach ihm umdrehen konnte, durch die vordere Ladentür ins Freie gelangt.

Cheng tat nichts, um dem Mann zu folgen. Er war viel zu perplex, einen Schuß nicht nur abgegeben, sondern die Kugel auch im Ziel untergebracht zu haben. Wobei der Umstand, daß er getroffen hatte, ihn sogar beglückte. So lange, bis er den Tod der Frau begriff. Denn als er jetzt nähertrat, auf sie hinuntersah und die Stelle erkannte, an der das Blut nach außen drang, war ihm klar, daß sein intuitives Bemühen, ebenfalls nicht viel mehr als eine Schulter zu treffen, mißglückt war. Der Griff auf die Halsschlagader der Frau war dann bloß noch eine Geste, die dazugehörte. Als ein Ausdruck guten Benehmens in schlimmen Momenten.

»Ich rufe Ihre Kollegen«, sprach Cheng mit leiser, abwesender Stimme und griff nach dem Telefon.

Dr. Thiel löste sich mit einem kleinen Ächzen aus seiner Verkrümmung und streckte seine Hand aus, um den Einarmigen am Arm zu fassen. »Warten Sie, Cheng! Lassen Sie das!«

»Die Frau ist tot«, sagte Cheng.

»Wäre sie es nicht, dann wären wir beide es.«

»Gut, das ist richtig. Aber doch kein Grund, stillzuhalten.«

»Rosenblüt hat keine Ahnung, daß ich hier bin. Mein Eingreifen ist im Grunde ein privates.«

»Wie soll ich das verstehen?«

»Ich werde Ihnen das noch erklären. Aber zuerst sollten wir von hier verschwinden, bevor eine Nachhut auftaucht.«

Cheng mußte Thiel recht geben. Er holte Lauscher und klemmte ihn sich unter den Arm. Über den Werkstattraum eilte man nach draußen und gelangte im Schutze des unbeleuchteten Hofs hinaus auf die Straße. Auf der frischen Schneedecke waren die dunklen Flecken zu erkennen, die vom Blut des an der Schulter getroffenen Mannes stammten. Von ihm selbst war nichts zu sehen.

Dr. Thiels Wagen stand mit laufendem Motor in zweiter Spur, ein weißer Porsche 924, der keine fünfhundert Euro wert sein mochte, dafür dreiundzwanzig Jahre zählte, eine Menge glücklicher Momente barg und über die Eleganz eines geduckten, wachsamen Geschöpfs verfügte. Zudem stellte dieser Wagen ein Ineinandergreifen von Form und Mythos dar, wie man dies selten zu Gesicht bekam. Es mag wie ein Witz klingen, aber ausgerechnet der als »Hausfrauenporsche« verspottete und in größter Auflage hergestellte 924er verkörperte wie kaum ein Artefakt die gleichzeitig barocke wie sachliche Schönheit einer Kraftmaschine, welche jeden auf eine würdevolle Weise durch Städte und Landschaften transportierte. Während hingegen jeder andere Porsche davor und danach genau das repräsentierte, was man in anderen Zusammenhängen als »häßlichen Deutschen« bezeichnet.

So gesehen empfand Cheng es als einen gewissen Trost, daß er nach dem gerade Erlebten in ein solches Fahrzeug steigen durfte, in dem man wie in einem Schnellboot saß und mit den hochgezogenen Augenklappen der Scheinwerfer über die erneut unwegsamen Straßen schlitterte.

»Wohin?« fragte Dr. Thiel, nachdem er zweimal um die Ekke gebogen war.

»Ist das Ihr Ernst? *Sie* fragen mich, wohin?«

»Als ich zuvor über die hintere Tür hereinkam, konnte ich hören, wie von diesem Moritz Mortensen die Rede war. Der

Mann ist ja wohl in Gefahr, oder? Es ist also nötig, ihn zu warnen. Nehmen Sie das Handy, rufen Sie ihn an, und geben Sie ihm Bescheid, daß er seine Wohnung verlassen und sich auf die gegenüberliegende Straßenseite stellen soll. Und zwar mit Bedacht. Wir holen ihn von dort ab.«

»Er ist nicht in seiner Wohnung. Wir müssen hinauf zum Roseggerweg. Gleich unter dem Bismarckturm. Dort ist eine Villa, die Mortensen für ein paar Tage bewohnt.«

Cheng griff nach dem Handy, um sicherzugehen. Tatsächlich meldete sich Mortensen.

»Hören Sie zu«, sagte Cheng. »Ich komme zu Ihnen hinauf. Der Fall entwickelt sich mit einiger Vehemenz. Eine Frage: Wer weiß von Ihrem Aufenthalt in der Wiesensteigschen Villa?«

»Frau von Wiesensteig, natürlich.«

»Schon klar. Sonst jemand?«

»Nicht, daß ich wüßte.«

»Gut. Wir sind in zehn Minuten bei Ihnen.«

»Wer ist *wir*?«

»Ich komme mit einem Freund«, kündigte Cheng an.

Als er aufgelegt hatte, meinte Dr. Thiel: »Sie brauchen nicht zu übertreiben, bloß weil wir uns notwendigerweise das Leben gerettet haben, sind wir noch lange keine Freunde.«

»Da haben Sie recht.«

Es dauerte länger als geplant. Dr. Thiel verfuhr sich, und auch Cheng war nicht wirklich in der Lage, im stärker werdenden Schneefall die Orientierung zu behalten. Der Porsche glitt, halb gesteuert, halb führerlos, durch die Stuttgarter Nacht, um nach zwanzig Minuten eher zufällig die Rückseite des Bismarckturms zu passieren. Von dort war es glücklicherweise ein leichtes, den Roseggerweg zu finden.

Mortensen wirkte ein wenig betrunken und unglücklich, als er seine späten Besucher hereinbat. Er verschwand kurz in der Küche. Als er zurückkam, stellte er Gläser und eine Flasche Rotwein auf den Tisch und ließ mehrere Lappen auf den Boden fallen. Auf einem davon plazierte sich der geduldige Lauscher. Unterdessen war die Katze April auf eine Anrichte gesprungen, von der aus sie Cheng und Dr. Thiel, nicht aber den Hund beobachtete. Was keine Taktik darstellte. Sie hatte den Hund einfach nicht registriert. Sowenig wie der Hund sie. Kleine Tiere werden gerne übersehen. Auch von anderen kleinen Tieren.

Cheng stellte die beiden Männer einander vor, in etwa wie man Schachfiguren gegenseitig bekanntmacht, welche die gleiche Farbe besitzen, aber bisher zu weit entfernt standen, um sich zu bemerken. Das hatte sich geändert. Die Nähe war nun beträchtlich, wenngleich die Freude darüber gering blieb.

Zuallererst bestand Dr. Thiel darauf, daß Mortensen noch einmal genau darüber nachdachte, inwieweit tatsächlich niemand außer der Hausinhaberin von seinem Aufenthalt in der Villa wußte.

Mortensen schüttelte den Kopf. Natürlich könne er nicht ausschließen, daß Frau von Wiesensteig jemandem Bescheid gegeben habe, aber was ihn selbst betreffe, so habe er kein Wort darüber verloren. Er sei sehr auf seine Ruhe bedacht, wenn er hier oben sei, um zu arbeiten.

»Das heißt«, folgerte Dr. Thiel, »daß wir zunächst einmal sicher sind.«

»Wie wäre es«, bat Cheng, »uns darüber aufzuklären, vor wem wir hier oben eigentlich sicher sind? Welche Leute welche Fäden ziehen?«

»Sehr gerne. Ich bin froh, das loszuwerden. Und es ist gut, wenn wir uns die Wahrheit aufteilen. Das verleiht einem jeden von uns ein klein wenig Sicherheit. Ein klein wenig. Also: Fünf Minuten nachdem wir Dr. Callenbach aus seinem Büro quasi ausgesperrt hatten, hat sich Staatsanwalt Gebler bei Rosenblüt gemeldet und ihn angewiesen, sofort die Finger von dem Arzt zu lassen und nach Stuttgart zurückzukehren. Üblicherweise kommen wir mit Gebler gut aus. Es ist auch nicht seine Art, nervös zu sein. Diesmal war er es aber, hochgradig. Alles mußte sehr schnell gehen.«

Während Cheng hin und wieder eine erklärende Bemerkung an Mortensen gab, berichtete Dr. Thiel darüber, wie man mit dem Hubschrauber nach Stuttgart geflogen sei, um sich mit Gebler zu treffen. Jedoch nicht, wie eigentlich üblich, in dessen

Büro. Statt dessen setzte der Helikopter auf einem Sportplatz in Mönchfeld auf.

»Mönchfeld!?« staunte Cheng.

»Ja«, sagte Dr. Thiel, »es klingt ein wenig, wie wenn Außerirdische statt auf der Erde auf dem Mond invadieren. Schlimmer noch: Mönchfeld ist wie ein Mond, der nur aus einer erdabgewandten Seite besteht.«

»Sie sehen sich als Außerirdischen?« wunderte sich Cheng erneut.

»Bisweilen«, meinte Dr. Thiel und wirkte für einen Moment melancholisch. Sodann, schon weniger schwermütig: »Erst recht angesichts eines Ortes wie Mönchfeld.«

Doch genau dort fand nun mal die Zusammenkunft statt. In einem der Vereinsräume traf man Gebler, in dessen Begleitung sich ein gewisser Peter Neukomm befand, ein Mann des Bundesnachrichtendienstes. Rosenblüt und Neukomm kannten sich von früher. Nichts deutete darauf hin, daß sie einander in Verehrung zugetan waren. Noch während Gebler versuchte, in umschreibender Weise an das Problem heranzugehen, unterbrach ihn Neukomm und wandte sich direkt an Rosenblüt, um ihm klarzumachen, daß diese ganze Geschichte, der Heidelberger und der Stuttgarter Kopf und jetzt auch noch die beiden Zweiffelsknoter Köpfe, daß also alle diese Köpfe in die Zuständigkeit des BND fallen würden und er, Rosenblüt, sich ab sofort und striktest herauszuhalten habe. Und auch jeder andere aus Rosenblüts Mannschaft. »Das sind unsere Köpfe, basta!«

»Schön und gut«, meinte darauf Rosenblüt und blieb auf eine provokante Weise gelassen, »aber Sie werden nicht umhin kommen, mir zu erklären, warum ich den Fall abgeben soll. Immerhin sind es meine Leute, die man geköpft und zu einer häßlichen kleinen Skulptur zusammengestellt hat.«

»Gar nichts muß ich Ihnen erklären«, erwiderte Neukomm. »Die Interessen unseres Landes stehen naturgemäß über denen eines Hauptkommissars. Wenn Sie auf Ihre Mitarbeiter nicht aufpassen können, dann ist das allein Ihr Problem.«

»Nicht doch! Bitte!« mischte sich der Staatsanwalt ein, wobei er nun um einiges entschlossener wirkte als zuvor: »Wir werden Hauptkommissar Rosenblüt und Dr. Thiel ins Vertrauen ziehen müssen. Um Ihnen begreiflich zu machen, wie wichtig es ist, diesen Fall außerhalb ... außerhalb des Üblichen und des Konventionellen zu behandeln.«

Neukomm blies eine Menge Luft zwischen seinen Lippen hervor und zuckte dann mit den Schultern. »Wenn Sie meinen, Herr Staatsanwalt.«

»Das tue ich«, sagte Gebler, wippte ein wenig auf seinen Fußballen und erklärte nun, daß es seit einigen Jahren üblich sei, Mitglieder des britischen Secret Service in der Zweiffelsknoter Klinik zu stationieren. Nicht als Agenten, natürlich nicht, sondern als Patienten. Es handle sich in der Regel um Leute, die im Zuge langjähriger Einsätze Psychosen entwickelt hätten. Was bei der Art der Tätigkeit dieser Personen kaum verwundern dürfe. Bei fast allen von ihnen, wobei sich gleichzeitig nie mehr als vier englische Gäste in Zweiffelsknot befänden, handle es sich um Agenten, die in vorsätzliche Tötungen involviert gewesen seien.

»Ich will nicht«, erklärte Gebler, »daß wir hier eine Diskussion über Wert oder Unwert dieser britisch-deutschen Vereinbarung führen. Ich habe selbst eben erst davon erfahren. Faktum ist, daß unser BND und der englische MI6 aus diversen Gründen der Sicherheit eine gemeinsame Praxis üben, welche darin besteht, psychisch instabile Agenten jeweils in Anstalten des anderen Landes behandeln zu lassen. Deutsche Agenten in ... nun, das brauchen Sie nicht zu wissen, und britische eben in Zweiffelsknot.«

»Hört sich an, als würden Deutschland und England sich gegenseitig ihren Sondermüll abnehmen«, meinte Rosenblüt.

»Sie haben die Dinge schon immer aus einer sehr kleinen Warte heraus betrachtet«, sagte Neukomm. »Aus der Warte Ihres Kopfes.«

Rosenblüt parierte die Attacke mit einem gezackten Lächeln, welches bewies, wie gut sein Blick für die kranken Dinge war, die in der kranken Welt der Geheimdienste abliefen. Für Rosenblüt besaßen solche Einrichtungen den Geruch des Verwelkten und Abgestorbenen. Bloß, daß sich diese sinnlos gewordenen Abwehrdienste krampfhaft am Leben hielten, Konflikte schürten, wo es nur ging, und fortgesetzt Geld verschlangen, um ihre Herrenclubvergnügungen aufrechtzuerhalten.

Gebler streute erneut ein gequältes »Bitte!« ein und forderte die beiden Männer auf, ihre persönlichen Differenzen auszuklammern. Dann fuhr er fort: »Es ist jetzt drei Jahre her, daß eine Agentin des MI6 mit Decknamen Moira Balcon nach Heidelberg geschickt wurde, um einen Mann zu liquidieren, der lange Zeit im Dienst der Briten stand. Ich weiß nicht, was dieser Mann verbrochen hat, das so fatal war, daß man seine Ermordung beschloß. Aber beschlossen hat man sie nun mal. Also kam Moira Balcon angereist. Die Spezialität dieser Dame, wenn ich das so sagen darf, bestand gemäß ihrer Ausbildung und ihrer Aufträge im Nachstellen von Ritualmorden. Das bedeutet, daß man sie gerne einsetzte, um einer geheimdienstlichen Ermordung einen unpolitischen, individualistischen Anstrich zu verleihen. Das ist etwas, das intern als *Serial-Killer-Comedy* bezeichnet wird. Moira Balcon ist, wenn man so will, eine professionelle Kopfabschneiderin. Sie hat diese Methode regelrecht erlernt. Wie auch die theatralische Aufbereitung der Leichen. Ihre Taten waren also zunächst nicht das, was sie schienen. Das sollte sich ändern. Als sie im letzten Jahr nach China entsendet wurde, um dort einen Manager auf die bekannte Weise aus dem Verkehr zu ziehen, hat sie gleich dessen gesamte Familie eliminiert. Was ja in keinem Fall Teil des Konzepts gewesen war. Offensichtlich haben sich die zuständigen Personen im Secret Service damals darauf geeinigt, das Tun ihrer Agentin als eine Form von ... nun, von Übererfüllung zu verstehen. Doch nachdem Mrs. Balcon auch im Zuge eines weiteren Auftrags übererfüllend vorgegangen war, wurde sie aus ihrer Einheit genommen und nach Zweiffelsknot geschickt.«

»Und dort hat sie zeichnen gelernt«, bemerkte Rosenblüt spitz.

Es war Peter Neukomm, der jetzt darauf verwies, daß Moira Balcon schon zuvor eine exzellente Künstlerin gewesen sei. Das Prinzip, ihre zukünftigen Opfer auf kleinen Unterlagen abzubilden, sei ein Teil ihrer Ausbildung gewesen. Es sollte ursprünglich dazu dienen, die hohe nervliche Belastung, die in der Art ihrer Aufträge begründet lag, bereits im Vorfeld zu mindern. Künstlerische Prophylaxe. Welche leider nicht wirklich gegriffen habe.

»In der Tat«, sagte Staatsanwalt Gebler. »Die Ermordung Thomas Marlocks erfolgte ohne jeden Auftrag. Moira Balcon ist nach Stuttgart gefahren und hat einen x-beliebigen Menschen massakriert. In dem ihr vertrauten Stil. Danach ist sie nach Zweiffelsknot zurückgekehrt und hat sich in ihr Zimmer gelegt, als wäre nichts geschehen.«

»Soll das bedeuten«, erregte sich Rosenblüt, »der gute Herr Dr. Callenbach wußte, was geschehen war, und hat diese Frau dennoch weiterhin frei herumrennen lassen?«

»Keineswegs«, sagte Gebler. »Moira Balcon wurde sofort in den geschlossenen Teil der Anstalt gebracht und verwahrt. Natürlich war es unmöglich, die Sache publik zu machen. Was hätte man den Leuten erzählen sollen. Nein, wirklich nicht.« Und an Neukomm gewandt: »Wenngleich es hilfreich gewesen wäre, die Staatsanwaltschaft bereits zu diesem Zeitpunkt zu unterrichten. Aber lassen wir das.«

»Und?« fragte Rosenblüt. »Wer hat dann meine Männer auf dem Gewissen?«

»Moira Balcon konnte fliehen«, erklärte Gebler, während er sich weiterhin um einen festen Gesichtsausdruck bemühte.

»Höre ich recht?« brüllte Rosenblüt. »Und der BND hat geschlafen? Und dieser Callenbach hat geschlafen? Wie?«

»Hören Sie auf, den Gerechten zu mimen«, wehrte Neukomm ab. »Der BND hatte noch keinen Zugriff auf diese Frau. Wir mußten Anweisungen abwarten.«

»Mußten Sie also? Wer verteilt in Ihrem Verein eigentlich die Direktiven? Und was heißt denn, Moira Balcon konnte fliehen? Ich sage Ihnen etwas: Dieser komische einarmige Detektiv, der uns überhaupt erst nach Zweiffelsknot geführt hat, ist zur selben Zeit, als ich mir die Leichen meiner Leute ansehen mußte, über unsere Mrs. Balcon gestolpert. Und zwar in der schönen, hellen Zweiffelsknoter Wallfahrtskirche. Ich frage mich also, Herr Neukomm, wo sind Ihre Leute gewesen? Oder waren die noch immer angewiesen, wegzuschauen?«

Mit einer aufgesetzten Arroganz erklärte Neukomm, daß er Rosenblüt keine Rechenschaft schuldig sei. Auf jeden Fall wäre bereits eine Gruppe englischer Spezialisten eingetroffen, um sich des Falls anzunehmen. Diese Leute wüßten selbst am besten, wie mit einer Irrläuferin aus den eigenen Reihen zu verfahren sei. Dies entspreche auch den zwischenstaatlichen Vereinbarungen.

»Wir wollen doch nichts beschönigen«, unterbrach Gebler die Rede des BND-Mannes, »es wurde zögerlich reagiert. Eben darum, weil die Kompetenzen im speziellen Fall nicht klar verteilt waren und sich die Frage gestellt hat, wer schlußendlich das Problem aus der Welt schaffen solle. Und vor allem, wie.«

»Wenn ich richtig verstanden habe«, sagte Rosenblüt, »dann laufen jetzt ein paar sogenannte Spezialisten des englischen Geheimdienstes durch die Gegend. Zur *Serial-Killer-Comedy* gesellt sich also eine komödiantische Hetzjagd. Was für Engländer schickt man uns diesmal? Weitere Verrückte? Noch mehr Leute, die aus dem Zitatenschatz fingierter Ritualmorde nicht mehr herausfinden?«

»Lassen Sie das, Rosenblüt!« mahnte der Staatsanwalt. »Diese Einheit des MI6 wird raschestmöglich Frau Balcon stellen. Und es braucht uns nicht zu interessieren, in welcher Verfassung man die Dame nach England zurückbringt. Hauptsache, es geht schnell und reibungslos. Mit dieser Affäre, denke ich, ist das psychiatrische Austauschverfahren gestorben.«

»Dies zu denken, laut zu denken, lieber Herr Staatsanwalt«, sagte Neukomm, »steht außerhalb Ihrer Kompetenz.«

»Ach, wissen Sie ...« Doch Gebler verbat es sich, Neukomm zum Teufel zu schicken. Statt dessen wandte er sich an Rosenblüt: »Nehmen Sie sich noch heute diesen Österreicher, diesen ...«

»Cheng. Markus Cheng.«

»Also, machen Sie diesem Cheng klar, daß die Sache gelaufen ist. Daß wir auf seine weitere Einmischung gerne verzichten können. Das kann nicht schwer sein. Der Mann ist doch vernünftig, oder?«

»Ich weiß nicht so recht. Der Mann ist ein Krüppel. Krüppel tendieren zur Halsstarrigkeit.«

»Sagen Sie ihm, daß er mit einem starren Hals in unserer Stadt nicht weiterkommen wird. Bei aller Herzlichkeit. Bei aller Rücksicht. Wenn nötig, nehmen Sie ihn fest.«

»Na ja«, meinte Rosenblüt. »Er wird schon nachgeben. Er ist nicht wirklich ein ideologischer Mensch.« Und, als wäre ihm gerade etwas eingefallen, griff er sich ans Kinn, wobei er gleichzeitig einen kleinen Finger ausfuhr und damit auf Neukomm wies: »Ihre Revolverhelden sollen Markus Cheng in Frieden lassen. Ist das klar? Ich will nicht, daß der BND diesem Mann auf die Füße tritt.«

»Einem Österreicher, der Cheng heißt? So jemanden überlasse ich Ihnen gerne.«

Rosenblüt dankte herzlich für die Güte Neukomms und fragte dann Gebler, ob noch eine Frage offen sei.

»Einige Fragen«, antwortete der Staatsanwalt, »aber das hat Zeit. Sehen Sie jetzt einmal zu, daß Sie diesen Cheng erwischen. Wir können Querschüsse nicht gebrauchen.«

»Cheng schießt nicht«, sagte Rosenblüt und verließ mit Dr. Thiel den Raum. So kann man sich irren.

Cheng, der also doch geschossen hatte, sowie Mortensen und Dr. Thiel saßen um jenes Ende des langen Tisches, das zum Kamin wies. Vor jedem stand ein Glas Wein. Die Katze April, die auf den S-Stuhl hinübergewechselt war, und Lauscher, der unter einer Anrichte lag, hatten einander immer noch nicht wahrgenommen. Das Feuer im Kamin prasselte klangstark und bedeutsam und ein wenig synthetisch. Die Zeiger einer Wanduhr verwiesen auf den Umstand, daß die Mitte der Nacht erreicht war. Draußen lag die Stadt unter einer frischen Schicht von Schnee. Und wenn zuvor der Eindruck von etwas halb Ausgebrütetem entstanden war, so konnte man nun sagen, daß der ganze Ort wieder wie in einer geschlossenen Eierschale steckte und unter dieser Hülle zusehends schrumpfte. Stuttgart embryonalisierte.

Nach einer kleinen Pause, die der Schilderung Dr. Thiels gefolgt war, ergriff als erster Mortensen das Wort, sprach aber mehr zu sich selbst: »An diesem Abend in *Tilanders Bar* hätte es also genausogut mich treffen können. Marlock war einer von vielen. Ein Kopf unter anderen.«

»So sicher kann man das nicht sagen«, warf Dr. Thiel ein. »Es ist möglich, daß Moira Balcon auf der Suche nach einem bestimmten Typus war. In jedem Fall hatte Marlock Pech.«

»Sie haben Ihre Geschichte nicht fertig erzählt«, sagte Cheng und erklärte Mortensen, von Dr. Thiel gerettet worden zu sein, eine Tat, für die er, Cheng, sich postwendend habe revanchieren dürfen. (Wobei Cheng unerwähnt ließ, daß der Schuß, den er abgegeben hatte, weder ein sonderlich gezielter noch ein sonderlich überlegter gewesen war. Im Grunde hätte er genausogut Dr. Thiel treffen können. Und wäre selbiger nicht des Nierenschlags wegen zusammengesackt, so würde Cheng ihn auch tatsächlich erwischt haben. Denn geschossen hätte er gewiß. Aus Panik. Aus einem Impuls heraus.)

Dr. Thiel warf einen kurzen Blick auf seine Uhr. Überlegte. Dann schüttelte er den Kopf, als hätte er begriffen, daß es zu spät war. Wofür auch immer. Er nahm einen Schluck Wein und setzte seinen Bericht fort:

»Wir sind also raus aus diesem Sportvereinsgebäude. Rosenblüt war sauer. Hat sich darüber aufgeregt, daß die Nachrichtendienstler noch immer das Sagen hätten. Gebler sei ein schlapper Kerl, habe weiche Knie bekommen. Und wenn ein Staatsanwalt weiche Knie bekomme, würden die Chancen auf Null schrumpfen. Es nütze also gar nichts, Tränen zu vergießen ob einer solch ausgemachten Sauerei. Der Weisung eines Staatsanwaltes müsse gefolgt werden.

Zurück im Büro, hat Rosenblüt dann sofort nach dem Telefon gegriffen, um mit Ihnen, Cheng, ein Treffen zu vereinbaren. Mich hat er heimgeschickt. Hat gemeint: ›Thiel, danke, aber heute habe ich genug von Akademikern, gehen Sie nach Hause und küssen Sie Ihre Frau.‹ Mir war schon klar, wie er das meinte. Beleidigt war ich trotzdem. Oder sagen wir lieber, unzufrieden. Sicher auch darum, weil es mir während des Gesprächs mit Gebler und Neukomm kein einziges Mal gelungen war, meinen Mund aufzukriegen. Als sei ich gar nicht vorhanden gewesen. Gleichwohl hat mich das Gehörte betroffen gemacht. Ich bin also nach Hause gegangen, habe meine Frau geküßt und mich vor den Fernseher gesetzt. Der Kuß und das Fernsehen haben aber nicht ausgereicht, um die Gedanken zu vertreiben. Nicht, daß ich ein Spezialist für Geheimdienste wäre. Aber Rosenblüt hat natürlich recht. Das sind elitäre Vereine, voll von Leuten, denen ihr Handeln immer und überall als ein rechtlich einwandfreies erscheint. Per se und a priori und ohne Gnade. Sie tun, was sie für sinnvoll halten. Und das Sinnvolle liegt für sie zumeist im Radikalen, im Unmäßigen, im Endgültigen und in der Zuspitzung. Ich meine die Paranoia, die bei diesen Leuten vorherrscht. Dieser Wahn nach Hygiene, nach Auslöschung. Weshalb ich mir nicht vorstellen konnte, daß die Engländer sich damit zufriedengeben würden, bloß Moira Balcon aus dem Verkehr zu ziehen. Ich will andererseits nicht sagen, daß ich eine bestimmte Idee hatte, was alles passieren könnte. Da war eben eine Unruhe in mir, die mich aus dem Haus getrieben hat. Zu meiner Frau habe ich gesagt, ich hätte etwas vergessen. Mehr nicht. Das ist eine Phrase, die sie gewohnt ist und akzeptiert. Ich bin also in meinen Wagen, um ein wenig in der Gegend herumzufahren. Und habe nachgedacht, was ich unternehmen könnte.«

Dr. Thiel erklärte, daß es eine logische Konsequenz gewesen sei, Markus Cheng aufzusuchen. Im Grunde, um den einarmigen Detektiv zu warnen. Sympathie habe dabei mit Sicherheit keine Rolle gespielt. Aber nach alldem, was er von Gebler und Neukomm gehört hatte – und er empfand dies als einen Skandal –, hielt er es für recht und billig, Cheng Bescheid zu geben. Auf ein Telefonat wollte er freilich verzichten. In Zeiten umfassenden Abhörens (umfassender »Telefonseelsorge«, wie das intern hieß) waren Telefonate die Fallen, die man sich selbst grub. Es wurde viel zuviel telefoniert. Auf allen Seiten, an allen Fronten.

In der Annahme, Cheng und Rosenblüt hätten ihr Treffen bereits hinter sich gebracht, entschied sich Dr. Thiel dafür, das Detektivbüro des Österreichers aufzusuchen. Und je näher er dem Ort kam, um so nervöser wurde er. Als ahnte er bereits, daß sich alles sehr viel rascher und verhängnisvoller entwickeln würde, als zunächst angenommen. Völlig zu Recht. Denn als er in seinem 924er, der auf der Schneebahn ungnädig dahinrutschte, vor dem Chengschen Büro vorfuhr, bemerkte er Menschen, die gerade eben durch die Ladentür in das Innere traten. In ein beleuchtetes Inneres, so daß man annehmen konnte, Cheng befinde sich bereits darin und empfange späte Gäste. Wenn es denn Gäste waren.

Dr. Thiel stellte seinen Wagen in zweiter Spur ab, blieb aber noch eine ganze Weile darin sitzen, mit sich ringend, ob es nicht doch opportun sei, Rosenblüt zu benachrichtigen. Aber wozu wäre das gut gewesen? Sein Chef hätte ihn ja doch nur zurückgepfiffen. Also stieg Thiel aus dem Wagen und wollte gerade die alpine Fahrbahn überqueren, als er sah, wie sich Cheng vom tiefer gelegenen Teil der Straße näherte. Genaugenommen erkannte er dessen Gang. Erneut zögerte Dr. Thiel. Er beobachtete Cheng, wie dieser durch die Ladentür trat. Das war nun alles nicht gerade logisch. Weshalb sich Thiel zu einer gewissen Vorsicht entschloß.

Wie bei seinem ersten Besuch in Chengs Büro wählte er den Weg über den Hinterhof und öffnete mittels einer Plastikkarte die Türe, welche in den Werkstattraum führte. Er war zwar unbeleuchtet, doch ein Lichtkeil, der aus dem vorderen Raum nach hinten fiel, bildete eine Art von illuminiertem Kanal, in dessen Randzone sich Dr. Thiel vorwärtsbewegte. Dabei vernahm er ein Gespräch dreier Personen. Eine männliche Stimme, die ihm fremd war, erwähnte den Namen Moira. Was die Wirkung eines Fanals besaß. Noch im Gehen zog Thiel seine Pistole aus dem Gurt. Er war ein guter Schütze. Er liebte es, auf dem Schießplatz zu üben. Im Zustand der Konzentration aufzublühen und die Welt auf den Abstand zwischen sich und seinem Ziel zu reduzieren. Er liebte wohl das Gefühl von Ordnung, das dabei entstand. Eine Ordnung, die niemals kippte, weil er niemals den anvisierten Punkt verfehlte. Allerdings hatte er in seiner kurzen Polizeikarriere noch kein einziges Mal auf einen wirklichen Menschen geschossen. Nicht aus Rücksicht, sondern aus einem Mangel an Notwendigkeit.

Er wartete ab, lauschte. Und erfuhr so den Namen jenes glücklosen Schriftstellers Moritz Mortensen, ohne dessen Einmischung die ganze Angelegenheit weit weniger dramatisch abgelaufen wäre. Dann setzte Thiel seinen leisen Gang fort, und als er nur noch einen Schritt vom Türrahmen entfernt war, hob er die Waffe an. Er gewahrte Cheng, der in angespannter Haltung in einem Stuhl saß. Und indem Dr. Thiel einen Schritt seitwärts tat und damit tiefer in den Lichtkegel geriet, konnte er nun auch weitere Teile des Büroraums erkennen. Neben einem kleinen Tisch auf Rollen stand ein älterer, schlanker Mann. Seine rechte Hand steckte in der Hosentasche, während die Finger der linken gleich den Armen eines aufgebäumten Seesterns auf ein offenes Telefonbuch gestützt waren.

Dr. Thiel peilte den Körper an. Der Lauf der Waffe folgte der Bewegung des Mannes, der nun von dem Telefonbuch wegtrat und sich gegenüber von Cheng in einem zweiten Stuhl niederließ. Da war freilich noch eine Frau anwesend, die Dr. Thiel hören, aber nicht sehen konnte, und die sich in einer beklemmend nüchternen Weise mit Chengs Köter unterhielt. Einem Köter, welcher nun nicht mehr zu sterben brauchte. Sehr wohl aber Cheng, gegen den jetzt die Waffe des Engländers gerichtet wurde. Daß es sich um einen Engländer, um einen Mann des Secret Service handeln mußte, stand nun außer Zweifel. Dies also waren die Spezialisten, die man über den Kanal geschickt hatte und deren Reinlichkeitsbedürfnis umfassender war, als von Neukomm angegeben.

Dr. Thiel reagierte. Er tat den einen nötigen Schritt nach vorn, um den gesamten Raum übersehen zu können. Da der britische Agent soeben in zynischer Weise das große Herz der deutschen Polizei erwähnt hatte, überraschte Dr. Thiel die Anwesenden mit einem »Apropos Herz!«.

Das war natürlich eine unnötige Draufgabe zu seinem plötzlichen Erscheinen. Aber immerhin ließ er den beiden Worten ohne Unterbrechung eine Kugel folgen, die in der Schulter des MI6-Mannes landete. Praktisch aus dem Schuß heraus schwenkte Dr. Thiel die Waffe gleich einem Gartenschlauch in Richtung auf den Punkt, wo er die Frau angenommen hatte und wo sie sich auch tatsächlich befand.

Während sie ihre Hand unter ihre Jacke schob, war Thiel auf sie zugesprungen und hatte ihr die Mündung seiner Waffe in die Stirn gedrückt. Und zwar mit einer Heftigkeit, die einen unschönen Flecken zeitigen würde. Was durchaus Thiels Absicht entsprach. Die Frau sollte das Metall auch wirklich spüren.

Dann folgte der Rest. Und es würde mehr als einen unschönen Flecken geben. Ja, man kann sagen, daß die Frau starb, bevor noch die Beeinträchtigung ihrer schönen, glatten Stirn so richtig zum Tragen kam.

Nachdem die Geschichte in allen Punkten so genau wie möglich festgehalten war – verbal und in den Köpfen –, überfiel eine gewisse Ratlosigkeit die drei Männer.

»Man sollte vielleicht die Polizei benachrichtigen«, sagte Mortensen endlich, obwohl er genau dies bisher gescheut und damit die Unmöglichkeit der Situation erst hervorgerufen hatte.

Dr. Thiel, der Polizist, der es ja wissen mußte, riet dringend ab. Nicht jetzt, nicht in dieser Situation.

»Und die Presse?«

»Es ist sinnlos«, sagte Dr. Thiel, »ohne Rosenblüt vor die Journalisten treten zu wollen. Niemand wäre bereit, uns zuzuhören. Es existieren Regeln, an die sich auch die Medien halten. Nichts gegen eine Chronik der Ereignisse, die das Kolorit einer Schauergeschichte besitzt, solange sie von einem Star erzählt wird. Oder von jemand, der über wirkliche Beweise verfügt. So ist das nun mal. Leider ist aber keiner von uns ein Star, noch haben wir Beweise. Und unsere Geschichte besitzt eindeutig den Charakter des Bizarren. Wer soll glauben, was wir da behaupten? Würden wir es wagen, *so* an die Öffentlichkeit zu gehen, also mit einer scheinbar wüsten Räuberpistole, aber im Grunde leeren Händen, dann wäre ein jeder von uns geliefert. Jeder auf seine Art. Und ich will mir die Art meines Geliefertseins gar nicht ausmalen. Nein, was wir brauchen ... nun, ich denke, es wäre ein Vorteil, an Moira Balcon heranzukommen, solange sie noch lebt. Wenn sie noch lebt.«

»Callenbach!« tönte Cheng. »Callenbach, das ist der Schwachpunkt. Er und Moira scheinen sich recht nahe gekommen zu sein. Ich meine, wenn man bedenkt, daß sie ihn porträtiert hat. Poträtiert, aber nicht umgebracht.«

»Ja. Das ist bemerkenswert. Andererseits ist gewiß, daß man um diesen Mann herum eine Mauer bauen wird. Ohne die Porträtistin kommen wir nicht weiter.«

Mortensen begann zu lamentieren: »Hätte ich mir damals bloß verkniffen, Thomas Marlock hinterherzulaufen, bloß weil der meine Bücher ...«

»Lassen wir das«, bestimmte Dr. Thiel. »Keine Klagen. Nicht um diese Zeit.«

Jeder von ihnen war erschöpft und sehnte sich nach einer Pause. Man beschloß, die Nacht gemeinsam im Haus der Frau von Wiesensteig zu verbringen. An diesem warmen, höchstwahrscheinlich sicheren Ort.

»Sie sollten Ihre Frau benachrichtigen«, wandte sich Cheng an Dr. Thiel.

»Lieber nicht. Es ist besser, darauf zu verzichten. Sie ist es ohnehin gewöhnt, wenn ich ab und zu ausbleibe.«

»Es ist immer gut, sich rechtzeitig zu arrangieren«, meinte Cheng nicht ohne Bewunderung.

»Das ist es.«

Die Villa verfügte über einen einzigen Schlafbereich, in dem ein breites Bett stand, das von einem mächtigen, mit schwarzem Lack überzogenen Gestell eingefaßt war. Zwei zusammengeschobene Konzertflügel von einem Bett. Riesenhaft, wenn man die Kindergestalt der Freifrau bedachte. Mortensen schlug vor, daß Cheng und Dr. Thiel darin schlafen sollten. Wie er etwas spöttisch anmerkte, sei es nur konsequent, wenn zwei gegenseitige Lebensretter wenn schon nicht unter einer Decke, so doch in einem Bett Platz finden würden.

Es war aber allein die beträchtliche Müdigkeit, die den Detektiv und den Polizisten dazu brachte, Mortensens Vorschlag anzunehmen. Mortensen selbst wollte die Nacht in der »Kapelle« verbringen. Lauscher und April hingegen blieben, wo sie waren. Und keiner der drei Männer kam jetzt noch auf die Idee, sich um die beiden Tiere zu kümmern. So wenig wie um die eigene körperliche Hygiene. Mit ungeputzten Zähnen und einem vom Rotwein gefärbten Atem fielen sie auf ihre Schlafstätten.

Einmal in der Nacht erwachte Cheng, oder meinte auch nur, zu erwachen. Auf jeden Fall konstatierte er die vagen Konturen einer Gestalt, die gleich neben seiner Bettseite in einem herangerückten Stuhl saß. Obwohl Cheng außerstande war, sich zu bewegen oder gar aus dem Bett zu steigen, sondern vielmehr in einer Art von Dämmerzustand verblieb, meinte er dennoch zu erkennen, daß eine Frau auf ihren übereinandergeschlagenen

Beinen eine Unterlage aufgesetzt hatte und mit einem länglichen Stift eine Zeichnung vornahm.

Noch während er sich fragte, wie es ihr (nicht, daß er sie wirklich als Frau identifizieren konnte, schon gar nicht als Moira Balcon) überhaupt möglich war, in der Dunkelheit des Raums die Abbildung zweier Schlafender vorzunehmen, bemerkte er, wie die Müdigkeit ihn zurückriß. Cheng kämpfte dagegen an. Ein kabinettartiger Teil seines Bewußtseins befand sich nun im Zustand großer Klarheit und verfolgte voller Schrecken das eigene Wiedereintauchen in den Schlaf. In diesem Kabinett eingeschlossen, begriff Cheng nur allzu gut, was sein Versagen bedeutete. Moira Balcon würde – wie schlecht die Lichtbedingungen auch immer sein mochten – ihr Doppelporträt beenden und dann mit ihm und Dr. Thiel in ähnlicher Weise verfahren wie mit den beiden Polizeibeamten in Zweiffelsknot. Er mußte also schleunigst erwachen. Statt dessen sank er immer tiefer hinein in den Schlaf, den jemand einmal als eine Aneinanderreihung von Zimmern ohne Wände bezeichnet hatte. Damit in Einklang brachen nun auch die Mauern ein, die das kleine Kabinett großer Klarheit umgeben hatten.

»Ein Traum. Ein böser Traum«, dachte Cheng, als er am nächsten Morgen in dem breiten, hohen Bett erwachte und seinen Kopf dort hatte, wo er hingehörte. Es war das Knarren der sich öffnenden Tür gewesen, das ihn geweckt hatte. Dr. Thiel war eben aus dem Bad zurückgekehrt. Sein Oberkörper wies ihn als einen Menschen mit beinahe haarloser, flacher Brust aus. Ein dünner, nackter Mensch, der angezogen um einiges kompakter und stabiler wirkte. Aber wer tat das nicht?

Als auch Cheng aus dem Bett stieg, Dr. Thiels knappen Gruß erwiderte und dann ans Fenster trat, um den zugeschneiten Garten zu betrachten, kam ihm zu Bewußtsein, daß er am Abend zuvor einen Menschen umgebracht hatte. Tatsächlich wurde ihm erst jetzt dieser Umstand deutlich bewußt: Er hatte getötet. Aus Notwehr, selbstverständlich. Aber davon abgesehen, stellte er fest, wie erschreckend wenig ihn das Geschehene rührte. Er konnte sich kaum an das Gesicht dieser Frau erinnern. Es war wie im Krieg gewesen, wo die Leute sich umbringen, ohne einander vorgestellt zu werden. In Ermangelung eines solchen Sich-Bekanntmachens bleibt die Tötung unwirklich, als sei sie bloß Teil einer Aufführung.

Cheng trat zurück vom Fenster und ging ins Badezimmer. Unter der Dusche betrachtete er den Stumpf, der seinen linken Oberarm abrundete. Hin und wieder bereitete ihm dieser Anblick Übelkeit. Er fühlte sich dann an ein zugebundenes Stück Wurst erinnert, meinte zu erkennen, wie das Fleisch, sozusagen der Rest vom Fleisch, sich hinter der vermeintlich dünnen Haut abzeichnete. Heute aber beruhigte ihn die Gestalt seiner Verstümmelung. Ihm war, als betrachte er eine zu Ende gebrachte gelungene Arbeit. Den besten Teil an ihm.

Eine halbe Stunde später trafen die drei Männer sich in der Küche. Die Espressomaschine war in Betrieb, in etwa wie ein glitzernder Spielautomat rumort und aus seinem Schlitz heraus einen Gewinn entläßt. Der Geruch von Kaffee breitete sich aus und versöhnte die Anwesenden für einen Augenblick mit sich und ihrem Schicksal. Durch das horizontal gestreckte, aber nur schießschartenschmale Fenster erkannte man nichts anderes als Schnee.

Lauscher stand vor einer mit Katzenfutter gefüllten Schale und schien auch in fremder Umgebung desinteressiert und leidenschaftslos. Er hatte zwischenzeitlich realisiert, sich mit einem Tier in diesem Gebäude zu befinden. Ja, Lauscher unterschied natürlich zwischen Tieren und Menschen, ohne sich jedoch darüber im klaren zu sein, daß auch er zu den Tieren zählte. Er selbst empfand sich schlichtweg als Lauscher.

Seine Ähnlichkeit zu Geschöpfen, die sich ebenfalls auf allen vieren bewegten, blieb ihm verborgen. Auch Kleinkinder krabbelten schließlich über den Boden, ohne daß Lauscher auf die Idee gekommen wäre, sich für ein Kleinkind zu halten. Oder eben für eine Katze. Wobei ihm Katzen suspekt waren, prinzipiell. Wahrscheinlich war es ihre Eleganz, die ihn verunsicherte, eine Eleganz, die er übrigens auch bei seinem Herrchen Cheng festgestellt hatte, zumindest dann, wenn dieser seinen perfekt sitzenden Anzug trug. Die Eleganz eines einarmigen

Österreichers empfand Lauscher nicht als Bedrohung, die einer Katze sehr wohl. Er selbst, Lauscher, war plump. Das wußte er (oder begriff es eben, wie man begreift, daß man nicht fliegen kann oder der Alkohol zu wirken beginnt), weshalb er bemüht war, sich nicht häufiger und intensiver zu bewegen als nötig. Denn er meinte, daß sich im Stillstand alles Plumpe auflöse. Ja, daß jemand, der sich im Stillstand befinde, nicht wahrgenommen werde. Und wenn nun etwas beweist, daß dieses langohrige, kurzbeinige, untersetzte Geschöpf namens Lauscher nicht wirklich zu den Haushunden zählte, dann der Umstand, daß sein größtes Bedürfnis darin bestand, nicht wahrgenommen zu werden. Bellen kam für ihn nicht in Frage. Passierte es ihm doch einmal, so war er danach verwirrt und unglücklich. Und wäre nicht verwirrter gewesen, als wenn er miaut oder sich der Sprache der Menschen bedient hätte.

So reduziert sich Lauscher auch zu bewegen bemühte, war er aber gerade dadurch der Katze aufgefallen. April hatte sozusagen das Verdächtige der Verlangsamung bemerkt. Gar nicht so sehr den Hund als solchen. Sondern bloß das Zeitlupenhafte seines Auftritts, und dieses als Anschleichen mißverstanden. Allerdings als ein schwerfälliges Anschleichen. Die Plumpheit Lauschers war somit auch April nicht verborgen geblieben. Nichtsdestoweniger machte sie um den Hund einen Bogen.

Während April und Lauscher sich in entfernten Ecken der Küche aufhielten, nahmen Cheng, Mortensen und Dr. Thiel am Tisch Platz, welcher, wuchtig, aus hellem Holz und mit zwei Bonsais ausgestattet, die Mitte des Raums bestimmte. So wie am Abend zuvor jeder ein Glas Wein vor sich stehen gehabt hatte, waren es nun kleine, dickwandige Mokkaschalen. Dünne Rauchsäulen stiegen auf. Mortensen kam es vor, als spiele man hier »Die Drei von der Tankstelle«. Es war wohl diese – trotz der realen Gefahr – lustspielartige Verbundenheit, die ihn auf den Gedanken brachte, daß man genausogut eine Tankstelle hätte betreiben können.

Eine Zeitlang saß man sich bloß gegenüber und genoß den Kaffee. Sodann kramte Mortensen eine Packung Zigaretten hervor.

»Muß das sein?« herrschte ihn Dr. Thiel an.

»Man kann das auch anders sagen«, erwiderte Mortensen und ging ans andere Ende des Tisches, wo er sich eine Zigarette anzündete. Er blies den Rauch in einem steilen Winkel nach oben und zur Seite. Eine Brunnenfigur von einem Raucher.

»Was werden wir tun?« fragte Cheng. »Ich meine, um unser Leben zu erhalten.«

»Ich habe mir das überlegt«, sagte Dr. Thiel. »Vielleicht ist es doch das beste, mit Rosenblüt zu sprechen. Man muß es zumindest versuchen. Wenn Rosenblüt will, kann er uns helfen. Er muß den BND davon überzeugen, daß keiner von uns dreien eine Gefahr für die nationale Sicherheit darstellt. Und auch nicht für die nationale Sicherheit der Engländer. So wenig wie für Callenbach und seine Klinik. Wobei es natürlich so ist, daß die Geheimdienste ihre eigene Sicherheit gerne mit der des Staates verwechseln. Das darf nicht vergessen werden.«

»Wie meinen Sie das?« fragte Mortensen. »Sollen wir einen Eid ablegen, den Eid, nichts gesehen und nichts gehört zu haben? Denken Sie, ein solches Gelöbnis könnte die Engländer überzeugen? Denken Sie wirklich, Leute wie dieser wunderbare Herr Neukomm werden sich damit zufriedengeben, wenn ein ziviles Arschgesicht, wie ich eines bin, hoch und heilig verspricht, daß ...«

»Ich weiß nicht, ob es funktionieren kann. Aber ich denke doch, daß wir mit Rosenblüt reden sollten. Er wird uns nicht gleich über den Haufen schießen, nicht wahr?«

»Übrigens«, sagte Cheng, »wir sollten nicht vergessen, daß ich diese Engländerin, diese Agentin getötet habe.«

»Das ist nicht das Problem«, meinte Dr. Thiel. »Zumindest glaube ich kaum, daß Blutrache eine Triebfeder der Geheimdienste darstellt. Opfer gehören dazu. Das Ganze würde sonst wahrscheinlich keinen Spaß machen.«

In diesem Moment vernahm man von draußen eine Folge von Geräuschen, die sich gewindeartig in den Küchenraum fortpflanzten. Jemand mußte das Haus betreten haben. Dr. Thiel riß die Pistole aus der Tasche, während Mortensen immerhin seine Zigarette ausdrückte. Cheng erstarrte, wie um die

Lebensphilosophie seines Hundes zu bestätigen. Seine Pistole lag unberührt auf dem benachbarten Stuhl. Dr. Thiels Waffe jedoch war auf die Tür gerichtet, die nun mit mittlerer Geschwindigkeit aufging.

»Oha!« sagte Frau von Wiesensteig. Sie kniff die Augen zusammen, wie um die Dinge besser betrachten zu können. Aber es war wohl eher ein Ausdruck schnellen, angestrengten Denkens.

Mortensen löste sich von seinem Platz. Im Gehen fächelte er mit der Hand hinüber zu Dr. Thiel, dieser solle die Waffe verschwinden lassen. Bei Frau von Wiesensteig angekommen, faßte er sie sachte am Arm. Die kleingewachsene Dame blickte zu ihm auf, erleichtert, denn sie hatte ihn eben erst wahrgenommen.

»Was ...?« fragte die Freifrau.

»Sie kommen drei Tage zu früh«, sagte Mortensen, freilich ohne daß es nach einem Vorwurf klingen sollte. Vielmehr versuchte er damit zu erklären, warum noch kurz zuvor eine Waffe auf sie gerichtet gewesen war. Als sei die Bedrohung durch eine Pistole die logische Folge vorzeitigen Erscheinens.

Irritiert, wie sie war, ging das Fräulein sogar darauf ein und rechtfertigte sich damit, daß ihr Frankfurt gar nicht bekommen sei. Es sei immer das gleiche mit dieser Stadt, ob vor fünfzig Jahren oder heute, sie würde sich ein jedesmal nach kürzester Zeit krank im Kopf fühlen. Kein Wunder, daß das Max-Planck-Institut ausgerechnet in Frankfurt eine Hirnforschung eingerichtet habe, ganz Frankfurt sei ein Feld der Hirnforschung.

»Ich meine nicht«, erklärte Frau von Wiesensteig referierend, als sei sie mit Mortensen alleine, »daß die Frankfurter alle hirnkrank, daß sie blödsinnig sind. Aber die Stadt wirkt doch wie ein Tumor. Oder wie irgendein schweres Stück, das sich auf die Schädel der Menschen setzt und Druck ausübt. Wenn ich nach Frankfurt reingehe, wird mir ganz schummrig im Kopf. Gehe ich wieder raus, ist mir auch gleich wieder wohl. Sie verstehen also, Herr Mortensen, daß ich früher kommen mußte.«

»Aber selbstverständlich ...«

»Was tun die beiden Männer hier? Und wozu soll die Pistole gut sein?«

»Wir haben jemand anders erwartet.«

»Jemand, den man mit Waffen begrüßt. Interessant.« Und tatsächlich wirkte sie jetzt eher neugierig denn verstört.

Dr. Thiel erhob sich, bat um Verzeihung und stellte sich vor, und zwar als der Polizist, der er war. Cheng folgte. Er nannte nicht mehr als seinen Namen und daß er hoffe, sein Hund störe nicht.

»Mich stört kein Hund«, äußerte die Freifrau, »mich stört auch nicht die Polizei. Allerdings würde ich doch gerne wissen, was hier vorgeht.«

»Wir können das jetzt schwer erklären«, sagte Dr. Thiel, »da wir noch einiges zu erledigen haben. Aber seien Sie versichert, daß Ihrem Haus kein Schaden zugefügt wurde.«

Es war nicht klar, ob er einen ideellen oder materiellen Schaden oder beides meinte. Auf jeden Fall schien er vergessen zu haben, daß sich im ersten Stock ein ungemachtes Bett und ein ebenfalls nicht ganz sauber zurückgelassenes Badezimmer befanden. Mag aber auch sein, daß er den Zeitpunkt für unpassend hielt, um darüber zu sprechen. Statt dessen sagte er: »Wir müssen los. Wirklich!«

Cheng hatte ein ungutes Gefühl. Nicht der Freifrau wegen. Ganz im Gegenteil. Diese Witwe eines Freiherrn, den sie nun schon seit siebenunddreißig Jahren überlebte, versprühte den Glanz ewigen Lebens. Nein, er fürchtete um sich selbst. Er war überzeugter als noch am Abend zuvor, daß weder der BND noch der MI6 es zulassen würden, daß Leute herumliefen, die von Moira Balcon und den Zweiffelsknoter Umständen wußten. Gelöbnis hin oder her. Dazu kam, daß der Traum der letzten Nacht Cheng beunruhigte. Um so mehr, als er zu zweifeln begann, daß es tatsächlich ein bloßer Traum gewesen war. In jedem Fall zwang ihn sein ungutes Gefühl dazu, für Lauschers Sicherheit zu sorgen, weshalb er nun die Freifrau bat, für die Dauer dieses Tages seinen kleinen Hund zu betreuen.

»Sollte es passieren«, ergänzte Cheng zögernd, »daß ich heute nicht mehr dazukomme, ihn abzuholen, wäre es sehr freundlich von Ihnen, ...«

»Machen Sie sich keine Sorgen«, erklärte die Freifrau. »Ich gebe auf Ihren Hund acht, egal, wie lange Sie fortbleiben.« Es klang, als hätte Frau von Wiesensteig soeben die Adoption des ältlichen Schäfer-Dackel-Mischlings übernommen. Nur verständlich, daß sie nun auch noch seinen Namen wissen wollte.

»Lauscher«, sagte Cheng mit einem kleinen Bruch in der Stimme. Allerdings unterließ er es, den Hund zum Abschied mit einer Zärtlichkeit zu verwirren.

»Lauscher? Warum nicht?« meinte die Freifrau und entließ die drei Männer, bestand aber darauf, daß Mortensen ihr demnächst Bericht erstatten würde. Worüber auch immer.

Mortensen sagte: »Gerne«, wie man sagt: »Wir sehen uns im Himmel.«

Flemmings Nase

Wer im Ernst eine einzige Zeile
über Malerei schreibt,
ist ein ... Sie wissen schon ...

(Arthur Cravan)

Es war ein dunkler Morgen, woran sich im Lauf des Tages kaum etwas ändern würde. Es hatte zu schneien aufgehört. Die Luft sprudelte in eine kalte Feuchte, aber es war ein leichtes, leises Sprudeln. Die Übergänge zwischen Stadt und Himmel, zwischen den Objekten und ihrem Umfeld waren kaum auszumachen. Die Gegend steckte im Grau fest. Dazu kamen vier Grad minus.

Cheng sah auf seine Uhr und erschrak. Nicht der Uhrzeit wegen, sondern weil das Zifferblatt hinter einer Schicht von Kondenswasser verschwunden war. Ein Umstand, der Cheng das Gefühl von Leere gab. Nicht die großartige Leere des Kosmos, sondern etwa die, welche in einem Kino besteht, in dem kein einziger Besucher sitzt. Cheng wollte das beschlagene Glas nicht als ein böses Omen oder ähnliches verstehen. Schließlich war die Beeinträchtigung seiner Uhr bar jeden metaphysischen Ursprungs. Dennoch war der Augenblick ein unglücklicher, voll von Assoziationen, die sich auch durch Vernunft nicht bremsen ließen. Um die Situation aber doch noch in den Griff zu bekommen, fragte Cheng nach der Zeit. Nicht, weil sie jetzt wirklich von Bedeutung für ihn war, sondern um sich ihrer zu vergewissern. Sie festzuhalten.

»Neun Uhr drei«, sagte Dr. Thiel.

»Ausgezeichnet«, erklärte Cheng, ohne zu begründen, was an neun Uhr drei so ausgezeichnet sei.

Dann begann man damit, den Porsche aus seiner beinahe vollständigen, jedoch lockeren Schneebedeckung zu befreien. Als dies geschehen war und der weiße Wagen strahlend wie nach einer Politur vor den drei Männern stand, zog Dr. Thiel sein Handy aus der Tasche und trommelte gewandt auf die Tastatur. Nachdem sich niemand gemeldet hatte, wählte er eine zweite Nummer.

»Was heißt, er ist nicht hier?« beschwerte sich Dr. Thiel, lauschte dann in den Hörer hinein, den er sich wie einen warmen Umschlag ans Ohr hielt. Das mochte einige Minuten dauern. Thiel sagte nicht viel mehr als »Ach so!« und entließ den einen oder anderen abfälligen Ton. Nachdem er das Telefonat beendet hatte, erklärte er Mortensen und Cheng, er könne Rosenblüt weder unter seiner Handynummer noch im Büro erreichen. Immerhin aber habe der Hauptkommissar eine Sekretärin darüber informiert, am heutigen Nachmittag live im Fernsehen aufzutreten. Womit er dann praktisch für jedermann erleb- und sichtbar sein würde. Was auch immer damit gemeint war.

Zudem hatte Dr. Thiel erfahren, daß Rosenblüts medialer Auftritt hoch oben im Panoramacafé des Fernsehturms stattfinden werde. Also in jener herrlich schlanken Säule, die aus einer Erhöhung des Stuttgarter Südens herauswuchs und viel eher als jeder Frankfurter Wolkenkratzer die Erde mit dem Himmel verband. Das eine mit dem anderen verankernd.

»Eine Pressekonferenz?« fragte Mortensen.

»Nicht wirklich. Rosenblüt gibt einem Sender ein Exklusivinterview, als Mensch und Polizist. Nela Flemming soll ihn befragen. Sie wissen schon, sie macht diese alberne Sendung, *Flemmings Nase*, in der die Leute ausschließlich in Türmen interviewt werden und in der jeder Prominente dazu verpflichtet wird, eines seiner Geheimnisse in verschlüsselter Form preiszugeben. Und Frau Flemming beginnt dann zu raten, was gemeint sein könnte. Wobei selten mehr herauskommt, als daß die gute Dame Vermutungen über läßliche Sünden wie das nächtliche Leeren von Kühlschränken oder das Tragen eines Toupets anstellt.«

»Soll das heißen«, fragte Cheng voller Zweifel, »Rosenblüt hat Ihnen gegenüber mit keinem Wort erwähnt, daß er bei *Flemmings Nase* auftreten wird? Oder heißt es in *Flemmings Nase*? Egal. Sie sind doch immerhin sein Assistent. Er schleppt

Sie mit zu Gebler und Neukomm, aber seinen Fernsehauftritt verheimlicht er Ihnen. Soll ich das glauben?«

»Es kommt schon vor, daß er sich über solche Termine ausschweigt. Es gehört zu meinem Job, flexibel zu sein. Rosenblüt hat seine Allüren. Er ist eine Diva. Die einzige wirkliche, über die unsere Polizei verfügt.«

»Könnte es nicht sein«, überlegte Cheng, »daß Rosenblüt die Sendung benutzt, um auszupacken. Daß er also versucht, den BND an die wunderbar bunte Welt der Medien zu verkaufen. Daß er ihnen diesen Zweiffelsknoter Wahnsinn unter *Flemmings Nase* reibt. Und zwar ohne daraus ein Rätsel zu machen.«

»Ich bitte Sie, Frau Flemming macht nicht in Politik. Sie steht für Gesellschaftsreportagen. Promikacke, wenn Sie so wollen.«

»Eine vielleicht gar nicht so schlechte Tarnung«, warf Mortensen ein.

»Ich halte es für unwahrscheinlich«, sagte Dr. Thiel, »daß Rosenblüt sich auf ein solches Manöver einläßt. Wie alle Menschen, die in der Öffentlichkeit stehen, verachtet er diese Öffentlichkeit. Rosenblüt ist ein Demokrat, der nicht an die Demokratie glaubt. Zumindest nicht in dem Sinn, daß er meint, die Aufklärung der breiten Masse könnte zu irgendeiner Art von Gesundung führen. Eher glaubt er an den Teufel.«

»BND und Secret Service scheinen die breite Masse aber durchaus zu fürchten«, meinte Cheng. »Würde man sich sonst derart um uns kümmern? Bloß weil wir eine kaum beweisbare Geschichte mit uns herumtragen.«

»Geheimdienste fürchten am Wasser das Nasse«, stellte Dr. Thiel fest. »Das macht ja alles so schwierig: die Paranoia.«

»Wir sollten vielleicht zurück ins Haus«, schlug Mortensen vor. »Und Rosenblüts Interview abwarten.«

»Das ist keine gute Idee«, meinte Dr. Thiel. »In der momentanen Situation ist es wichtig, in Bewegung zu bleiben. Je länger wir uns an einem Ort aufhalten, desto wahrscheinlicher ist es, daß dieser Ort unsere englischen Freunde anzieht. Zudem müssen wir an die alte Frau denken. Es wäre nicht recht, sie zu gefährden.«

Das mußte Mortensen einsehen, wenngleich er sich nicht vorstellen konnte, wie diese ominösen Agenten auf die Wiesensteigsche Villa kommen sollten. Nun, sie waren wohl eher konkret denn ominös zu nennen. Immerhin hatte Cheng einen von ihnen erschossen.

Die drei Männer stiegen ein, wobei Cheng sich auf einen der rückwärtigen Notsitze preßte und seine Knie anhob, wie um einen Brustpanzer zu formen. Doch bei aller Beengtheit fühlte er sich nicht unbehaglich. Eher geborgen. Geborgen wie in einer freundlichen Gruft. Dem Badezimmer der Mortensens vergleichbar.

Der Porsche 924 hatte viel Ähnlichkeit mit der Frau von Wiesensteig. Beide besaßen eine Art aristokratische Schwerelosigkeit, die weit über das Abgehobene ihres Namens hinauswies, ja, diesen Namen eigentlich außer Kraft setzte. Der Porsche 924 neutralisierte ein jedes andere Porschemodell, neutralisierte all das, wofür die Firma Porsche eigentlich stand, also für eine gewisse Arroganz sowie die Unförmigkeit des rein Muskulären. Und in demselben Maße hatte auch Frau von Wiesensteig ihre ganze adelige Verwandtschaft an die Wand gespielt. Um schlußendlich auch noch daranzugehen, so gut wie jeden aus dieser Verwandtschaft zu überleben.

Es war kein leichtes, bis Dr. Thiel den Wagen auf eine der größeren, halbwegs vom Schnee befreiten Straßen gesteuert hatte. Und es muß natürlich gesagt werden, daß der 924er nicht unbedingt das war, was man sich als Schlittenhund vorzustellen hatte. Sowenig wie sich Dr. Thiel als ein versierter Fahrer erwies. Immerhin wirkte seine Anspannung in keiner Weise ansteckend. Cheng und Mortensen waren in sich selbst versunken, bemerkten kaum den Verkehr und Dr. Thiels hektische Rolle darin.

Ohne daß man dies wirklich abgesprochen hatte, war klar, daß das letztliche Ziel dieser Fahrt der Stuttgarter Fernsehturm sein würde. Und somit Hauptkommissar Rosenblüt, in den nun alle drei Männer ihre Hoffnungen setzten. Denn eine Hoffnung, so vage sie sein mochte, hatten sie bitter nötig. Ein jeder von ihnen fürchtete um sein Leben. Wobei am meisten Dr. Thiel mit seinem Schicksal haderte. Cheng und Mortensen waren bei aller Angst gelernte Fatalisten. Sie hatten ein Zuviel an Schlägen aller Art einstecken müssen, um nicht in dem, was ihnen nun möglicherweise bevorstand, auch etwas Sinnstiftendes zu erahnen. Sinnstiftend deshalb, weil sie sich dezidiert als Versager empfanden und in einem Sektor ihres Bewußtseins überzeugt waren, daß ihr häufiges Scheitern eine tiefere Bedeutung besaß, einem Zweck diente. Wobei es natürlich schwer war, diesen Zweck zu definieren. Mortensen hoffte, daß dieser Sinn darin bestehen könnte, schlußendlich doch noch ein wirklich großes Buch zu verfassen, welches ohne die unglückseligen Momente seines Lebens kaum denkbar gewesen wäre. Dann wieder glaubte er, daß alles ihm Widerfahrene einer Prüfung gleichkam. Was freilich auf eine spirituelle Essenz hinausgelaufen wäre. Ein Gedanke, der sich auch Cheng des öfteren aufdrängte. Obgleich im Grunde areligiös, stellte er sich doch lieber vor, daß der Verlust seines Armes einen übernatürlichen Hintergrund besaß und nicht bloß der statistischen Notwendigkeit entsprang, daß auch in Friedenszeiten hin und wieder jemand eine Extremität einbüßte.

Im Falle Dr. Thiels lag die Sache anders. Er konnte auf ein gelungenes Leben zurückblicken und hätte dies auch gerne weiterhin getan. Alles, was er angepackt hatte, war, wenn schon nicht hervorragend, dann doch zufriedenstellend verlaufen. Er war erfolgreich in seinem Beruf, und zweifelsohne wäre ihm eine bedeutende Karriere bevorgestanden. Genau darum bereute er nun schwer, was geschehen war. Er sehnte sich nach der Geradlinigkeit, die noch einen Tag zuvor sein Leben bestimmt hatte. Am schwersten wog dabei das Gefühl, sich selbst ins Unrecht gesetzt zu haben, indem er abseits seiner Kompetenzen gehandelt und sich auf ein diffuses Gefühl moralischer Verantwortung berufen hatte. Er war aus der Geborgenheit seiner warmen, gemütlichen Vierzimmerwohnung, aus der Ordnung eines ehelichen Fernsehabends ausgebrochen, um sich das Schicksal irgendeines dahergelaufenen österreichisch-chinesischen Privatschnüfflers zu eigen zu machen. Im Grunde eigentlich bloß – wie sich Dr. Thiel jetzt eingestand –, weil er seit einiger Zeit an Schlafstörungen litt. Ja, er hatte das Haus verlassen, um sich müde zu laufen, um sich in der kalten Winterluft zu verausgaben. Daß er dann aber in seinen Wagen gestiegen und zu Chengs Büro gefahren war, und damit in die Verlegenheit geraten war, eine unautorisierte, ja unerwünschte Lebensrettung vorzunehmen, konnte er im nachhinein nur noch als schwachsinnig bezeichnen. Und wie um alles schlimmer zu machen, war er nicht einmal in der Lage gewesen, auf sich selbst aufzupassen. Nein, er hatte sich zu allem Überfluß auch noch retten lassen müssen.

Man hätte natürlich meinen können, daß Dr. Thiel und der ihm so unangenehme Markus Cheng nun quitt waren. Aber das stimmte nicht. Die gegenseitige Lebensrettung hatte auf fatale Weise überhaupt erst ihre Beziehung begründet. Sie waren aneinandergekettet wie Zwillinge, die sich verabscheuten, aber über das Eineiige ihres Wesens nicht hinauszufinden vermochten. Wobei man genaugenommen von Drillingen sprechen mußte, denn mit Moritz Mortensen war ja der eigentlich Schuldige dazugestoßen. – Einen Moment schloß Dr. Thiel die Augen, als wollte er sich und seinen Wagen in den nächsten Baum krachen lassen. Aber er besann sich. Einen solchen Wagen absichtsvoll zu Schrott zu fahren gehörte sich nicht. Er riß die Augen auf, packte wieder das für einen Moment losgelassene Lenkrad, bremste und sagte: »Also gut.«

Cheng und Mortensen zeigten keine Reaktion. Sie träumten dahin, während es draußen kälter statt wärmer wurde. Ein Minusgrad war hinzugekommen. Und heller wurde es auch nicht. Das Licht schien wie geraubt. Selbst im Zentrum der Stadt hielt sich der Schnee als eine weiße Decke. Nur ganz vereinzelt wurden erste Flecken sichtbar. Anzeichen einer Krankheit, die unweigerlich alles und jeden befallen würde. Noch aber bewegte man sich durch ein urbanes Wintermärchen.

Natürlich wäre es unsinnig gewesen, vielleicht sogar riskant, Stunden vor Rosenblüts Auftritt zum Fernsehturm zu gehen, weshalb Dr. Thiel die Fahrt auf halber Strecke unterbrach, den Wagen oberhalb des Charlottenplatzes parkte und vorschlug, ein kleines Restaurant aufzusuchen. Cheng und Mortensen willigten ein.

Allerdings war der Detektiv wenig begeistert, als er feststellen mußte, daß es sich bei *Cravans Blume* um eine chinesische Imbißstube handelte, eine kleine, schmucklose, in keiner Weise blumenhafte Kneipe, in der kein einziger Tisch oder Sessel stand. Stattdessen saßen die Gäste auf Barhockern um einen Tresen herum, der in seiner Form jenem in *Tilanders Bar* entsprach, allerdings jeglichen Schick vermissen ließ. Es war ein schäbiger Raum. Schäbig, aber sauber. Man hätte vom Boden essen können. Die mit einem gelblichgrünen Anstrich versehenen Wände glänzten wie feuchte Seife. Von der Decke hing ein Ventilator, aus dessen Mittelteil eine kugelige Lampe herausstand. Das Flügelrad rotierte mit mäßiger Geschwindigkeit, wodurch einerseits die Wärme samt Gerüchen abwärts gewirbelt wurde und sich andererseits die Beleuchtung des Raumes in ständiger Unruhe befand. *Cravans Blume* besaß das nüchterne Flair einer Likörstube. Wie früher, als es noch nicht üblich gewesen war, um das Trinken von Alkohol herum Einrichtungswelten zu errichten.

Cheng besuchte niemals asiatische Restaurants. Er befürchtete Mißverständnisse. Etwa in einer Sprache angeredet zu werden, die er nicht verstand. Er war in Wien geboren und aufgewachsen, konnte kaum ein Wort Chinesisch. Auch scheute er sich zu erklären, warum es ihm widerstrebte, mit Stäbchen zu essen, obwohl diese Technik einem Einarmigen besonders entgegenkam. Er hatte es nun mal nie erlernt und selbst nach dem Verlust seines Arms kein Interesse dafür entwickelt.

Er empfand das Bedürfnis weltoffener Westmenschen, ihre Stäbchenkünste zu demonstrieren, als eine kindische, geschmacklose Clownerie. Dazu kam, daß ihm die asiatische Küche wenig zusagte. Obwohl er sie nicht eigentlich kannte. Er war mit Schnitzel und Gulasch, mit Blunzengröstel, Frittatensuppe und Mohr im Hemd aufgewachsen, blendend aufgewachsen, und sah keinen Grund, daran etwas ändern zu wollen. Denn auch die schwäbische Küche entsprach durchaus der Konditionierung seines Gaumens. Eine Frittatensuppe hieß in

Stuttgart eben Flädlesuppe. Das war es auch schon. Alles Asiatische, dem er begegnete, erschien ihm hingegen als ein Betrug. Auch diese Kneipe hier, die sich so original gebärdete und dessen Betreiber, der hinter der Theke stand, aussah, als habe er sich noch vor fünf Minuten auf einem Shanghaier Viktualienmarkt herumgetrieben.

»Was für eine Komödie!? Was für eine chinesische Komödie!?« dachte Cheng.

Interessanterweise liebte Dr. Thiel dieses Lokal, liebte die asiatische Küche. Es war kein Widerspruch, daß er Cheng nicht mochte. Was ihn an Cheng störte, war die Verleugnung des Asiatischen, die »Verösterreicherung« dieses Menschen.

Für ein Essen war es noch zu früh, obgleich ein animierender Geruch aus der Küche drang. Mortensen und Dr. Thiel bestellten grünen Tee. Dazu empfahl Dr. Thiel einen Schnaps, der einen Namen trug, den man in etwa mit »Gedanken eines müden blauen Falters« übersetzen konnte.

Entgegen der Farbangabe war der Schnaps hell und klar. Cheng weigerte sich, auch nur zu kosten, und bestellte statt dessen ein alkoholfreies Bier. Vielleicht, weil er erwartet hatte, daß es etwas derartiges in *Cravans Blume* nicht gab. Gab es aber.

»Warum eigentlich *Cravans Blume*?« fragte Mortensen. »Der Name leuchtet mir nicht ein.«

Er hatte die Frage ganz allgemein gestellt und niemanden dabei angesehen. Der Mann hinter dem Tresen blickte fortgesetzt in seine Illustrierte. Es war Dr. Thiel, der antwortete: »Das Lokal existiert seit den Zehnerjahren des letzten Jahrhunderts, ich meine des zwanzigsten. Schon damals hat es diesen Namen getragen. Es war natürlich zunächst keine chinesische Kneipe, sondern ein Debattierclub für Boxfreunde.«

Mortensen warf ein, daß in einen solch kleinen Raum wohl kaum ein Boxring gepaßt habe.

»In der Tat«, sagte Dr. Thiel. »Soweit ich darüber gelesen habe, hing von der Mitte der Decke ein Sandsack. Nicht mehr. Die Gäste saßen um das Ding herum, tranken Limonade, diskutierten, und wenn es einem zu bunt wurde, der Limonade oder der Diskussion wegen, trat man vor den Sack und schlug so lange hinein, wie eben nötig. Die Legende besagt, daß in der Limonade Halluzinogene aufgelöst waren. Gut möglich. Alles am Besitzer dieses Debattierclubs scheint legendenhaft. Der Mann hieß Arthur Cravan, war Holzfäller, Boxer und wohl einiges mehr. Und er war Dadaist. Wobei ich nicht genau sagen kann, was man sich unter einem Dadaisten eigentlich vorzustellen hat. Einen Menschen, der subversive Limonade braut? Auf jeden Fall ist Herr Cravan rasch wieder aus Stuttgart entflohen. Ohne so richtig dagewesen zu sein. Scheint es. Sein Aufenthalt in dieser Stadt ist unbelegbar. Keine Hoteleintragung, kein Hinweis im Meldeverzeichnis, bloß der Verdacht, das Gerücht, die Legende. Er taucht auf und verschwindet. Vielleicht ist das Dadaismus: aufzutauchen und gleich wieder zu verschwinden. Dazu paßt, daß Arthur Cravan von einer Bootsfahrt an der mexikanischen Küste nicht mehr zurückkam. Also auch als Leiche nicht.«

»Warum aber *Blume*?« beharrte Mortensen auf seiner Frage.

»Da kann ich nur spekulieren«, sagte Dr. Thiel. »Wahrscheinlich war damit der Sandsack gemeint. Vielleicht aber auch das Zeug, das Cravan in die Limonade gemischt hat. Ich weiß es wirklich nicht. Dieses Lokal hat im Laufe der Jahrzehnte viele Besitzer gesehen, aber ein jeder hat den Namen beibehalten.«

»Der Name ist eine Macht«, sagte der Mann hinter der Theke. Es klang schrecklich weise. Auch, weil er so alt aussah. Ein Umstand, welcher Cheng anwiderte. Er benötigte dringend eine Pause. Er verspürte ein großes Bedürfnis nach der Ruhe einer Kirche. Einer katholischen selbstverständlich. Praktischerweise fiel ihm ein, daß sich eine solche nicht unweit von *Cravans Blume* befand. Die Kirche zu St. Konrad, ein weißer Betonbau aus den Sechzigerjahren, dessen aus drei flachen Steilwänden kombinierter Kirchturm oberhalb einer Stufenanordnung namens Sünderstaffel aufragte.

Cheng erklärte, ein wenig alleine sein zu wollen, weshalb er zur Konradskirche gehen werde. In einer guten Stunde würde er wieder zurück sein. Dann sagte er: »Warten Sie nicht mit dem Essen auf mich.«

»Die Küche ist hervorragend«, versprach Dr. Thiel. »Herr Cravan versteht zu kochen.«

»Herr Cravan?«

»Jeder Wirt, der dieses Lokal führt, nennt sich so.«

»Dadaistische Reinkarnation?«

»Das wohl nicht«, antwortete Dr. Thiel, als hätte er Chengs Frage ernst genommen.

»Mahlzeit«, sagte Cheng und verließ den Laden.

Über jene bereits erwähnte Staffel stieg Cheng hinauf zur Kirche. Obwohl nicht eigentlich lang, war es ein mühsamer Aufstieg. Nicht allein der Steilheit wegen. Die Treppen schienen unter der frischen Schneedecke wie aufgelöst, und Cheng musste sich am Geländer hinaufarbeiten. Er begann unter dem schweren Mantel zu schwitzen. Gleichzeitig erinnerten ihn seine fünf nackten Finger an jene Stücke gefrorener Milch, die er als Kind im Gefrierfach produziert hatte. Fingereis.

Das Ende der Staffel entließ ihn auf eine Straße, die ihn direkt vor den weißen Baukörper von St. Konrad führte. Wobei der Körper nicht ganz so weiß wirkte wie üblich. Löblicherweise waren die Stufen, die zum Eingang führten, vom Schnee befreit. Als würde wenigstens der katholische Gott diesem Überfall des Winters trotzen.

Cheng kannte das Innere der Kirche von mehreren Besuchen. Doch nie zuvor hatte er den Raum mit einer solchen Konzentration, mit einer derartigen Hingabe an die Details wahrgenommen. Das ist keine Übertreibung. Seitdem Cheng diesen Auftrag erhalten hatte, betrachtete er die Dinge und Orte gerade so, als müsse er später einen Aufsatz darüber verfassen. Er lebte wie in einer Erzählung, die noch zu schreiben war, aber deren Sätze sich bereits jetzt konstituierten.

Cheng war der einzige Besucher. Er nahm in einer der mittleren Reihen Platz, hob den Kopf an und betrachtete die konkav gewölbte, aus schmalen Holzlatten gezimmerte Decke, die einem das Gefühl gab, man befinde sich unterhalb eines breiten Schiffsbodens. Auf Höhe des Altars waren in diesen Schiffsboden vier Karos eingeschnitten, die zusammen ebenfalls ein Karo bildeten. Durch die vier Öffnungen drang das Außenlicht ein und tauchte den Altarbereich in eine beträchtliche Helligkeit, die in keiner Weise mit dem an sich dunklen Tag vereinbar war. – Netter Effekt. Wozu gehörte, daß zwischen diesen Lichtsäulen eine Christusfigur in der Art eines Strichmännchens von zwei Drahtseilen herabhing.

In seiner schlichten, geraden Haltung erinnerte dieser Christus an einen Turner an den Ringen, einen Kreuzhang einnehmend, also mit waagrecht zur Seite gestreckten Armen und herabhängendem Rumpf. Ein Turner mit einem Kreuz am Rükken, ein Gymnastiker des Todes.

Diese Assoziation empfand Cheng keineswegs als zynisch. Vielmehr erschien ihm die Vorstellung tröstlich, daß der Tod eine Turnübung darstellte, die man besser oder schlechter ausführen konnte. Daß eine Kreuzigung eine schreckliche Todesart darstellte, brauchte ihm niemand zu sagen. Gleichwohl verfügte diese Positur über einen hohen ästhetischen Grad. Und genau darum war das Kruzifix als Symbol und Feldzeichen in Frage gekommen und hatte bis zum heutigen Tag seinen Reiz, jawohl, seinen Reiz nicht verloren.

Es war kalt und still. Kälte und Stille waren eins. Bei geringerer Stille wäre auch die Kälte nicht so arg gewesen. Was natürlich auch umgekehrt galt.

Cheng erhob sich und schritt hinüber zu einem Vorsprung, der seitlich der Altarbühne gelegen war. Dort war der schmiedeeiserne Tisch aufgestellt, auf dem die Opferkerzen standen. Cheng war ein großer Freund der Opferkerzen. Kleiner Preis, große Wirkung. Für das bißchen Geld konnte man sich an mehr Leute erinnern, als sie es eigentlich verdienten. Es waren in erster Linie seine Eltern, die Cheng mit Opferkerzen bedachte. Sie hatten ihn aufwachsen lassen, ohne große Umstände zu machen. Mehr konnte man nicht verlangen.

Cheng warf zwei Münzen ein. Wofür ihm nun vier Kerzen zur Verfügung standen, die er in einer Reihe aufstellte. Neben den beiden Flämmchen, die er seinen Eltern widmete, gedachte er zweier ehemaliger Auftraggeber.

Wer tut so was noch? An Kundschaft denken über den Tod hinaus? Cheg tat es. Bei dem einen handelte es sich um jenen Mann, dem er seine Freimaureruhr verdankte. Und dem er sich auf eine unsagbare Weise verpflichtet fühlte. Der andere Kunde, für den Cheng nun die vierte Kerze in Brand setzte, war jener Mann gewesen, dessen Auftrag Cheng seinen Arm gekostet hatte. Den Kunden allerdings gleich das ganze Leben, weshalb Cheng seinen verlustig gegangenen Arm als ein vergleichsweise erträgliches Pars-pro-toto-Opfer interpretierte. Den Teil für das Ganze.

In Erinnerung an die alten Geschichten spürte Cheng die Schraube, die in seinem Arm steckte. In seinem präsenten Arm, versteht sich. Cheng bemerkte diesen Metallstift so gut wie nie. Nur dann, wenn er an die Toten dachte. Gott hab sie alle selig.

Jemand war eingetreten. Cheng hörte eine kurze Folge von Schritten, dann das Knarren einer der hölzernen Bänke. Es war ihm unangenehm, nicht mehr alleine zu sein. Er hätte sich noch gern eine Weile mit seinem Vater unterhalten. Ja, er sprach hin und wieder mit dem einen oder anderen Toten. Nicht, daß er Stimmen hörte. Es war einfach so, daß er sich vorstellte, was dieser oder jener gesagt hätte, wäre er dazu noch imstande gewesen. Wofür es freilich einer Konzentration bedurfte, die nun nicht mehr aufzubringen war. Das Gesicht des Verstorbenen, das sich Cheng über dem Schein der zugeeigneten Opferkerze gedacht hatte, verblaßte und verpuffte.

Cheng drehte sich um. In einer der hinteren Reihen, zum Mittelgang hin, saß jemand. Er erkannte das dunkelblonde Haar. Doch noch bevor er seine Wahrnehmung steigern konnte, hatte sich die Gestalt erhoben und war mit zügigen Schritten aus der Kirche getreten.

»Warten Sie, Herrgott noch mal, warten Sie!« rief Cheng hinterher, überzeugt, es handle sich um Moira Balcon. Sein Ruf pflanzte sich dank der akustischen Verhältnisse rasch fort und entwickelte eine scheinbare Mehrstimmigkeit. Was nichts nutzte. Die Glastür fiel zu, dann auch das äußere Portal, und schon war Cheng wieder mit sich allein. Er unterließ es, hinter der Frau herzulaufen. Daß eine Agentin des britischen Geheimdienstes ihn an Schnelligkeit übertraf, konnte er sich denken. Er warf noch einen Blick auf die Opferkerzen, schritt dann vorbei am Altar, unter dem Christus hindurch und über den Mittelgang auf das Tor zu. Die Reibung seiner Schuhe auf dem steinernen Boden erzeugte einen quietschenden Ton. Cheng hörte sich beim Gehen zu. Wann tut man das schon?

Als Cheng den kleinen Vorraum zwischen Glastür und Portal erreicht hatte, dessen Boden mit einer Schicht hereingewehten Schnees bedeckt war, fiel sein Blick auf den obligaten Schriftenstand. Zunächst einmal deshalb, weil deutliche Fußspuren auf dieses Objekt zu- und wieder wegführten. Und dann, weil Cheng zwischen den Broschüren und Postkarten und Traktaten etwas erkannte, das er gewissermaßen selbst war: Er blickte auf sein Porträt.

Er ging darauf zu, faßte aber nicht gleich danach, sondern griff sich unwillkürlich auf seinen Hintern. Er sah, daß die Porträtzeichnung auf jener Polaroidfotografie skizziert worden war, von der er angenommen hatte, sie befände sich zwischen seinem Po und seiner Hose. Allerdings fiel ihm nun ein, das Foto vor dem Schlafengehen aus der Hose genommen und auf einem Bord neben dem Bett abgelegt zu haben. Am Morgen jedoch war er viel zu verwirrt gewesen, um daran zu denken, das Polaroid erneut zu verstauen. Freilich konnte es zu diesem Zeitpunkt kaum noch dagewesen sein. Cheng war nun immer mehr davon überzeugt, daß Moira Balcon tatsächlich in die Wiesensteigsche Villa eingedrungen und in das Schlafzimmer geschlichen war, wo sie dann das Foto vom Regal genommen, einen Stuhl an das Bett gerückt und ihn, den schlafenden Cheng, porträtiert hatte. Möglicherweise sogar im Schein einer Nachttischlampe, die Moira erst ausgeschaltet hatte, als Cheng im Begriff gewesen war, zu erwachen.

Jedenfalls zeigte die Zeichnung, die mit einem dicken, schwarzen, an manchen Stellen durchscheinenden Filzschreiber angefertigt worden war, Cheng mit geöffneten Augen. Ja, gerade die Augen waren besonders gut getroffen, besaßen eine hohe Plastizität. Durch geschickte Auslassung entstand ein Glanz, der die Feuchtigkeit dieser Augen betonte. Nässe wie von Tränen. Nicht Tränen der Trauer, sondern der Erschöpfung.

Durch das Zentrum der Augen leuchteten die Gesichter jener beiden jungen Männer hindurch, die auf dem Polaroid abgebildet waren. Denn obwohl beide auf einem steilen Abhang standen, war der Größenunterschied zwischen dem tiefer stehenden Großen und dem höher stehenden Kleinen so beträchtlich, daß beide Köpfe sich auf einer Ebene trafen.

Die zwei Gesichter waren derart geschickt in die Zeichnung eingebaut, daß man meinen konnte, je eine Pupille samt Iris zu betrachten. Hinter den Gesichtern lag das Weiß der schneebedeckten Berge, welches in seiner neuen Bedeutung das Weiß der beiden Augäpfel bildete. Von der Frau hingegen, die zwischen den beiden Männern stand, war nichts mehr zu sehen. Sie war hinter dem dunklen, vertikalen Streifen verschwunden, welcher den Ansatz und den Rücken der Nase darstellte.

Cheng zog die Abbildung aus dem Gestell heraus und studierte sein eigenes Antlitz. Kein schönes, aber ein edles Gesicht, fand er. Und wenn nicht edel, so doch interessant, auch der Unregelmäßigkeiten wegen, die aus einigen Verletzungen resultierten. Seine letzten Jahre in Wien waren schwer gewesen. Aber sie hatten seinem Gesicht einen gewissen Schwung, eine gewisse Tiefe verliehen.

Er steckte die übermalte Fotografie in seine Manteltasche. Dabei überlegte er, was Moira Balcon mit dieser Aktion bezweckte. Sollte es bedeuten, daß er, Cheng, in dieselbe Kategorie fiel, in der auch Dr. Callenbach rangierte: also ein Modell zu sein, das nicht zu sterben brauchte? Das war immerhin ein freundlicher Gedanke. Aber es gab auch andere Möglichkeiten, wenn man bedachte, daß zwei Polizisten in einem Hotelzimmer umgekommen waren, in dem Cheng ursprünglich hätte nächtigen sollen. Doch darüber wollte er nicht weiter nachdenken. Er trat hinaus ins Freie und blickte sich um. Natürlich war von Moira Balcon nichts zu sehen. Sie war auch so ein Cravan-Typ: auftauchen und verschwinden. Dazu kam die Frage, was sie eigentlich wollte.

»Dumme Frage«, sagte sich Cheng. »Die Frau ist verrückt. Sie ist nichts anderes als eine Maschine, die man nicht mehr abschalten kann. Eine Maschine, die tötet und zeichnet. Manchmal vielleicht auch nur zeichnet. Das ist es.«

Er schob sich den Schal über sein Kinn, schloß den obersten Knopf und versenkte die Hand seines Armes in der Manteltasche. Dabei berührte er das Polaroid. Er zuckte. Postwendend lächelte er milde über dieses Zeichen seiner Erregung. Einen winzigen Moment lang freute er sich ... ja, er freute sich auf seinen Tod. Dann ging er los, marschierte den Weg zurück, den er gekommen war, geriet mehrmals ins Rutschen, erreichte aber unversehrt *Cravans Blume*.

Mortensen und Dr. Thiel waren über hohe, weiße Porzellanschalen gebeugt und fischten mit Stäbchen die mundfertigen Fleisch- und Gemüsestücke heraus. Cheng unterdrückte seinen Hunger und bestellte ein Bier, diesmal ein alkoholisches. Doch nachdem Mortensen und Dr. Thiel eine nächste Portion serviert bekommen hatten, der sie sich mit derselben Ausschließlichkeit widmeten, gab Cheng seinem Hunger nach und orderte eine Portion Hummerchips. Das war ein Kompromiß, den er eingehen konnte, da er Hummerchips nicht für ein östliches, sondern ein westliches Erzeugnis hielt. Freilich kannte er diese Dinger bloß vom Sehen und Hören. Doch die, welche er nun kredenzt bekam, waren ungewöhnlich groß, wie kleine, an den Rändern nach oben gebogene Pizzaböden. Vier Stücke lagen übereinander auf dem Teller. Dazu wurde die übliche Soja-Essig-Mischung serviert. In der Mitte der Chips war ein Signet zu erkennen, das aus den Buchstaben A und C bestand – ein glänzender Schimmer bloß, wie mit Knoblauchsauce aufgemalt. Die Initialen konnten nichts anderes als »Arthur Cravan« bedeuten. Als Cheng die Sojasauce über die Scheibe träufelte und die Oberfläche in der typischen Weise zu knistern begann, schienen die beiden Buchstaben in kleinen Flammen zu stehen. Schmecken tat es trotzdem, wie sich Cheng eingestehen mußte. Übrigens kam er nicht auf die Idee, von seinem Erlebnis in der Konradskirche zu berichten. Es brauchte niemand zu wissen, daß ihm Moira Balcon erneut entkommen war. Daß er nicht einmal versucht hatte, ihr zu folgen. Und erst recht wollte er nicht über das Porträt sprechen, das ihn in irgendeiner Form zu einem Auserwählten machte.

Worüber dann sehr wohl gesprochen wurde, war die Frage nach der Freilassung jenes inhaftierten Herrn F., des Mannes, der für Mortensen nur der Silbergraue war und dessentwegen Cheng ja überhaupt erst engagiert worden war.

Dr. Thiel mußte gestehen, daß die Hinweise auf die Täterschaft Herrn F.s sich bald als überaus dünn erwiesen hatten. So war etwa klargeworden, daß die Blutspur auf seinem Hemd zwar tatsächlich von Thomas Marlock stammte, jedoch auf einen Unfall in der Betriebskantine von »Kranion« zurückzuführen war. Eine Allerweltsgeschichte. Ein Unfall mit einem Glas, für den es mehr Zeugen gab, als man in einem Gerichtssaal hätte unterbringen können. Dazu kam, daß Marlock und der Silbergraue tatsächlich hin und wieder unter ein und dieselbe Bettdecke gekrochen waren.

»Bisexuelle eben«, sagte Dr. Thiel. »Das scheint eine richtiggehende Mode zu sein. Vor allem unter Computermenschen. Gott weiß, warum! Auf jeden Fall hat sich daraus mehr Entlastendes ergeben als das Gegenteil. Man muß es so sagen: Unsere Indizien haben sich als recht kümmerliche Gewächse erwiesen.«

»Und warum ist der Mann noch nicht frei?« beschwerte sich Mortensen.

»Und warum stehen wir hier?« konterte Dr. Thiel, sagte dann aber: »Der Staatsanwalt benötigt mehr denn je einen Schuldigen. Einen sauberen Schuldigen. Und keine Moira Balcon.«

Kurz nach zwei Uhr verließen die drei Männer *Cravans Blume*. Indem sie einen Blick auf die Fernsehseite einer Tageszeitung geworfen hatten, wußten sie, daß *Flemmings Nase* um vier Uhr live aus dem Fernsehturm übertragen wurde. Man konnte sich also auf den Weg machen, wollte man Rosenblüt noch vor seinem Auftritt sprechen.

Infolgedessen, daß Mortensen und Dr. Thiel auf ihre Uhren gesehen hatten – freilich ohne die Zeiten verglichen zu haben, denn auf Sekunden kam es wirklich nicht an –, warf auch

Cheng einen Blick auf seine Automatic und stellte fest, daß die Beschlagenheit des Glases um den Rand herum verschwunden war, nicht aber zur Mitte hin. Er erkannte also die Ziffern sowie die Spitzen des Sekunden- und des Minutenzeigers. Der Stundenzeiger und das im Zentrum aufgedruckte Freimaurersymbol blieben jedoch hinter der schaumigen Schicht aus Bläschen verborgen. Es kam Cheng vor, als verfüge er über die Zeit bloß wie über etwas Halbes. Als besitze jeder seiner Momente nur die Hälfte der Energie, während am Anfang dieses Tages, als er das erste Mal auf seine Uhr gesehen hatte, die Zeit praktisch inexistent gewesen war. Und damit auch die Frage nach der Energie.

Nun, das waren recht abstrakte Überlegungen, die Cheng durch den Kopf gingen, während er als beinahe vollständiger Mensch wieder auf dem Notsitz von Dr. Thiels Porsche 924 Platz nahm. Nachdem es hart genug gewesen war, vom Westen her hinunter in die Stadt zu gelangen, erwies es sich naturgemäß als noch weit schwieriger, den Wagen den Südhang hinauf zum Hohen Bopser zu chauffieren. Selbst auf der stark befahrenen Neuen Weinsteige herrschten noch immer winterliche Bedingungen. Jeder Fahrer war mit seinem Wagen wie mit einem schwer einschätzbaren, unwilligen Organismus beschäftigt. Also mit einem lebendigen Wesen, das zu kontrollieren einer Abrichtung bedurft hätte. Aber von Abrichtung konnte im Falle von Autos natürlich nicht die Rede sein. Außer in einer sehr esoterischen Welt. Esoterik wiederum war mitnichten das Gebiet, in das sich die nüchternen Stuttgarter Autofahrer freiwillig begeben hätten.

Dr. Thiel kämpfte. Und diesmal kamen auch Cheng und Mortensen nicht umhin, diesen Kampf mitzuerleben, die Haltlosigkeit der Räder auf dem eisigen Untergrund. Eine Angespanntheit machte sich breit. Eine Erhitztheit im Sitzen und im Angeschnalltsein. Umso befreiender war es, als Dr. Thiel in die Jahnstraße einbog und sich bald darauf der Blick auf den schlanken Körper des Fernsehturms eröffnete.

Es muß gesagt werden, daß selbst Cheng – der weit entfernt war, einem hiesigen Lokalpatriotismus das Wort zu reden –

den Turm als den schönsten seiner Art empfand. Was seinen tieferen Grund vielleicht darin hatte, daß dieses Bauwerk auch das erste seiner Art gewesen war und somit ein wirkliches Original darstellte. Davor hatte man sich mit der Errichtung von Stahlgittermasten begnügt. Der Stuttgarter Fernsehturm jedoch wurde von einer runden, dünnwandigen Betonsäule bestimmt, welche quasi in die Luft wie in eine passende Lücke hineingebaut worden war. Ja, man wurde angesichts dieses Turms das Gefühl nicht los, daß der Standort, also nicht bloß der auf und in der Erde, sondern eben auch jener im Bereich der Atmosphäre, vorgegeben gewesen war. Von vornherein. Und daß jede technische und städtebauliche Überlegung dann nur noch eine nachträgliche Bestätigung bedeutet hatte.

Die Höhe des Turms, der im Februar 1956 fertiggestellt worden war, wurde einmal mit zweihundertelf, dann wieder mit zweihundertsiebzehn Metern angegeben, gerade so, als atme dieser Turm ein und aus. Was eine nette Vorstellung war: ein atmender Turm, kein Brust-, sondern selbstverständlich ein hochkonzentrierter Bauchatmer. Die Anmut dieser Architektur ergab sich primär dadurch, daß die Betonhohlröhre (und man spürte auch von außen das Hohle der Röhre) bis zum Ansatz des Turmkorbes einen bogenförmigen Verlauf nahm. Wobei man diesen Bogen als die Krümmung einer Geraden begreifen mußte. Vergleichbar der Ablenkung von Licht. Oder der Ablenkung vom Alltag.

Zu Beginn schwoll der Turm unmerklich an, um sich sodann zusehends zu verjüngen. Ein Umstand, der die Annahme, es handle sich bei diesem Turm um ein atmendes Gebäude, auch optisch unterstützte. Doch daß man hier eigentlich einer griechischen Säule ansichtig wurde, war zwar in diversen Architekturführern vermerkt, blieb aber im allgemeinen unbeachtet.

Die Leute erkannten einen hochgestreckten Finger, ein nadel- oder nagelartiges Mahnmal des Fernsehens, und übersahen die antike Gestalt. Vielleicht auch des Turmkorbes wegen, der nach hundertsechsunddreißig Metern aus dem Schaft herauswuchs und einen kapseligen Körper bildete, dessen Außenhaut im Licht des Tages und erst recht im Schein der Sonne einen silbrigen Glanz besaß und nicht umsonst einer Raumsonde ähnlich sah. Dieser Korb war nichts anderes als der feststehende Trabant des Planeten Stuttgart. Ein Trabant aus vier Etagen, in denen eine Sendestation, eine Küche, ein Restaurant und zuoberst das sogenannte Panoramacafé untergebracht waren. Darüber, praktisch auf dem runden Flachdach des Trabanten, befand sich eine von hohen Gitterstäben umspannte Aussichtsplattform, auf die eine zweite, kleinere folgte. Hier war nun wieder der Betonschaft sichtbar, der nach einigen Metern in die abwechselnd rot und weiß bemalte Stahlkonstruktion des Sendemastes überging.

Nachdem Dr. Thiel den Wagen auf der weiten Parkfläche abgestellt hatte, stieg man aus und blieb eine Weile stehen, so wie man ja auch beim Betreten einer Kirche diese nicht sofort in einem Lauf durchquert, sondern zunächst verharrt, um das Ganze auf sich wirken zu lassen und der Andacht zu ihrem Recht zu verhelfen. Es waren also Andacht und Respekt, welche die Männer in Regungslosigkeit versetzten. Und es war allein die Kälte, die sie wieder zur Bewegung zwang.

Beim Näherkommen bemerkte Cheng, daß der Beton, der aus der Ferne natürlich vollkommen plan gewirkt hatte, aus der Nähe besehen eine Oberfläche besaß, die einen handgeformten, einen gekneteten Eindruck hinterließ. Womit keine Unregelmäßigkeit oder gar Unförmigkeit gemeint war, sondern bloß die Lebendigkeit einer Außenhaut, die von Tausenden von Händen geglättet schien. Cheng schmunzelte bei der Vorstellung, die braven, fleißigen Stuttgarter hätten diesen Turm auf eine höchstpersönliche Weise errichtet. Wie in einem dieser unseligen Töpferkurse.

Als die drei Männer nun den Teil des Turms betraten, der zu den Aufzügen führte, bemerkten sie ein Schild, welches darauf verwies, daß zwar die beiden Plattformen wie gewohnt der Öffentlichkeit zur Verfügung stünden, das Panoramacafé jedoch wegen Fernsehaufnahmen an diesem Tag geschlossen sei.

»Es ist zu früh, um hinaufzufahren«, entschied Dr. Thiel, weshalb man sich an die Bar eines an den Eingangsbereich angeschlossenen Restaurants stellte. Einige der Tische waren mit

Menschen besetzt, die unverkennbar zum Fernsehen gehörten. Auch wenn es sich bloß um Leute handeln mochte, deren Aufgaben darin bestanden, Kabel durch die Gegend zu schleppen, die Gesichter der Stars aufzupolieren oder für diese Stars Kalauer und Bonmots zu verfassen, so spürte man dennoch die Bedeutung, von der die Anwesenden meinten, daß sie von ihnen ausging. Die Bedeutung flimmerte in ihren Gesichtern. Flimmerte in jedem gesprochenen Wort.

Durch die gläserne Tür hatte Dr. Thiel einen guten Blick auf das Foyer, in das nun regelmäßig Personen traten, bei denen es sich um weitere Fernsehleute zu handeln schien. Endlich bemerkte er Nela Flemming. Obwohl sie von draußen kam, war sie leicht bekleidet und wirkte zwischen ihren mit Mänteln und Jacken ausgerüsteten Begleitern ausgesprochen mediterran. Sie trug eines von diesen grellen, luftigen Kleidern, für die sie von der Presse phasenweise gescholten wurde. Wie auch dafür, daß sie zusehends fülliger wurde, weshalb irgendein Kretin von der Frankfurter Allgemeinen sie als die Liz Taylor des deutschen Fernsehens bezeichnet hatte. Nichtsdestotrotz konnte sie hohe Einschaltquoten vorweisen. Sie verfügte über eine beredte Körpersprache, ein virtuoses Mundwerk, über einen Hauch von Vulgarität und einen Hauch von Vornehmheit. Man hätte sie für die berühmte Autorin experimentell-schlüpfriger Romane halten können und für jemand, der immer ein klein wenig angetrunken war. Tatsächlich jedoch schrieb sie weder Romane, noch nahm sie je Alkohol zu sich. Ihr hin und wieder schrilles Gelächter war genauso natürlich wie ihr prächtiges rotes Haar, das sie turbanartig hochgesteckt hatte.

Es war gar keine Frage, daß all die prominenten Gäste sich glücklich schätzten, wenn sie zu *Flemmings Nase* eingeladen wurden. Niemand wäre auf die Idee gekommen, abzusagen oder sich Ausreden einfallen zu lassen. Das wäre gewesen, als wollte man sich mit einer Hohepriesterin anlegen. Oder in selbstmörderischer Weise ein Orakel gegen sich aufbringen. Übrigens war Nela Flemming schwerreich, da sie als junge Frau und angestellte Chemikerin ein besonders leitfähiges Material für die Produktion von Bauelementen und Leiterzügen in der Mikroelektronik entwickelt hatte. Und dann auch noch so klug und frech gewesen war, sich nicht über den Tisch ziehen zu lassen und statt einer Abfindung eine Gewinnbeteiligung herauszuschlagen. Wobei ihr Sir Alec Guinness als Vorbild gedient hatte. Der Engländer hatte in einem amerikanischen Film eine bedeutsame Nebenrolle verkörpert, dabei jedoch auf seine Gage verzichtet und sich stattdessen einen Anteil am Einspielergebnis gesichert. Seither sagte Nela Flemming ein jedes Mal, wenn man sie fragte, wem oder was sie ihren Reichtum verdanke: »Star Wars«.

Dieser Reichtum war vielleicht überhaupt ihr entscheidender Bonus. Die geladenen Gäste wie auch das Publikum empfanden Flemmings Vermögen – um so mehr, da es ein selbstverdientes war – als ein Zeichen ihrer Souveränität. Wenn Flemming zu moderieren begann, so erschien es einem jeden, als gehörte ihr diese Sendung. Ja, als besitze sie für diesen Zeitraum den gesamten Kanal und alles, was damit zusammenhing. Als seien sogar die Orte, an denen ihre Shows abliefen, ihr Eigentum. Orte, bei denen es sich ja ausschließlich um Türme handelte, historische wie moderne. Sie war die Frau der Türme. Und tatsächlich kam auch Dr. Thiel der Gedanke, als er Nela Flemming und ihren Troß in Richtung auf die beiden Aufzüge vorbeimarschieren sah, daß die Dame soeben dabei war, einer ihrer Immobilien einen Besuch abzustatten. Vor Dr. Thiels innerem Auge breitete sich die Überschrift eines Zeitungsartikels aus:

Deutschlands berühmteste Nase in Stuttgart.
Nela Flemming besucht den von ihr kürzlich erworbenen Stuttgarter Fernsehturm und zeigt sich erfreut über den hervorragenden Zustand des Gebäudes.

(Eine Sache, die bei all dem unberücksichtigt blieb, weil sie so gut wie unbekannt war, ergab sich aus dem Umstand, daß Nela Flemming unter einer merkwürdigen und seltenen Neurose litt, die sich, quasi umgekehrt zur Höhenangst, darin manifestierte, daß ihr das Leben auf der ebenen Erde nur schwer erträglich war. Nicht, daß dies jemand aufgefallen wäre. Allerdings schluckte Nela Flemming eine Menge Medikamente, um die Schwindelgefühle in den Griff zu bekommen, die sie befielen, solange sie in den tieferen Regionen weilte. Wirklich wohl fühlte sie sich eigentlich nur in Flugzeugen, in den Bergen, in den oberen Stockwerken von Hochhäusern, beim Überqueren von Brücken und natürlich auf den Türmen und Monumenten dieser Welt. Im Falle ihrer eigenen beiden Häuser handelte es sich um turmartige Gebäude, die sie trotz einiger bürokratischer Schwierigkeiten auf Bergen errichten hatte lassen. Ihr Haus in der Schweiz galt als das höchstgelegene einer Privatperson. Und jenes nahe der griechischen Inselstadt Karistos war in Gestalt einer Sternwarte auf einen Gipfel gesetzt worden. Wobei die Griechen in Hinsicht auf das Bürokratische sich weit unverkrampfter gegeben hatten als die Schweizer, die nie so recht wissen, ob sie ihre Berge schützen oder zu Geld machen sollen.

Jedenfalls war Nela Flemming immer erst dann wirklich in der Lage durchzuatmen, wenn sie sich in luftige Höhen begab. Ihr Leben bestand im Grunde darin, sich so rasch als möglich von einer künstlichen oder natürlichen Erhebung zur nächsten zu bewegen. Der Wechsel freilich war nötig. Das Umtriebige gehörte dazu, die Freude auf den nächsten Turm. Zudem fühlte sie sich dem Fernsehen verpflichtet und hatte auch nie vorgehabt, sich angstvoll an einen Ort zurückzuziehen und zu versauern. Dann schon lieber Tabletten.)

Dr. Thiel versuchte, im Umkreis von Nela Flemming seinen Vorgesetzten Rosenblüt auszumachen. Doch der Hauptkommissar war nicht zu sehen. Flemming und der sie umgebende dunkle Schwarm strebten rasch der Liftanlage zu (in einen Aufzug wie diesen zu steigen, der sie in vierundvierzig Sekunden auf eine Höhe von hundertfünfzig Metern befördern würde, war für Nela Flemming ein Akt der Erleichterung und Vorfreude).

Thiel sank zurück auf den Hocker und nippte ein wenig an seinem Grappa, welcher allerdings in keiner Weise an jenes Destillat eines müden und nachdenklichen blauen Falters heranreichte, das in *Cravans Blume* serviert worden war. Es muß übrigens gesagt werden, daß auch im Falle von Dr. Thiel es nicht seiner Gewohnheit entsprach, vor dem Abendessen Alkohol zu sich zu nehmen. Aber da nun einmal nichts wie üblich war, sah er keinen Grund, den Genuß von ein wenig Schnaps am helllichten Tage, der so hell nicht war, mit Sorge zu betrachten. Was ihm Sorgen bereitete, war die Frage, ob er überhaupt noch ein Abendessen würde erleben dürfen. Dr. Thiel war am Tiefpunkt angelangt. Er fühlte sich wie ein Schüler, der vor einer Prüfung stand, auf die er sich nicht vorbereitet hatte. Auf die er sich nie und nimmer hatte vorbereiten können. Ein letztes Mal zog er sein Handy aus der Tasche und versuchte, Rosenblüt zu erreichen. Umsonst.

»Es wird Zeit«, sagte Dr. Thiel, nachdem er immer wieder auf den Ausgang gestarrt hatte, ohne daß Rosenblüt eingetreten wäre. Entweder verspätete sich der Hauptkommissar, oder – und dies schien wahrscheinlicher – er befand sich bereits auf einer der Etagen des Turmkorbes.

»Was haben Sie eigentlich vor?« fragte Cheng den Polizisten.

»Vielleicht, Cheng, haben Sie ja recht, und Rosenblüt hat sich tatsächlich entschlossen, auszupacken, und zwar vor laufenden Kameras. Dann brauchen wir eigentlich nur noch aufpassen, daß niemand auf die Idee kommt, ein Kabel zu kappen, bevor Rosenblüt seinen kleinen Vortrag beendet hat.«

»Und wenn nicht?«

»Dann werden wir ihn freundlich darum bitten, diesen Vortrag doch zu halten.«

»Was verstehen Sie unter freundlich?«

»Das weiß ich noch nicht«, erklärte Dr. Thiel und ließ sich die Rechnung geben.

Weder Mortensen noch Cheng kamen auf die Idee, sich dafür zu bedanken, daß der Polizist bezahlte. Auch übernahm er es, in der Vorhalle am Automaten drei Tickets zu lösen. Als sie wenig später in eine der Aufzugkabinen traten, fragte sich ein jeder, wie schrecklich es gewesen wäre, hätte sich tatsächlich eine maximale Menschenmenge von sechzehn Personen darin versammelt. Glücklicherweise waren nur sie selbst und der Liftwart anwesend, was ihnen aber bereits das Gefühl gab, sich in einer gut gefüllten, engen Zelle aufzuhalten.

»Sechzehn Leute?« fragte Mortensen. »Wie müssen die aussehen, um hier hereinzupassen?«

Statt eine Antwort zu geben, wies der Liftführer die drei Männer darauf hin, daß das Café wie auch das Restaurant einer Fernsehübertragung wegen geschlossen seien und auf der Plattform ein eisiger Wind blase.

»Wir haben bezahlt«, sagte Cheng und hielt sein Ticket dem Mann entgegen.

Dieser reagierte mit einem mitleidigen Gesicht, wandte sich dann zur Schalttafel um und ließ den Fahrstuhl schließen und hochfahren. Aus einer Gewohnheit heraus erklärte er mit ermatteter Stimme, daß der Aufzug mit einer Fahrtgeschwindigkeit von vier Metern pro Sekunde nach oben gleite und man also in etwa vierundvierzig Sekunden die Plattform erreicht haben würde. Vierundvierzig Sekunden.

Cheng fragte sich, was alles auf dieser Welt in vierundvierzig Sekunden zu bewerkstelligen war. Wie viele Gedanken etwa in dieser Zeit gedacht werden konnten. Und wie viele Tassen Espresso man imstande war, hinunterzustürzen. Oder wie viele Schulter an Schulter aufgereihte Menschen einer vierundvierzig Sekunden dauernden Maschinengewehrsalve zum Opfer fallen würden. Auch fragte er sich, ob dies nicht in etwa der Zeitraum war, in dem er selbst seinen Kopf unter Wasser zu halten vermochte. Und keine Sekunde länger. Und welche Strecke das Licht zurücklegte. Und wieviel an Expansion unser Universum nach vierundvierzig Sekunden vorgewiesen hatte. Und so fort.

Was Cheng zufälligerweise recht genau wußte, war der Umstand, daß man in vierundvierzig Sekunden genau einmal die Laufbahn eines Sportstadions umrunden, also vierhundert Meter zurücklegen konnte, vorausgesetzt, man war breitbrüstig und langbeinig und hieß Michael Johnson. Johnson und der

Aufzug des Stuttgarter Fernsehturms nutzten ihre vierundvierzig Sekunden, um genau die Strecke zu bewältigen, die nötig war, ein vernünftiges Ziel zu erreichen. Denn das Ende eines Turms und das Ende einer Stadionrunde waren nun mal vernünftig zu nennen. In beinahe allen anderen Fällen waren die vierundvierzig Sekunden ja bloß Ausschnitte ohne richtigen Anfang oder richtiges Ende. Oder sie waren viel zu lange, boten viel zuviel Platz in der Zeit, um ein Geschehen einzurahmen. Wer wie Robert Musil einem zügig wirkenden Hirnschlag erliegt, braucht keine vierundvierzig Sekunden, um zu sterben. Und jener berühmte Pariser Ast, welcher Ödön von Horváth erschlug, benötigte keine vierundvierzig Sekunden, um von seinem angestammten Platz auf den österreichischen Dichter niederzustürzen. Überhaupt kam Markus Cheng während seiner Fahrt der Gedanke, daß vierundvierzig Sekunden bei aller Kürze eine Zeitspanne darstellten, in der eine Menge Dinge wie in einer von diesen viel zu großen, ausgeleierten Badehosen schwammen. Und das hatte nun nichts mit der vielzitierten Relativität von allem und jedem zu tun, sondern damit, daß ein eigens definierter Zeitraum – somit ein aus der Zeit herausgerissener – ungleich voluminösere Ausmaße besaß als ein latent vorhandener.

Irgendwelche vierundvierzig Sekunden waren kurz. Man konnte kaum etwas darin unterbringen, also nicht einmal die Zubereitung eines halbwegs durchgekochten Eies. Man stelle sich ein Vierundvierzig-Sekunden-Ei vor. Schrecklich! Doch wenn man diesen Zeitrahmen als die Spanne annahm, in der man einem lieben Menschen etwas Nettes sagen durfte, nur diesem einen Menschen und nur etwas Liebes, dann konnten vierundvierzig Sekunden sich zur kleinen Ewigkeit dehnen.

Noch selten zuvor war Cheng ein derart kurzer Zeitraum so lange erschienen wie diese Fahrt im Aufzug. Es war nicht so, daß sein Leben wie ein rascher Film an ihm vorbeizog, aber er bekam ein Gefühl dafür, wie es war, eine stark beschleunigte Gedankenkette zu entwickeln. In diesen vierundvierzig Sekunden produzierte sein Gehirn eine Folge von Überlegungen, deren Masse üblicherweise kaum in eine ganze Stunde gepaßt hätte. Seine Gedanken hyperventilierten, entwickelten nach oben hin eine immer größere Rasanz und mündeten schließlich in einem einzigen, kleinen Punkt absoluter Gedankenlosigkeit, der seinen weltlichen Ausdruck in dem klingelnden Geräusch fand, mit welchem die beiden Aufzugstüren auseinanderglitten. Dingdong.

Obgleich zwischen Aufzug und Plattform ein kleiner, offener Vorraum lag, wehte sofort ein heftiger, kalter Wind den Männern entgegen.

»Wollen Sie wirklich?« fragte der Liftführer und kroch tiefer in sein graues Jackett.

Wortlos bewegten sich die drei Männer ins Freie. Rasch schloß sich hinter ihnen der Fahrstuhl. Gegen den Sturm gestemmt, traten sie an das Gitter, welches von der Brüstung aufragte. Durch die Stäbe hindurch blickten sie auf eine Stadt, die entgegen ihrer hügeligen Anlage vom Schnee wie plattgetreten wirkte. Von einem Horizont war nichts zu sehen. Allerdings war die Himmelsdecke an einer Stelle aufgerissen, was einen künstlichen, einen aufgepflügten Eindruck hinterließ. Darüber leuchtete ein kräftiges Blau. Das durchdringende Sonnenlicht legte einen hellen, länglichen Streifen über einen kleinen Teil der Stadt. Nur kurz, dann schloß sich die Lücke, als habe jemand seinen zerteilenden Finger wieder herausgezogen.

Wenngleich sie nicht der Aussicht wegen gekommen waren und auch nicht viel mehr als ein weißlichgrauer Brei zu sehen war, stiegen die drei Männer die wenigen Stufen zur zweiten, kleineren Plattform hinauf, wo sie eine Runde um den Betonschaft drehten. Das gehörte einfach dazu, wenn man schon mal hier oben war. Der eisige Wind nagelte ihre Gesichter. Cheng wandte dem Sturm seinen Rücken zu und preßte seinen Körper gegen die vollgekritzelte Wand. Dann sah er nach oben und ließ seinen Blick über die Gitterkonstruktion des Sendemastes hinaufgleiten, bis zu dem Punkt, da gewissermaßen die Technik endete und die Natur anfing. Man könnte auch sagen, daß mit der Spitze des Sendemastes die Stadt Stuttgart und also an dieser Stelle die Welt endete. Und daß genau darüber der Kosmos begann.

So zumindest empfand es Cheng in diesem Moment. Da war dieses rot-weiß gestreifte Stück Stahl. Und keinen Millimeter darüber eröffnete sich jener unendliche Raum, der einem jeden Menschen Sehnsucht und Kopfweh bereitete. Und obwohl nicht gerade schwindelfrei, wäre Cheng gerne diese letzten Meter, über die hier die Welt verfügte, hinaufgeklettert und ...

Cheng spürte einen Arm auf seiner Schulter. Es war Dr. Thiel, der mit einer Körperdrehung abwärts wies. Zu dritt gingen sie wieder auf die erste Ebene und gelangten auf der Südseite in das Innere einer Umschalung, von der eine Treppe hinunter ins Panoramacafé führte. Mit einem Schlag umgab Wärme die Männer. Cheng ließ sich noch am Anfang der Treppe von Mortensen aus seinem Mantel helfen, da er ihn wegen der Schwere und Steifheit als zusätzliche Behinderung empfand. Am Ende dieser Treppe stand ein wuchtiges Exemplar von Mensch, dessen Aufgabe es war, unautorisierte Personen am Durchgang zu hindern. Dr. Thiel zückte seine Dienstmarke und hielt sie dem Mann vors Gesicht, wie man etwa einem gefährlichen Tier eine Süßigkeit entgegenstreckt.

»Ich bin Assistent von Hauptkommissar Rosenblüt.«

Der Securitymensch sah an Thiels Schulter vorbei auf Cheng und Mortensen, welche hintereinander auf der schmalen Treppe standen und jetzt aussahen, als würden sie in einer extrem verkleinerten und in bezug auf die Kostüme verarmten Version von »Ein Amerikaner in Paris« auftreten. (Das ist der Film mit dieser herrlich breiten Treppe, die einen Oscar erhielt, die Treppe.)

»Kollegen aus dem Ausland«, erklärte Dr. Thiel.

»Davon weiß ich nichts«, sagte der Mann.

»Dafür kann ich nichts, daß Sie davon nichts wissen. Was wollen Sie eigentlich? Daß ich Sie festnehmen lasse? Na gut, Sie mögen fürs deutsche Fernsehen arbeiten, ich aber arbeite für die deutsche Polizei. Das macht Sie zwar in den Augen der Majorität zum liebenswerteren Menschen, erhöht aber nicht Ihre Befugnisse.«

»Schon klar«, registrierte der Mann, trat zur Seite, wies nach Osten und erklärte, man würde Hauptkommissar Rosenblüt in einem Nebenraum am Ende des Schlauchs finden. Zwecks Maske.

»Eine Maske kann nicht schaden«, witzelte Dr. Thiel, der wieder zu seiner alten Form und Arroganz zurückgefunden hatte. Er vermittelte einen frischen Eindruck. Zurück im Leben.

Das Gedränge war beträchtlich. Viele liefen auf dem engen Gang hin und her. Umbauten wurden vorgenommen. Kameras in Position gebracht. Die Beleuchtung eingerichtet und die Akustik getestet. Vor allem aber sagte einer dem anderen, was er zu tun habe und wie. Keine Frage, daß alles auch funktioniert hätte, wäre es etwas weniger hektisch zugegangen. Aber das Hektische, das sich vor allem aus einem ungehemmten Delegieren heraus ergab, schuf erst die Atmosphäre, die man für nötig hielt, um im einzig richtigen Moment in den Zustand größtmöglicher Konzentration überzugehen, dann, wenn die Sendung begann. Diese Leute hier hielten sich für Künstler, ganz gleich, wofür und für wen sie arbeiteten. Die Kunst passierte sozusagen vor der Übertragung, kulminierte in der Hektik, kulminierte im virtuosen Delegieren, in den gegenseitigen Vorwürfen, Belehrungen, Anweisungen, in der allgemeinen Besserwisserei und in jedermanns Erregtheit.

Nachdem die drei Männer sich durch eine Hälfte des Kreisganges hindurchgekämpft hatten, gelangten sie vor einen Bereich, der durch einen Vorhang abgetrennt war. Dr. Thiel schob das Stück Stoff zur Seite und trat ein. In dem kleinen, verdunkelten Raum waren zwei Spiegel aufgestellt. Vor dem einen, der weiter hinten stand, saß Rosenblüt, vor dem anderen Nela Flemming, die sich soeben ihre berühmte Nase eigenhändig puderte. Rosenblüt hingegen wurde von einer Visagistin bedient, der es gelungen war, die Paul-Newman-Parallele seines Antlitzes noch stärker herauszuarbeiten. Rosenblüt bemerkte die Eingetretenen, drehte sich aber nicht um. Einen Moment schien es, als wolle er sprechen. Dann aber schloß er den bereits halb geöffneten Mund, verkrampfte sich. Es war Frau Flemming, die sich kurz umwandte und fragte, was der Überfall solle. Dr. Thiel zeigte seine Dienstmarke, entschuldigte sich für die Störung und erklärte, er müsse den Hauptkommissar in einer dringenden Angelegenheit sprechen.

»Hat das nicht Zeit bis nachher?« wollte Frau Flemming wissen, während sie, den Kopf nach links und rechts schwenkend, ihre beiden Gesichtshälften überprüfte.

»Tut mir leid, nein.«

»Wie ich die Polizei kenne«, meinte Nela Flemming, »ist alles schrecklich geheim. Und Sie wollen mich sicher nicht dabeihaben.«

Dr. Thiel erklärte, den Hauptkommissar auch draußen sprechen zu können.

»Wo draußen?« fragte Frau Flemming.

»Auf der Plattform.«

»Wollen Sie, daß mein Studiogast erfriert?« spottete die Fernsehdame. Und an Rosenblüt gerichtet: »Wir möchten Sie unserem Publikum doch lebend präsentieren, Herr Hauptkommissar, nicht wahr?«

Rosenblüt lächelte gequält. Gequälter ging es gar nicht mehr.

Nela Flemming erhob sich, zupfte ein wenig an ihrem bodenlangen Abendkleid, schien mit der eigenen festlichen Erscheinung durchaus zufrieden zu sein und trat hinaus. Man konnte noch hören, wie sie sogleich einen Schwall von Anweisungen entließ.

Eben wollte Dr. Thiel dazu ansetzen, auch die Visagistin hinauszubitten, da spürte er Chengs festen Griff. Der Detektiv stand nun nicht mehr hinter ihm, sondern seitlich und zog jetzt den Polizisten zu sich, da man von dieser Stelle aus einen besseren Blick auf Rosenblüt besaß. Und damit auch auf das funkelnde Stück Metall, welches an Rosenblüts Hals angelegt war. Es war kein Küchen- oder gar Schlachtermesser, das nun nicht, sondern ein kleines skalpellartiges Instrument, welches wohl nicht nur zur Grundausrüstung von Anatomen, sondern auch von Maskenbildnern gehörte. Einen Hals mit einem solchen Messer zu durchtrennen hätte natürlich eine Menge Mühe bedeutet und auch niemals eine saubere, glatte Arbeit ergeben. Andererseits lag die Klinge dieses Messers so auf dem Hals auf, daß mit einem einzigen raschen Schnitt Rosenblüts Halsschlagader durchtrennt gewesen wäre. Wozu es sicher keine vierundvierzig Sekunden gebraucht hätte.

»Sie sollten das lassen. Es bringt doch nichts«, sagte Dr. Thiel, hob beide Arme leicht an und offerierte die Leere seiner Hände.

»Woher wollen Sie das wissen?« fragte die Frau, die das Messer an Rosenblüts Hals hielt und dabei in keiner Weise nervös oder gehemmt wirkte. Sie trug ihr Haar kurz und grau. Ein gefärbtes Grau, was man auch sah. Daß man es sah, änderte aber nichts daran, daß die Frau nun älter wirkte. Auch zierlicher, kleiner. Und modischer. Sie war mit einer Art Maoanzug bekleidet, der aus einer Unmenge von kleinen Plastikkugeln gewebt war, die eine cremefarbene, glänzende Oberfläche ergaben. Bei jeder Bewegung pflanzte sich der Glanz wellenförmig weiter. Allerdings rührte die Frau in diesem Moment nichts anderes als ihren Mund, dessen Lippen denselben Farbton von heller Margarine besaßen wie der Anzug, weshalb sie kaum auszumachen waren, die Lippen, sondern bloß das dunkle Loch, das beim Sprechen auf- und zuschnappte. Das Gesicht jedoch war breit wie eh und je. Auch war die Form und Farbe ihrer Augen unverkennbar. Augen, die noch immer den Eindruck von etwas Ausgeschnittenem besaßen. Augen, die ja zumindest Cheng deutlich zu Gesicht bekommen hatte, damals im Zweiffelsknoter Münster. Während dagegen Mortensen die Frau bloß im diffusen Licht von *Tilanders Bar* und hinter den entfernten Scheiben von Marlocks Wohnung gesehen hatte. Für Dr. Thiel war es überhaupt das erste Mal, daß er ihrer ansichtig wurde. Aber auch trotz der grauen, kurzen Haare begriff er, wen er vor sich hatte.

Moira Balcon sah hinüber zu Cheng und fragte ihn, als hänge davon das Leben des Mannes ab, der sich unter der Bannkraft ihres Messers befand: »Heute ohne Hund unterwegs?«

»Er mag keine Türme, mein Hund. Genauer gesagt, er haßt Aufzüge.«

»Gut so. Ein Hund hat in einem Fernsehturm so wenig verloren wie in einer Kirche.«

»Darüber kann man unterschiedlicher Meinung sein«, meinte Cheng. »Es gab Zeiten, und ich denke nicht, daß diese viel unchristlicher waren als die unseren, da hatten die Leute mehr Spaß an ihren Gotteshäusern. Und kein Haustier mußte draußen bleiben.«

Nicht, daß Cheng wirklich eine Ahnung hatte. Er konnte sich nur vage an ein Gemälde erinnern, auf dem es im Inneren einer Kirche wie auf einem Marktplatz ausgesehen hatte. Cheng war selten darum verlegen, aus seiner Halbbildung heraus etwas zu behaupten. So auch jetzt, in diesem nicht gerade einfachen Moment. Was Dr. Thiel nicht gefiel. Er bat Cheng, gefälligst den Mund zu halten. Offensichtlich hielt er es für unangebracht, einer Frau zu widersprechen, die ein Messer gegen den Hals seines Chefs gerichtet hielt. Und wie um Dr. Thiels Bedenken zu bestätigen, vollzog Moira Balcon samt Rosenblüt und dem Stuhl, auf dem er saß, eine drehende Bewegung zu den drei Männern hin. Bisher hatten sie Rosenblüt nur vom Profil her gesehen, seine rechte Seite. Nun aber, in frontaler Ansicht, erkannten sie, daß sich auf seiner linken Backe ein dunkler Fleck abzeichnete.

Moira Balcon hatte nichts dagegen, daß die drei Männer näher traten. Natürlich nicht. Balcon war eitel wie alle Künstler. Und wenn etwas sie zutiefst schmerzte, dann war es der Umstand, daß ihre kleinen Kunstwerke immer hinter ihren Tötungen zurückstanden. Es war so gut wie ausgeschlossen, daß ihre Graphiken den Weg in eine Galerie, in ein Museum fanden. Statt dessen landeten sie immer nur in den Archiven der Polizei und Justiz. Und Moira Balcon selbst würde auch nie den unter englischen Künstlerinnen so beliebten Titel einer »Lady« erhalten. Sie fand, daß »Lady Balcon« einfach herrlich klang. Es war vielleicht der größte Wunsch in ihrem Leben, diesen Titel zu tragen, bloß um den musikalischen Klang, der sich daraus ergab, genießen zu können. Aber sie wußte selbst sehr genau, daß dies unmöglich war. Denn obwohl sie diese Auszeichnung verdient hätte, wäre es natürlich skandalös gewesen, eine Frau zur Ordensträgerin des British Empire zu ernennen, dafür, daß sie den Feinden dieses Empire die Schädel abschnitt, um Ritualmorde vorzutäuschen. Das mochte wichtig und richtig sein, notwendig und effektiv, entsprach aber nicht der Leistung, welche ein »Grand Cross in the Orders of Chivalry« üblicherweise nach sich zog.

Also blieb ihr eine Kunst, die nur wenige zu Gesicht bekamen und die fast immer vom Standpunkt der Angst oder der Kriminalistik aus betrachtet wurde. So auch jetzt. Allerdings kamen die drei Betrachter nicht umhin, eine gewisse Begeisterung für das handwerkliche und künstlerische Vermögen zu verspüren, mit welchem Moira Balcon vorgegangen war. Unter Verwendung eines gut zugespitzten Schminkstiftes hatte sie auf Rosenblüts linke Wange dessen Porträt aufgezeichnet. Eine Backe war nun wahrlich ein schwieriger Malgrund. Trotzdem war es der Engländerin gelungen, mit wenigen sicheren Strichen und einigen verwischten Stellen ein unverkennbares Abbild des Hauptkommissars herzustellen. Wobei erneut auffiel, und klarer denn je, daß Balcons Porträts alles Karikaturistische fehlte, daß keine Überhöhung bestand, außer jener, die aus dem Untergrund beziehungsweise Hintergrund resultierte. Allein darin bestand die Ironie. Der Umstand hingegen, daß dieses Porträt noch stärker als der originale Rosenblüt an das Konterfei Paul Newmans erinnerte, hatte seinen schlichten Grund in einer gewissen Konturiertheit, des geringen Formats wegen.

Cheng, Mortensen und Dr. Thiel ertappten sich dabei, begeistert zu sein. Weshalb ein jeder wieder einen Schritt zurück trat, wie um dem Reiz des Ästhetischen zu entkommen und sich darauf zu konzentrieren, daß die Zeichnung auf Rosenblüts Wange einem Todesurteil gleichkam.

Es war erneut Dr. Thiel, der Worte fand. Allerdings Worte von geringer Kraft. »Wem soll das nützen, Frau Balcon?«

»Ich habe einen Auftrag«, erklärte die Agentin. »Es wäre ungehörig, ihn nicht zu erfüllen.«

»Unsinn, von einem Auftrag kann keine Rede sein. Zweifelsknot ist nicht die deutsche Zweigstelle des Secret Service, sondern eine Psychiatrie. Muß ich Ihnen das wirklich sagen? Muß ich Ihnen sagen, daß Sie ein Problem haben?«

»Ich hatte eines. Das ist richtig. Meine Seele war ... ungerade. Aus den Fugen. Aber das ist vorbei. Meine Seele ist gerade. Und es gibt Arbeit, die zu tun ist.«

»Wollen Sie damit sagen«, fuhr Cheng dazwischen, »man hätte Sie angewiesen, Rosenblüt zu liquidieren? In der üblichen Weise? Hier oben auf dem Fernsehturm?«

»So ist es. In der üblichen Weise. Und doch mit einer Neuerung. Ich fand die Idee aufregend, Modell und Zeichnung zu vereinen. Kopf und Porträt.«

»Unfug!« preßte Dr. Thiel hervor. »Hören Sie gefälligst auf, sich einzureden, auf Befehl zu handeln. Wenn Sie nicht anders können, bitte, so muß es eben sein: Töten Sie Rosenblüt! Aber dann besitzen Sie wenigstens das bißchen Courage, sich klarzumachen, daß hinter dieser Tat nicht die geringste Legitimation steht: kein Auftrag, kein Befehl, kein Secret Service, kein British Empire. Kein ehrenvolles Handeln. Nur Mord. Der Mord einer Verrückten.«

»Roßkur«, murmelte Mortensen.

Doch Moira Balcon war bloß ein wenig verwundert. Sie sah Dr. Thiel an, als sei *er* der Verrückte, als habe zumindest *er* etwas nicht begriffen. Sie sagte: »Sie irren sich.«

Sie sprach so ruhig, daß Cheng automatisch seine Augen zusammenkniff, als sei die Wahrheit eine kleine Fliege, die im Dunkel des Raums zu erkennen einiges an Mühe kostete. Und doch meinte Cheng die Fliege entdeckt zu haben. Er sagte: »Ich fürchte, es stimmt. Sie hat einen Auftrag.«

»Wozu soll das gut sein, Cheng?« fragte Dr. Thiel. »Weshalb fallen Sie mir in den Rücken?«

Es war nicht Cheng, der antwortete, sondern Rosenblüt, dessen beim Sprechen nach vorn wippender Kehlkopf sich sachte in die scharfe Klinge drückte, ohne daß aber die Haut sich öffnete. So als müsse jedes seiner Worte eine Reihe kleiner, scharfer Hindernisse überwinden, erklärte der Hauptkommissar in stockender Weise, daß es sich wohl tatsächlich um einen Auftrag handle. Allerdings um einen – und dabei schob er seinen Kopf ein klein wenig nach hinten, Moira Balcon zu –, welcher dazu diene, sämtliche Personen, die es zu beseitigen gelte, an einem Ort zu vereinen.

»Sie müssen wirklich verrückt sein, Balcon«, sagte Rosenblüt, »wenn Sie meinen, Sie würden lebend hier herauskommen.«

»Es wird immer zuviel geredet«, erklärte Moira Balcon, und es sah aus, als wollte sie endlich ihr Werk vollenden. Die Haut riß, Blut quoll hervor. Doch es war kein wirklicher Schnitt, bloß ein Öffnen mittels Druck, wenige Millimeter tief.

Rosenblüt sprach nun schneller. Er redete dagegen an, daß die Engländerin das Messer tiefer eindringen ließ. Er sagte: »Überlegen Sie doch, Balcon. Wie ideal. Wir stecken jetzt alle in diesem dummen Turm, Sie und ich, und jetzt auch noch Cheng und Dr. Thiel und ...«

»Mortensen«, sagte Mortensen. »Ich bin der Zeuge.«

»Na sehen Sie«, donnerte Rosenblüt und lachte ein Lachen wie aus einer Konservendose. »Sogar Zeuge Mortensen ist anwesend. Ausgezeichnet. Alle endlich vereint. Welch Glück für jene Leute, die so um die Sicherheit ihrer Geheimdienste besorgt sind und die mit gutem Grund angenommen haben, ich würde das Fernsehen dazu benutzen, eine kleine Geschichte über Zweiffelsknot zu erzählen.

Hören Sie, Balcon, Sie haben ein paar unverzeihliche Dinge getan. Einfach zuviel des Guten. Man mordet nicht so in den lieben langen Tag hinein. Callenbachs Therapie hat versagt. Sie aber denken, alles sei in Ordnung, bloß weil man Sie beauftragt hat, mich um einen Kopf kürzer zu machen. Wie in guten alten Zeiten. Ich kann mir vorstellen, wie das abgelaufen ist. Ihre Mittelsleute haben angerufen und Ihnen erklärt, daß es den legitimen Interessen beider Länder entsprechen würde, diesen vorlauten Hauptkommissar aus dem Verkehr zu ziehen. Jemand muß es nun mal tun. Und warum nicht die Beste. Warum nicht jene Frau mit ihrer fabelhaften Porträtkunst, die so bestechend den Mord eines Übergeschnappten vorzutäuschen versteht. Aber was denken Sie, Moira, was passiert, wenn das erledigt ist? Dann sind *Sie* an der Reihe. Mein Wort drauf.«

»Ihr Wort ist nichts mehr wert«, sagte Moira Balcon.

Das Blut, das aus der kleinen Wunde trat, glitt in zwei Rinnsalen an Rosenblüts Hals hinab. Wie eine Vorhut. Aber dabei blieb es. Moira Balcon tat nicht, was sie hätte tun müssen. Sie hörte in diesem Moment auf, eine Agentin zu sein. Man könnte also behaupten, daß sie von da an nur noch eine Verrückte war, aber keine verrückte Mörderin mehr. Es ist eigentlich schwer zu glauben, daß Moira Balcon sich von Rosenblüts aufgeregter, holpriger Rede hatte überzeugen lassen.

Viel wahrscheinlicher war es, daß ihr eigenes Zögern die Schuld daran trug. Indem sie gezögert hatte, war der Faden gerissen. Und zwar definitiv. Sie hatte es ja kurz zuvor noch selbst gesagt: Es wird immer zuviel geredet. Dabei war sie nie in ihrem Leben unschlüssig gewesen, auch diesmal nicht, als sie daran gegangen war, als Visagistin aufzutreten und Rosenblüt das Messer an die Gurgel zu halten, um ihm in aller Ruhe und ebenso zügig sein Bildnis auf die Wange aufzumalen. Eigentlich war das ihr Meisterstück gewesen. Noch dazu in Anwesenheit der bereits zu Ende geschminkten Nela Flemming, die in einem fort geredet und in keiner Weise realisiert hatte, daß keine zwei Meter entfernt ihr Studiogast in Todesangst verharrte und im Spiegel zusehen mußte, wie auf seiner Wange nach und nach das ausgesprochen gelungene Abbild seines Konterfeis entstand. Ein Abbild, das übrigens genau jene Todesangst *nicht* herausstellte, sondern Rosenblüts Gesicht in gelösten und edlen Zügen wiederzugeben verstand. Denn: Die große Kunst ist nie eine entlarvende, sondern immer eine idealisierende. Das wird heutzutage gerne vergessen. Leider.

Nun, Moira Balcon hatte zu lange gewartet. Sie gab auf. Sie schob das Messer von Rosenblüts Hals weg, wodurch zwar die Öffnung in der Haut sich weitete, aber in einem durchaus erträglichen Maße. So gelungen das Porträt auf der Wange auch sein mochte, das Kunstwerk als Ganzes blieb Fragment. Moira Balcon wischte das scharfe Instrument an einem Tuch ab und legte es in einer ungemein langsamen, ausführlichen Weise, zugleich abwesend, traurig, in ihren Schminkkoffer zurück.

Cheng, Mortensen und Dr. Thiel sahen ihr dabei zu, staunend, wie versteinert. Rosenblüt hingegen schien gleich wieder der Alte zu sein. Oder er überspielte auch bloß seinen Schrekken. Jedenfalls zog er wie nebenbei ein Taschentuch aus seiner

Hosentasche und preßte es gegen die Wunde. Dann blickte er an sich hinunter, ob sein Jackett etwas abgekommen hatte. Er bemerkte einen Blutstropfen auf dem Revers, zog mit der freien Hand einen Zipfel des Taschentuchs herab und drückte ihn auf den Jackenaufschlag. So saß er also da und wirkte nicht anders als jemand, der eine notwendigerweise unbequeme Haltung eingenommen hatte. Dann wandte er sich an Dr. Thiel: »Rufen Sie die Kollegen. Ich will nicht, daß unserer Frau Balcon etwas passiert. Denn *daß* ihr etwas passieren soll, noch hier im Fernsehturm, davon dürfen wir ja nun ausgehen.«

Während Thiel nach seinem Handy griff und ein Einsatzkommando anforderte, blickte Rosenblüt zu Cheng und sagte: »Schön, Sie zu sehen.«

»Es ist beinahe merkwürdig«, erklärte der Detektiv, »daß wir alle in diesem Moment noch am Leben sind.« Und mit wenigen Worten legte er die Geschehnisse der letzten Nacht dar und damit die gegenseitige Lebensrettung, die ihn und Dr. Thiel nun verband. Daß sich freilich die Leiche einer englischen Agentin noch in seinem Büro befand, davon brauchte er nicht auszugehen. Der Secret Service gehörte immerhin zu jenen Organisationen, die, auch wenn sie einmal Mist gebaut hatten, diesen Mist umgehend bereinigten. Wegschafften, was wegzuschaffen war. Die Putzkolonnen der Geheimdienste verdienten den Begriff legendär.

»Etwas derartiges war zu befürchten gewesen«, meinte Rosenblüt. »Allerdings erstaunt es mich, daß sich Dr. Thiel für Sie, Cheng, stark gemacht hat. Ich dachte, er mag Sie nicht.«

»Zuneigung war kein Argument«, fuhr Dr. Thiel dazwischen, während er sein Handy zurücksteckte.

»Was Sie getan haben«, sagte Rosenblüt, »ist Ihre Privatsache. Wenn Sie nach Dienst Detektive retten, bleibt das Ihr Hobby. Klar?«

Dr. Thiel reagierte, indem er kurz seine Lider senkte, um in der Folge zu erklären, er habe veranlaßt, daß der Turm umstellt werde und ein Trupp nach oben komme. Zur Absicherung sämtlicher Etagen. Er habe dies mit einer anonymen Drohung begründet. Freilich werde die Mannschaft versuchen, solange die Sendung laufe, sich im Hintergrund zu halten. Damit keine Aufregung entstehe und Rosenblüt sagen könne, was zu sagen sei.

»Ich hatte nicht vor«, gestand Rosenblüt, »irgend etwas zu sagen. Ich meine, etwas, das Zweiffelsknot betrifft. Und diverse Umtriebe. Wirklich nicht. Solche Enthüllungen besitzen kaum einen tieferen Wert. Zumindest keinen, der unsere Republik in ein Paradies verwandeln würde. Jetzt aber bleibt mir nichts anderes übrig. Neukomm, der Kretin, hat es verdient. Und seine verdammten Engländer. Indem ich rede, schütze ich mich. Hoffentlich. Wenn schon die Welt davon nicht besser wird.«

»Damit schützen Sie uns alle«, sagte Dr. Thiel. »Hoffentlich.«

Während er das sagte, glitt der Kopf irgendeines Fernsehmenschen durch den Spalt des Vorhangs. Es sei an der Zeit. Zehn Minuten bis zur Sendung. Das Mikro sei noch einzurichten. Der Kopf verschwand wieder.

Rosenblüt nahm eine Rolle Wundpflaster und eine Schere vom Schminktisch, schnitt ein langes Stück herunter und zog es sich mit einer Selbstverständlichkeit, als würde er sich ein Gebiß einsetzen über seine Halswunde. Dann stand er auf, vollzog sein berühmtes toxisches Lächeln und sagte: »So will ich denn unter *Flemmings Nase* treten.«

»Das Porträt!« rief Mortensen, als Rosenblüt sich erhob und auf den Vorhang zuging.

»Natürlich. Sie haben recht. Die Zuseher würden sich auf das falsche Gesicht konzentrieren.« Rosenblüt machte kehrt und trat vor Moira Balcon hin, die gegen einen Tisch gelehnt stand und sich nun unweigerlich aufrichtete.

»Tun Sie das weg«, sagte Rosenblüt. Es war keine Bitte und es war kein Befehl. Es mußte einfach getan werden. Und wer eignete sich besser, ein Abbild verschwinden zu lassen, als die Person, die es geschaffen hatte? Vielleicht aber war dies auch nur Rosenblüts billige Revanche dafür, daß er richtig Schiß gehabt hatte, solange die Messerklinge an seinem Hals gewesen war.

Moira Balcon schien völlig willenlos, als sie jetzt nach einem Bausch Watte griff, ihn mit einer Flüssigkeit besprühte und die

Zeichnung von Rosenblüts Wange rieb. Niemand von den Anwesenden kam dabei auf die Idee, auf sie acht zu geben oder zumindest das Skalpell aus dem Koffer zu ziehen und zu verwahren. Alles blieb, wo es war. Denn es schien völlig eindeutig, daß Moira Balcon ihre Gefährlichkeit eingebüßt hatte. Daß das Mörderische an ihr schlichtweg verblüht war. Sehr viel rascher, als je ein Aufzug einen Turm würde hinauffahren können. Und das alles nur, weil Moira Balcon für einen Moment gezögert und im Moment des Zögerns festgestellt hatte, es werde ständig zuviel geredet.

Etwas derartiges sprach man nicht aus, sondern dachte es bloß und handelte danach. Indem man es aber artikulierte, es als einen Vorwurf nach außen trug, war man bereits selbst ein Teil des Problems. Eines Problems, dessen parodistische Ausformung in vielen Agentenfilmen zum Ausdruck kam. Vor allem in James-Bond-Produktionen, in denen die Bösewichte ewig lange Reden hielten, hochkomplizierte Tötungsarten entwarfen und selbige wortreich beschrieben. So, als könnte man allein durch Worte einen britischen Geheimagenten zersägen, als zertrümmere allein die Beschreibung des Todes das menschliche Herz einer Doppelnull. Sie reden und zelebrieren und phantasieren, anstatt einfach die nächstbeste Kugel aus einer ihrer Pistolen- und Gewehrläufe auf diesen grinsenden Menschen abzufeuern. Aber nein.

Natürlich hatte Moira Balcon keine ewig langen Reden geschwungen, und doch hatte sie ihr Mundwerk zu lange benutzt. Und auch noch das falsche gesagt. Vorbei. Ende. Eine große Sehnsucht nach Zweiffelsknot packte sie. Eine Sehnsucht nach Dr. Callenbach. (Drei Menschen hatte Moira Balcon nicht getötet, obwohl sie Porträts von ihnen angefertigt hatte. Rosenblüt, weil sie an sich selbst gescheitert war. Cheng, da sie mit der Zeichnung, die sie von ihm angefertigt hatte, nicht wirklich zufrieden gewesen war und gemeint hatte, ein mißglücktes Porträt sei Strafe genug. Und Dr. Callenbach, in den sie sich verliebt hatte, wobei zu sagen ist, daß der Arzt diesbezüglich ohne Ahnung war und ihn auch kaum eine Schuld traf. Es war nun mal passiert und Moira Balcon verrückt genug, einen Menschen, den sie liebte, nie und nimmer umzubringen. Trotz gelungenem Porträt.)

»Fertig«, sagte sie, nachdem Rosenblüts Wange vollkommen gereinigt war. Ein roter Fleck zeugte vom Verschwinden der Kunst.

»Jetzt aber wirklich«, meinte Rosenblüt. Und als er an Dr. Thiel vorbeikam: »Bringen Sie Frau Balcon in mein Büro. Sofort. Und ich hoffe, Sie geben auf die Dame genausogut acht wie auf unseren Herrn Cheng.«

»Ich dachte, das sei mein Privatvergnügen gewesen?«

»Herr Cheng ja. Frau Balcon nein«, bestimmte Rosenblüt, griff sich an den Hals, tippte gegen das Pflaster und ging durch den Vorhang hinaus in das zur Fernsehbühne umgewandelte Café.

»Beeilen wir uns«, bestimmte Dr. Thiel. Es war nur allzu wahrscheinlich, daß sich irgendwo in diesem Turm eine oder mehrere Personen befanden, deren Auftrag darin bestand, Moira Balcon nach erfolgter Durchtrennung von Rosenblüts Schädel zu eliminieren. Um solcherart ein merkwürdiges Chaos zu hinterlassen, welches auf alles mögliche, aber sicher nicht auf die Machinationen eines deutschen und eines britischen Nachrichtendienstes hingewiesen hätte. Nun, Rosenblüts Kopf war noch immer dort, wo er hingehörte. Was aber nicht bedeuten mußte, daß die Leute, die auf Moira angesetzt waren, nicht in Erscheinung treten würden. Im Gegenteil.

In erster Linie wollte Thiel aus dem Bereich der Fernsehproduktion gelangen, um nicht das Leben Unbeteiligter zu gefährden. Zu Mortensen sagte er: »Sie bleiben hier. Hier in dieser Etage. Mischen Sie sich unter die Fernsehleute. Bleiben Sie in Rosenblüts Nähe. Bleiben Sie in der Nähe der Kameras.«

Im Grunde hatte Mortensen das Bedürfnis, sich auf der Toilette einzuschließen. Aber er nickte bloß. Gemeinsam trat man aus dem abgedunkelten Raum heraus. Die Männer bemerkten nicht einmal, daß Moira Balcon ihren Schminkkoffer an sich genommen hatte. Nicht, daß sie etwas plante. Sie hatte ganz automatisch danach gegriffen. Kein Handwerker ließ sein

Werkzeug einfach stehen. Auch dann nicht, wenn er kurz zuvor beschlossen hatte, dieses Handwerk aufzugeben.

Im Café herrschte ein Höhepunkt an Aufgeregtheit, ein geradezu fiebriges Ineinandergreifen von Anweisungen, wie dies kurz vor Sendebeginn ein absolutes Muß darstellte. Das Licht der Scheinwerfer verlieh allem und jedem einen metallischen Glanz, der an die Außenhaut des Turmkorbs erinnerte. Die Leute wirkten jetzt nicht weniger künstlich als die Gegenstände. Eine organische Ausstrahlung besaß allein Nela Flemming, die nun mehr denn je einer schönen, großen, roten Pflanze glich. Sie saß auf einem lichtblauen Sofa, das die Form eines Halbkreises besaß, und hatte die Beine übereinandergeschlagen. Ein Stück nackten Knies ragte aus den Schichten dünner Seide heraus. Nur dieses eine Knie. Nicht mehr. Die Vulgarität dieser Frau besaß eine große Leichtigkeit. Und etwas Frommes. Sie war als einzige vollkommen verstummt. Ihr Gesicht hatte sie bereits in Richtung auf die Kamera gerichtet, als blicke sie einem guten Freund entgegen. Dem besten und liebsten unter allen. Und gewissermaßen war die Fernsehkamera ja auch wirklich jenes Objekt, für das Nela Flemming – neben Türmen – die größte Sympathie empfand.

Auf der anderen Seite des blauen Sofas saß Rosenblüt. Irgendjemand war über ihn gebeugt und fummelte an seinem Revers herum. Ob wegen des Blutfleckens oder des Mikros, war nicht zu erkennen. Jemand anders rief nach der verdammten Visagistin. Rosenblüts linke Wange leuchtete. Zu spät. In wenigen Sekunden mußte man auf Sendung gehen. Es würde auf diese eine gerötete Wange nicht ankommen dürfen.

Währenddessen stellte sich Mortensen zwischen zwei Kameras. Er spürte die Wärme, die von all den Gerätschaften ausging. Eine Wärme, die ihm guttat. Er stand da, als gehöre er dazu. Einen Moment dachte er an seine Romane, derentwegen er überhaupt in diese Situation geraten war. Obwohl sie inhaltlich wenig miteinander zu tun hatten, sah er sie als ein Triptychon vor sich. So betrachtet, wäre es unsinnig gewesen, ein viertes Buch zu schreiben und damit die Einheit zu gefährden. Er überlegte ernsthaft, sich zur Gänze dem Geschäft der Tierpflege zu widmen. Das Sitten von Katzen und Hunden und anderen freundlichen Wesen zu professionalisieren. So war er ganz in Gedanken versunken, obwohl in wenigen Sekunden und keine paar Meter von ihm entfernt eine weitere Folge von *Flemmings Nase* über die Bühne gehen würde.

Bomben und Spatzen

Inmitten schwarzer Dschungeln von Fabriken
Und todgeladner Drähte Kreuz und Quer
Sieht man die Spatzen flattern, nisten, brüten, mausern, picken,
Als ob die Welt ein Schutzpark wär!

(*Lob der Spatzen*, Carl Zuckmayer)

Während bereits der Vorspann ablief und eine Stimme aus dem Off den heutigen Stargast Hauptkommissar Rosenblüt als den einzig wirklich charmanten Kriminalisten Deutschlands ankündigte, begaben sich Cheng, Balcon und Dr. Thiel über eine Treppe in das darunterliegende Restaurant. Einige Kellner liefen durch die Gegend und rundeten die Gedecke um eine letzte, geschmackvolle Note ab. Gäste waren keine zu sehen. Der gastronomische Ort würde an diesem Abend allein Nela Flemming und ihrem Team zur Verfügung stehen.

Die drei Personen setzten sich an einen der Tische. Ein Kellner kam herbeigeeilt. Dr. Thiel griff sofort zu seiner Waffe. Zog sie aber nicht, sondern erklärte, er sei der Produzent der Sendung, die gerade ein Stockwerk höher ablaufe. Damit scheuchte er den Angestellten fort.

»Wäre nicht gerade neu«, sagte Cheng, »würde sich ein Killer als Kellner verkleiden. Aber man kann natürlich nicht wissen.«

Dr. Thiel gab keine Antwort, nahm jedoch die Hand vom Griff seiner Waffe. Man saß da, stumm, wartete. Ein weiterer Schnaps hätte gutgetan. Aber die Zeit der Schnäpse war vorbei.

Die Minuten zogen dahin. Dr. Thiel wirkte nun wieder nervös, sah mehrmals auf seine Uhr. Was Cheng dazu animierte, den Zustand seiner Freimaurerruhr zu überprüfen. Er atmete auf. Die Bläschen hatten sich zur Gänze aufgelöst. Die Zeiger und das Zifferblatt offenbarten sich so frei und deutlich wie eine Landschaft in klarer Luft. Chengs Zeit war wieder vollständig. Daß diese Zeit auch der allgemein gültigen Stunde und Minute entsprach, daß die Uhr also »richtig« ging, kümmerte ihn gar nicht so sehr. Er war froh um die ungetrübte Sicht. Er hätte auch eine falsche Zeit, die immerhin abzulesen war, gegenüber einer richtigen, die im verborgenen lag, bevorzugt.

Dr. Thiels Handy klingelte. Es klingelte im Stile Chopins. Dr. Thiel sagte bloß: »Ja« und horchte dann eine Weile zu. Nachdem das Telefonat beendet war, erhob er sich und erklärte: »Wir müssen hinunter ins nächste Stockwerk. Zur Küche. Dort treffen wir unsere Verstärkung.«

Dr. Thiel fand es an der Zeit, nun doch seine Pistole aus dem Holster zu ziehen. Allerdings praktizierte er weiterhin ein Understatement, indem er die Waffe nicht wie einen Pokal in die Höhe hielt, sondern vor dem dunklen Hintergrund seiner Anzughose baumeln ließ. Seinen Mantel hatte er zwischenzeitlich abgelegt. Auf sämtlichen Etagen war es ungemein warm. Man bewegte sich wie durch ein Terrarium. Was erst recht für die Küche galt. Eine wirklich nette Küche, muß gesagt werden, wenn man die Aussicht bedachte, angesichts derer die hier arbeitenden Personen allerfeinste Speisen zubereiteten. Der Ruf dieser Küche war exzellent. Ihr guter Ruf hatte existiert, bevor auch nur eine einzige Zwiebel geschält, ein einziges Stück Fleisch gebraten worden war.

Mancher Ruf ergibt sich nun mal noch vor seiner Begründbarkeit. Vergleichbar manchen Kinofilmen, die bereits einen Kultstatus besitzen, ehe sie jemand überhaupt gesehen hat. Ob ein solcher Ruf nun wirklich zu Recht besteht, ist dann eigentlich kaum noch feststellbar. Der Ruf, der Kult, wird ja zu einer Zeit manifest, da das Produkt noch gar nicht rezipiert werden kann. Im Falle von Restaurants hängt dies in der Regel mit Haubenköchen zusammen, denen ihr Ruf vorauseilt und die sich dann quasi in diesen Ruf wie in ein gemachtes Bett hineinsetzen.

Jemand aus dem Personal trat auf die drei zu. Dr. Thiel entschloß sich diesmal, wohl um die Waffe in seiner Hand zu rechtfertigen, seine wahre Identität preiszugeben. Mit der freien Hand zog er seine Marke und erklärte dem verdutzten Angestellten, demnächst würde eine Gruppe bewaffneter Polizisten auf dieser Etage erscheinen. Es handle sich um eine reine Sicherheitsmaßnahme, nichts, weswegen man sich aufregen müsse.

»Kochen Sie einfach weiter«, sagte Dr. Thiel.

Diese Empfehlung ließ Cheng an jene kleinen Orchester denken, die auf untergehenden Schiffen eisern ihre musikalische Pflicht erfüllten.

Der Angestellte faßte sich am Nacken und kehrte wieder zu seiner Arbeit zurück.

Tatsächlich dauerte es nicht lange, da öffneten sich die Türen des Fahrstuhls und vier Männer in Schutzanzügen und mit Maschinenpistolen ausgerüstet, stürmten heraus. Der Rest blieb im Lift und fuhr weiter, um auf der Plattform in Position zu gehen.

Jeder der vier trug einen gepolsterten Helm und hatte ein Mikro vor dem Mund, wie man das von Popstars und modernistischen Telefonierern kannte. Sie wirkten überaus selbstsicher. Nicht so gebückt wie in Fernsehfilmen. Aber auch nicht nachlässig. Männer mit Waffen eben, die sie zu bedienen wußten.

Einer von ihnen stellte sich vor Dr. Thiel hin. Das Salutieren aussparend, beeilte man sich, die Lage zu besprechen. In diesem Moment passierte es. Es ging natürlich so schnell, wie ungute Dinge nur schnell gehen können, angesichts derer vierundvierzig Sekunden wie eine Zeitverschwendung anmuten. Ein Lichtschein fuhr zwischen die Personen, ein sanfter, fast melodischer Knall folgte, und dann breitete sich rasch dicker, schwarzgrauer Qualm aus. Es war nicht anders, als wenn man mit einem Flugzeug in eine dunkle Wolke hineinflog, bloß daß man eben in keinem Flugzeug saß und dieser Rauch sich auf die übelste Weise in die Atemwege drängte. Geschossen wurde nicht. Es wurde gehustet. Ganz offensichtlich ging es dem Angreifer nicht darum, hier ein Blutbad anzurichten, sondern allein Moira Balcon zu greifen und zu beseitigen. Und wahrscheinlich wäre dies auch gelungen, wenn nicht Cheng eine Geistesgegenwart an den Tag gelegt hätte, zu der möglicherweise nur Menschen in der Lage sind, denen ein Körperteil fehlt und die sich fest vorgenommen haben, nie wieder vor eine Straßenbahn zu laufen. Und die in bezug auf herannahende Straßenbahnen seither über einen geradezu sechsten Sinn verfügen.

Es war jedenfalls so, daß Cheng seine Augen rascher als jeder andere geschlossen hatte. Und zwar in einem winzigen Moment, bevor noch der blendende Lichtschein durch den Raum gedrungen war. Cheng hatte auf etwas reagiert, ehe es geschehen war. Und war nun auch so flink und entschlossen, die neben ihm stehende Moira Balcon am Arm zu packen und sie durch den aufsteigenden Qualm in Richtung auf den Stufenabgang zu zerren, über den die beiden hinabstolperten, wie vom Rauch angetrieben, und solcherart in die unterste Etage des Turmkorbes, die Sendestation, gelangten.

Übrigens war der Abgang zwischen Küche und dem Funkbereich erst kurz zuvor geöffnet worden, um eine konzertierte Aktion der Eingreiftruppe zu ermöglichen. Das Konzertierte löste sich jedoch im Qualm weiterer Rauchbomben auf. Sowie im Durcheinander, das sich notgedrungen ergab, um so mehr, als sämtliche Zivilisten instinktiv nach oben drängten, hin zur Plattform. Nicht aber Cheng, der Moira Balcon hinter sich herzog. Doch handelte er nicht weniger instinktiv. Es trieb ihn nach unten, weg von den Leuten, hinein in den Betonschaft. Denn jeder der Polizisten, die hier herumirrten, der Köche, der Kellner, vielleicht sogar der Fernsehleute, konnte einer von denen sein, deren Aufgabe darin bestand, das Problem des Secret Service und des BND zu bereinigen.

Es war einigem Glück zu verdanken, daß Cheng und Moira inmitten von Rauch und Gestank jene Tür erreichten, über der eine Leuchtschrift verwaschen schwebte und auf den Notausgang verwies. Keineswegs glücklich war jedoch der Umstand, daß diese Türe, ob nun aus Nachlässigkeit, Dummheit oder Kalkül, versperrt war. Cheng warf sich dagegen. Nicht aber, weil er dachte, die Tür aufbrechen zu können. Sondern vielmehr aus Erschöpfung und Verzweiflung. Er glitt die metallene Fläche abwärts und landete auf seinem Hosenboden. Moira Balcon hingegen stellte ihren Schminkkoffer ab, rieb sich kurz die vom Qualm tränenden Augen, öffnete dann den Behälter und holte jenes Skalpell heraus, mit dem sie Rosenblüts Hals nur leicht verletzt hatte. Aus dem Griff zog sie, gleich einer Antenne, einen dünnen, federnden Draht, den sie in das Schloß einführte und mit einer Fingerfertigkeit, die etwas von einem Flötenspiel besaß, die Tür öffnete. Ganz einfach. Als breche sie ein Sparschwein auf. Zauberhaft.

Die Tür sprang auf, und sogleich waren Cheng und Balcon in das Innere der Betonsäule gelangt. Und damit in eine kalte, gute Luft. Zumindest besaß diese Luft eine erlösende Wirkung. Cheng schlug die Tür zu. Nur kurz husteten sich die beiden aus, dann stiegen sie die schraubenförmig gewundene Treppe abwärts. Es war ein enger Schacht, der in kurzen Abständen von Spots beleuchtet wurde. Hundertundsechsunddreißig Meter hatten Cheng und Balcon vor beziehungsweise unter sich. Sie meinten den Wind zu spüren, der sich um die Außenhaut der Röhre wickelte. Die Geräusche, die dabei entstanden, gaben einem das Gefühl, an einer Meeresküste zu sein. Derart, daß man das Salzige in der Luft zu schmecken glaubte.

»Warten Sie!« rief Cheng. Er hatte sich auf einer Stufe niedergelassen. Der Schweiß stand wie ein wäßriger Vorhang in seinem Gesicht. Seine Knie zitterten. Sein Atem ging rasselnd. Er hielt seinen Arm in die Höhe, während er gleichzeitig seinen Kopf senkte, um damit zu sagen, daß er umkomme, wenn er nicht kurz pausieren würde.

Moira Balcon, die sich einige Stufen unter ihm befand, stützte beide Hände auf den Schenkel ihres höherstehenden Beines auf und wartete. Sie wußte, daß es nicht an ihr lag, Cheng anzutreiben. Ohnehin war unklar, ob nicht auch am Fuße des Turms eine Gefahr lauerte. In die man also nicht unbedingt atemlos hineinrennen mußte.

Nach einigen Sekunden, in denen Cheng in seiner Erschöpfung wie in einem Seil gehangen war, richtete er seinen Kopf wieder auf und wischte mit der Hand über seine Stirn. Der Schweiß spritzte zur Seite und bildete eine Spur auf der grauen Fläche der Betonwand. Cheng fragte: »Warum haben Sie mich am Leben gelassen? Warum durfte ich meinen Kopf behalten?«

»Weil ich Ihren Kopf nett fand.«

»Nett?«

»Ja. Nett und ... gerade. Die meisten Köpfe sind krumm. Man muß sie richten.«

Aber das war natürlich gelogen. Für Moira Balcon war Chengs Kopf so krumm gewesen wie die meisten anderen. Allein der Umstand eines als mißlungen erachteten Porträts hatte Cheng vor seiner Enthauptung bewahrt. Aber es war nicht anzunehmen, daß er das begreifen würde. Weshalb Moira Balcon einfach log. Nett.

Cheng blieb jedoch hartnäckig, verwies auf die beiden Polizisten, die in Zweiffelsknot hatten sterben müssen, und zwar ausgerechnet in jenem Zimmer, das man ihm, Cheng, ursprünglich zugewiesen hatte. Eine Verwechslung?

Moira Balcon schüttelte den Kopf. Sie habe es von Anfang an genau auf die zwei Männer abgesehen gehabt. In der irrigen Annahme, die beiden seien ihr auf die Spur gekommen.

»Ich mußte handeln«, sagte Moria Balcon. »Ich wollte kein Risiko eingehen. Bei Ihnen war das anders. Ich glaubte allen Ernstes, Sie wären ein stinknormaler Tourist. Und sicher kein Detektiv, obwohl Sie genau das behauptet haben. Wie konnte ich denn ahnen, daß Sie die Wahrheit sagen. Wer um alles in der Welt tut so was? Erst, als Sie mit Ihrem komischen Köter durch die Kirche marschierten und von *Tilanders Bar* sprachen, ist mir klargeworden, daß Sie nicht der unschuldige Aufschneider sind, für den ich Sie gehalten habe.«

Cheng begriff. Er dachte an die junge Frau, an die er sich im Gasthof *Zum schönen Hofnarren* wegen eines Zimmerwechsels gewandt hatte.

»Dann waren Sie es also doch. Sie waren ... Anna Haug?«

»Der Name fiel mir gerade ein. Ich bin hin und wieder für eines der Zimmermädchen eingesprungen. Ohne, daß die Chefin des Hotels das durchschaut hätte. So wenig wie Dr. Callenbach und sein Personal. Ich finde es prinzipiell amüsant, mich zu kostümieren. Aber es erfüllt natürlich auch seinen Zweck.«

»Kostümieren? Ist das nicht ein bißchen untertrieben? In der Rolle der Anna Haug haben Sie ohne jeden Akzent gesprochen.

Als ich Sie dann aber auf der Kirchenbank sah, da waren Sie ein anderer Mensch. Und damit meine ich nicht allein die Aussprache, nicht allein die blonden Haare. Selbst Ihre Augen waren verändert. Kälter und schärfer. Ich möchte sagen: beißender. Schöne Augen, aber gebißartig.«

»Ein jeder ist multipel«, erklärte Moira gelassen. »Und in meinem Fall gehört es auch noch zum Beruf. Agenten würden nicht weit kommen, so ganz ohne die Möglichkeiten eines Chamäleons. Ein Gesicht ist dasselbe wie ein leeres Blatt, auf das man täglich etwas zeichnet, was man für das Eigene ausgibt. Wer will und wer kann, verfügt eben über eine ganze Menge eigener und doch verschiedener Gesichter.«

»Als Anna Haug, da haben Sie mir gefallen.«

»Hören Sie auf.«

»Wirklich. Sogar für meinen kleinen Hund hatten Sie etwas übrig. Man hätte meinen können, Sie lieben Hunde. Reizend. Ihre Verkleidung war komplett.«

»Genauso gehört es sich auch«, sagte Moira Balcon.

Cheng erhob sich, und sie gingen weiter. Langsamer als zuvor. Eine Stufe nach der anderen, wie über die Tasten eines vertikalen Klaviers steigend. Das war nicht bloß ein weit hergeholtes Bild. Tatsächlich veränderte sich die Akustik. Die im Raum kreiselnden Töne, diese Tonfarben einer Küstenlandschaft gewannen nach unten hin an Gewicht und Fülle, wurden dunkler.

Gut möglich, daß Markus Cheng nicht mehr ganz bei Sinnen war, daß die Anstrengung seinen Verstand trübte, als er sich jetzt im mittleren Abschnitt der Betonröhre befand. Er selbst fühlte jedoch eine große Nüchternheit in seinem Kopf, in seinem »netten« Kopf. Um so mehr erstaunte es ihn, als er zunächst kleine, dann größere Unregelmäßigkeiten in der bis dahin glatten Betonwand feststellte. Er hielt dies anfänglich für ein Resultat von Ausbesserungsarbeiten, der Risse wegen, die sich in der Frühzeit des Turms ergeben hatten. Dann aber bemerkte er irgendwelche Objekte, die in die Betonschicht eingearbeitet waren. Daß es sich dabei um Leichenteile handeln könnte, um jene »Stuttgarter Leichen«, die man lieber nicht auf einem der öffentlichen Friedhöfe hatte begraben wollen, war bloß ein ironischer Gedanke. Denn Cheng konnte jetzt gut erkennen, daß es sich um alte Radiogeräte handelte, die hier quasi einen Teil des Baumaterials bildeten. Passenderweise.

Zum Teil ragten sie mit der Hälfte ihres Kastenkörpers aus der Wand heraus, Empfänger aus den vierziger und fünfziger Jahren. Die meisten davon waren ausgeweidet, bestanden nur noch aus ihren Gehäusen. Allerdings waren sie nicht unbelebt. Keineswegs. Cheng registrierte die Bewegung im Inneren. Hundertfach. Auch vernahm er jetzt das hundertfache Gepfeife. Er sah die unzähligen Augen leuchten. Und dann erkannte er die ersten, die heraufgeflogen kamen, um in den Geräten zu landen: Spatzen. Ja, zum Teufel, es waren Sperlinge, kleine, kompakte, braune, schwarzgestreifte Vögel, die sich in diesen Fernsehturm eingenistet hatten. Wie auch immer es ihnen gelungen war, hierher vorzudringen, denn vogelhausartige Öffnungen in der Außenhaut des Turms hielt Cheng für nicht wirklich vorstellbar.

Nun, demolierte Radiogeräte im Betonschaft eines Fernsehturms hatte er bisher ebenfalls für unmöglich gehalten. Aber was sollte Cheng tun, er sah sie nun mal, diese mit Spatzen gefüllten alten Transistoren, diese offenen Vogelkäfige. In ihrer aufgeregt und amüsiert wirkenden, kolibriartig vitalen Weise flogen die Spatzen zwischen den Gehäusen hin und her oder drangen aus der Tiefe der Röhre nach oben. Ihre Aktivität blieb rätselhaft.

Es war Winter, draußen lag der Schnee einen Meter hoch, und diese Tiere taten, als bauten sie Nester. Vielleicht aber resultierten ihre Bewegungen aus einer reinen Lust am Flug. Oder am Streit. Denn es wurde heftigst gezankt. Jedes Radio gehörte einer bestimmten Gruppe, die ihren Bau zu verteidigen suchte. Allerdings erschienen Cheng die Auseinandersetzungen nicht wirklich ernsthaft. Scheinattacken. Alles sehr theatralisch. Aber was wußte er schon von Spatzen. Noch dazu von Spatzen in Fernsehtürmen.

Es ging ihm wie den meisten anderen Städtern. Einerseits mochte er diese Vögel, ihrer Putzigkeit und clownesken Manier wegen, andererseits empfand er sie als bedrohlich überlebensstark, und zwar auf eine beinahe schon insektenhafte Weise. Sie hatten etwas von fliegenden Käfern. Rund und robust. Und etwas von Mäusen. Flink und wendig. Rührend, aber undurchschaubar. Ganz im Gegensatz etwa zu Raben, Amseln oder Papageien, deren Charakter einem offenen Buch gleicht.

Keiner von den Spatzen kam Cheng wirklich nahe. Keiner landete auf seiner Schulter. Schließlich handelte es sich ja nicht um dressierte Affen. Da Cheng nichts Eßbares bei sich hatte, keine Krümel verstreute, blieb er uninteressant. Für diese Vögel war er nichts weiter als ein bewegtes, harmloses Objekt, dem man auswich. Die Spatzen verhielten sich also so, wie man es von ihnen gewohnt war. Was Cheng darin bestärkte, keinem Trugbild zu erliegen. Dennoch wagte er nicht, Moira Balcon zu fragen, was *sie* von dem Schauspiel halte. Cheng mied es, sich ausgerechnet bei einer Verrückten zu erkundigen, ob er halluzinierte oder nicht.

Nachdem Cheng und Balcon das untere Drittel erreicht hatten, waren mit einem Mal die Vögel verschwunden. Keine Radiogeräte mehr, keine Spatzen. Nur noch der leere Abgang. Dagegen war wieder das vermeintliche Meeresgeräusch deutlicher zu vernehmen, wobei man nun glauben konnte, sich bereits unter der Wasseroberfläche zu befinden. Die letzten zu bewältigenden Meter waren mittels roter Streifen markiert, und als Cheng und Balcon an den Ausgang gelangten, da bemerkten sie einen mit geraden Lettern sorgsam auf die Betonwand aufgemalten Spruch:

DIESEN WUNDERBAREN TURM WIDMEN WIR DER WÜRDE DES MENSCHEN, DER ZUKUNFT DES FERNSEHENS, DER SPITZFINDIGKEIT DER ARCHITEKTUR, DER HERRLICHKEIT DER STADT STUTTGART UND DER PRACHT DES HIMMELS.

Irgend jemand hatte mit einem dicken Filzschreiber hinzugefügt:

»Also doch«, sagte Cheng und war erleichtert, während er gleichzeitig beschloß, sich keine weiteren Gedanken über die merkwürdigen Erscheinungen städtischen Tierlebens zu machen.

Als Moira Balcon nach der Klinke der Metalltür greifen wollte, hielt Cheng sie zurück, drängte sich vor sie und zog seine Waffe. Mit dem weggestreckten kleinen Finger öffnete er die Türe, welche unversperrt war. Er schob sich, die Pistole im Anschlag, durch den Spalt. In diesem Moment registrierte er in dem Raum, der vor ihm lag, eine zigfache Bewegung. Was sich weniger auf die Polizistenkörper bezog denn auf die Waffen, die nun auf ihn gerichtet waren. Und das, obgleich er nichts anderes erkennen konnte als den sich spiegelnden Boden der Eingangshalle.

Im Einklang mit dieser Vermutung schrie nun jemand – oder redete auch nur ganz normal durch den verstärkenden Trichter eines Megaphons –, die Polizei habe das Gelände umstellt, eine Flucht sei unmöglich und er solle sofort die Waffe fallen lassen. Cheng senkte langsam den Lauf, ging parallel dazu in die Knie und legte sodann die Pistole gleich einem toten Hamster seitlich auf den Boden. Währenddessen bemühte er sich zu erklären, im Auftrag Rosenblüts zu handeln und folglich nicht nur auf der Seite des charmantesten aller Polizisten, sondern damit auch auf der Seite eines charmanten Gesetzes zu stehen.

Nichtsdestotrotz wurde er Sekunden später überwältigt. Wobei man höchst uncharmant mit ihm verfuhr, sein Gesicht gegen den Boden drückte und sowohl seinen rechten Arm als auch seinen linken Armstumpf am Rücken verrenkte, als wollte man eine Schleife binden. Eine Schleife, die nicht so richtig gelang. So wenig wie eine komplette Fixierung mittels Handschellen, von denen nur der eine Teil angelegt werden konnte, während der andere sinnentleert herunterbaumelte. Doch ohnehin wurde Cheng von mehreren kräftigen Männerhänden stabilisiert. Man hob ihn in die Höhe wie ein geschlachtetes Vieh.

Moira Balcon stand daneben, von zwei vermummten Polizisten flankiert, die nichts anderes taten, als die Arme der Frau in einer geradezu sanften und fürsorglichen Weise zu umklammern. Was eher aussah, als wollte man ihr Personenschutz gewähren.

»Wer hat hier eigentlich die Köpfe abgeschnitten?« beschwerte sich Cheng.

Aber niemand gab ihm eine Antwort. Man stand um Cheng und Balcon herum und wartete. Die allgemeine Nervosität war ungebrochen. Draußen fuhren Feuerwehrwagen vor. Personen mit Schutzmasken liefen durch die Halle. Dann endlich öffnete sich der Lift, und Dr. Thiel trat heraus. Als er Cheng und Balcon sah, schlug er seine rechte Faust triumphierend in den linken Handballen. Einen Moment fürchtete Cheng, Dr. Thiel liege einem schrecklichen Irrtum auf und halte ihn, Cheng, gar für einen Mitarbeiter des Secret Service.

Dr. Thiel jedoch wandte sich an einen der bewaffneten Polizisten und sagte: »Die Frau kriegt die Handschellen. Der Chinese gehört zu uns. Gewissermaßen.«

»Chinese? Was soll das?« fragte Cheng verärgert, während man ihn losließ und die Handschelle löste.

Dr. Thiel meinte: »Seien Sie doch nicht so zimperlich.« Und nach einer kleinen Pause: »Gut gemacht, Cheng.«

»Ihr Lob rührt mich. Wie sieht es oben aus?«

»Alles unter Kontrolle. Viel Lärm und Rauch und ein paar Leute, die über die eigenen Beine gestolpert sind und sich dabei verletzt haben. Dumm nur, daß wir noch niemand haben festnehmen können. Wir müssen alle überprüfen, die Fernsehleute, das Restaurantpersonal, die Techniker in der Station.«

»Was ist mit *Flemmings Nase*? Ich meine natürlich die Sendung?«

»Flemming und Rosenblüt ziehen weiter ihre Show ab. Das sind hartnäckige Naturen. Sie haben die Übertragung einfach ins Freie verlegt, stehen jetzt auf der Plattform, von einer Eliteeinheit umgeben, und machen weiter. Rosenblüt packt aus. Er scheint auf den Geschmack gekommen zu sein.«

»Wird uns das retten? Sie und mich?«

»Ich denke schon. Es wäre zuviel des Guten, wollte man uns jetzt noch aus dem Weg räumen. Schlechte Bedingungen, um zu morden. Da nun Rosenblüt das Gewissen der Nation markiert. Alles wird zu einer Frage der Diplomatie zerrinnen. Zu einer Frage der Schadensbegrenzung und der Bauernopfer. Ich denke, Cheng, wir sind wieder draußen aus der Geschichte. Soweit man das sagen kann.«

Als sei Cheng eben eingefallen, daß er kein Polizist war, sondern Detektiv, und damit über einen Auftraggeber verfügte, fragte er, ob mit Mortensen alles in Ordnung sei.

»Mortensen steht auf der Plattform. Er hat sich brav an die Anweisung gehalten, immer in Rosenblüts Nähe zu bleiben. Um unseren Schriftsteller brauchen wir uns keine Sorgen zu machen. Es ist Moira Balcon, auf die man aufpassen muß. Sie muß rasch von hier fortgebracht werden. Begleiten Sie uns, Cheng?«

Der Detektiv nickte. Von schwerbewaffneten Beamten umringt und abgedeckt, liefen sie ins Freie. Ein Polizeiwagen war vorgefahren, die Tür des Busses wurde aufgerissen. Um in sein Inneres zu gelangen, waren es nur wenige Schritte. Die Polizisten streckten ihre Gewehrläufe in die Höhe und zur Seite. Es sah aus, als angelten sie in der Luft. Cheng hob den Kopf, blickte den Turm hinauf, welcher der Würde des Menschen gewidmet war. Auf halber Höhe bemerkte er mehrere Punkte, winzig. Ihm wäre nie die Idee gekommen, daß Spatzen überhaupt so hoch flogen. Wenn es denn wirklich Spatzen waren.

»Gut so«, sagte Dr. Thiel, als sich Moira Balcon auf die mittlere Bank des Kleinbusses gesetzt hatte. Zum Fenster hin wurde sie von einem Beamten der Eingreiftruppe abgeschirmt. Zwei weitere befanden sich dahinter. Rechts von Moira Balcon hatte Cheng auf einem heruntergeklappten Sitz Platz genommen. Sie blickte ihn an, schenkte ihm einen silbrigen Augenaufschlag und sagte: »Mein Schutzengel.« Es klang ein wenig sehr spöttisch. Cheng stöhnte.

Vorne, neben dem Fahrer, saß Dr. Thiel, drehte sich um und fragte: »Warum stöhnen Sie?«

»Ach nichts.«

»Dann ist es ja gut«, meinte der Kriminalist, richtete sich wieder nach vorn und griff nach dem Sprechteil eines Funkgeräts: »Wir fahren jetzt los. Gemäßigtes Tempo. Bis auf weiteres.«

Gleichzeitig mit dem Kleinbus setzten sich mehrere Polizeiautos in Bewegung, bildeten eine tönende Eskorte. Eine Prozession im Schnee.

Es war zunächst nicht die Schulter, welche Dr. Thiel auffiel. Sondern ein Ausspruch. Er redete mit dem Fahrer, einem Mann in mittleren Jahren, der den Wagen perfekt zu steuern verstand. Was bei diesen Verhältnissen ein wahres Glück bedeutete. Dr. Thiel hatte schon ganz anderes erlebt. Das Gespräch ging darum, welche Route man nehmen sollte, ob es vielleicht besser war, den raschen, direkten Weg zu meiden und das Landeskriminalamt über einige Umwege anzusteuern. Nicht, daß Dr. Thiel jetzt noch an einen Hinterhalt glaubte. Aber er wollte einfach sichergehen. Und er wollte keine weitere Überraschung erleben.

Ein frommer Wunsch, der unerfüllt blieb. Denn als sich Thiel nun an den Fahrer wandte und meinte, es sei besser, mit der Kirche ums Dorf zu fahren, um auf diese Weise die Sicherheit von Frau Balcon zu gewährleisten, da war es so, daß der Fahrer zunächst einmal stutzte. Er schien irritiert, als wisse er nicht wirklich, was das zu bedeuten habe: mit einer Kirche ums Dorf fahren. Dann jedoch, wie um nicht stumm zu bleiben, sagte er: »Ja. Wir Polizisten haben ein großes Herz.«

Jetzt war es Dr. Thiel, der stutzte. Die Phrase war ihm nicht neu. Auch lag es nicht lange zurück, daß er sie gehört hatte. Er brauchte nur an den Vorabend zu denken. Jener Mann, den er, Thiel, mit einem Schulterschuß (oder auch nur einem Streifschuß im Bereich der Schulter) daran gehinderte hatte, Cheng zu liquidieren, jener Mann also hatte genau denselben eigentümlichen Ausspruch getan: daß Polizisten ein großes Herz hätten. Nicht unbedingt eine Allerweltsphrase.

Wenn es sich nun bei diesem Mann um jenen englischen Agenten handelte, dann war es durchaus möglich, daß er trotz des akzentfreien Deutsch, das er sprach, mit einiger Verwirrung der Metapher gegenüberstand, die sich aus einer Kirche ergab, die um ein Dorf herum chauffiert wurde. Bevor ihm dann sein markanter Satz vom großen Herz der Polizisten entschlüpft war.

Dr. Thiels Überlegungen nahmen einen Raum von wenigen Sekunden ein. Dann starrte er bereits auf die Schulter des Fahrers. Dieser trug eine lederne Dienstjacke, also ein nicht gerade enganliegendes Kleidungsstück. Dennoch meinte Dr. Thiel eine ungewöhnliche Anhebung der ihm zugewandten, rechten Schulter zu erkennen, eine Anhebung, die nichts mit einem modischen Schulterpolster zu tun hatte, sondern den Verband verriet, der sich an dieser Stelle befinden mußte. Was die Vermutung nahelegte, es handle sich um jenen Mann, der am Abend zuvor in Chengs Büro gewesen war. Auch wenn sein Gesicht nun um einiges jünger, dabei gleichzeitig verlebter wirkte. Wozu es kein Wunder brauchte, sondern bloß ein wenig Schminke. Chamäleons.

Es hätte in diesem Moment für Dr. Thiel einiges zu überdenken gegeben. Vor allem, ob er sich das alles nicht bloß einbildete. Ob ein kurzes Zögern angesichts einer Redewendung, ein aufgebauschter Schulterteil und ein kecker Spruch denn tatsächlich Beweis genug dafür waren, daß es sich bei dem Fahrer um einen Agenten des MI6 handelte? Doch Dr. Thiel reagierte sofort. Er zog seine Waffe aus der Tasche und drückte die Mündung gegen die Schläfe des Fahrers. Dann sagte er: »Keep cool«, wie man sagt: Nichts geht mehr.

Doch genau daran wollte sich der Fahrer nicht halten. Er wartete keine Sekunde, riß das Steuer herum, scherte aus dem Konvoi aus und fuhr den Wagen quer über die Gegenfahrbahn. Dabei streifte er einen herankommenden Wagen, besaß jedoch genügend Antrieb, um die Straße in Richtung auf ein abschüssiges Waldstück zu verlassen. Genauer gesagt stieg der Wagen auf, überflog einen kleinen Graben, schrammte einen Baumstamm, bevor er sich – noch immer in der Luft – seitlich stellte und mit eben dieser Seite in einen weiteren Baum hineindonnerte, um sich schließlich in den Schnee zu schrauben. Noch bevor dies geschehen war, hatten sich im Inneren des Wagens mehrere Schüsse gelöst. Der Flug der Kugeln war, vielleicht mit einer Ausnahme, in etwa so unkontrolliert gewesen wie der Flug des Wagens durch den Wald und in den Stamm hinein. Eine Verdoppelung der Katastrophe. Somit aber auch eine Übereinstimmung von außen und innen.

Das Resümee: Moira Balcon starb, und zwar nicht an der verirrten Kugel, die sich aus der Waffe eines der begleitenden Polizisten gelöst hatte, sondern an den inneren Blutungen, die sie beim Aufprall davongetragen hatte. Von den drei Männern der Eingreiftruppe erlitten zwei leichte, einer schwere Verletzungen, was im Falle des letzteren immer noch ein Glück bedeutete, da er am ungünstigsten gesessen war und – nach den Regeln der Logik und wenn man sich das Autowrack ansah – eigentlich anstelle von Moira Balcon den Kleinbus als Toter hätte verlassen müssen.

Dennoch waren natürlich eine Menge Herrschaften glücklich darüber, daß Moira Balcon verschieden war. Die Affäre war peinlich genug. Ein Mordprozeß hätte die Angelegenheit noch viel unerfreulicher gestaltet. Übrigens gab es auch Skeptiker, die behaupteten, Moira Balcons Tod sei sehr wohl auf das Projektil in ihrem Körper zurückzuführen gewesen und von einer verirrten Kugel könne keine Rede sein. Aber solche Leute gibt es immer, Leute, die sich durch den »Zweiffelsknoter Skandal« in ihren Ahnungen bestätigt sahen und alles an Verschwörungstheorien auspackten, was sie seit längerem mit sich trugen. Aber es waren wenige, und man hielt sie für nicht weniger irre als jene Frau, die, mal mit, mal ohne Auftrag, Köpfe abgeschnitten hatte.

Überhaupt entwickelte sich mit der Zeit die Anschauung, daß Moira Balcon zwar phasenweise auf Befehl ihres Geheimdienstes gearbeitet hatte, aber die konkrete Ausformung dieser Arbeit, also Zeichnen und Köpfen, ihre eigene wahnhafte Idee gewesen war. Man verbrannte ihre Leiche und verstreute die Asche irgendwo im Norden Englands. Moira Balcon war rasch vergessen.

Dr. Thiel wurde ebenfalls von einer Kugel verletzt, die offensichtlich vom Fahrer des Wagens abgegeben worden war. Das

Projektil hatte seinen Hals durchschlagen, und eine Zeitlang sah es ziemlich schlecht aus. Aber es ist wohl so, daß Schwerverletzte, die nicht sterben wollen, es auch nicht tun. Dr. Thiel wollte nicht. Er verweigerte sich den verführerischen Angeboten des Jenseits, ignorierte all die famosen Lichterscheinungen am Ende irgendwelcher Tunnels und entschied sich dafür, noch ein wenig länger in der buntgrauen Ödnis des Diesseits zu verweilen.

Als er erwachte, umgeben von seiner Frau, von Freunden und Kollegen, darunter auch Rosenblüt, sagte er mit zitternder Stimme: »Ich liebe Dr. Thiel.« Was einerseits zu einer peinlichen Betroffenheit führte (Frau Thiels wegen), andererseits zu der Annahme, er habe etwas ganz anderes sagen wollen. Doch wenn man weiß, wieviel Mühe ihn seine Doktorarbeit (»Die Folter als Ultima ratio im Grenzbereich des Legalen sowie auf dem Weg in den rechtsfreien Raum, untersucht am Beispiel ausgesuchter Vollzugsorgane in den Jahren 1979–1982«) gekostet hatte, dann wurde klar, daß er genau deshalb überlebt hatte, um noch eine ganze Weile als dezidierter Akademiker über die Erde zu wandeln. Er gehörte zu jenen Menschen, die ihren Doktortitel wie ein zweites Herz mit sich trugen. Und wer zwei Herzen besitzt, stirbt nicht so schnell.

Markus Cheng war sicher nicht der Mensch, der ein zweites Herz sein eigen nennen konnte. Aber ein solches hatte er diesmal auch gar nicht nötig. Als gebe es im Leben auch so etwas wie Gerechtigkeit und Ausgleich, war der einarmige Detektiv völlig unverletzt geblieben. Jener schmale, scharfe Karosserieteil, welcher Moira Balcons Bauchdecke geradezu aufgerissen hatte, war nur wenige Millimeter an Chengs linker Flanke vorbeigezogen. Hätte Cheng noch einen linken Unterarm besessen, dann hätte er ihn diesmal verloren. So aber konnte man den Detektiv ohne eine einzige Schramme aus dem vollkommen zerstörten Wagen befreien. Es wunderte ihn nicht einmal. Er wußte, daß er zu Absurderem berufen war, als in einem Auto zu sterben.

Absurd scheint freilich, daß der Fahrer des Wagens bei diesem Unfall verschwand. Denn als die Polizisten, welche die Eskorte gebildet hatten, bei dem demolierten Kleinbus angekommen waren, um die Insassen zu bergen, fehlte der Fahrer. Dr. Thiel war nicht ansprechbar und konnte deshalb auch nicht auf die Bedeutung des Verschwundenen hinweisen. Noch herrschte große Verwirrung. Niemand war imstande zu sagen, was eigentlich geschehen war. Auch Cheng nicht, der kurz vor dem Unfall vor lauter Erschöpfung eingenickt war und die Bemerkung des Fahrers bezüglich großer Polizeiherzen nicht hatte hören können. Andernfalls wäre natürlich auch ihm frühzeitig ein Licht aufgegangen. So aber konnte Cheng – gleich den beiden leichtverletzten Polizisten – nichts anderes berichten, als daß Dr. Thiel mit einem Mal seine Pistole gezogen und sie gegen den Kopf des Lenkers gerichtet hatte. Gleich darauf sei der Wagen über die Fahrbahn geschlittert, über den Rand gelangt und wie von einem Katapult befördert in die Höhe aufgestiegen.

Trotz Irritation war natürlich allen bewußt, daß Dr. Thiels Handeln kein unsinniges gewesen sein konnte und es sich also bei dem Fahrer um einen als Polizisten getarnten Killer handeln mußte. So unklar es war, wie denn Dr. Thiel dies hatte erkennen können, so sehr gab ihm das Verschwinden des Fahrers recht. Unverzüglich wurde eine Fahndung eingeleitet. Ein Erfolg stand außer Frage, da der Vorsprung des Flüchtigen ein minimaler war und man sich schließlich nicht mitten in einem Dschungel, sondern am Rande einer Großstadt befand.

Dennoch: Der Mann tauchte in der Schneelandschaft unter und nicht wieder auf. Und nach all den Straßensperren und einer umfangreichen Durchforstung des Gebietes hätte es niemanden verwundert, wenn man nach der ersten Schneeschmelze irgendwo im Bereich von Buchrain und Weißtannenwald auf die Leiche des englischen Agenten gestoßen wäre. Aber auch das geschah nicht.

Zynisch formuliert, könnte man es so ausdrücken: Es wurde nicht einmal der Verband gefunden, der seine verletzte Schulter umgeben hatte. Andererseits war sein Verschwinden der einzige, aber eindeutige Beweis dafür, daß Dr. Thiel nicht falsch gelegen war, wenngleich sein Agieren unglücklich ausgefallen war. Woraus niemand ihm einen Vorwurf machte.

Weit unangenehmer für die Polizei war der Umstand, daß der englische Agent überhaupt an das Steuer dieses Wagens gelangt war. Was mit nichts anderem als einer Riesenschlamperei erklärt werden konnte. Riesenschlampereien gehören freilich dazu. Ohne sie wäre das Leben gleichförmig, eigentlich unerträglich.

Übrigens wurde nie in den Medien vom einem »englischen Agenten« gesprochen. Dazu hätte man mehr in der Hand haben müssen als jenen sprichwörtlichen Spatzen. Die Sache blieb dubios. Wobei natürlich Rosenblüts Fernsehauftritt beträchtliche Wellen schlug. Um so mehr, als er von Rauchbomben und dem Einsatz einer Spezialeinheit begleitet und auf der windumspülten Plattform des Stuttgarter Fernsehturms vollendet wurde.

Allerdings muß auch gesagt werden, daß der politische Skandal, der sich aus den Enthüllungen ergab, lange nicht so ergiebig war wie der Ruhm, der dabei für Rosenblüt abfiel. Wenn er vorher ein Star unter Stars gewesen war, den die meisten eigentlich nur als »Polyp, der wie dieser amerikanische Filmschauspieler aussieht« kannten, so wurde Rosenblüt nun wirklich berühmt. Ästhetik und Ethos vermischten sich. Die Schönheit dieses Mannes, sein Charisma, sein giftiges Lächeln, das Gewitter und der Glanz in seinen Augen vermengten sich mit der Anständigkeit und dem Mut seines Handelns.

Es gab Momente, da war ihm das fast peinlich. Zumeist jedoch kam er mit seiner Popularität ganz gut zurecht, und nicht wenige der Kriminellen, welche er überführte, erfüllte es mit Stolz, nicht von irgendeinem dahergelaufenen Bullen geschnappt worden zu sein, sondern von Hauptkommissar Rosenblüt, der nur noch *der* Rosenblüt war. Und natürlich kam der Moment, da man ihm einen politischen Job anbot. Er lehnte ab, nicht einmal dankend, und zwar um des Ablehnens willen. Die Verweigerung besaß eindeutig den süßeren Geschmack.

Bei alldem wurde er von Dr. Thiel begleitet, der ein wenig an Robin neben Batman erinnerte, schmächtig, blaß, intellektuell, zufrieden mit der Kühle des Schattens, in dem er stand.

Erwähnt sollte auch werden, daß dieser Fall vor allem in einigen Wiener Kreisen zu großem Erstaunen und mancher Belustigung führte. Weniger auf Grund des geheimdienstlichen Mißbrauchs einer psychiatrischen Einrichtung, denn in bezug auf psychiatrische Obskuritäten hielten sich die Wiener für Weltmeister, nein, diese Belustigung ergab sich vielmehr aus dem Umstand, daß Markus Cheng aus dem völlig zerstörten Polizeiauto ohne jede Verletzung geklettert war. Beamte der Wiener Polizei, Freunde und Kollegen Chengs aus Wiener Tagen, dessen Frau, dessen Nachfolger als Ehemann und eine ganze Menge anderer Personen, die davon wußten, wie sehr das Unglück Cheng zu verfolgen pflegte, all diese Leute waren geradezu perplex, auf welche Weise er diesen Unfall überstanden hatte. Ohne sich auch nur einen Knöchel verstaucht zu haben. Denn natürlich war man in Wien überzeugt gewesen, daß es Cheng in Deutschland nicht viel besser ergehen würde als in seiner Heimat, daß also zu den österreichischen Wunden nun die deutschen hinzukämen, so daß der gute Mann in eine fortlaufende Traumatisierung von Körper und Geist geraten und sich in diesem persönlichen Unwetter irgendwie auflösen würde. Weit gefehlt.

Nicht einmal Moira Balcon war in der Lage gewesen, ihr Vorhaben umzusetzen und Cheng zu töten. Man könnte sagen: Wie verhext. Etwas Rätselhaftes mußte über Cheng gelegen haben. Etwas von einer schützenden Hand. Oder einem schützenden Arm. Jedenfalls kam bei aller Erheiterung, welche die Nachricht von Chengs Überleben bei einigen Wienern auslöste, auch eine gewisse uneingestandene Bestürzung zum Tragen. Man fragte sich, ob alles mit rechten Dingen zugegangen sei – vom katholischen Standpunkt aus. Und wenn nicht ...

Daß Cheng völlig unversehrt und mittels eigener Kraft aus dem Wrack gestiegen war – selbst die beiden leichtverletzten Polizisten mußten von Helfern befreit werden –, änderte nichts daran, daß er für einige Tage in ein Spital eingeliefert wurde, wo man sich freilich weniger um seinen Körper sorgte als um seine Psyche. Es sollte sichergestellt werden, daß bei aller schlechten Nachrede, die in diesen Tagen diverse Behörden und staatliche Institutionen erfuhren, der Zivilist Cheng die Unruhe nicht noch steigerte, indem er etwa den gerade aufblühenden Rosenblütschen Mythos öffentlich in Frage stellte. Ein Mythos, der sich natürlich auf die Selbstheilungskräfte der Demokratie bezog, die einen Mann wie Rosenblüt überhaupt erst hervorgebracht hatte. Gutaussehend und unbestechlich.

Nun, Cheng hatte nicht im geringsten vor, irgendein Spiel zu verderben. Aber, wie gesagt, man bestand darauf, ihn zunächst unter freundliche Beobachtung zu stellen. Was wiederum mit sich brachte, daß Cheng erst am dritten Tage nach jenen aufreibenden Ereignissen in der Lage war, sich von seinem Mitarbeiter Purcell hinauf zum Roseggerweg chauffieren zu lassen. Die Freifrau empfing die beiden Männer in ihrem S-Stuhl, wobei man nicht umhin kam, ihr die Haltung einer Prinzessin nachzusagen: ein wenig kindlich, ein wenig lasziv und selbst im Liegen noch ein wenig von oben herab.

Es war nun nicht die Katze April, die auf dem Schoß Eila von Wiesensteigs lag, sondern Lauscher, der angesichts der so überaus zierlichen Aristokratin einen beinahe wuchtigen Eindruck machte. Es war offensichtlich, daß er diesen Ort und diese Lage zu schätzen wußte. Was nur verständlich war, wenn man bedachte, wieviel bequemer es sich ausnahm, anstatt durch den kalten, feuchten Schnee zu waten und ständig auf irgendwelchen groben Lappen abgestellt zu werden, die warme Körpermitte einer liebenswürdigen Freifrau zu besetzen. Einer Frau, welche tatsächlich ausschließlich mit ihrem Bauch zu atmen pflegte, so daß Lauscher wie auf bewegtem Wasser dahintrieb. Mit einer Art von Verrat, Liebesverrat, hatte dies nun gar nichts zu tun. Abgesehen davon, daß Lauscher nicht zu lieben pflegte.

»Ein großartiger Hund«, meinte Eila von Wiesensteig zur Begrüßung.

»Tja«, sagte Cheng unverbindlich. Und ärgerte sich.

Postwendend ärgerte ihn sein Ärger. Er wollte nicht lächerlich sein. Dennoch mußte er sich eingestehen, von Lauscher so etwas wie Euphorie erwartet zu haben. Zumindest eine bescheidene Geste der Wiedersehensfreude. Zur Not ein

Schwanzwedeln. Zur Not ein Aufrichten der Ohren. Doch nichts dergleichen geschah. Und zwar keineswegs, weil Lauscher beleidigt gewesen wäre oder Cheng nicht erkannt hätte. Vielmehr fehlte ein echtes Motiv, um eine gemütliche Position aufzugeben. Sein Schwanz lag zwischen den Hinterbeinen eingeklemmt. Und er lag gut. Wie auch die Ohren gut lagen. Es verbat sich schlichtweg, irgend etwas zu bewegen. Irgend etwas in Unruhe zu versetzen. Nicht wegen dreier Tage ohne sein Herrchen Cheng.

»Lauscher erinnert mich an meinen verstorbenen Mann, den Freiherrn«, sagte Eila, um gleich darauf zu erklären, nicht etwa an eine Reinkarnation zu glauben, Gott behüte. Sie meine bloß diese spezielle Art, den Dingen – den guten wie den schlechten – ins Auge zu sehen, ohne deshalb gleich etwas unternehmen zu wollen.

»Wie starb Ihr Mann?« fragte Cheng.

»Absurd«, sagte die Freifrau. »Bei einem Autorennen. Nicht als Pilot. Als Zuschauer. Obgleich er Autorennen für idiotisch hielt. Er war als Ehrengast gekommen und als Ehrengast gestorben. Ohne auch nur zu zucken. Da bin ich sicher. Sie bleiben doch zum Kaffee, nicht wahr? Es kommen noch ein paar Freunde.«

Cheng und Purcell blieben und lernten an diesem Nachmittag einige Freidenker kennen, ohne eigentlich zu erfahren, worin genau deren Haltung bestand. Aber vielleicht resultiert genau daraus alle Freiheit, nämlich aufrecht zu stehen und aufrecht zu sitzen, ohne sich dabei an einer Haltung anklammern zu müssen. Ja, es wurde ein schöner Nachmittag. Und ein schöner Abend. Und als man schließlich die Villa der Freifrau verließ, packte sich Cheng seinen Hund unter den Arm und trug ihn nach draußen in die Kälte, wo ein silberfarbener Fiat wartete. Lauscher gab keinen Ton von sich. Er blieb der Hund, der er war – ohne zu zucken.

Epilog: Ein Tag im Sommer unter Toten

Seine Biederkeit trotzte jedem Sturme.

(Inschrift auf einem der Grabsteine
des Hoppenlau-Friedhofs in Stuttgart)

Markus Cheng saß auf einer morschen, vom Moos fleckigen Holzbank. Alles an diesem Ort besaß etwas Morsches und Moosiges. Die dunkelgrünen, aus Metallgitter gefertigten neueren Bänke vielleicht ausgenommen, auf denen zu sitzen Cheng jedoch vermied. Aus Prinzip wählte er stets eine von den wenigen Holzbänken aus, als ginge es hier um die Frage nach neuer oder alter Rechtschreibung. Er bevorzugte es, seinen Hintern auf einem Material niederzulassen, das sich geschichtsträchtig anfühlte.

Auch die Grabsteine schienen diese bröckelnde, kuchenartige Konsistenz von vermodertem Holz zu besitzen. Dennoch war die Szenerie alles andere als morbid. Die Leute, die auf diesem Friedhof lagen, waren zu lange tot, um der Nachwelt noch etwas zu bedeuten. Deshalb fehlten die Blumen und die Angehörigen, welche ja erst das Morbide hervorrufen. Ohnehin fand Cheng, daß sich Blumen nicht gehörten. Schon gar nicht an einem Ort der Ruhe und Andacht. Und gerade darum hielt er sich so gerne auf dem Hoppenlau-Friedhof auf, dem letzten historischen Totenacker der Stadt, der jetzt nur noch als Parkanlage fungierte und wenige Spaziergänger und Touristen anzog sowie ein paar Leute, denen dieser Ort als Abkürzung oder als Umschlagplatz wofür auch immer diente.

Es war ein prächtiger Sommertag. Kein Dunst trübte die Luft. Die Hitze fiel zwar beträchtlich aus, besaß aber etwas von einer trockenen Ohrfeige, die von einer ebenso trockenen Hand ausging. Und das fühlte sich nun viel besser an als so ein feuchter Schlag.

In den Nachrichten hatte man den alten Leuten geraten, sich

wenig zu bewegen und im Schatten zu bleiben. Doch daran schienen sich fast alle in der Stadt zu halten. Auch Cheng. Auch Lauscher. Aber letzterer gehörte ja tatsächlich zu den älteren Semestern.

Cheng trug trotz der Hitze seinen Anzug, und das, obwohl er gehörig schwitzte. Aber ohne dieses Kleidungsstück war er nicht der, der er zu sein dachte, hätte sich wie jemand gefühlt, den man im Spital oder sonstwo vertauscht hatte. Vor sich, auf dem Pult der übereinandergeschlagenen Beine, befand sich ein kleines, schmales Buch. Es handelte sich um das Exemplar einer längst vergriffenen Publikation: »Böse Erinnerungen eines Detektivs und das daraus folgende Handbuch«, verfaßt von Lino da Casia (1928–1981). Cheng hatte es vor einiger Zeit aus der Stadtbücherei entliehen und später vorgegeben, es verloren zu haben. Einfach aus dem Grund, da er keinen Band auf dem freien Markt hatte auftreiben können. Daß sein Vorgehen unkorrekt war, nahm er gelassen hin. Reuelos. Er war überzeugt davon, daß er wie kaum ein Mensch auf dieser Welt ein Anrecht auf dieses Werk besaß, ein Anrecht, jederzeit darin blättern zu können.

Lino da Casia hatte es Anfang der Sechzigerjahre geschrieben. Er war bis dahin tatsächlich als privater Ermittler tätig gewesen und hatte im Zuge seiner Aufträge Katastrophen erlebt, die Cheng als gleichsam grandios und fürchterlich empfand und die ihn durchaus an eigene Unfälle und Mißgeschicke erinnerten. All diese fatalen Ereignisse wurden im ersten Teil der Schrift schlaglichtartig festgehalten, um dann daraus jenes Handbuch zu entwickeln, das im Titel angekündigt war. Selbiges stellte eine Folge sich logisch bedingender Grundsätze, Empfehlungen und Gedanken dar, welche alle einen gewissen wittgensteinschen Duktus besaßen. Umso mehr, als sie in einem System aus Dezimalzahlen geordnet waren, das an jenes des österreichischen Philosophen erinnerte, jedoch nur sehr bedingt an seinen Geist. Nicht, daß Cheng mit allem einverstanden war, was er darin las, und doch empfand er dieses Büchlein als große Hilfe, als großen Trost und als etwas Geheimnisvolles, in dem er sich gerne verlor.

Als er da jetzt auf der Bank saß, tief im Schatten des Baumes, umgeben vom Funkenregen der durch die Blätter dringenden Lichtflecken, las er den Beginn des zweiten Abschnitts:

2 Auf ein Wunder zu hoffen, ist nicht von vornherein unvernünftig.
2.1 Die Unvernunft ergibt sich allein aus dem falschen Moment.
2.2 Außerhalb der Metaphysik ist das Wunder nicht nur denkbar, sondern auch notwendig.
2.21 Das Wunder ist Teil der Natur. Die Natur bringt Wunder hervor, um eine Balance zwischen dem Wahrscheinlichen und dem Möglichen zu halten.
2.22 Das Wunder verbieten zu wollen oder seine Unmöglichkeit zu behaupten wäre also unvernünftig.
2.3 Ist eine Situation eindeutig und vollständig aussichtslos, ist es gerade für den Positivisten sinnlos, seinen Intellekt weiterhin zu bemühen, sich also seinen Kopf zu zerbrechen. Vielmehr ist dies der Moment, da man auf ein Wunder hoffen sollte.
2.31 Tritt das Wunder ein, so ist 2 bestätigt. Tritt es nicht ein, so ist 2.1 bestätigt.

Cheng hatte diese Stelle schon mehrfach gelesen und war sich noch immer unsicher, ob er sie wirklich verstand und wie ernst sie überhaupt gemeint war. Aber einen Nutzen besaß sie auf jeden Fall. Und dies galt schließlich für die meisten Dinge, die einen katholischen Hintergrund, aber eine materialistische Ausformung besaßen.

»Grüß dich!«

Der Mann, der sich näherte, trug eine kurze Hose und ein verwaschenes, ärmelloses Leibchen, auf dem das Cover von *Bruchlandung* aufgedruckt war. Es war natürlich Moritz Mortensen, dessen dünne, rote Arme aus dem gut gefüllten T-Shirt heraushingen. Sein Kopf war von einer Sonnenbrille und einer Schirmmütze eingeschattet. Er hatte alles Elegante verloren, wie die meisten Menschen im Sommer. Freilich rann sein

Schweiß um einiges gemächlicher als jener des Detektivs Cheng.

Die Männer gaben sich die Hand. Lauscher wurde nicht begrüßt. Mortensen hatte eingesehen, daß der Hund mit dem Getätschel nicht wirklich etwas anfangen konnte und andererseits Cheng nicht beleidigt war, wenn man seinen Vierbeiner in Ruhe ließ.

Aus dem Detektiv und seinem Auftraggeber waren Freunde geworden. Ohne daß sie ihre gegenseitige Sympathie hätten begründen können. Während im Gegensatz dazu die Abneigung zwischen Cheng und Dr. Thiel beiden Herren glasklar vor Augen lag. Ein jeder hätte tausend Gründe angeben können. Aber Zuneigung war nun mal etwas anderes. Lino da Casia hätte gemeint: »Nichts, worüber man sich den Kopf zerbrechen sollte.«

Taten die beiden Herren auch nicht. Sie riefen einander hin und wieder an und verabredeten sich. Allerdings nie in *Tilanders Bar*. Crivelli hatte ihnen gegenüber ein Lokalverbot ausgesprochen, nachdem er von der Zerstörung jenes wundervollen Bierdeckels erfahren hatte, der ihm als sein Besitz erschienen war. Die näheren Umstände interessierten Crivelli nicht. Er trauerte um das Marlock-Porträt. Er trauerte um die Kunst. Der *Engel in der Landschaft* war für Cheng und Mortensen also gestorben.

Zumeist trafen sich die beiden Männer im Freien, in den Parks und Gärten der Stadt. Sie sprachen über Belangloses wie Sport und Politik, auch mal über ihre Berufe. Cheng arbeitete weiterhin als Detektiv und Mortensen befand sich nun doch mitten in der Arbeit zu seinem vierten Buch, wobei es sich nicht um jenes ursprünglich geplante »Schießübungen oder Das kurze und das lange Leben der Schwestern Weigand« handelte, sondern um eine Erzählung mit dem Titel »Marlock«. Danach wollte er mit dem Schreiben aufhören. Endgültig. Er war wie ein Raucher, der sich ständig auf den nächsten Montag vertröstete. Wobei übrigens Mortensens Verwicklung in den Mordfall Thomas Marlock nicht im geringsten jene erhoffte Wirkung auf dessen Bücher nach sich gezogen hatte. Einfach darum, weil für den

Menschen Mortensen dasselbe galt wie für seine schriftstellerische Arbeit. Man übersah ihn. Die Medien waren einfach nicht bereit, sich um diesen Mann zu kümmern, seine Rolle aufzudekken, auch nur seinen Namen zu erwähnen. Auch hier: Wie verhext.

So, wie es nun Bücher gab, welche davon lebten, die Schreibhemmung eines Autors zu begründen, sollte »Marlock« von der Lesehemmung eines Lesers handeln. Dies hatte natürlich wenig bis nichts mit der tatsächlichen Geschichte des Thomas Marlock zu tun und auch wenig bis nichts mit den eigentlichen Gründen dafür, daß sich Thomas Marlock die drei Bücher Mortensens ausgeliehen hatte. Wie die polizeilichen Ermittlungen ergaben, war der Ermordete einer von den Menschen gewesen, die geradezu zwanghaft grammatikalische Ausbesserungen in Druckerzeugnissen vornahmen, selbige auch mit diversen Bemerkungen, Richtigstellungen und Hinweisen vollkritzelten und dabei vorzugsweise Ausgaben verunstalteten, die ihnen nicht gehörten.

Die untersuchenden Beamten hatten sich die Mühe gemacht, jene Bücher zu begutachten, die sich Thomas Marlock in den letzten Jahren aus verschiedenen Bibliotheken ausgeliehen hatte, und waren dabei immer wieder auf seine Handschrift gestoßen, nicht aber in jenen Exemplaren, die er selbst besaß. Daß sich unter diesen »Korrekturen« auch verschlüsselte Hinweise befanden, die seine Arbeit beim Software-Hersteller »Kranion« betrafen, war ein Verdacht, der altertümlich anmutete und auch nicht weiter verfolgt wurde. Zudem verdiente die Auswahl der Bände, die Marlock vorgenommen hatte, den Begriff »querbeet«. Ein Umstand, den Mortensen hinnahm wie in etwa die Nachricht, daß der Aufbau des Universums nach neuesten Erkenntnissen irgendwie anders war, als man bisher gedacht hatte. Er würde sein Buch schreiben, und es würde »Marlock« heißen. Punktum!

Ein schöner Sommertag. Heiß, aber erträglich, vorausgesetzt, man saß einfach da und schnappte regelmäßig nach Luft. Die beiden Männer ruhten auf ihrer Bank und schwiegen. Männer in den besten Jahren, die geduldig auf das Ende dieser besten Jahre warteten. Und deren Haltung schon jetzt etwas Greisenhaftes besaß, morsch und moosig. Für einen Moment lösten sich die beiden im Schatten auf. Auf Lauscher jedoch fiel ein Lichtstrahl. Wie auf einen Heiligen. Angewidert drehte er sich zur Seite.

Noch ein letztes Wort des Autors

Um etwaigen Mißverständnissen zuvorzukommen, muß gesagt werden, daß sämtliche Personen und Handlungen der Wirklichkeit entsprechen. Dies gilt ebenso für jegliche Darlegung von Artefakten, Schauplätzen und Zuständen. Noch der kleinste beschriebene Gedanke wurde tatsächlich gedacht. Jeder Satz gesagt, jede Grimasse geschnitten. Eine jede Schneeflocke fiel realiter. Ein jeder dargestellte Ort weist genau jene Eigenarten auf, wie sie in diesem Buch herausgearbeitet wurden. Das heißt also: Selbstverständlich ist die Nottreppe des Stuttgarter Fernsehturms mit Radiogeräten aus den 40er und 50er Jahren ausgekleidet und dient einem Heer von Spatzen als Winterquartier. Selbstverständlich existieren Lokale wie *Tilanders Bar* und *Cravans Blume*. Selbstverständlich ist die Gegend um die Robert-Bosch-Straße von nicht nur ausgesuchter, sondern auch im pathologischen Sinn beweisbarer Häßlichkeit. Selbstverständlich lebt eine Freifrau von Wiesensteig und lebt noch immer.

So gesehen besteht die einzige Freiheit des Autors darin, einen bestimmten Blick auf die Dinge zu werfen, einen bestimmten Standpunkt einzunehmen, etwa die Betonung schöner Haare der Betonung abstehender Ohren vorzuziehen. Oder umgekehrt. Allein diese Freiheit, den Blick abzuwenden oder eben nicht abzuwenden, unterscheidet die Fiktion dieses Buches von einer Wirklichkeit, die keine Wahl hat und also vollständig dasteht, wegen dieser Vollständigkeit allerdings einen etwas schwammigen Eindruck vermittelt. Darum die Fiktion. Der Autor schafft Konturen, indem er herausstellt oder wegläßt, niemals aber erfindet. Was sollte eine Erfindung auch sein? Ein Ding, das gar nicht existiert? Ein Wort, das nichts bedeutet?

Sollten also einzelne Personen sich in meiner Darstellung nur unvollständig wiedergegeben fühlen (gewissermaßen bloß einarmig dargestellt), so tut mir das leid. Und besonders leid tut mir natürlich, viele Personen überhaupt nicht erwähnt zu haben; jeder verdient es, erwähnt zu werden. Meine Reduktion auf die zentralen Figuren geschah aus reinem Mangel an Zeit und Raum.

SERIE PIPER

Heinrich Steinfest

Ein dickes Fell

Chengs dritter Fall. 608 Seiten. Serie Piper

Ein Kartäuser-Mönch soll im achtzehnten Jahrhundert die Rezeptur für ein geheimnisvolles Wunderwasser erfunden haben – 4711 Echt Kölnisch Wasser. Als in Wien ein kleines Rollfläschchen mit dem Destillat auftaucht, beginnt eine weltweite Jagd nach dem Flakon: Seinem Inhalt werden übersinnliche Kräfte nachgesagt, wer es trinkt, erreicht ewiges Leben. Ausgerechnet der norwegische Botschafter muß als erster sterben, und Cheng, der einarmige Detektiv, kehrt zurück nach Wien. Sein Hund Lauscher trägt mittlerweile Höschen, hat sich aber trotz Altersinkontinenz ein dickes Fell bewahrt. Und das braucht auch Cheng für seinen dritten Fall in Heinrich Steinfests wunderbar hintergründigem Krimi.

»Steinfest unterhält nicht nur, er öffnet einem buchstäblich die Augen für – ein großes Wort – den Reichtum und die Vielfalt der Schöpfung.«
Denis Scheck in der ARD

05/2128/01/L

Heinrich Steinfest

Tortengräber

Ein rabenschwarzer Roman. 288 Seiten. Serie Piper

Klaus Vavras tägliche Freuden sind es, Croissants zu essen und Frauen am Telefon anzuschweigen. Seine beiden Gewohnheiten bringen ihn in ernste Gefahr: Vavra kann es nämlich nicht unterlassen, die auf einem Geldschein – den er natürlich beim Croissant-Kauf bekommen hat – gekritzelte Nummer zu wählen und wie gewohnt zu schweigen. Wenige Minuten später stürmt die Polizei seine Wohnung. Und damit beginnt eine ebenso mord- wie wendungsreiche und hoch komische Rallye quer durch Wien.

»Heinrich Steinfest verfügt über ein schamlos bloßlegendes Sprachbesteck.«
Der Standard

05/2136/01/R

Heinrich Steinfest

Nervöse Fische

Kriminalroman. 316 Seiten.
Serie Piper

Für den Wiener Chefinspektor Lukastik, Logiker und gläubiger Wittgensteinianer, steht fest: »Rätsel gibt es nicht.« Das meint er selbst noch, als er auf dem Dach eines Wiener Hochhauses im Pool einen toten Mann entdeckt, der offensichtlich kürzlich durch einen Haiangriff ums Leben kam. Mitten in Wien, achtundzwanzigstes Stockwerk. Und von einem Hai keine Spur. Nun steht der Wiener Chefinspektor nicht nur vor einem Rätsel, es sind unzählige: Ein Hörgerät taucht auf, zwei Assistenten verschwinden. Und die Haie lauern irgendwo … Der neue Krimi Heinrich Steinfests, 2004 Preisträger des Deutschen Krimipreises.

»Ich wiederhole mich: Herrlich! Göttlich! Steinfest!«
Tobias Gohlis, Die Zeit

05/1765/01/L

Maarten 't Hart

Die schwarzen Vögel

Roman. Aus dem Niederländischen von Marianne Holberg. 314 Seiten.
Serie Piper

Jenny mit den langen, schwarz lackierten Fingernägeln verschwindet, und natürlich gerät unter Verdacht, wer zuletzt mit ihr gesehen worden ist: Thomas Kuyper, Pharmakologe in einem Tierforschungslabor. Seine Frau war eine Woche verreist, er hatte nicht der Versuchung widerstanden – nun sieht sich Thomas mit den Scherben seiner Ehe und Existenz konfrontiert. Grandios komponiert der Bestsellerautor Maarten 't Hart die Themen Liebe, Ehe, Eifersucht und möglicherweise Mord zu einem ungemein fesselnden Roman.

»Nur so viel: Maarten 't Hart hat eine Geschichte erzählt, der auch der Leser begierig erliegt.«
Die Zeit

05/1049/01/R

SERIE PIPER

Heinrich Steinfest

Cheng

Sein erster Fall. 272 Seiten
Serie Piper

Markus Cheng ist Privatdetektiv in Wien. Seine Geschäfte gehen schlecht, und zudem wird auch noch sein letzter Klient mit einem Loch im Kopf aufgefunden. In diesem Loch steckt ein Zettel mit einer rätselhaften Botschaft: »Forget St. Kilda«. Und ob Cheng nun will oder nicht – damit steckt er mitten im Schlamassel. Denn eine unbekannte Dame erweist sich als eine knallharte Mord-Maschine mit System …
Heinrich Steinfests ausgesprochen skurriler Humor und einzigartiger Schreibstil machen diesen Krimi zu etwas ganz Besonderem.

»Amüsant, wie Heinrich Steinfest die Ikonen der Gesellschaft unverschlüsselt und unverklausuliert aufs Korn nimmt.«
Falter

05/2064/01/L

Andrea Isari

Römische Affären

Roman. 288 Seiten. Serie Piper

Am Tiberufer wird die Leiche des anscheinend unbescholtenen Bankinspektors Gianpiero Puccio gefunden. Vor seinem Tod hat er noch versucht, Kontakt mit der Polizei aufzunehmen. Warum mußte er sterben? Ein Fall für Leda Giallo, die liebenswerte und eigenwillige Kommissarin, die eine große Schwäche für kulinarische Genüsse hat und sich nicht um weibliche Gardemaße schert. Bei ihren Ermittlungen stößt sie in ein echtes Wespennest von kriminellen Machenschaften. Denn die Spuren laufen auf mehr als eine seltsame Verbindung zwischen der Banca di Credito und dem Vatikan zu …
Ein atmosphärisch dichtes und spannendes Krimidebüt, das die Leser in die historischen Kulissen der Ewigen Stadt entführt.

05/1447/01/R